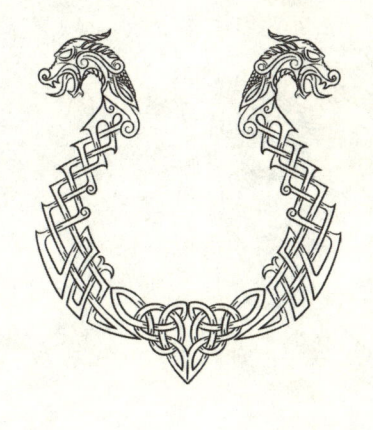

MITOLOGIA NÓRDICA

MITOLOGIA NÓRDICA

Lendas dos deuses, sagas e heróis

Abbie Farewell Brown, Sarah Powers Bradish, Mary Litchfield e outros

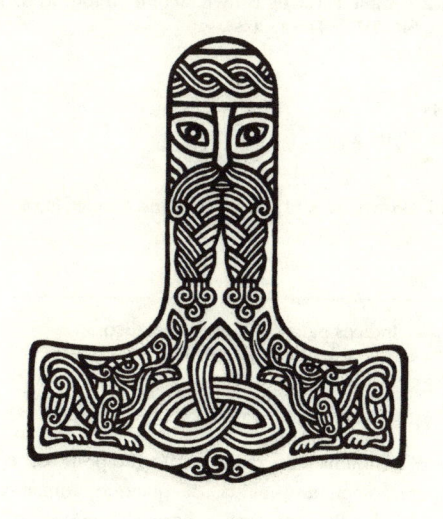

Norse Mythologhy
Copyright © Arcturus Holdings Limited

Os direitos desta edição pertencem à
Editora Pé da Letra
Rua Coimbra, 255 - Jd. Colibri - Cotia, SP, Brasil
Tel.(11) 3733-0404
vendas@editorapedaletra.com.br / www.editorapedaletra.com.br

Tradução e Revisão Monica Fleischer Alves
Diagramação Adriana Oshiro
Coordenação James Misse

Impresso no Brasil, 2022

Dados Internacionais de Catalogação na Publicação (CIP)
Câmara Brasileira do Livro, SP, Brasil
Angélica Ilacqua - CRB-8/7057

Mitologia nórdica / Abbie Farewell Brown...[et al] ; tradução de Monica Fleischer Alves. - 1. ed. – Cotia, SP : Pé da Letra, 2022.
384 p. : il.; 16 x 23 cm

ISBN: 978-65-5888-559-7
Título original: Norse Mythology

1. Mitologia nórdica I. Brown, Abbie Farewell II. Alves, Monica Fleischer

22-1862   CDD 398.22

Índices para catálogo sistemático:
1. Mitologia nórdica

Todos os direitos reservados. Nenhuma parte desta publicação pode ser reproduzida, armazenada em um sistema de recuperação, ou transmitida, de qualquer forma ou por qualquer meio, eletrônico, mecânico, fotocopiador, de gravação ou outro, sem autorização prévia por escrito, de acordo com as disposições da Lei 9.610/98. Qualquer pessoa ou pessoas que pratiquem qualquer ato não autorizado em relação a esta publicação podem ser responsáveis por processos criminais e reclamações cíveis por danos. Esta editora empenhou-se em contatar os responsáveis pelos direitos autorais de todas as imagens e de outros materiais utilizados neste livro. Se, porventura, for constatada a omissão involuntária ou equívocos na identificação de algum deles, dispomo-nos a efetuar, futuramente, as correções em edições futuras.

SUMÁRIO

Introdução 9

CONTOS DAS EDDASS

Capítulo Introdutório – *Litchfield* 14
Odin Busca a Sabedoria de Mimir – *Litchfield* 22
O Construtor Gigante – *Brown* 31
Como Thiassi Capturou Loki – *Litchfield* 38
Thiassi Rouba Idunn – *Litchfield* 42
Os Deuses Ficam Velhos – *Litchfield* 46
Loki Traz Idunn de Volta – *Litchfield* 50
A Escolha de Skadi – *Brown* 54
Geirrod e Agnar – *Bradish* 60
Frey – *Bradish* 63
Freya – *Bradish* 70
Loki e Skyrmsli – *Bradish* 74
Loki Causa Problemas entre os Artistas e os Deuses – *Litchfield* 76
Baldur e Loki – *Litchfield* 84
Os Sonhos de Baldur – *Litchfield* 85
O Visco – *Brown* 88
Thor e Thrym – *Litchfield* 90
Thor e Skrymir – *Litchfield* 96

A Jornada de Thor para Conseguir a Chaleira para Aegir – *Litchfield* ...110

Na Casa do Gigante – *Brown* 116

O Duelo de Thor – *Brown*..124

A Ligação do Lobo – *Litchfield* 132

A Morte de Baldur – *Litchfield* 137

O Funeral de Baldur – *Litchfield* 138

A Jornada de Hermod na Busca de Baldur – *Litchfield*..........................140

Loki na Festa de Aegir – *Litchfield* 144

A Captura de Loki – *Litchfield*..147

O Princípio da Poesia – *Bradish*..150

A Sala de Julgamento da Morte – *Bradish*...154

O Crepúsculo dos Deuses – *Litchfield* 156

CONTOS DAS SAGAS

A História de Volund – *Goddard* 162

Rei Olaf, o Santo – *Goddard* 169

Signy – *Bradish* 173

Rei Sigmund – *Bradish* 186

A Casa de Helper – *Bradish*...193

A História de Regin – *Bradish* 198

A Forja da Espada – *Bradish*..204

A Profecia de Gripir – *Bradish*...206

A Charneca Cintilante – *Bradish*...207

Brunilda – *Bradish* 210

Os Sonhos de Gudrun – *Bradish* 213

Sigurd em Lymdale – *Bradish* 217

Sigurd no Palácio dos Nibelungos – *Bradish* 220

O Noivado de Brunilda – *Bradish* 227

A Briga das Rainhas – *Bradish* 232

O Fim do Tesouro – *Bradish* 237

A História de Aslog – *Magnusson e Morris* 239

Ragnar Lodbrok – *Magnusson e Morris* 249

A História de Kormak – *Kellett* 259

A História de Geirmund Pele Infernal – *Kellett* 269

A Saga de Hord – *Kellett* 271

A História de Gretti e Glam – *Kellett* 281

A História de Thidrandi – *Kellett* 285

A História de Hallbjorn Hall – *Kellett* 288

Brand, o Generoso – *Kellett* 290

A História de Viglund – *Kellett* 292

Rei Helge e Rolf Kraki – *Magnusson e Morris* 305

Halfdan, o Negro – *Samuel Laing trad.* 311

Frithiof, o Corajoso, e a Leal Ingeborg – *Magnusson e Morris* 318

A Batalha de Bravalla – *Magnusson e Morris* 335

A História de Gunnlaug Língua de Serpente, e Raven, o Bardo –
  Magnusson e Morris 345

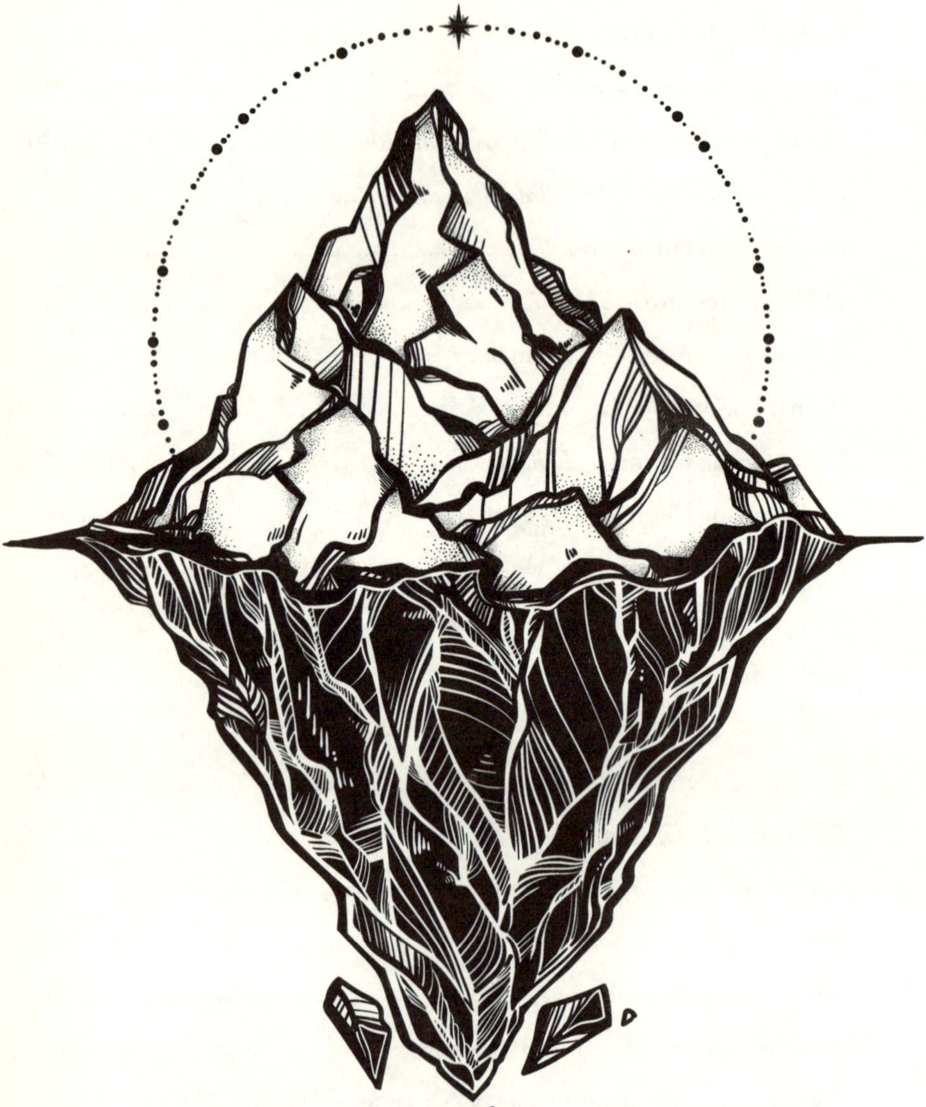

INTRODUÇÃO

OS lendários contos dos deuses nórdicos Odin, Thor, Loki e seus companheiros – enquanto lutam entre si, lutam contra inimigos ferozes e encaram humanos problemáticos – são algumas das histórias mais divertidas e fascinantes de toda a mitologia. Seus nomes nos acompanham nos dias da semana: por exemplo, Wednesday (quarta-feira) – Wodan sendo um nome alternativo para Odin. Os mitos e lendas dos nórdicos foram compartilhados por todos os povos germânicos da Europa e forneceram uma única alternativa às duas culturas concorrentes dos continentes nos primeiros séculos da era cristã – o Cristianismo cada vez mais poderoso e prescritivo, e os contos das mitologias grega e romana desaparecendo lentamente.

As antigas histórias dos homens e mulheres da Escandinávia foram recontadas inúmeras vezes e inspiraram muitas obras de ficção. Fantasia e ficção científica devem muito à mitologia nórdica, com seus personagens, criaturas e divindades movendo-se em seu caminho, em formas alteradas, em *O Senhor dos Anéis*, de J.R.R. Tolkien, e *Deuses Americanos*, de Neil Gaiman. Na música, a mitologia nórdica inspirou diversas criações, como *O Anel dos Nibelungos*, de Richard Wagner, e o moderno *heavy metal*. Enquanto os nomes de Mjollnir, Asgard, as Valquírias e Ragnarok se arrastaram para o mundo moderno.

Os contos encontraram sua primeira expressão escrita em duas *Eddas* islandesas. A mais antiga é conhecida como *Edda Poética* e deriva do manuscrito medieval do *Codex Regius*, muitas vezes atribuído ao padre Saemund, do século XII. A mais recente é a *Edda em Prosa*, escrita por Snorri Sturluson no início XIII. É a partir dessas duas fontes que deriva quase todo o conhecimento do mundo mitológico nórdico.

Os deuses nórdicos eram estranhamente complicados. Como os habitantes gregos do Monte Olimpo, mostravam-se muitas vezes egoístas, mesquinhos e ficavam irados com facilidade, mas podiam demonstrar grande generosidade e eram preparados para grandes sacrifícios. Thor, com seu fiel martelo Mjollnir, tinha imenso poder, mas podia ser facilmente enganado; Loki era o trapaceiro e muito mais que a mera personificação do mal; o caolho Odin era uma divindade sábia e astuta, preso na busca do conhecimento. Em suma, os deuses não eram tão diferentes dos homens.

Na cosmologia nórdica, o mundo começou depois que Ymir, o primeiro gigante, foi formado do encontro do gelo de Niflheim com as chamas de Muspelheim. A vaca Audhumbla descobriu um grupo de deuses conhecido como Aesir, que incluía Odin, que matou Ymir e criou a Terra a partir de seu corpo morto. A Árvore da Vida, Yggdrasil, ficou no centro dos Nove Mundos. Os deuses moravam no mundo superior de Asgard, enquanto a humanidade habitava o mundo central de Midgard. Mary Litchfield explica mais sobre isso no Capítulo Introdutório (*ver página 14*). Por esses mundos foram encontradas criaturas como os elfos, os anões e os Gigantes Gelados. Na morte, os homens podem ser condenados a Hel; ser levados pelas Valquírias para Valhala, um salão de festas celestial reservado para os corajosos que morreram em combate; ou escolhidos por Freya para morar no campo do Folkvangr. Em Valhala, os heróis marciais de Midgard juntaram-se a Thor na preparação para o Ragnarok. Também conhecido como "O Crepúsculo dos Deuses", o Ragnarok consistia na grande batalha entre os deuses e os Gigantes Gelados, culminado na destruição do mundo antes de seu eventual renascimento.

A guerra assolou o mundo divino assim como o mortal. Os deuses nórdicos se dividiram em duas tribos – Aesir e Vanir –, que frequentemente estavam em desacordo. Deuses como Thor, Heimdall e Frigg pertenciam à tribo Aesir, e tinham Odin como seu líder. A Vanir pertenciam Njord e seus filhos Frey e Freya, entre outros. Os Aesir eram conhecidos por suas qualidades guerreiras e os Vanir pela fertilidade e sabedoria.

Nos mitos aqui coletados, descobrimos como o mundo começou e como Odin perdeu seu olho. Seguimos as aventuras de Loki, sua corte a Idunn e seus problemas com o fim do amado deus Baldur. Aprendemos sobre as aventuras de Thor e seus esforços para recuperar o famoso martelo Mjollnir. Ouvimos falar de Freyr e Freya, do grande lobo Fenrir, da guerra Aesir-Vanir e da origem da poesia. E, claro, aprendemos sobre o Ragnarok, o Crepúsculo dos Deuses.

INTRODUÇÃO

Os fabulosos contos do mundo viking não terminaram com as ocorrências em Asgard. Ao contrário dos primeiros relatos literários de muitas outras culturas, a tradição de contar as histórias das Eddas encontrou seu caminho para o registro da história. Por séculos, os homens do norte transmitiram os contos de seus heróis, seus reis e suas grandes aventuras nas Sagas. As páginas estão cheias de figuras lendárias, como Ragnar Lodbrok, o homem que saiu da obscuridade para se tornar, talvez, o mais famoso viking de todos os tempos, aterrorizando a costa da Inglaterra anglo-saxã e a França Ocidental e sendo pai de uma safra de filhos que dominaram a história europeia no século IX da era cristã; e Halfdan, o Negro, que criou um grande reino na Noruega com uma série de batalhas violentas. Esses homens, que podem muito bem ter sido verdadeiras figuras históricas, assumem proporções míticas à medida que superam julgamentos e tribulações com os quais até os deuses lutaram.

Alguns desses contos são curtos, com histórias autocontidas, como "O Conto de Thidrandi". Outros são épicos, cheios de detalhes, contando toda a história da vida de um indivíduo. Desses, alguns foram reproduzidos na íntegra. A história de Sigurd, gravada na *Saga Volsunga*, tem de tudo: lutas pelo poder, uma batalha contra um dragão, um anel amaldiçoado e até lições de moral. O conto de Frithiof, o Corajoso, e Ingeborg, a Fada, é um dos últimos deste volume, datado do ano 1300 na *Saga de Thorstein Vikingsson*. Em uma história de amores impossíveis, bem anterior a Shakespeare, o titular Frithiof se enfurece contra os reis que o impedem de alcançar seu amor, antes de finalmente realizar seu sonho. *A História de Gunnlaug Língua de Serpente* – uma das obras-primas da literatura nórdica antiga – é diferente da maioria das outras sagas por ter dois poetas como protagonistas; doação de presentes, cortes e honra estão no centro desta história fascinante e emocionante.

Como os contos de fada da Europa medieval, as lendas são frequentemente repletas de lições de moral. Elas explicam a homens e mulheres como devem se portar, mas também são usadas para dar uma noção de história. É das sagas que deriva a maior parte do nosso conhecimento sobre as histórias escandinava e islandesa na era anterior ao Cristianismo. Às vezes literais, às vezes alegóricos, tanto uma quanto a outra são lembretes divertidos e poderosos de um mundo meio esquecido.

Por séculos, as histórias dos nórdicos ficaram na obscuridade. Entretanto, no final do século XIX, foi feito um esforço para trazê-las a público.

INTRODUÇÃO

Isso aconteceu graças ao trabalho de escritores como Mary Litchfield, Sarah Bradish, Edward Ernest Kellett e William Morris – cujas interpretações e traduções estão incluídas nesta coletânea, com toda sua variedade de estilos de escrita e pontos de vista, às vezes sobrepostos ou contraditórios, mas, em última análise, agrupados, para criar uma imagem carismática de um mundo familiar e misterioso. Com sua evidente influência em tantos campos da literatura e criatividade hoje em dia, a mitologia nórdica, merecidamente, nunca foi tão popular.

CONTOS DAS EDDAS

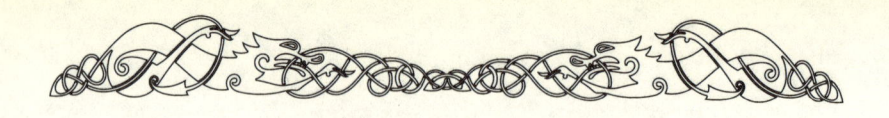

CAPÍTULO INTRODUTÓRIO
como contado por Mary Litchfield

NOSSOS ancestrais, que viveram centenas de anos atrás, acreditavam em vários deuses. Entretanto, as histórias desses deuses foram escritas, não em livros sagrados, mas nas memórias das pessoas; naqueles tempos, os teutões que viviam no norte da Europa não tinham linguagem escrita.[1] Por séculos, os pais legavam a seus filhos as tradições que haviam recebido das gerações passadas; até finalmente o Cristianismo assumir o lugar da antiga religião.

Mesmo depois disso, a crença nos deuses permaneceu muito tempo em lugares remotos até que, finalmente, na Islândia, algumas das histórias sobre eles foram coletadas e escritas em livros chamados Eddas. Há dois deles – *O Velho*, ou *Edda de Saemund*, que consiste em poemas, e *O Novo*, ou *Edda de Snorre Sturluson*, em prosa.

Provavelmente essas histórias coletadas na Islândia não são como aquelas contadas centenas de anos antes na Europa porque as coisas passadas de boca em boca com certeza mudam um pouco a cada geração. Ainda assim, elas nos dão uma ideia verdadeira dos deuses em que nossos antepassados acreditavam. A maior parte das histórias que aparecem neste livro tem por base as Eddas.

---

1 Eles tinham alguns símbolos, chamados runas, que imaginavam ter propriedades mágicas.

CAPÍTULO INTRODUTÓRIO

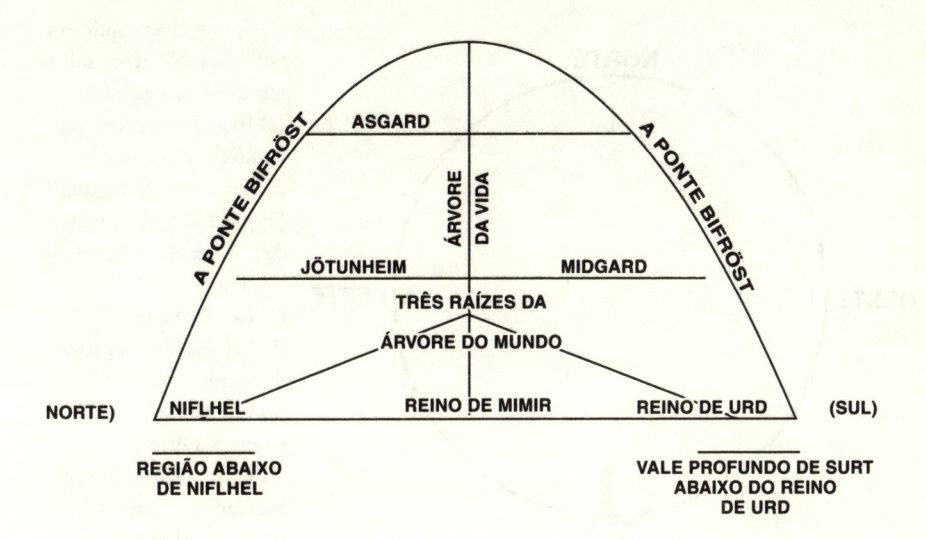

Corte transversal do Nove Mundos

Nossos ancestrais tinham pouco conhecimento sobre a Terra, e o que eles viam os fez pensar que ela era plana – uma grande região plana, cercada por um rio chamado Oceano. Eles acreditavam que havia nove mundos em vez de um, organizados de alguma forma como este.[2]

O mais alto era Asgard, o lar dos Aesir, ou deuses, governado por Odin, ou Wodan. Logo abaixo vinha Midgard, o mundo dos homens, com o rio chamado Oceano ao seu redor. Além do Oceano, no mesmo plano, estava Jotunheim, a terra dos gigantes. Muito abaixo, estendia-se o submundo, vasto se comparado com as regiões acima dele, e contendo quatro dos nove mundos. No norte, estava Niflheim (ou Niflhel), o mundo inferior dos gigantes, frio, escuro e nebuloso. No sul, Urd e suas duas irmãs, governavam o reino dos mortos. Entre essas duas regiões ficava a terra de Mimir, onde, além do velho e sábio gigante, viviam muitos seres poderosos, entre os quais havia a Noite (a antiga mãe), o brilhante Dia e Delling, o elfo do amanhecer. Mesmo o Sol e a Lua tinham lugares de descanso ali; e, em algumas partes, havia elfos e anões. A oeste da terra de Mimir ficava a casa dos Vanir, uma raça nobre, semelhante aos Aesir. Alguns dos Vanir viviam em Asgard.

---

2 No plano dos nove mundos Rydberg foi seguido.

(1) Spring Hvergelmir, em Niflhel ou Niflheim, sob a raiz norte de Yggdrasil
(2) Poço da Sabedoria no Reino de Mimir, sob a raiz no centro de Yggdrasil
(3) Poço de Urd no reino dela, sob a raiz sul de Yggdrasil
(4) Lar dos Vanir
(5) Lar dos Elfos no reino de Mimir
(6) Castelo onde Baldur viveu com Asmégir
(7) Final norte de Bifrost, guardada por Heimdall
(8) Final Sul de Bifrost, perto do poço de Urd

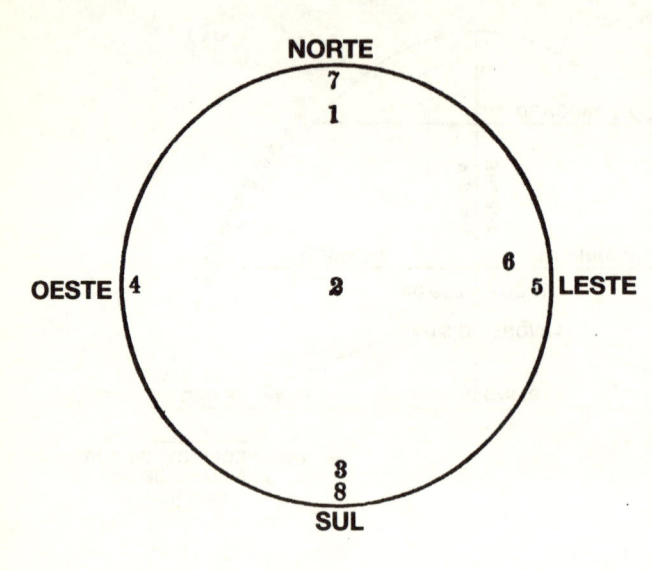

Acima, o plano dos Nove Mundos

Abaixo, ainda existem outras regiões – a terra do fogo subterrâneo ("os profundos vales ardentes de Surt"), abaixo do reino de Urd, e o mundo da tortura sob Niflheim.

Duas coisas, uma ponte e uma árvore, unindo todos esses mundos.

Bifrost,[3] a trêmula ponte, jogou seu poderoso arco sobre Asgard, enquanto seu extremo norte repousou sobre as montanhas de Niflheim e seu extremo sul chegou à terra de Urd. Ela foi muito útil para os deuses que a cruzavam diariamente para ir ao salão de julgamento no reino de Urd; mas tinha que ser cuidadosamente vigiada para que os gigantes hostis não encontrassem o caminho para Asgard. Heimdall, um sábio e puro Van, guardava o extremo norte. Seus ouvidos eram tão bons que ele podia ouvir a raiz da grama se movendo pelo chão e a lã crescendo no dorso das ovelhas; e ele precisava dormir menos que um pássaro.

A árvore que conectava os nove mundos era chamada de Yggdrasil.[4]

---

3 Rydberg mantém que a Via Láctea, e não o arco-íris, é a verdadeira Bifrost.
4 A árvore Yggdrasil era um freixo.

Suas três principais raízes eram molhadas por três fontes no mundo inferior e as raízes menores desciam pelos profundos vales de Surt e para o mundo da tortura. Os galhos dessa árvore maravilhosa atingiam as mais remotas regiões, e sua seiva levava vida a todo lugar. Serpentes roíam suas raízes; cervos, esquilos e aves viviam entre seus ramos; e sobre seu galho mais alto, bem acima de Asgard, o galo Vidofnir brilhava. Era de fato uma "árvore da vida".

Esse povo do extremo norte tinha uma estranha história da criação – uma história que é interessante por ser muito antiga.

No princípio, havia dois mundos – um mundo das congelantes névoas do norte, e outro do violento fogo do sul. Entre essas duas regiões havia um abismo se abrindo – Ginungagap, escuro e vazio.

Em Niflheim, o mundo gelado, uma fonte poderosa formou doze rios; e alguns desses rios fluíram para o abismo, enchendo a parte que estava ao lado de Niflheim com camadas de vapor congelante. As chamas se alastraram tão ferozmente em Muspelheim, o mundo do fogo, que eles sopraram em Ginungagap, levando muitas fagulhas com eles. Finalmente, essas fagulhas encontraram o vapor congelante e um gigante enorme se formou. O nome dele era Ymir.

As próximas linhas são a tradução de um desses velhos poemas.

> Em idos tempos
> habitados por Ymir
> não havia nem areia, nem mar
> nem ondas geladas;
> a terra não existia,
> nem o céu.
> Havia um abismo caótico
> antes que os filhos de Bur
> erguessem a abóbada celeste:
> eles formaram o centro da terra. [5]

Não muito tempo depois da criação de Ymir, uma vaca, Audhumla, foi formada; e o gigante Ymir se alimentou de seu leite. A vaca lambeu as massas

---

5 De "Voluspa", na tradução de Thorpe da *Edda de Saemund*.

de vapor congelante, porque elas eram salgadas. E na primeira noite, enquanto ela estava lambendo, apareceu o cabelo de um homem; na segunda noite, sua cabeça; e, no terceiro dia, o homem inteiro podia ser visto. O nome dele era Bur. Um homem bem grande e justo, dono de muita força. Ele tinha um filho chamado Bor.

Sob o braço do imenso gigante, cresceram duas crianças, um menino e uma menina. Eles também eram gigantes, mas, ainda assim, eram bons e deles descenderam muitos seres maravilhosos. Mimir, o menino, cresceu e se tornou a pessoa mais sábia dos nove mundos. Infelizmente, ele perdeu a vida em uma grande guerra: Odin cortou sua cabeça, preservando-a; e continuou dando bons conselhos, como se fosse o próprio Mimir. A grande deusa Noite era filha de Mimir. A garota, que cresceu sob o braço de Ymir, chamava-se Bestla. Ela era a mãe de Odin.

Enquanto uma raça de gigantes bons e sábios descendia de Mimir e Bestla, uma raça de gigantes e monstros do mal vieram de um filho de seis cabeças de Ymir. Esse monstro cresceu dos pés de Ymir. Seus descendentes eram tão poderosos que, no final, deveriam conquistar Odin e causariam a destruição do mundo. No entanto, a ruína dos deuses foi provocada, em parte, por suas próprias deficiências: eles não eram fortes e nobres o suficiente para resistir às forças do mal alinhadas contra eles.

Odin e seus dois irmãos mataram o gigante Ymir e arrastaram seu corpo para o abismo, e dele foi formado o mundo.

> Da carne de Ymir
> a terra foi formada;
> de seus ossos, as montanhas;
> o céu veio do crânio
> daquele gigante gelado;
> e de seu sangue, o mar. [6]

As "nuvens melancólicas" foram formadas de seu cérebro. Algumas das fagulhas que voaram para Ginungagap foram colocadas no céu, e os homens as chamaram de estrelas.

---

6 De "A Canção de Vafthrudnir", na tradução de Thorpe da *Edda de Saemund*.

Um dia, Odin e seus irmãos[7] estavam andando próximos do mar, quando encontraram duas árvores, um freixo e um olmo. Dessas árvores eles criaram os primeiros seres humanos – um homem e uma mulher. Um velho poema diz:

> Eles encontraram na terra,
> quase impotentes,
> Ask e Embla,
> andando sem rumo.
> Estavam sem respiração,
> eles não tinham espírito,
> nem sangue, nem força,
> nem uma boa cor.
> Deu o espírito a Odin,
> o senso a Hoenir,
> a Lodur deu sangue
> e boa cor. [8]

Os elfos e os anões pululuaram no corpo de Ymir depois que ele morreu: eles não foram criados pelos deuses.

Na Europa, ainda há costumes antigos e velhos ditados que voltam ao tempo em que os homens acreditavam em Thor e Odin. Em algumas partes da Alemanha, até recentemente, os camponeses deixavam uma moita de grãos para o cavalo de Odin quando faziam a colheita. Mesmo em inglês há algo que nos faz lembrar os antigos deuses. Terça-feira *(Tuesday)* leva o nome de Tyr, o deus que deu sua mão direita para salvar seu povo do perigoso lobo. Quarta-feira *(Wednesday)* é o dia de Odin, ou Wodan. Ele colocou a sabedoria acima de tudo, sendo capaz de dar até o olho pela água do poço de Mimir. Quinta-feira *(Thursday)* pertence a Thor, o feroz deus do trovão; e sexta-feira *(Friday)* é de Frigg, Freyr ou Freya – não se tem certeza de qual deles.

---

7 Rydberg afirma que Hoenir e Lodur são idênticos a Vili e Ve, irmãos de Odin.
8 De "Voluspa", na tradução de Thorpe da *Edda de Saemund*.

Como as pessoas passaram a acreditar em todos esses deuses? Ninguém jamais saberá como a crença surgiu e como cresceu, mas é possível aprender algo sobre ela. Nós, que vivemos agora, descobrimos tantas coisas que não podemos imaginar como era o mundo para as pessoas que sabiam muito pouco e que tiveram que descobrir tudo por si mesmos ou fazer suas próprias suposições sobre as coisas. Nos primeiros tempos, os homens viviam em um mundo cheio de mistério; o sol, a lua, o mar, o vento – tudo era estranho e maravilhoso. A vida era uma luta. No norte era difícil atender às necessidades do longo e frio inverno.

O homem não aprendeu a controlar as forças da natureza, e lutava continuamente contra elas. As montanhas o fecharam; as florestas eram escuras e horríveis; a neve, o gelo e as ruínas se colocaram contra ele para frustrar seus melhores esforços. Não era estranho que essas forças hostis parecessem gigantes frios e sem coração, opostos a tudo que era alegre, gentil e humano? Assim começou a crença nos Gigantes Gelados e nos Gigantes das Montanhas. Entretanto, havia poderes bondosos, e o principal deles era o sol, o melhor amigo do homem. Ele deu ao homem luz e calor. Através de sua influência, os rios romperam suas amarras, a grama cresceu verdinha e as colheitas amadureceram. Enquanto o sol dominava, a vida era feliz. Mas no norte, em uma certa época do ano, o sol perdia seu poder; no extremo norte, ele sumia de vista, deixando o mundo na escuridão. Quando os homens o viam desaparecer, que ansiedade devia encher seus corações! Como poderiam ter certeza de que esse ser misterioso, de quem suas próprias vidas dependiam, voltaria um dia? Como deviam ficar ansiosos enquanto olhavam para ele e, quando surgia o primeiro brilho fraco, que alegria! Não é de admirar que eles saudassem a volta do sol como um deus – o deus que lhes dava luz e alegria.

Acredita-se que a reputação de Odin tenha vindo do sentimento dos homens em relação ao sol. Alguns livros dizem que Odin deu um de seus olhos em troca da água do poço de Mimir, e que o sol representa seu único olho. Podemos ver facilmente que a história de Idunn tem algo a ver com as idas e vindas do verão.

Baldur é o deus que mais plenamente representa o sentimento que os homens tinham pelo sol no extremo norte. Baldur era o deus puro e brilhante. E, quando o sol desapareceu e deixou o mundo nas trevas, ele morreu e foi para o mundo inferior, causando uma dor imensa em Asgard e Midgard.

O trovão foi retratado como um deus forte e feroz. Com cabelo e barba de fogo, que cavalgava em sua carruagem de ferro e lançava seu potente martelo nas rochas e nas montanhas – Thor, o inimigo dos gigantes.

Nem todos os deuses costumam ter traços da natureza; na verdade, muitos deles perderam seu estilo original com o passar dos anos e se tornaram muito humanos em seus atributos; e nós não devemos pensar neles como se estivessem simplesmente representando algum objeto da natureza para seus adoradores. Homens e mulheres tinham uma vida dura naqueles tempos difíceis, e pensavam muito na vida e na morte, e no futuro desconhecido. O que eles acreditavam e esperavam era expresso no caráter de seus deuses e na imagem dos mundos invisíveis que eles mesmos fizeram para si. Ao lermos seus poemas e histórias, sentimos que eles estavam tentando descobrir o segredo da vida, o grande segredo aberto que ninguém adivinhou, mesmo com a "luz" que veio ao mundo desde aqueles dias.

Foi uma era de luta. O herói aguardava ansiosamente pela morte no campo de batalha como a maior das bênçãos. Ele acreditava que morrer significava que as Valquírias viriam e o levariam para o palácio de Valhala, de Odin, onde a luta e a festa continuariam por anos. Ainda assim, com tanto amor pela guerra, essas pessoas não acreditavam que a força deveria ser vitoriosa ou que o mal tinha que triunfar sobre o bem. Os deuses fortes teriam seu dia, mas seriam derrotados no Ragnarok; Baldur então viria – o governante de um mundo novo e melhor. A bondade e a pureza deveriam vencer no final. Tudo isso passou e esses guerreiros pouco deixaram para que lembrássemos que eles viveram aqui. Ainda assim, temos uma herança – não algumas pirâmides de pedra, mas nove mundos construídos com aquele material arejado que dura mais que o sólido granito, e povoados com seres estranhos e maravilhosos. Certamente, aquele que ama o passado às vezes vai se preocupar em vagar entre as sombras desses mundos antigos.

ODIN BUSCA A SABEDORIA DE MIMIR

como contado por Mary Litchfield

ERA noite em Asgard, o lar dos deuses. Uma luz suave caía sobre a cidade adormecida, mostrando suas colinas cobertas de vinhas e palácios brilhantes e tocando até mesmo os vales profundos e silenciosos que ficam entre eles. A ponte Bifrost abrangia a cidade como um arco-íris de prata, encontrando o horizonte no norte e no sul. Em direção ao sul, tão longe quanto a vista alcançava, elevavam-se montanhas, com castelos em seu topo e nas encostas; na direção norte, estendiam-se as planícies de Ida, cobertas de grama.

Em uma estrutura no ponto mais alto da cidade, erguia-se um poço cintilante, enquanto uma torre alta marcava alguma grande catedral. O poço estava acima de todos os castelos e torres, tão alto que quase tocava o arco da ponte celestial. Esse eixo esguio era o Trono de Odin. Do alto, podia-se ver não só Asgard, mas também uma grande parte dos mundos abaixo.

Aqui o Grande Pai estava sentado sozinho, enterrado em pensamentos. Apesar de isolado, estava acompanhado por dois lobos que dormiam a seus pés, e dois corvos[1] empoleirados em seus ombros, cansados após sua jornada pelos nove mundos.

Depois de ficar sentado por muito tempo, em meditação, Odin olhou para baixo, para as casas majestosas de seus filhos e para os campos que se estendiam além dos altos muros e do rio escuro e impetuoso que cercava a cidade dos deuses. Seus olhos então tentaram em vão perfurar a densa escuridão que envolvia uma terra bem abaixo dele em direção ao norte. Ele olhou longa e seriamente até que, por fim, se levantou e desceu rapidamente para o palácio que ficava abaixo de seu trono. Os vastos corredores ressoaram enquanto ele passava.

---

[1] Os corvos de Odin eram Hugin (o pensamento) e Munin (a memória); a cada dia eles sobrevoavam os nove mundos, trazendo notícias a Odin.

Ele correu para um prédio próximo e logo reapareceu, conduzindo um cavalo cinza. Esse animal era bem preparado para levar o pai dos deuses pois tinha uma boa estrutura e oito patas. Enquanto esperava por Odin, tremia de ansiedade e chamas saíam de suas narinas. Instantes depois, Odin estava sobre suas costas e o cavalo o levou para o norte, à velocidade do vento.

O muro alto e o rio escuro que cercavam a cidade não foram obstáculos para Sleipnir, que saltou facilmente sobre eles e continuou seu caminho pelos campos do outro lado, que se estendiam verdes e nivelados com o distante horizonte. Aqui e ali havia bosques, em cujas calmas profundezas um viajante mais lento seria capaz de ouvir o gotejar das fontes. Ocasionalmente um lago refletia em sua escura superfície o arco prateado de Bifrost.

Finalmente, eles chegaram ao ponto onde a ponte celestial tocava a borda externa de Asgard. O cavalo de oito patas correu sem hesitar sobre a ponte, que tremeu sob seu peso, lançando chamas intermitentes. Como um cometa entre as estrelas, Sleipnir acelerou, levando Odin para as profundezas escuras.

Por fim, uma luz fraca vinda do norte os atingiu, e logo Odin viu um cavaleiro com uma vestimenta branca vindo em sua direção. O cavalo tinha uma crina de ouro que, brilhando sobre o cavaleiro, revelou seu rosto puro e pálido. Aproximando-se, ele disse: "Bem-vindo, Pai Odin. Estou à sua procura desde que ouvi o som dos oito cascos de Sleipnir atingirem a ponte. Algum propósito o fez atravessar Bifrost à noite?"

"Sim, Heimdall, seu julgamento foi correto," disse Odin; "um assunto importante me impele; devo viajar por muitos dias antes de voltar para casa. Tenho que atravessar a escura terra de nossos inimigos, os Gigantes Gelados do mundo inferior; e depois ir muito além, a regiões que poucos visitaram. Afortunados são os deuses para os quais Heimdall protege a ponte. Se não fosse pelos seus ouvidos aguçados, que ouvem o crescimento da grama e a lã engrossando no corpo das ovelhas, nossos inimigos poderiam, antes disso, ter cruzado o abismo e invadido Asgard."

Enquanto falava, os dois olharam para a terra abaixo deles, escura, exceto pela luz que fluía do distante e brilhante castelo de Heimdall no extremo da ponte. E eles podiam ver os topos brilhantes das montanhas geladas que se erguiam acima da névoa.

E Odin disse: "Nossos inimigos são fortes, e temo o traiçoeiro Loki, que está sempre entre Asgard e o mundo gigante. Precisamos de sua vigilância, Heimdall, e de toda a força de Thor, o terrível adversário dos gigantes, mantendo afastados os nossos inimigos. Preciso de muita sabedoria para proteger o reino de Asgard e o mundo dos homens!"

Eles seguiram em direção ao castelo de Heimdall, que ficava no alto de uma montanha, perto do final da ponte. Aparentemente, o castelo era feito do mesmo material da ponte e, conforme se erguia em direção ao céu, podia ser confundido com uma nuvem banhada pelo luar. Mas, na verdade, ele tinha um brilho próprio do fogo fraquinho que irradiava em todas as direções, iluminando, como vimos, uma parte fria e nebulosa da terra dos gigantes. A aproximação da ponte foi feita de forma tão claramente visível que seria impossível que alguém se aproximasse sem o conhecimento de Heimdall, mesmo que sua audição fosse pouco apurada. Além disso, o castelo extremamente fortificado era cercado por um muro alto e um fosso, cujas águas, como as do rio Asgard, eram cobertas por uma névoa que se transformava em chamas quando incomodada por um inimigo dos deuses.

"Venha, Odin," disse Heimdall quando chegaram ao castelo. "Sua jornada foi longa e há uma difícil estrada à sua frente."

Eles entraram em um grande salão cujas paredes eram feitas de algo que lembrava mármore branco ou alabastro. Toda a decoração era de prata. Vinhas com cachos de uvas de prata subiam pelas paredes e curiosos chifres e lâmpadas pendiam dos arcos acima. Jovens altos, vestidos como Heimdall, todos de branco, traziam canecas de hidromel espumante.[2]

Os dois deuses tomaram o hidromel e conversaram seriamente. Até que Odin se levantou dizendo: "Peço um grande favor, Heimdall. Cuide de Sleipnir até a minha volta. São poucos a quem eu o confiaria, mas com você ele estará seguro. Desejo viajar incógnito pelo mundo frio e escuro, e o cavalo me trairia."

Heimdall acompanhou Odin por uma curta distância, descendo a montanha íngreme, e depois voltou a seu posto para guardar a ponte dos deuses.

Enquanto Odin descia para Niflheim,[3] uma névoa fria se fechou sobre ele, bloqueando a luz do castelo de Heimdall e tornando difícil para ele manter-se no caminho. À medida que ele descia, o frio se intensificava e seu pé escorregou

---

2 Mel e água, fermentado e saborizado.

3 O mundo gigante ao norte do grande mundo inferior.

na estrada gelada que se transformou em um rio de gelo. Havia sons de rangidos e batidas, e, a distância, era possível ouvir o murmurar das ondas quebrando na costa deserta. Enquanto fazia seu caminho entre a névoa e a escuridão, ele podia apenas distinguir as montanhas de gelo ao seu redor. Algumas dessas montanhas aparentemente geladas eram, na realidade, gigantes gelados cujas cabeças enormes se viravam devagar para segui-lo. Uma vez, um iceberg se despedaçou no mar com o estrondo de um trovão distante, e ele pôde ouvir o barulho por muito tempo. Às vezes, a água gelada de uma cascata caía sobre ele, que não a tinha notado; e então ele podia ouvir a risada lenta e pesada dos gigantes, soando como o rugido de ventos roucos. Durante sua jornada, ele encontrou um campo de gelo; e, quando o nevoeiro se dissipou, ele pôde ver que se estendia por todos os lados, plano e branco, coberto de neve. Aqui, os sons de rangidos e batidas cessaram e ele não ouviu mais as risadas dos gigantes: o silêncio era absoluto. Ele ficou sozinho sob as estrelas.

Depois de uma longa jornada pela região gelada, Odin chegou a um país onde montanhas escuras e selvagens tomavam o lugar dos icebergs e, aqui e ali, em seus picos, surgiam as fortalezas dos gigantes das montanhas. Enquanto seguia seu caminho, às vezes conseguia distinguir os próprios gigantes, que pareciam enormes massas de pedra em movimento. Essa terra era tão sombria quanto a terra do gelo; embora não houvesse neblina e um leve crepúsculo brilhasse, era muito triste. Nada verde podia ser visto; nada além de montanhas sombrias e abismos escuros, no fundo dos quais corriam rios que encontravam seu caminho desde a fonte Hvergelmir até o frio mar ao norte. As montanhas, às vezes, davam lugar a planícies ermas e extensas, onde as pedras se amontoavam umas sobre as outras, com poças profundas e imóveis. Frequentemente, nuvens pesadas rolavam pelo céu, envolvendo as montanhas.

Muito tempo depois, Odin foi a um lugar bem alto de onde podia ver um pântano que se estendia a perder de vista. Na penumbra, só conseguia distinguir uma estreita trilha por onde podia seguir. Apenas um gigante o viu, e logo uma tropa de monstros tropeçou atrás dele. Achando impossível alcançá-lo, eles encheram o ar com seus gritos e agitaram seus grandes porretes. Com isso, um vento terrível se levantou, ameaçando mandar Odin pelos ares. Nuvens em forma de dragão sopraram fortes rajadas em sua direção. Quando ele passou em segurança, ouviram-se uivos ressoando atrás dele.

Ele se aproximou de um rio, cuja corrente escura e rápida arrastava pedras afiadas e pedaços de ferro, e nenhuma ponte cruzou o córrego mortal; mas Odin o cruzou em segurança sobre um tronco flutuante.

Montanhas bem mais altas que qualquer outra que ele já vira agora surgiam em direção ao sul; e uma, mais alta que as outras, em cujas encostas corriam doze rios. No topo dessa montanha ficava a gelada fonte Hvergelmir. Uma das três raízes da grande Árvore do Mundo, Yggdrasil, era banhada pelas águas das fontes; e os rios que partiam dela corriam em todas as direções; alguns fluindo pela terra fria e nebulosa dos gigantes para o mar ao norte, enquanto outros corriam em direção ao sul, através dos vastos reinos onde Mimir[4] e Urd[5] guardavam seus poços sob as outras duas raízes da Árvore do Mundo.

À medida que Odin se aproximava da montanha, seu caminho o levava por uma caverna sombria, onde ele podia ouvir o latido de um cachorro e o ranger de um portão de ferro. Esse portão, ele sabia, impedia a descida ao mundo da tortura abaixo de Niflheim – um mundo ainda mais escuro e terrível que aquele pelo qual ele tinha acabado de passar. Uma vez fora da caverna, a estrada percorria a montanha. No pico mais alto havia um vigia solitário, o fiel guardião da fonte e inimigo dos gigantes.

Quando Odin se aproximou, ele o cumprimentou: "Os monstros tentaram feri-lo, Odin? A odiosa tripulação ficaria feliz em acabar com o pai dos deuses e obter a posse de Asgard. E Loki é demais com eles. Costumo vê-lo por lá. Ele se esconde na escuridão, mas meus olhos são treinados para enxergar no escuro."

"Sim, Egil," replicou Odin. "Seus olhos e os ouvidos de Heimdall são a melhor defesa que temos contra nossos inimigos. Passei com segurança, como você pode ver. Seus ataques teriam sido mais ferozes se eles me conhecessem. Quanto a Loki, estou ciente de quão perigoso ele se tornou. Ainda assim, não posso expulsá-lo de Asgard pois estou preso a um juramento feito quando nós dois éramos jovens – quando eu o achava inocente. Mas preciso me apressar, Egil; um grande propósito me impulsiona."

Enquanto Odin descia a encosta sul da montanha, uma perspectiva agradável saudou seus olhos, cansados com as visões sombrias que havia tido por tanto tempo. O país ainda era montanhoso, mas não era escuro e estéril.

---

4 O gigante que cresceu sob o braço de Ymir.

5 Urd e seus dois irmãos eram Nornas, ou Fadas, representando o passado, o presente e o futuro.

Ricos metais pareciam rochas, e aqui e ali estavam as entradas das cavernas onde brilhavam cristais e pedras preciosas. Quando parou, Odin pôde ouvir as picaretas e os martelos dos anões. O crepúsculo continuava em cena, mas as luzes atravessavam o céu e suas cores ricas brincavam nas montanhas.

Odin tinha agora que atravessar um rio largo e podia ver, a distância, um castelo cujo formato era fantástico e foi ornamentado de forma inusitada. Dragões de pedra sorriam de seus cantos, os grandes olhos de joias brilhavam como fogo, enquanto as luzes piscavam sobre eles. Sobre as colunas, entrelaçavam-se serpentes douradas e lagartos de cobre. Videiras de metal estendiam-se densas ao longo das paredes e suas flores eram pedras preciosas. O brilho do fogo iluminou uma parte do castelo, onde era evidente que algum tipo de trabalho estava em andamento.

O estranho castelo era o lar de Sindri e seus irmãos – anões e artistas famosos que haviam feito armas maravilhosas e ornamentos para os deuses. Ninguém nunca chegou aos pés deles em habilidade, exceto os filhos de Ivaldi. Estes tinham, em parte, o sangue gigante e eram considerados mágicos e artistas. Entre eles e os anões havia uma certa rivalidade, mas até aquele momento o sentimento não era difícil. Odin passou perto do castelo, mas não entrou. À medida que ele avançava, as montanhas iam perdendo sua forma selvagem e exibiam contornos suaves contra o céu. Eram cobertas de florestas e vinhedos. Em suas encostas corriam riachos, transformando-se em cascatas. Vales pacíficos se estendiam entre as montanhas, enquanto no alto, acima de tudo, havia nuvens que brilhavam com as cores de um pôr do sol eterno. Essa era uma terra onde a noite escura e o meio-dia brilhante nunca chegavam.

As montanhas gradualmente transformavam-se em colinas e essas, por fim, se perdiam em amplas planícies cobertas de grãos dourados ou grama alta e ondulante. Os rios deslizavam, profundos e serenos. As flores desabrochavam por toda parte e seu brilhante colorido era refletido nas águas paradas de pequenos lagos. Bandos de cervos aproximaram-se timidamente de Odin e pássaros cantaram quando ele passou. Apenas uma brisa suave movimentava suas folhas; os sons eram baixos e suaves.

Ao longo do horizonte surgiu um bando de nuvens brancas sobrepostas, uma após a outra. Mas, à medida que Odin foi se aproximando, elas se transformaram em montanhas de mármore, envolvendo com certeza algum local sagrado. Como sentinelas de um branco puro, permaneceram banhadas de lindas cores.

Parecia não haver entrada nas paredes de mármore. Mas, quando chegou, Odin bateu e uma porta foi aberta. Um homem com aspecto sério e respeitoso o cumprimentou, levando-o ao interior de uma caverna espaçosa, com cristais brilhantes que refletiam a luz de sua tocha. No fundo da caverna havia uma porta, maior que aquela pela qual Odin havia entrado, que se abriu para um vale circular.

As laterais do vale eram formadas por montanhas de mármore; mas seu interior não se parecia com montanhas, pois tinha sido esculpido com belas formas; videiras delicadas o atravessavam, revelando a brancura do mármore.

No centro do vale crescia a raiz da enorme Árvore da Vida; e as águas do fundo do poço da sabedoria banhavam as raízes da árvore. No final do vale, erguia-se um imponente palácio. Aqui e ali havia grupos de árvores, e plantas raras floresciam por toda parte. Perto do lago, uma enorme tartaruga, com as costas cobertas com as marcas do tempo, aproveitava preguiçosamente a luz. Inofensivas serpentes de olhos brilhantes se enrolavam nos troncos das árvores. Os dragões dormiam com as asas dobradas enquanto muitos monstros velhos e rudes descansavam em meio aos bosques ou tomavam sol próximos às paredes de mármore. Pássaros coloridos e alegres voavam para dentro e para fora entre os galhos, e pavões andavam orgulhosos exibindo a cauda. A cena ficou ainda mais bonita com a luz que caía sobre ela. Não era a luz do sol, e não se podia dizer de onde vinha; mas inundou o vale pacífico com um brilho muito suave.

Odin parou por um instante contemplando a bela cena à sua frente e depois caminhou na direção do centro do vale. Sob a raiz da Árvore do Mundo estava sentado um homem de estatura gigante, absorto, observando as águas do poço. Mechas prateadas balançavam sobre seus ombros e uma barba branca caía pelo peito. Seu rosto não aparentava velhice embora, ao levantar a cabeça, a sabedoria dos séculos brilhasse em seus profundos olhos azuis: seu aspecto expressava paz. Sua mão repousava sobre a borda do poço, completamente coberto de ouro. Perto dele, um imenso baú curiosamente esculpido guardava tesouros de eras passadas. Um grande chifre de prata repousava sobre o peito, ostentando o nome de Heimdair em caracteres rúnicos de ouro.

Quando Odin se aproximou, Mimir se levantou dizendo: "Bem-vindo, Odin! Vejo que você vem do norte. Desta vez você escolheu o caminho difícil e a pé!"

"Sim, Mimir", Odin respondeu. "Escolhi aquela estrada pois queria explorar a terra dos meus inimigos e vim até aqui em busca de conselhos e ajuda."

"Como sabe, é um prazer ajudá-lo", respondeu Mimir.

"Conheço sua prontidão", disse Odin. "Mas, desta vez, preciso de algo que ninguém jamais lhe pediu. Meu reino está cercado de perigos. A maldade de Loki é crescente. Ele se casou com uma bruxa de pau-ferro e seus filhos ameaçam pôr à prova nossos maiores inimigos. Os Gigantes Gelados e os Gigantes das Montanhas, como sabe, estão prontos para nos atacar sempre que houver chance de sucesso. Preciso de sabedoria para governar e proteger Asgard, e Midgard, o mundo dos homens.

Ambos permaneceram em silêncio por uns instantes. Olhando seriamente para Mimir, Odin disse: "Para que eu possa obter essa sabedoria, peço um gole da água de seu profundo poço".

Depois de um longo silêncio, Mimir respondeu: "Você me pediu uma coisa grande, Odin! Está preparado para pagar o preço para isso?"

"Sim!", replicou prontamente Odin. "Todo o ouro de Asgard, nossas melhores espadas, nossos escudos de joias! Até mesmo Sleipnir eu lhe dou em troca de um gole da preciosa água!"

"Essas coisas não comprarão o que deseja", respondeu Mimir. "Só se obtém sabedoria com sofrimento e sacrifício. Daria um de seus olhos em troca de sabedoria?"

Uma nuvem cobriu o audacioso rosto de Odin, e ele ponderou por muito tempo. E então ele respondeu lentamente: "Darei um dos meus olhos e sofrerei tudo o que for necessário se puder obter a sabedoria de que preciso."

Ninguém nunca soube tudo o que Odin sofreu e aprendeu no vale misterioso. Dizem que ele realmente deu um de seus olhos em troca de um gole da água do poço de Mimir. Mas como não há nada a respeito disso na velha canção chamada "Canção Rúnica de Odin", e como o fato dele ser caolho não é mencionado nos poemas mais antigos, parece duvidoso que esse sacrifício tenha sido exigido dele. Em sua "Canção Rúnica", Odin diz:

>Sei que resisti na árvore
>balançando ao vento
>nove noites inteiras,

ferido por uma lança
e sacrificado a Odin,
eu em oferenda a mim mesmo;
naquela árvore
de raízes desconhecidas.

Ninguém me deu pão
ou água para beber;
para baixo eu olhei
até ver as runas
às quais me dediquei,
e da árvore caí.

Nove potentes canções
do filho famoso
aprendi, de Bolthorn, o pai de Bestla,
e de um barril obtive
o precioso hidromel
retirado de Odhraerir.

Comecei a dar frutos
e conheci muitas coisas
para crescer e prosperar:
palavra por palavra.
Eu procurei palavras.
Fato por fato.
Eu procurei fatos.[6]

---

6 Da "Canção Rúnica de Odin", na tradução de Thorpe da *Edda de Saemund*.

O CONSTRUTOR GIGANTE

como contado por Abbie Farewell Brown

ANOS e anos atrás, quando o mundo estava sendo feito, os deuses decidiram erguer uma linda cidade bem acima do céu, a mais gloriosa e maravilhosa cidade já conhecida. Asgard era para ser seu nome, e era para ficar na Planície de Ida, sob a sombra de Yggdrasil, a grande árvore cujas raízes estavam embaixo da terra.

Primeiro, construíram uma casa com telhado de prata, onde havia assento para todos os doze chefes. No centro, e bem acima dos outros, ficava o maravilhoso trono de Odin, o Pai de Todos, de onde ele podia ver tudo o que acontecia no céu, na terra ou no mar. Depois, fizeram uma bela casa para a rainha Frigg e suas adoráveis filhas. Em seguida, construíram uma ferraria com grandes martelos, pinças, bigornas e foles, onde os deuses podiam trabalhar em seu ofício favorito, a fabricação de peças de ouro; o que fizeram tão bem que, a época era chamada de Idade do Ouro. Depois, como tinham mais tempo livre, construíram casas separadas para todos os Aesir, uma mais bonita que a outra, pois estavam se tornando mais habilidosos. E salvaram o palácio do Pai Odin até o fim. Pois pretendiam que este fosse o maior e o mais esplendoroso de todos.

Gladsheim, o lar da alegria, era o nome da casa de Odin e foi toda construída em ouro, no centro de um bosque cujas árvores tinham folhas de ouro avermelhado – como uma dourada floresta de outono. Para a segurança do Pai Odin, o palácio foi cercado por um rio ruidoso e por uma alta cerca de estacas; no interior, havia um grande pátio.

A glória de Gladsheim era seu maravilhoso salão, todo de ouro, a sala mais linda que o tempo já viu. Valhala, o Salão dos Heróis, era seu nome, e ele foi coberto com os poderosos escudos dos guerreiros. No teto havia um entrelaçamento de lanças e, na extremidade oeste, diante do portal, pendia um grande lobo cinza com uma águia feroz pairando sobre ele. O salão era tão grande que tinha 540 portões – em cada um, 800 homens podiam marchar lado a lado. Na verdade, precisava haver espaço pois era nesse salão que todas as manhãs Odin recebia todos os grandes guerreiros que haviam morrido na terra abaixo; e naquela época havia muitos heróis.

Essa era a recompensa que os deuses davam à coragem. Quando um herói perdia a vida gloriosamente, as Valquírias, as nove filhas guerreiras de Odin, traziam o corpo até Valhala em seus cavalos brancos que galopavam nas nuvens. Lá eles viviam para sempre, muito felizes, desfrutando das coisas que mais tinham amado na terra. Todas as manhãs eles se armavam e saíam para lutar entre si no grande pátio. Era um jogo incrível, maravilhosamente jogado. Não importava quantas vezes um herói era morto, pois revivia a tempo de retornar perfeitamente bem a Valhala, onde tomava o café da manhã com o Aesir, enquanto as belas Valquírias que o trouxeram a primeira vez esperavam à mesa e serviam o abençoado hidromel, que só os imortais podem provar. Uma vida feliz para os heróis, e uma vida feliz para todos os que moravam em Asgard, antes de surgirem problemas entre os deuses, após a travessura de Loki.

Foi assim que os problemas começaram. No início dos tempos, os gigantes eram hostis aos Aesir, porque os gigantes eram mais velhos, maiores e mais perversos; além disso, eles sentiam ciúmes porque os bons Aesir rapidamente estavam ganhando mais sabedoria e poder que os gigantes jamais conheceram. Foi o Aesir que colocou no céu os belos irmãos, Sol e Lua, para dar luz aos homens; e foram eles também que fizeram das joias as estrelas faiscantes.

Os gigantes odiavam os Aesir e tentaram tudo o que estava a seu alcance para ferir tanto eles quantos os homens da terra abaixo, a quem os Aesir amavam e cuidavam. Os deuses já tinham construído um muro ao redor de Midgard, o mundo dos homens, para manter os gigantes do lado de fora; e o muro foi feito com as espessas sobrancelhas de Ymir, o maior e mais antigo dos gigantes. Entre Asgard e os gigantes corria Ifing, o grande rio no qual o gelo nunca se formou e que os deuses cruzaram na ponte do arco-íris. Mas isso não era proteção suficiente. A bela cidade nova precisava de uma fortaleza.

Assim se dizia em Asgard: "Precisamos construir uma fortaleza contra os gigantes; a maior, mais forte e a melhor já construída.

Loki e Svadilfori

    Um dia, logo depois de anunciada a decisão, surgiu um homem poderoso perseguindo a ponte do arco-íris, que levava à cidade de Asgard.

    "Quem vai lá?", gritou Heimdall, o vigia cujos olhos eram tão penetrantes que ele era capaz de enxergar quilômetros e quilômetros ao redor e cujos aguçados ouvidos eram capazes de perceber o crescimento da grama na campina e a lã nas costas das ovelhas. "Quem vai lá? Ninguém pode entrar em Asgard sem o meu consentimento."

    "Sou um construtor", disse o estranho, um sujeito enorme com as mangas arregaçadas deixando à mostra os músculos de ferro de seus braços. "Sou um construtor de torres fortes e ouvi dizer que o povo de Asgard precisa de uma para ajudá-los a erguer uma bela fortaleza em sua cidade."

    Heimdall olhou o estranho mais de perto, pois havia nele algo que seus olhos penetrantes não estavam gostando. Mas ele não respondeu, apenas soprou seu chifre de ouro, cujo alto som ecoou pelo mundo todo. A esse sinal, todos os Aesir vieram correndo até a ponte do arco-íris para descobrir quem estava vindo para Asgard. Era dever de Heimdall alertá-los sempre sobre a aproximação de um desconhecido.

"Esse sujeito diz que é um construtor", disse Heimdall. "E ele gostaria de erguer uma fortaleza na cidade."

"Sim! Sim!", acenou o estranho com a cabeça. "Olhe para o meu braço de ferro, olhe as minhas costas largas, olhe os meus ombros. Não sou o trabalhador de que precisam?"

"Realmente é uma figura poderosa", disse Odin com olhar de aprovação. "Quanto tempo você levará para construir nossa fortaleza sozinho? Por questão de segurança, só podemos permitir um estranho de cada vez em nossa cidade."

"Em três anos e meio," respondeu o estranho. "Eu me comprometo a construir um castelo tão forte que nem mesmo os gigantes, todos juntos sobre Midgard, entrariam sem a sua permissão."

"Ah!" exclamou Odin, satisfeito com a oferta. "E que recompensa quer em troca por uma ajuda tão oportuna, amigo?"

O estranho sussurrou e gaguejou, puxando a longa barba enquanto pensava. De repente, ele falou como se a ideia tivesse acabado de surgir em sua mente. "Vou dizer o meu preço, amigos. Um valor baixo por uma ação tão grande. Peço que me dê Freya como esposa e aquelas duas joias cintilantes, o Sol e a Lua."

Diante da inusitada demanda, os deuses se mostraram sérios, pois Freya era seu tesouro mais precioso. Ela era a donzela mais linda que já existiu, a luz e a vida do céu. Se deixasse Asgard, a alegria iria embora com ela, enquanto o Sol e a Lua eram a luz e a vida dos filhos dos Aesir, homens que viviam no pequeno mundo inferior. Mas o astuto Loki sussurrou que eles estariam seguros se apresentassem uma outra condição, bem difícil, que o construtor não seria capaz de cumprir. Depois de pensar com cautela, ele disse a todos.

"Poderoso homem, estamos dispostos a concordar com seu preço – com uma condição. Você nos apresentou um tempo muito longo. Não podemos esperar três anos e meio pelo castelo. Isso equivale a três séculos quando se está com pressa. Tente terminar a fortaleza sem ajuda em um inverno, um inverno curto, e você terá a bela Freya, o Sol e a Lua. Mas, se no primeiro dia do verão, faltar uma pedra nas paredes, ou se receber ajuda de alguém, sua recompensa estará perdida e você partirá sem pagamento." Loki então falou em nome de todos os deuses, mas o plano era dele mesmo.

Inicialmente, o estranho balançou a cabeça e franziu a testa, dizendo que em tão pouco tempo, sem uma ajuda sequer, ninguém seria capaz de completar a tarefa. Por fim, fez uma outra proposta. "Deixem-me ter apenas a ajuda do meu cavalo, e eu tentarei," ele pediu. "Deixe-me levar o útil Svadilfori comigo para que eu possa terminar o trabalho em um inverno e poucos dias, ou perderei minha recompensa. Certamente não vão me negar essa pequena ajuda de um amigo de quatro patas."

Mais uma vez o Aesir fez uma consulta e os mais sábios tiveram dúvidas se seria melhor aceitar a oferta daquele homem, feita de forma tão estranha. E novamente Loki os encorajou a aceitar. "Certamente, não há mal algum," ele disse. "Mesmo contando com a ajuda do velho cavalo, ele não será capaz de construir o castelo no tempo prometido. Sem dúvida, teremos uma fortaleza e não será necessário pagar nada."

Loki estava tão ansioso que embora o outro Aesir não gostasse de sua forma astuta de fazer barganhas, eles concordaram. Então, na presença dos heróis, com as Valquírias e a cabeça de Mimir como testemunhas, o estranho e o Aesir fizeram uma promessa solene de que o acordo deveria ser cumprido.

No primeiro dia do inverno, o estranho construtor deu início ao seu trabalho e maravilhosa foi a forma como ele o fez. Sua força parecia igual à de uma centena de homens. Já seu cavalo Svadilfori executou mais tarefas pela metade que o poderoso construtor. À noite, ele arrastou as rochas enormes que seriam usadas na construção do castelo, rochas do tamanho das montanhas; enquanto durante o dia o estranho as colocou no lugar com seus braços de ferro. O Aesir o observou espantado. Jamais vira tamanha força em Asgard. Nem o corpulento Tyr, nem Thor, o forte, teriam poder igual ao do estranho. Os deuses começaram a se olhar inquietos. Quem seria aquele homem poderoso que tinha vindo até eles? Será que conseguiria sua recompensa? Em seu palácio, Freya tremeu, e o Sol e a Lua escureceram de medo.

Mesmo assim, o trabalho prosseguiu e a fortaleza estava cada vez mais alta. A apenas três dias do final do inverno, o prédio já era tão alto e resistente que estaria a salvo dos ataques de qualquer gigante. Os Aesir ficaram maravilhados com o novo castelo, mas seu orgulho foi ofuscado pelo medo de que teriam que pagar o alto preço combinado. Faltava apenas o portal para a obra ser concluída e, a menos que o estranho não conseguisse terminá-lo nos próximos três dias, eles deveriam dar a ele Freya, o Sol e a Lua.

Os Aesir se reuniram na Planície de Ida, um encontro cheio de medo e raiva. Por fim, perceberam o que tinham feito: uma barganha com um dos gigantes, seus inimigos; e, se ele ganhasse o prêmio, e isso significaria tristeza e escuridão no céu e na terra. "Como é que concordamos com uma troca tão louca?", começaram a se perguntar. "Quem sugeriu o plano perverso que parecia justo nos custar tudo o que mais prezamos?" Eles então se lembraram de que foi Loki quem teve a ideia; foi ele que insistiu para que fosse realizado e o culparam por todos os problemas. "Foram seus conselhos, Loki, que trouxeram esse perigo até nós," disse Odin, com a testa franzida. "Você escolheu o caminho da astúcia, que não é o nosso. Resta-lhe agora nos ajudar com sua astúcia, se puder. Mas, se não puder salvar Freya, o Sol e a Lua para nós, você deve morrer. Essa é a minha palavra." Todos os outros Aesir concordaram que era justo. Thor estava fora, caçando os demônios do mal no outro lado do mundo e não sabia o que estava acontecendo, que perigos ameaçavam Asgard.

Loki ficou muito assustado com a palavra de Odin. "A culpa foi minha!", ele exclamou. "Mas como eu podia saber que ele era um gigante? Ele se disfarçou de modo a parecer apenas um homem forte. Quanto ao seu cavalo – é muito parecido com o de outras pessoas. Se não fosse pelo cavalo, ele não teria terminado o trabalho. Ah! Tive uma ideia! O construtor não deve terminar o portão; o gigante não deve receber seu pagamento. Eu vou enganar o sujeito."

Chegou a última noite do inverno e restavam apenas algumas pedras para colocar no topo do maravilhoso portão. O gigante estava certo de seu prêmio e riu sozinho quando saiu com seu cavalo para arrastar as pedras restantes. Ele não sabia que o Aesir tinha adivinhado finalmente quem ele era, e que Loki estava conspirando para enganá-lo. Mal tinha saído para trabalhar quando da floresta surgiu uma linda égua que relinchou para Svadilfori, como se convidasse o cavalo cansado a deixar o trabalho de lado e vir para os verdes campos para um descanso.

Svadilfori, você deve se lembrar, trabalhou duro durante todo o inverno, sem nunca avistar uma criatura de sua espécie, e estava muito solitário e cansado de arrastar pedras. Resfolegando, resolveu desobedecer e saiu correndo atrás do novo amigo em direção às pradarias. O gigante foi atrás dele, gritando de raiva e correndo para salvar sua vida, ao ver que não era apenas seu cavalo, mas também a sua chance de sucesso fugindo do seu alcance. Foi uma perseguição tresloucada e Asgard tremeu com os cascos galopando e os poderosos passos do gigante. A égua que correu à frente era Loki, disfarçado, e ele levou Svadilfori para longe de seu alcance, para um local escondido que ele conhecia. O gigante gritou e correu para cima e para baixo a noite toda, sem avistar seu companheiro.

Quando a manhã chegou, o portal ainda estava inacabado e a noite e o inverno terminaram na mesma hora. O tempo do gigante acabou e ele perdeu sua recompensa. Os Aesir vieram em bando e riram e triunfaram quando encontraram três pedras esperando para completar o portão.

"Companheiro, você falhou!", julgou Odin severamente. "Não devemos pagar por um trabalho que não foi feito. Deixe Asgard imediatamente. Vimos tudo o que queríamos de você e de sua raça."

O gigante então soube que foi descoberto e ficou louco de raiva. "Foi um truque!", ele berrou, assumindo sua própria forma: era enorme como uma montanha e bem mais alto que a fortaleza que havia construído. "Foi um truque cruel! Você deve pagar por isso de uma forma ou de outra. Não posso demolir o castelo que, seus ingratos, construí para vocês, mais forte que a força de qualquer gigante. Mas vou pôr abaixo o resto de sua cidade brilhante! Na verdade, ele teria feito isso quando estava furioso. Mas, nesse momento, Thor, a quem Heimdall havia chamado com um toque do chifre de ouro, veio correndo, puxado por sua carruagem de cabras. Thor saltou perto do gigante e antes que aquela figura enorme soubesse o que tinha acontecido, sua cabeça rolou aos pés de Odin. Com um golpe, Thor pôs fim à maldade do gigante e salvou Asgard.

"Esta é a recompensa que você merece!", gritou Thor. "Não Freya, nem o Sol e a Lua, mas a morte que reservei para todos os inimigos dos Aesir."

De forma extraordinária, a nobre cidade de Asgard se tornou segura e completa com a adição de uma fortaleza que ninguém, nem mesmo o gigante que a construiu, poderia prejudicar. Tornou-se maravilhosa! Mas no topo do portão ficaram faltando para sempre as três pedras que ninguém foi forte o suficiente para erguer. Isso foi um lembrete aos Aesir de que, agora, eles tinham a raça dos gigantes como inimigos eternos. Embora o truque de Loki tenha salvado Freya para eles e o Sol e a Lua para o mundo, foi o início de um problema que durou enquanto Loki viveu usando sua astúcia para fazer travessuras.

COMO THIASSI CAPTUROU LOKI

como contado por Mary Litchfield

ODIN, Loki e um outro deus partiram para uma nova jornada. A estrada era cercada por matagais onde mal conseguiam avançar e tinha colinas íngremes. A certa altura, o cansaço e a fome os obrigaram a parar. Eles se jogaram próximos a um campo onde bois e vacas pastavam. Loki, dono de um apetite muito grande, sugeriu que um boi seria uma boa refeição. Em poucos instantes, o animal foi capturado e morto. Enquanto preparava a carne, os outros deuses trouxeram galhos e alguns gravetos para fazer o fogo. Eles então foram para uma sombra.

Loki olhava o fogo extasiado. As chamas vermelhas espalharam suas línguas bifurcadas em volta do enorme caldeirão de ferro, o vapor subiu e a água assobiou, transbordando da panela. Ele riu e gritou: "Queime, atire, quente e forte, e prepare um jantar digno dos deuses!" E jogou mais lenha.

Não demorou para que a carne ficasse pronta. Loki então encontrou uma vara bifurcada e tirou um pedaço, que examinou e provou. Para seu espanto, estava crua como quando ele a colocou no fogo. Olhou para a panela e para o fogo perplexo. Depois, empilhou mais lenha até o fogo rugir.

Depois de algum tempo, experimentou-a novamente, sem sucesso: continuava crua. O mais patife dos deuses estava perdendo o juízo. Olhando para a panela, exclamou: "Os poderes do mal estão em ação! Os Gigantes Gelados entraram no fogo!"

Só então ouviu uma risada zombeteira, que parecia vir do céu. Olhando para cima, viu uma águia enorme, com olhar fixo, que quase o tirou de si: os olhos da águia brilhavam como estrelas.

Finalmente, a ave falou: "Bem, amigo Loki, por que sua carne não cozinha? Você parece não ter habilidade ou a má sorte o acompanha. Dê-me minha parte do banquete, e logo a carne ficará pronta."

Loki já estava impaciente, e as palavras da águia o deixaram com raiva. "Pare de zombar", ele gritou, "ou sentirá o peso do meu poder!"

A risada zombeteira soou novamente e a águia disse: "Loki, guarde suas ameaças para aqueles a quem você pode alcançar. Você é uma panelinha, que logo fica quente, ao contrário daquele grande caldeirão."

O deus agora estava completamente enfurecido, mas, sabendo que estava desamparado, controlou a raiva e respondeu calmamente: "Suponha que paremos de brincar e cozinhemos a carne. Pegue sua parte, se isso resolver a questão. A carne está enfeitiçada."

Em seguida, a águia mergulhou e agarrou uma perna e os ombros do boi – que certamente pode ser chamada de parte do leão – e estava prestes a voar com eles, quando Loki, vendo o que a águia tinha feito, rapidamente agarrou uma vara que estava perto dele e a golpeou fortemente. Mas, pobre Loki! A vara ficou presa nas costas da águia e a outra extremidade não saía das mãos de Loki. A ave voou, carregando consigo o deus surpreso. Depois, ela baixou o voo, de modo que Loki foi arrastado sobre as árvores e as rochas pontudas até que urrou de dor.

Depois de algum tempo, a águia cansada de carregar um fardo tão pesado, parou no topo de uma colina e olhou para seu prisioneiro, que estava quase morto de susto e dor. Mas ele recuperou o fôlego rapidamente e começou a implorar por misericórdia.

A águia o ouviu e soltou uma risada zombeteira mais uma vez, dizendo: "Você ainda não me conhece, Loki? Você esqueceu seus amigos rapidamente, não?

Loki a encarou por um momento e gritou: "Você é Thiassi!"

"Claro que eu sou Thiassi", respondeu a ave. "Não achei que você poderia ser enganado tão facilmente. Mas não desejo machucar você. São os outros deuses que eu quero atingir – aqueles que se pronunciaram em favor dos anões.

"Eles precisam pagar pelo insulto dirigido a nós! Eles ainda sentirão o fio da espada fatal!" E os olhos da águia brilharam.

"Como posso servi-la?", perguntou Loki. "Não me considere um inimigo, eu imploro."

"Eu o conheço há muito tempo, Loki", respondeu Thiassi. "E sei que você adora travessuras, seja a vítima sua amiga ou inimiga. O jogo que vou jogar será de acordo com o seu coração. Idunn[1], como você deve se lembrar, é parente

---

[1] Idun ou Idunn, forma usual, às vezes é anglicizado como Iduna, a deusa do início da primavera.

Thiassi carregando Loki

minha. Eu a vi no dia em que ocorreu o julgamento – a primeira vez em anos. Imagino que, às vezes, ela deve se cansar da charmosa monotonia de Asgard e ansiar por dar uma olhada em seus parentes gigantes. Tenho a intenção de satisfazer o desejo dela não expresso. Fazendo isso, causarei desconforto nos meus inimigos, os bons deuses. Suas sobrancelhas logo estarão enrugadas e suas formas, curvadas, se a encantadora Idunn, com suas maçãs de ouro, os deixar."

A imagem dos bons deuses preocupados e enrugados fez Loki dar uma gargalhada, esquecendo sua dor. "Thiassi, seu plano é excelente e vou ajudar você a executá-lo!", gritou. "Mas, em troca, prometa fazer uma coisa por mim. Isso machucará seus inimigos mais do que a perda de Idunn."

"Fale," disse Thiassi. "Farei qualquer coisa para me vingar.

"Para ferir ainda mais profundamente os deuses," disse Loki, "é preciso ferir Baldur, o ídolo deles, que é adorado como se fosse um ser superior – até Odin o faz. Não compartilho desse entusiasmo, como você bem pode imaginar. Se bem me lembro, nunca encontrei ninguém em todos os nove mundos para admirar, e odeio o manso Baldur tanto quanto eles o amam. Algum tempo atrás, o favorito deles teve pesadelos, e os teve tão repetidamente que o Pai Odin e a Mãe Frigg se assustaram e convocaram um conselho dos deuses, consultaram sábios gigantes e finalmente deram vida a todas as criaturas e até mesmo a plantas e metais, tudo para não prejudicar Baldur.

"Não satisfeito com isso, Odin visitou o mundo inferior e consultou Vala, que havia morrido há muito tempo, sobre o destino de seu filho. Eu o ouvi contando a Frigg sobre sua jornada. Ele cavalgou Sleipnir. Quando estava perto da caverna que levava ao mundo da tortura, um cachorro o encontrou e latiu furiosamente – mau sinal, achei. Eu perdi o que veio em seguida. Mas, por fim, ele alcançou o túmulo de Vala que, asseguro, não gostou de ser perturbado após seu longo sono sob o orvalho e a neve. Ela disse a Odin que aquele lugar estava sendo preparado para seu filho no mundo inferior. Não ouvi tudo, mas estou convencido de que Odin se sentiu confortável em sua jornada."

"O pacífico Baldur agora exibe sua superioridade ao se levantar como um alvo para os Aesir. Ele acha que agora está seguro, mas, por acaso, guardo um pequeno segredo que tem grande importância. A Mãe Frigg, em sua inocência, confidenciou-me, achando que eu era uma mendiga. Quando ela fez todas as criaturas jurar que não machucariam Baldur, houve um que ela negligenciou por ser fraco e impotente para machucar alguém. Era o pequeno arbusto de visco, que crescia no lado leste de Valhala. Eu protegi a planta e ela está aqui." E Loki tirou de seu peito o visco murcho.

"É aqui que começa meu plano, Thiassi. Desta planta fraca, você, com sua maravilhosa habilidade, pode fazer uma flecha que matará o belo Baldur, o querido dos deuses." Thiassi ponderou por alguns minutos e disse: "Eu não faria tanto para agradá-lo. Você está em meu poder e posso obrigá-lo a me ajudar, queira você ou não. Mas gosto do seu plano. Dê-me o visco. A flecha que farei será mortal, porque deve ser envenenada pelo ódio. Já fiz uma espada fatal cujo gume os Aesir sentirão um dia. Mimir, o sábio, a tirou de mim enquanto eu dormia. Não sei onde está, mas certamente cumprirá o propósito para o qual foi feita."

Antes de se separarem, foi combinado que Loki deveria atrair Idunn para fora das muralhas de Asgard, para que Thiassi pudesse carregá-la para Jotunheim. E Thiassi, enquanto voava rumo ao norte, levou consigo o visco murcho com o qual ele deveria fazer a flecha fatal.

THIASSI ROUBA IDUNN

como contado por Mary Litchfield

CERTA tarde, Idunn estava sentada em seu jardim quando Loki entrou e se sentou. Todos os deuses costumavam vir ver Idunn. O jardim era um local encantador, com fontes e caramanchões, e Idunn era uma deusa adorável. Mas os deuses tinham outra razão para vir – pegar as maçãs de Idunn.

Essas maçãs eram as frutas mais deliciosas. Eram douradas, com um toque de vermelho; e quem as provava parecia estar comendo tudo o que mais gostava no mundo. E havia algo ainda mais maravilhoso. Quem as comia, se fosse velho, ficava jovem; se estivesse cansado, sentia-se revigorado, como se tivesse acabado de acordar. Por causa dessas virtudes, os Aesir as valorizavam acima de todos os seus tesouros.

Enquanto Loki lá estava, Thor, o forte deus do trovão, veio se refrescar depois de uma luta contra os gigantes em Jotunheim. Baldur, o Belo, também apareceu, pois até ele precisava provar o fruto maravilhoso. Logo depois, Tyr se aproximou, forte e alegre, mesmo tendo perdido a mão direita. Mais tarde vieram Frigg e algumas outras deusas. E todos conversaram enquanto passeavam entre as árvores ou descansavam nos caramanchões sombreados.

Loki riu de seus pensamentos: "Como se sentirá o poderoso Thor quando sua mão estiver muito fraca para arremessar o martelo nos gigantes? Como será a aparência de Frigg, a rainha dos deuses, quando não puder mais ficar ereta, cambaleando sobre uma velha arqueada? Vai ser uma cena e tanto!"

Os deuses vieram e se foram, as sombras se alongaram, mas Loki continuou por lá. Quando finalmente ficou sozinho com Idunn, desatento, disse: "Deixe-me ver uma de suas maçãs. Quero vê-las de perto." Depois de examinar as frutas, cheirou e provou, e foi logo dizendo de forma decidida: "É como eu imaginava, essas maçãs são excelentes".

Idunn olhou para ele com uma expressão perplexa.

Ele continuou: "O ouro é mais brilhante, e o vermelho o tom mais bonito; o sabor está além de qualquer coisa que já experimentei. Jamais acreditaria que havia maçãs melhores que as suas em todos os nove mundos se eu mesmo não as tivesse visto e provado".

Enquanto Loki falava, espanto e ansiedade tomaram conta do rosto de Idunn; e, quando ele terminou, ela explodiu: "Por quê, Loki? O que está querendo dizer? Não pode haver maçãs melhores que as minhas! Todos os deuses dizem isso – até mesmo Odin; e ele esteve por toda parte".

"É o que os deuses dizem. Mas como podem provar?", perguntou Loki, sorrindo. "Eu vi as melhores e as experimentei. Elas crescem em um bosque um pouco além dos muros e do rio de Asgard. Ninguém jamais pensaria em procurar maçãs por lá. Outro dia, eu as encontrei por acaso, ao procurar algo que havia perdido."

"Loki!", gritou Idunn, com lágrimas nos olhos. "Não suporto a ideia de pensar que existem maçãs melhores que as minhas. Será que também são maçãs da juventude?"

"Isso eu não sei dizer," respondeu o deus. "Mas sei que, quando as encontrei, estava exausto e, na primeira mordida, senti-me leve como uma cotovia. Portanto, presumo que elas superem as suas maçãs em suas qualidades de rejuvenescimento e em outras coisas. No entanto," ele acrescentou, vendo o olhar angustiado de Idunn, "você não precisa se alarmar. Sei que seria triste para você perder a posição de única pessoa a ter essa fruta maravilhosa. Por isso, em consideração a você, não contei a ninguém sobre minha descoberta. Só você, minha encantadora Idunn, que sempre foi tão graciosa e generosa ao distribuir seu tesouro, deveria ter as novas maçãs de ouro!"

"Como você é gentil, Loki!", disse Idunn com lágrimas nos olhos. "Você não vai me dar algumas para que eu veja por mim mesma o quanto elas são melhores? Não vejo a hora!"

"Deixe-me pensar", disse Loki com toda calma. "Devo começar por Midgard. Como fazer?" Logo em seguida, acrescentou: "Não vou ter tempo de pegar as maçãs e voltar aqui com elas. Mas, já sei! Você vai comigo. Aí poderei levá-la em segurança para Asgard novamente; e uma vez entre os muros, você não se importará de voltar para casa sozinha. Ou, se preferir, não precisa sair de casa. Pego as maçãs enquanto você espera lá dentro. Quando chegarmos lá, você pode decidir.

Sem suspeitar de nada, Idunn se preparou para acompanhar Loki. Jogou um manto verde-claro nas costas, seu manto bordado de flores, e disse: "Não sei se é melhor esconder minhas maçãs ou levá-las comigo".

"Oh! Leve-as", respondeu Loki, "assim não terá que se preocupar com elas."

Eles partiram. Idunn sentia um misto de medo e satisfação diante da perspectiva de uma viagem tão longa, pois raramente saía de casa. Há anos não ultrapassava os muros.

"Gostaria de saber o que Bragi vai dizer se ele voltar e não me encontrar," ela murmurou. "Espero chegar em casa antes do anoitecer!" Ela estava pensando em voltar, mas Loki, muito brincalhão, começou a contar piadas e histórias e ela acabou esquecendo seus medos.

Depois de uma longa caminhada – e deuses andam bem mais depressa que os mortais – chegaram aos muros da cidade.

"Agora", disse Loki, "o que você resolveu? Vai ficar aqui ou vai me acompanhar? Para mim é indiferente, a menos que você queira ver as maçãs crescendo. Talvez você não goste de ficar aqui sozinha em um lugar tão ermo."

"Tenho um pouco de medo de ficar aqui sozinha," respondeu Idunn, "e acho que gostaria de ver o crescimento das maçãs. Acho que vou acompanhá-lo. Se estão perto, não deve haver problema algum."

Loki a ajudou a passar pelo alto muro. E, é estranho dizer, havia um barco exatamente onde eles desceram do outro lado. Se pelo menos Idunn tivesse suspeitado, ela poderia ter perguntado a respeito. Nem parou para perguntar e entrou com Loki. O barco passou sobre o rio impetuoso, com suas névoas perigosas, com a mesma facilidade com que um cisne cruza um lago tranquilo. Bem, na verdade, não era um barco comum, mas um barco feito por Thiassi para essa ocasião.

Assim que puseram os pés em terra firme, Loki apontou para um bosque e disse: "As maçãs estão ali".

Eles seguiram em direção ao bosque e logo os raios de sol da tarde sumiram perto das árvores e da vegetação rasteira.

Idunn estava cansada e perguntou baixinho: "Falta muito, Loki?"

"Não. Só mais um pouquinho," ele respondeu. "Mas, se você estiver cansada, aqui tem um bom assento. Descanse um pouco enquanto vou pegar água da nascente que corre atrás dessa grande rocha."

Idunn se sentou, segurando seu cesto de maçãs douradas no colo e encostou a cabeça em uma árvore. Olhando para cima, por entre os galhos, podia ver nuvens branquinhas navegando preguiçosamente no azul do céu. Não demorou para que seus olhos fechassem e ela caiu no sono.

Ela foi acordada subitamente por um zumbido e, quando olhou para cima, o azul do céu tinha desaparecido e uma pesada nuvem de chuva se aproximava rapidamente.

"Loki! Loki! Volte!" ela gritou.

Não houve resposta e a nuvem desceu rapidamente. As tocar as copas das árvores, algumas poucas penas caíram em seu colo. Enquanto olhava com medo e ao mesmo tempo maravilhada, ele assumiu a forma de uma grande águia com olhos brilhantes. Idunn gritou aterrorizada e afundou-se indefesa em seu assento. Quando a águia a agarrou, uma pequena flecha caiu no chão, perto de onde ela estava sentada.

Idunn foi levada rapidamente para Jotunheim. Quando a águia estava bem longe, que parecia não ser maior que uma andorinha, uma forma apareceu por trás da grande rocha e Loki, com um olhar malicioso de triunfo no rosto, pegou a flecha de visco.

OS DEUSES FICAM VELHOS

como contado por Mary Litchfield

QUANDO Bragi,[1] marido de Idunn, voltou para casa à noite, não encontrou a mulher no portão com ar feliz e os cabelos dourados. Ele a procurou no jardim e no palácio; perguntou às pessoas próximas, aos empregados e, por fim, a todos os deuses e deusas; ninguém havia visto Idunn desde que a deixaram bem e feliz como sempre, à tarde. Thor se lembrou de que, ao sair do jardim, vira Loki sentado e meio adormecido.

"Thor," disse Bragi, "se houve alguma maldade, Loki está por trás disso! Vamos procurá-lo!"

Eles foram à casa de Loki e o encontraram sentado perto de uma grande fogueira. Ele pareceu surpreso ao vê-los, e arregalou os olhos quando eles disseram que Idunn tinha desaparecido.

"É muito estranho!" ele disse. "Eu fui o último a deixar o jardim, e até ali estava tudo tranquilo. Não vi nada que me pareceu suspeito perto de Asgard." Então, depois de uma pequena pausa, acrescentou: "Vi uma grande águia enquanto voltava para casa, mas não acho que tenha vindo tão perto."

Loki parecia tão inocente que ninguém suspeitou de que ele sabia de alguma coisa sobre o paradeiro de Idunn.

Naquela noite e no dia seguinte, e todos os dias, a busca por Idunn continuou; mas nenhum vestígio foi encontrado. Foi grande a tristeza sentida por toda a cidade dos deuses. Com ela, o quente verão, que mantinha feliz aquele lar, foi embora, dando lugar a um triste novembro. Ventos gelados sopraram no norte, gelando as delicadas flores. Um ar de decadência caiu sobre as montanhas

---

1 O deus da poesia; o melhor dos bardos.

e campos; e folhas amarelas caíram das árvores, deixando-as nuas e marrons. Videiras que sempre deram frutos e flores durante todos os meses do ano passaram a bater seus caules sem vida contra as paredes. O ar frio tocou os lagos e riachos, cobrindo-os com uma fina camada de vento.

E as aves deixaram pela primeira vez a quente terra dos deuses e voaram em direção ao sul. O sol passou a brilhar fraco e pálido, mal aquecendo o ar, mesmo ao meio-dia. E as noites ficaram mais longas e escuras.

Mas, se a natureza lamentou por Idunn, os deuses sentiram ainda mais a sua perda. Enquanto ela lhes desse suas maçãs douradas, o cansaço e a velhice não poderiam tocá-los. Cada um teve vida plena. Após a partida de Idunn, Odin, o sábio Pai de Todos, envelheceu: sua barba se tornou tão branca quanto a barba de Mimir, e havia uma expressão triste em suas feições reais. A imponente Frigg, mãe dos deuses, ficou enrugada e cinzenta. Até o poderoso deus do trovão, Thor, mostrava sinais de idade, embora seu espírito estivesse intacto. As coisas estavam se tornando tão desesperadoras que Odin resolveu convocar um conselho para examinar o que poderia ser feito para remediar o mal.

Os deuses e deusas se encontraram – tanto os que moravam distantes, quanto os que viviam em Asgard. Todos vieram, exceto Heimdall, que não podia deixar seu posto de guardião da ponte Bifrost. Njord veio de seu palácio por mar, soprado pelo vento, "em uma praia fora da qual cantam os cisnes", na parte ocidental do mundo inferior. Freyr veio de Alfheim, a terra dos elfos; e Vidar, o Silencioso, deixou sua casa isolada por videiras, nas profundezas das montanhas, a pedido de Odin. Todos vieram e todos mostraram os sinais de fraqueza da idade. Um deles estava ausente quando os Aesir se reuniram. Loki não estava lá. E observou-se que ele não parecia afetado pela ausência de Idunn. Seu cabelo vermelho e fogoso, sem mistura de cinza, e seus olhos inquietos não perderam o brilho.

Todos ficaram em silêncio até que Odin se levantou, débil, mas majestoso, com o semblante iluminado pela sabedoria pela qual pagara tão caro. "Meus filhos", ele disse, "Idunn se foi e o mundo está envelhecendo. Os deuses também enfraquecem. Os ventos do inverno já uivaram ao redor de Gladsheim. A sombra da morte está sobre nós. Quem trará Idunn de volta?"

Quando acabou de falar, um deus se levantou de seu assento. Era um que não estava sempre entre eles, **pois vivia** longe de Gladsheim, perto da alta muralha de Asgard.

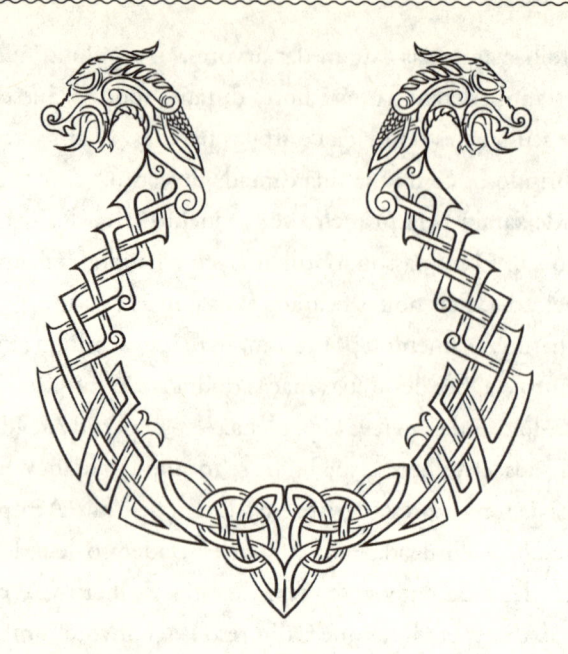

"Posso falar, pai Odin?", ele perguntou.

Odin curvou a cabeça e prosseguiu: "Ouvi de minha solitária casa que Idunn havia partido; mas não me ocorreu que coisas estranhas que vi recentemente poderiam ter algo a ver com o desaparecimento dela. O que tenho a dizer pode esclarecer esse mistério."

"Um dia, já bastante tarde, escalei o muro que fica perto do meu castelo e olhei para baixo, para o escuro rio Asgard. De repente, um zumbido peculiar chamou minha atenção, como aquele de um pássaro em voo rápido. Olhando para cima, vi uma águia enorme carregando algo em suas garras. Eu não sei o que era. Eu a observei até que se tonou um simples partícula e finalmente desapareceu no horizonte, ao norte. Olhei novamente para baixo e tive outra visão estranha – um barco que cruzou o perigoso rio tão facilmente como se fosse um riacho qualquer. Veio a noite, mas pude ver Loki quando ele saltou do barco, escondeu-o entre os arbustos e escalou rapidamente o muro, indo para o centro de Asgard. Loki não está aqui, e isso faz com que pareça ainda mais provável que ele tenha algo a ver com o desaparecimento de Idunn."

Quando o deus se sentou, Thor deu um salto, com o antigo fogo brilhando em seus olhos, e gritou: "Odin, não devemos Bragi e eu ir atrás de Loki? Ele deve pagar caro por isso, se ele for a causa de tudo!"

Odin deu a permissão e eles deixaram o salão. E não demoraram a voltar trazendo Loki, que assumiu um ar de alegria, inadequado para a ocasião, Calmamente, Odin repetiu exatamente o que o deus havia dito e Loki, achando inútil negar que tinha cruzado o rio com Idunn, contou toda a história: como ele foi capturado por Thiassi no dia em que desapareceu repentinamente enquanto viajava com Odin e o outro deus, e como, para se salvar, entregou Idunn nas mãos de Thiassi.

Thor avançou sobre o culpado com o martelo em punho. E Loki, muito assustado, implorou por misericórdia, dizendo que certamente encontraria uma maneira de trazer Idunn de volta se eles lhe dessem um tempo.

"Loki," disse Odin de modo austero, "nós lhe daremos tempo. Mas, se ao final de um mês, não a trouxer de volta, será torturado e condenado à morte."

Loki pediu silêncio para pensar em alguma maneira de enganar Thiassi. Não seria uma coisa fácil de fazer, porque Thiassi era um grande mágico. Ele escondeu o rosto entre as mãos, mas logo ergueu os olhos e disse: "Tenho um plano, mas é preciso disfarçar." Se Freya me emprestar sua plumagem de falcão, vou ficar como Thiassi e suas penas de águia." E riu muito ao pensar que enganaria o grande artista. Depois continuou: "Conheço algumas runas pelas quais posso transformar Idunn em uma noz e, assim consigo trazê-la de volta. Deixem-me ir. Anseio por enganar o gigante que me arrastou sobre as rochas e as árvores."

Os deuses olharam para Loki com frieza porque perceberam que sua verdadeira intenção não era resgatar Idunn.

Pouco depois, um falcão foi visto voando em direção às montanhas de Jotunheim.

LOKI TRAZ IDUNN DE VOLTA

como contado por Mary Litchfield

THIASSI agora vivia em Jotunheim, a desabitada terra dos gigantes. Essa região era separada de Midgard pelo grande rio, Oceano, e ficava entre Asgard e o mundo inferior. Depois que os deuses se pronunciaram em favor dos anões, Thiassi se trancou em um sombrio castelo de pedra, onde passou a maior parte do tempo fazendo armas para usar contra seus inimigos. Sua moradia ficava perto do mar e se erguia como uma montanha irregular em meio às cinzentas rochas da costa. Poucas e pequenas árvores e arbustos agarrados a fendas nas rochas e, nos vales, escassas manchas de grama. Reinava uma penumbra sombria e por sobre a qual pairava um céu cinzento.

O voo de Loki foi rápido e ele não demorou a chegar a Jotunheim, que era bem distante de Asgard. Ao se aproximar da costa, voou em círculos, longe do mar. Ele então viu Thiassi pescando – o que o deixou muito feliz. Se Thiassi estivesse em casa, seria difícil para Loki chegar a Idunn sem que ele soubesse.

Em seguida, deu voltas ao redor do castelo, chegando cada vez mais perto e examinando atentamente o local. Ao passar por uma das aberturas que serviam como janelas, um brilho como um raio de sol atingiu a penumbra. Loki pousou na beirada, olhou para dentro e viu que Idunn dormia em um sofá áspero. Havia lágrimas em seu rosto e o cesto de maçãs douradas continuava firmemente seguro. Seus longos cabelos loiros enchiam a sala vazia e a luz fluía pela abertura, trazendo um pouco de luz para aquela escuridão. Em seu sono, ela soluçou e Loki ouviu a palavra "Asgard".

Sem perda de tempo, ele voou pela sala e, assumindo sua própria forma, acordou-a gentilmente. O susto inicial deu lugar ao medo e à reprovação. "Falso Loki!", ela gritou. "Por que está aqui? Por sua causa, sou uma prisioneira longe de Asgard!"

"Não perca tempo com repreensões, Idunn," disse Loki. "Só eu posso salvar você e vou fazê-lo, se fizer o que eu mandar." Vendo que a expressão de desconfiança permanecia no rosto de Idunn, Loki acrescentou: "Você pode confiar em mim, pois, se eu não a levar em segurança de volta a Asgard, serei torturado e condenado à morte. Todos os deuses envelheceram e Asgard está desolada. Você pode acreditar em mim. E eles a terão em alta consideração quando voltar com seus frutos preciosos."

Então, Idunn foi se acalmando e, como não havia outra esperança de fuga, ela decidiu confiar em Loki.

E ele prosseguiu: "Agora, segure firmemente sua cesta, enquanto eu pronuncio algumas runas que a farão tão pequena quanto uma noz. É assim que poderei levá-la em segurança para sua casa." Idunn fez o que Loki pediu, embora tremesse muito à medida que ficava cada vez menor. Loki colocou sua plumagem de falcão outra vez e não demorou a sair voando em direção ao sul. E ele tinha certeza de que Thiassi não o vira.

Ele voou mais rápido que um falcão em busca de uma presa, ou que a águia retorna para seus filhotes. De vez em quando, virava a cabeça para ver se Thiassi, em sua plumagem de águia, estava atrás dele. Ele tinha ido tão longe que o enorme castelo mal podia ser visto no horizonte, mas, de repente, uma pequena mancha negra apareceu acima dele. Era Thiassi.

A corrida começou para valer. Ambos voaram por horas, bem alto, entre as pesadas nuvens do céu sombrio. Loki aplicou sua força divina, e Thiassi, sua força de gigante. Por fim, as cintilantes torres de Asgard brilharam ao sul. Será que Loki chegaria a tempo?

Na cidade dos deuses, havia muita expectativa desde que Loki se apresentou. Todos sabiam que ele era astuto e habilidoso, mas Thiassi era feroz e tinha poder. O resultado foi duvidoso. Os deuses se reuniram perto das muralhas de Asgard que davam para Jotunheim. Só Odin se sentou afastado, bem no alto de seu trono.

A distância, ele podia ver as montanhas e os castelos de Jotunheim. Ventos frios sopravam e Asgard parecia desanimada à luz minguante da tarde. Lindas como sempre, erguiam-se as mansões dos deuses, mas a Planície de Ida estava marrom, exceto por alguns flocos de neve espalhados. Não havia som de verão no ar; os pássaros tinham ido embora e até mesmo o trilar dos grilos foi abafado.

Odin manteve os olhos fixos nas montanhas distantes para que pudesse captar o primeiro vislumbre do retorno de Loki. Ele sabia, melhor que ninguém, da importância da missão de Loki. Seu rosto, envelhecido e marcado com cuidado, expressava a ansiedade que sentia. Seus corvos não tinham voltado da jornada diária, mas os dois lobos estavam a seus pés, observando seu semblante com olhos atentos: perto dele estava Hermod, o deus mensageiro.

De repente, um brilho foi disparado na face severa do Pai de Todos, e uma luz, como o fogo de uma batalha, brilhou em seus olhos. "Vá, Hermod!", ele suplicou. "Diga ao Aesir que Loki está vindo! Mas... espere," ele acrescentou. "Diga que Thiassi, vestido com sua plumagem de águia, o persegue! Os deuses logo os verão nos muros de Asgard.

Hermod se apressou para contar aos deuses que, mais ansiosos que nunca, olharam para o horizonte ao norte em busca da visão desejada.

Hermod voltou para Odin, mas logo se juntou aos deuses, dizendo: "O Pai de Todos deu instruções importantes a Loki antes que ele deixasse Asgard. E ordenou que ele baixasse o voo à medida que se aproximasse da cidade, porque as névoas do impetuoso rio não iriam prejudicá-lo. Mas, se Thiassi voasse baixo, explodiria em chamas, já que agora ele é um inimigo dos Aesir."

Momentos depois duas manchas puderam ser vistas ao norte. Os deuses viveram um grande suspense! Todos os olhos estavam fixos nas aves que avançavam rapidamente. Os Aesir mostraram sinais de fraqueza enquanto estavam lá, e pareciam bem mais velhos do que quando Idunn os deixou. O vento frio assobiou por entre suas roupas, mas eles não sentiram. E também não viram o sol quando ele se escondeu atrás das nuvens escuras do oeste, como se ele também tivesse envelhecido. Só havia um pensamento em suas mentes – Loki resistiria? Será que chegaria a Asgard antes do poderoso Thiassi, que parecia estar ganhando dele?

Loki estava cada vez mais perto. Voava muito rápido. Embora a águia estivesse avançando, a distância era curta. Será que ele se lembraria de baixar seu voo? Sim! De repente ele desceu ao se aproximar do rio escuro. Os deuses não respiravam, tinham os braços estendidos. Thiassi também baixou seu voo, esquecendo as perigosas brumas. Loki finalmente estava sobre o rio e sobre o muro. Exausto, ele caiu no chão. Mas os deuses não o atenderam pois estavam observando Thiassi com muita atenção. Enquanto a águia voava sobre o rio, as névoas explodiram em chamas, queimando suas asas, e ela não podia parar nem voltar. Suas asas chamuscadas a levaram até o muro, onde caiu morta.

Enquanto os deuses se voltaram para ver Loki, viram-no em sua forma natural. Perto dele estava Idunn, radiante de alegria, segurando, com seu gracioso sorriso, o cesto de maçãs douradas. O sol, como se repentinamente crescesse jovem, brilhou esplendorosamente no oeste; as nuvens se transformaram em ouro; Gladsheim brilhava a distância. A juventude e o verão voltaram à casa dos deuses.

A ESCOLHA DE SKADI

como contado por Abbie Farewell Brown

O gigante Thiassi, que foi morto por Thor pelo rapto de Idunn e das maçãs mágicas, tinha uma filha, Skadi, que era uma garota muito boa, como diziam as gigantas. A maioria delas era mal-humorada, rancorosa e cruel; desejavam apenas fazer mal aos deuses e a todos que eram bons. Mas Skadi era diferente. Mais forte que o ódio de sua raça pelos Aesir, mais forte ainda que seu desejo de ser vingada pela morte do pai, era seu amor por Baldur, o Belo, o orgulho de todos os deuses. Se ela não fosse uma giganta, poderia ter esperado que ele a amasse também, mas ela sabia que ninguém que vivia em Asgard pensaria bem de sua raça, que trouxera tantos problemas a Baldur e seus irmãos. No entanto, depois que o pai foi morto pelos Aesir, Skadi teve uma sábia ideia.

Ela colocou seu elmo e seu espartilho e partiu para Asgard com a intenção de pedir um valor digno que pagasse a tristeza pela morte de Thiassi. Os deuses, que tinham voltado a ser jovens, mais uma vez estavam sentados em Valhala desfrutando alegremente um banquete em homenagem ao retorno seguro de Idunn, quando, repentinamente, Skadi entrou no meio deles, fazendo muito barulho. O vigia Heimdall, surpreso com a visão, deixou a donzela guerreira ultrapassá-lo na ponte do arco-íris. Os Aesir apoiaram apressadamente suas xícaras e o riso morreu em seus lábios. Embora parecesse bonita, Skadi era uma figura terrível em sua armadura de prata com uma lança tão longa quanto o mastro de um navio brandindo em sua mão enorme.

As nove Valquírias, as donzelas guerreiras de Odin, correram para colocar seus próprios capacetes e escudos pois não gostariam que essa outra donzela, dez vezes maior, os visse esperando à mesa, enquanto elas se vestiam para a batalha.

"Quem é você, donzela, e o que está procurando aqui?", perguntou Odin.

"Sou Skadi, filha de Thiassi, que foi morto por seu povo," ela respondeu. "E venho aqui para obter reparação."

Com essas palavras, o covarde Loki, que presenciou a morte de Thiassi, escondeu-se atrás da mesa; mas Thor, que o matara, endireitou-se e cerrou os punhos. Ele não temia nenhum gigante, por mais feroz que ele fosse e essa donzela, com escudo e lança, apenas o irritou.

"Bem, Skadi," disse Odin em tom grave, "seu pai era um ladrão e morreu por seus pecados. Ele raptou a bela Idunn e suas maçãs mágicas e por isso foi morto. No entanto, nosso ato, apesar de justo, a deixou órfã, e vamos lhe conceder uma recompensa para que fique em paz conosco. Não é apropriado que os Aesir discutam com mulheres. Ó Skadi, o que você quer como consolo pela morte de Thiassi?"

Skadi parecia uma órfã capaz de cuidar de si mesma; e as palavras ditas por ela mostraram isso. "Eu pergunto duas coisas," disse sem hesitar: "Que marido devo escolher entre vocês? Peço que me façam rir, pois há muitos dias o luto não me permite."

Diante do estranho pedido, os Aesir pareceram surpresos, e alguns deles até bastante assustados; porque é possível imaginar que nenhum deles quisesse uma giganta como esposa, por mais bonita que fosse. Eles se aproximaram e se consultaram longamente se deviam ou não atender aos dois desejos de Skadi.

"Vou concordar em fazê-la sorrir," zombou Loki. "Mas suponha que ela me escolha como marido! Já sou casado com uma giganta."

"Não tema isso, Loki," disse Thor. "Você estava muito perto de ser a causa da morte do pai dela para que ela o amasse. Nem acho que ela vá me escolher; por isso estou seguro."

Loki riu e se afastou para pensar em um meio de fazer Skadi rir.

Finalmente, os deuses concordaram que Skadi deveria escolher um deles como marido. Mas, para que todos tivessem uma chance justa de perder essa honra que ninguém cobiçava, ela deveria escolhê-lo de maneira curiosa. Todos os Aesir deveriam ficar em fila atrás da cortina fechada no final do corredor, de forma que apenas seus pés fossem vistos por Skadi; e só pelos pés ela escolheria aquele que seria seu marido.

Skadi estava pronta para concordar e disse então a si mesma: "Certamente conhecerei os pés de Baldur, pois serão os mais bonitos entre todos."

Em meio a risos nervosos com o novo jogo, os Aesir se enfileiraram atrás da cortina roxa, mostrando apenas a linha de seus pés abaixo da borda dourada.

Skadi, filha de Thiassi

Lá estavam Odin; Thor, o trovão, e Baldur, seu irmão; o velho Njord, o rico, com seu belo filho Freyr; Tyr, o ousado; Bragi, o poeta; o cego Hod; Vidar, o silencioso; Vali e Ull, os arqueiros; Forseti, o sábio juiz; e Heimdall, o vigia com dentes de ouro. Apenas Loki não estava lá. E ele foi o único que não estremeceu enquanto Skadi ia e vinha pelo corredor examinando a fileira de pés.

Para cima e para baixo, para frente e para trás, Skadi olhou com atenção; e entre todos aqueles pés calçados com sandálias, havia um par mais claro e mais bonito que os outros.

"Com certeza são os pés de Baldur!", ela pensou, enquanto seu coração batia ansiosamente forte sob o espartilho de prata. "Se eu acertar, o querido Baldur será meu marido!"

Confiante, ela parou diante do par de pés mais bonitos e, apontando para eles com sua lança, gritou: "Escolho esse aqui! Poucas manchas podem ser encontradas em Baldur, o Belo."

Uma gargalhada eclodiu atrás da cortina, e saiu furtivamente – não do jovem Baldur, mas do velho Njord, o Rico, rei do vento oceânico, e pai dos belos gêmeos Freyr e Freya. Skadi tinha acabado de escolher os belos pés do velho Njord e daí em diante ele deveria ser seu marido.

Njord ficou satisfeito, mas Skadi estava com o coração partido. Seu rosto ficou ainda mais triste do que antes quando ele se aproximou e pegou a mão dela, dizendo: "Bem, eu devo ser seu marido, e todas as riquezas que armazenei em Noatun, o lar dos navios, serão suas. Você teria escolhido Baldur e gostaria que essa sorte tivesse sido dele! No entanto, isso agora não pode ser mudado."

"Não," respondeu Skadi, franzindo a testa, "a troca ainda não está completa. Nenhum de vocês me fez rir. Estou tão triste agora que só uma brincadeira alegre pode arrancar risos do meu sofrido coração." Ela suspirou, olhando para Baldur, mas ele amava Nanna, apenas ela.

Só então Loki saiu em uma das cabras de Thor; e o sujeito deu cambalhotas tão ridículas com a cabra que logo não apenas Skadi, mas todos os Aesir e o próprio Njord caíram na gargalhada. "Você ganhou! Ganhou de forma justa!", gritou Skadi, enxugando as lágrimas de seus olhos. "Fui derrotada. Não esquecerei que devo a Loki esta última piada. Um dia, estarei abandonada com você, curinga vermelho!" E essa ameaça ela cumpriu no final, no dia da punição de Loki.

Skadi se casou com o velho Njord, ambos relutantes; e eles foram viver entre as montanhas, na casa de Skadi, que uma vez fora o palácio de Thiassi, onde ele havia trancado Idunn. É possível imaginar que Njord e Skadi não viveram felizes para sempre, como os príncipes e princesas dos contos de fadas. Primeiro, porque Skadi era uma giganta; e há poucas pessoas, claro, que poderiam viver felizes com uma giganta. Em segundo lugar, ela não amava Njord nem ele amava Skadi, e também não se esqueceu de que a escolha de Skadi tinha sido uma pena para os dois. Mas a terceira razão foi a mais importante de todas; e isso aconteceu porque Skadi e Njord não conseguiram chegar a um acordo sobre o lugar que deveria ser sua casa. Njord não gostava do palácio do povo de Skadi – onde os ventos fortes sopravam sobre o mar e seus navios. O mar com seus navios era amigo, e ele queria morar em Noatun, onde tinha mais riqueza que qualquer outra pessoa no mundo – onde ele poderia governar o vento fresco do mar e domesticar o oceano selvagem, atendendo às orações dos pescadores e dos marinheiros, que amavam seu nome.

Finalmente eles concordaram em morar primeiro em um lugar, depois no outro, para que cada um fosse feliz por sua vez. Por nove dias, ficaram em Thrymheim, e depois passaram três em Noatun. Mas nem mesmo esse arranjo pôde trazer paz. Um dia, tiveram uma briga feia. Foi logo depois que eles desceram da casa de Skadi, na montanha, para seus três dias no palácio de Njord à beira-mar. Ele estava tão feliz por voltar que até gritou:

"Ah, como eu odeio suas montanhas! Como foram longas essas nove noites, com os lobos uivando até o amanhecer entre as escuras montanhas da Terra dos Gigantes! Quanta diferença das canções dos cisnes que navegam no meu querido oceano." Foi assim, de forma grosseira, que ele insultou da esposa, mas Skadi respondeu espirituosamente.

"E eu – eu não consegui dormir com o barulho das ondas do mar, onde as aves estão sempre chamando, como se estivessem na floresta. Todas as manhãs a gritaria das gaivotas me acorda em horário inconveniente. Não vou ficar aqui nem três noites! Não vou ficar!"

"E eu não vou ter que aguentar aquela ventania no topo das montanhas," rugiu Njord, fora de si de tanta raiva. "Vá se quiser! Volte para Thrymheim! Tenha certeza de que não vou segui-lo."

Skadi então voltou sozinha para suas montanhas e morou na casa vazia de Thiassi, seu pai. Ela se tornou uma poderosa caçadora, rápida nos esquis e nos patins que prendia aos pés. Dia após dia, ela deslizava pelas montanhas cobertas de neve, arco na mão para caçar os animais selvagens que vagavam por ali. Ela era chamada de "deusa da neve"; e nunca mais voltou aos salões de Asgard. Sozinha em seu frio país, ela caçava duramente, mantendo sempre em seu coração a imagem de Baldur, o Belo, a quem amava, mas também que ela havia perdido para sempre por sua escolha infeliz.

GEIRROD E AGNAR

como contado por Sarah Powers Bradish

I. OS PEQUENOS PRÍNCIPES

ODIN e Frigg, de seu trono imponente, muitas vezes olhavam para o palácio de um certo rei. E passaram a gostar muito dos dois filhos pequenos desse rei.

Um dia, os pequenos príncipes saíram em um barco para pescar. Mas foram repentinamente atingidos por um temporal, que levou o barco para o mar, jogando-o pelas ondas em uma ilha habitada por um casal de idosos. Os velhos, que eram Odin e Frigg disfarçados, levaram os príncipes para casa e cuidaram deles.

Eles foram muito gentis com as duas crianças, mas o mais velho, Geirrod, era o favorito de Odin; enquanto o mais novo, Agnar, apelou para o coração maternal de Frigg. Eles viveram felizes com seus amigos durante o inverno frio e escuro. Mas, quando chegaram os longos e brilhantes dias de primavera, o mar ficou calmo e o céu, azul. Eles sentiram saudades dos pais e dos companheiros de brincadeira e Odin então lhes deu um barco e os mandou embora com ventos favoráveis.

Eles fizeram a viagem rapidamente. Quando o barco tocou a costa de sua terra natal, Geirrod saltou e o empurrou de volta para a água, deixando Agnar à mercê das ondas.

Geirrod correu para a casa de seu pai, onde foi recebido como alguém trazido de volta dos mortos. Mas o pequeno Agnar se afastou indo parar na terra dos gigantes.

Ele caiu nas mãos de bons gigantes, que lhe deram um lar, onde ele viveu muitos anos. Já adulto, casou-se com uma jovem giganta e lá se estabeleceu para ficar com seus benfeitores. Mas, depois de algum tempo, ele sentiu vontade de ver seu próprio povo. Para isso, ele construiu um barco e navegou para longe.

Ele encontrou sua terra natal, mas o rei, seu pai, tinha morrido; e seu irmão, Geirrod, tinha assumido o trono. Geirrod recebeu o irmão como súdito e fez dele um servo no palácio de seu pai.

II. O REI EGOÍSTA

FRIGG observava os dois príncipes o tempo todo. E percebeu quão injusto e cruel Geirrod vinha sendo com o irmão mais novo. Odin sabia apenas do sucesso de Geirrod, e o admirava como um grande rei.

Um dia, quando Odin e Frigg estavam sentados em seu trono, observando o mundo do alto, Odin disse: "Veja que rei poderoso Geirrod se tornou, enquanto Agnar nada mais é que o marido de uma giganta."

"Verdade," respondeu Frigg. "Mas Geirrod, com toda sua grandeza, não passa de um egoísta. Ele é culpado até pela falta de hospitalidade, uma ofensa vergonhosa para um nórdico. E Agnar, mesmo pobre, ainda é gentil e generoso."

Odin disse que testaria a hospitalidade de Geirrod. Ele colocou sua capa de nuvem e um chapéu de abas largas e saiu para visitar Geirrod. Nesse meio tempo, Frigg enviou uma mensagem para Geirrod, dizendo que ele deveria ficar atento pois um feiticeiro malvado estava rondando seu palácio.

Quando chegou, Odin se apresentou como Grimnir, e se recusou a dizer quem ele era ou de onde tinha vindo. Imaginando que o velho podia ser o feiticeiro perverso, Geirrod ordenou que seus servos o prendessem e o colocassem entre duas fogueiras que ardiam no chão de seu grande salão. O fogo queimou o rosto do velho, mas não queimou sua roupa. Ele ficou ali oito dias e oito noites, em silêncio e sem alimento. E não teria bebido nada se não fosse Agnar, que secretamente lhe trouxe uma bebida refrescante.

III. A RECOMPENSA DE AGNAR

NO final do oitavo dia, de seu trono, Geirrod apreciava o sofrimento de seu convidado, quando o velho começou a cantar. No início, era uma música fraquinha, mas foi aumentando cada vez mais até que as correntes caíram, o fogo se apagou e o velho debilitado se ergueu com a beleza e a força de um deus. Em sua música, Odin contou como o rei que tinha sido tão abençoado pelos deuses, deveria cair por sua própria espada.

Geirrod estava prestes a matar o indesejável convidado. Mas, ao se levantar de seu trono, seu pé falseou e ele caiu sobre a espada, como acabara de ser pressagiado.

Odin colocou Agnar no trono e o abençoou com grande riqueza e felicidade.

Frigg, a esposa de Odin, gira a roca de fiar

FREY

como contado por Sarah Powers Bradish

I. OS PRESENTES DE FREY

NJORD teve dois filhos: um menino chamado Freyr e uma menina chamada Freya. Freyr era o deus da luz do sol e da chuva, e Freya, a deusa da beleza.

Era costume nas Terras do Norte dar um presente a cada criança quando nascia o primeiro dente. Quando o de Freyr apareceu, os deuses lhe deram de presente Elfheim, a casa dos elfos da luz, ou fadas. O pequeno deus, rei de Elfheim, ou Terra das Fadas, vivia lá com seus minúsculos súditos, sempre que podia ser poupado de Asgard. As criaturinhas o amavam e obedeciam a seus mínimos desejos. Lá ele vivia mais feliz que no gelado palácio de sua mãe em Thrymheim.

O pequeno Freyr logo se tornou um alto e belo jovem. Os deuses então lhe deram uma espada mágica, com a qual, assim que fosse tirada da bainha, venceria todas as batalhas sozinho. Mas Freyr a usava raramente, exceto quando tinha que enfrentar os cruéis Gigantes Gelados, que temiam sua espada brilhante, porque ela tinha o poder suavizante dos raios do sol.

Freyr tinha também um cavalo chamado Blodughofi. Esse cavalo podia atravessar o fogo e a água.

II. FREYR NO TRONO DE ODIN

FREYR era muito ocupado durante os meses de verão. Cuidava do sol e das chuvas quentes. E às vezes ajudava seu pai a dirigir os ventos suaves. Mas, quando o sol desparecia, seu trabalho também ia embora. O inverno escuro do norte parecia longo demais para o jovem deus.

Um dia, perambulando pela cidade de Asgard, ele chegou aos pés do elevado trono de Odin, Hlidskialf. Ninguém jamais ascendeu a esse trono, exceto o Pai de Todos e sua esposa Frigg. Mas todos os deuses sabiam que o mundo inteiro podia ser visto lá de cima. Freyr queria ver o mundo todo. E, assim, começou a subir os degraus. Ninguém o viu, a logo ele chegou ao topo. Sentou-se no trono de Odin e olhou para o norte. Ele viu uma donzela parada na porta do castelo do pai. Era a donzela mais bela do mundo, Gerda, filha de Gymir, um Gigante Gelado. Quando ela levantou a mão para abrir a porta, luzes multicoloridas brilharam no céu do norte e dispararam em direção aos deuses do sul. Freyr desejava ardentemente conquistar Gerda.

Mas sabia que o pai dela jamais concordaria com esse casamento porque Gymir era primo de Thiassi, o gigante das tempestades, que os deuses mataram em Asgard. Lenta e tristemente, Freyr deixou Hlidskialf. Subiu e desceu as ruas da cidade como costumava fazer, mas permaneceu em silêncio e nunca se juntou aos outros jovens para praticar esportes. Nos banquetes, sua cintilante taça de hidromel não foi tocada. Ninguém conseguiu descobrir o motivo dessa estranha conduta. Seu pai, Njord, ficou muito assustado e mandou chamar Skadi, a madrasta, que estava em sua casa de inverno em Thrymheim.

III. COMO SKADI AJUDOU O ENTEADO

SKADI veio imediatamente. Ela também ficou muito preocupada com o enteado. Sabia que ele devia estar com algum problema, mas o rapaz se recusou a contar à madrasta por que estava tão infeliz.

Um dia, Skadi chamou Skirnir, o servo de sua maior confiança, e disse: "Skirnir, você e Freyr brincavam na infância; foram amigos na adolescência e você o serviu fielmente na idade adulta. Ele confia em você. Descubra qual é o segredo dele e ajude-o. Só você pode salvar a vida dele."

Skirnir procurou Freyr e soube de sua visita ao trono de Odin, de como viu Gerda, a mais bela das donzelas, e de como queria se casar com ela. E isso jamais aconteceria porque Gerda era filha de Gymir, o Gigante Gelado, que o odiava. Além disso, o castelo do gigante era cercado por uma barreira de fogo e, com a aproximação de qualquer estranho, as chamas saltavam tão alto quanto o céu.

"Se isso é tudo," disse Skirnir, "posso conquistar Gerda para você. Empreste-me seu cavalo, Blodughofi, e me dê sua espada mágica."

Freyr lhe deu o cavalo e a espada; e Skirnir prometeu apressar sua jornada.

Freyr mandou onze maçãs douradas e um anel mágico de ouro como presente a Gerda. Ainda assim, Skirnir demorou.

Um dia, quando Freyr estava sentado próximo a um lago, seu rosto se refletiu na superfície da água. Skirnir então pegou o reflexo em seu chifre para bebida e cobriu-o com cuidado. Só então ele começou sua jornada pois, com esses três presentes – as maçãs de ouro, o anel mágico e o retrato de seu mestre – estava confiante de que poderia conquistar a bela donzela.

IV. A JORNADA DE SKIRNIR

SKIRNIR cavalgou até a terra dos Gigantes Gelados o mais rápido que o veloz corcel de Freyr conseguiu carregá-lo. Ao se aproximar do castelo de Gymir, foi interrompido pelo uivo dos cães de guarda do gigante, os Ventos Gelados.

Ele conversou com o pastor que cuidava dos rebanhos nos campos de Gymir. E o pastor lhe disse: "Você não pode ir até o castelo. Mesmo que passe pelos cães, será impossível atravessar os portões, porque o local é cercado pelo fogo. Não viu que as chamas iluminam o céu?"

Ainda assim, Skirnir insistiu. Esporeou o cavalo e passou pelos cães. Blodughofi mergulhou no fogo e levou seu cavaleiro em segurança até os degraus do castelo de Gymir. Um criado abriu a porta e conduziu o ousado cavaleiro até a presença de Gerda.

Skirnir deu a ela as maçãs douradas e o anel mágico. Depois mostrou a imagem de seu mestre, que ele havia captado no lago. Mas Gerda disse: "Meu pai tem ouro suficiente para mim," e não deu a menor importância ao retrato.

Diante da situação, Skirnir ameaçou cortar a cabeça dela com a espada mágica. Ele não pretendia fazer isso pois sabia que seu mestre não iria querer uma noiva sem cabeça. Mas ela não parecia assustada. Em seguida, ele cortou runas em seu bastão, para que pudesse tecer um feitiço mágico sobre ela. E lhe disse que ela se casaria com um velho Gigante Gelado que a manteria escondida em seu castelo frio e escuro. Ele continuou cortando runas até que ela o interrompeu: "Talvez fosse melhor eu me casar com o belo e jovem Freyr e viver em Asgard do que com um velho e feio Gigante Gelado e viver em uma masmorra. Quando a primavera chegar, serei a noiva de Freyr."

Skirnir correu de volta para Asgard. Mas Freyr, impaciente para saber como o amigo tinha se saído, encontrou-o em Elfheim. E lá, entre as fadas, aprendeu que, quando as árvores brotassem, as flores desabrochassem e a grama ficasse verde outra vez, ele poderia ir para a terra de Buri, ou bosques verdes, para encontrar sua noiva.

Gerda o encontrou na terra de Buri, como tinha prometido. Eles se casaram e foram para o novo palácio de Freyr em Asgard, onde viveram felizes para sempre e abençoaram os lares de casais que desejavam viver sem brigas.

V. O PACIFICADOR

FREYR tinha um filho chamado Frodi, que vivia em Midgard, ou mundo dos homens. Era bom e sábio e os homens viviam felizes por tê-lo como rei. Ele começou a reinar na Dinamarca, quando havia paz no mundo inteiro. Foi nessa época que Cristo nasceu em Belém. E ele era chamado de Frodi Pacificador.

Frodi tinha um mágico par de pedras de moinho, que podiam moer qualquer coisa que ele desejasse, mas não havia ninguém em todo o seu reino forte o bastante para transformá-las. Ele foi visitar o rei da Suécia e viu, perto do palácio real, dois gigantes presos, que tinham mais de dois metros de altura. Eles eram capazes de levantar pesos e lançar dardos a uma grande distância. E imaginou que os dois seriam capazes de virar suas encantadas pedras de moinho. Seus nomes eram Menia e Fenia.

Assim que chegaram à Dinamarca, Frodi os levou até as pedras mágicas e ordenou que moessem ouro, paz e prosperidade. Eles viraram as pedras com facilidade e, enquanto trabalhavam, cantaram:

"Vamos moer riquezas para Frodi!
Vamos fazê-lo feliz
Com muita firmeza
Em nossa mágica Quern." [1]

Eles trabalharam hora após hora, até que suas costas começaram a doer tanto que mal conseguiam ficar de pé, tamanho o cansaço. Havia paz no mundo, prosperidade na terra e os tesouros do rei estavam cheios de ouro. O rei sempre foi bondoso e muito gentil, mas ficou enlouquecido ao ver o ouro. Quando as mulheres imploraram por um descanso, ele deu ordens ríspidas para que que continuassem a trabalhar. "Descansem enquanto o cuco estiver em silêncio na primavera," ele disse. "Infelizmente," eles responderam, "o cuco nunca fica em silêncio na primavera." Quando não aguentaram mais trabalhar, ele lhes deu tanto tempo para descansar quanto seria necessário para cantar um verso de sua música.

Enquanto Frodi dormia, eles mudaram a canção, e começaram a moer um exército armado, em vez de ouro.

Eles cantaram:

> "Um exército deve vir
> Imediatamente,
> E queimar a cidade
> Para o príncipe." [2]

---

1 e 2 Na tradução de Longfellow, *Grotta Savngr*.

Um viking desembarcou com seus soldados e surpreendeu os dinamarqueses. Ele derrotou o exército de Prodi e levou embora o tesouro dinamarquês. E levou Menia e Fenia, com suas mágicas pedras de moinho para o navio. Depois ordenou que moessem sal em vez de ouro. Era tão ganancioso quanto Frodi tinha se tornado. Ele manteve os gigantes trabalhando até a exaustão. Mas eles já tinham moído tanto sal que o peso fez o navio afundar. Todos os que estavam a bordo morreram. Quando as pedras de moinho afundaram, a água borbulhou entre seus buracos provocando um redemoinho. Esse redemoinho fica no noroeste da Noruega e é conhecido até hoje como Maelstrom.

O sal se dissolveu, deixando a água muito salgada – a água do mar é salgada até hoje.

VI. YULETIDE

SKIRNIR manteve a espada mágica de Freyr consigo e não trouxe de volta o cavalo emprestado, Blodughofi. Por muito tempo, Freyr não teve nem espada, nem cavalo. Gentilmente, os anões deram a ele um corcel veloz: um javali chamado Gullinbursti, ou Cerda Dourada, que desde então passou a ser o assistente de Freyr. Os pelos dourados brilhantes eram os raios do sol; ou, dizem alguns, o grão dourado que cresceu em Midgard por ordem do deus-sol. Rasgando a terra com suas presas, Gullinbursti ensinou os homens a arar. Às vezes, Freyr cavalgava em suas costas e, às vezes, ele o atrelava a sua carruagem, com a qual espalhava frutas e flores, enquanto corria o mundo. Outras vezes, sua irmã Freya o acompanhava na carruagem, ajudando-o a abençoar os homens com frutas.

A carne do javali era comida nos festivais sagrados de Freyr. E a cabeça assada, coroada com louro e alecrim, levada para a sala de jantar com grande cerimônia. O chefe da família punha a mão sobre ela e jurava ser fiel à família e a suas promessas. Todos os presentes seguiam seu exemplo.

Então, a cabeça do javali era trinchada por um homem de bom caráter e grande coragem.

Os capacetes dos guerreiros do norte eram frequentemente ornamentados com cabeças de javali, porque esse emblema do deus-sol conquistador deveria causar terror nos corações do inimigo.

A noite mais longa do ano foi chamada de Noite Mãe, um momento de alegria, porque o sol estava começando sua jornada de volta para casa. Ele era chamado de Yuletide, ou Roda da Maré, porque se pensava que o sol era como uma roda rolando no céu. Uma grande roda de madeira foi levada ao topo de uma montanha, bem enrolada com palha, incendiada e, quando estava toda em chamas, rolou para a água, porque a visão da roda em chamas sugeria o curso do sol pelo céu.

Esse festival foi mantido na Inglaterra por muitos anos. Como aconteceu no mês de dezembro, foi facilmente ligado às festividades de Natal.

No Yuletide, uma tora enorme era trazida e queimada numa grande lareira. Seria um mau presságio se ela não queimasse a noite toda. Pela manhã, os pedaços carbonizados eram recolhidos e guardados para acender a tora no Yule do ano seguinte.

FREYA
como contado por Sarah Powers Bradish

I. COMO O OURO FOI ESCONDIDO NAS ROCHAS

FREYA era filha de Njord. Era a deusa da beleza. Tinha os cabelos dourados e os olhos azuis. Era uma figura imponente e se vestia com mantos esvoaçantes. Usava um corselete e um capacete, e carregava um escudo e uma lança. Ela viajava em uma carruagem puxada por dois grandes gatos cinzentos. Admirava homens valentes e gostava muito de recompensar um ato de valor. Costumava visitar os campos de batalha para escolher, entre os heróis mortos, aqueles que deveriam ser seus hóspedes em Folkvang, seu palácio em Asgard. Os outros guerreiros mortos eram levados para viver com Odin em seu grande salão, Valhala.

Folkvang sempre foi cheio de heróis e suas esposas e namoradas. As mulheres no norte frequentemente iam para a batalha, ou caíam sobre as espadas, ou eram queimadas na pira funerária com seus amados mortos, na esperança de que sua coragem e devoção conquistassem a atenção de Freya, para que pudessem desfrutar da companhia de seus maridos e amantes em Folkvang.

Freya se casou com Odur, deus do sol de verão. Tiveram duas filhas tão lindas que tudo o que era bonito e precioso era chamado pelo nome delas. Todas as belas criaturas pertenciam a Freya. As borboletas eram chamadas de galinhas de Freya. Ela ficava muito feliz quando estava reunida com a família. Mas seu marido, Odur, gostava muito de viajar. Ele sempre passava o inverno nas Terras do Sul. Isso era uma fonte de grande pesar para Freya. Certa vez, ele saiu de casa sem dizer para onde pretendia ir. Freya ficou com o coração partido. Chorava sem parar. Toda a natureza chorou ao seu lado. Rochas duras amoleceram quando suas lágrimas caíram sobre elas. E abriram seus corações de pedra para receber cada gota brilhante e as esconderam como ouro puro. O mar valorizou suas lágrimas e as jogou de volta na praia como o âmbar mais claro.

Depois de muita espera, Freya saiu à procura do marido. Ela vagou por todas as partes da Terra, chorando enquanto caminhava. A Terra manteve suas lágrimas como ouro fino. Essa é razão pela qual o ouro é encontrado em todas as partes do mundo.

II. POR QUE AS NOIVAS DO NORTE USAM MURTA

FREYA encontrou Odin perdido, bem longe, nas ensolaradas Terras do Sul. Ele estava sentado sob uma murta florida, observando as nuvens mudarem de cor com os raios do sol poente. Ele estava bem e feliz, e não pensava em como sua bela esposa devia estar solitária no sombrio inverno do norte. Quando apareceu, ele ficou feliz em vê-la. E ela estava quase fora de si de tanta alegria.

De mãos dadas, voltaram para as Terras do Norte. Pássaros cantaram e flores desabrocharam ao longo do caminho, e a primavera seguiu seus passos. Freya usava uma guirlanda de folhas de murta. Por isso, até hoje as noivas do norte usam grinaldas de murta em vez de flores de laranjeira.

III. O COLAR DE FREYA

FREYA usava muitos ornamentos e joias. Um dia, ao passar pela terra dos elfos negros, ela viu quatro anões trabalhando em um belíssimo colar. Era um símbolo da fecundidade da terra. Era feito com as gemas mais preciosas, que brilhavam como estrelas. Ela implorou para que os anões lhe dessem o lindo colar.

Os anões concordaram desde que ela prometesse conceder-lhes um favor para sempre. Era pedir muito. Mas o colar era uma obra-prima de arte e valor inestimável. Freya aceitou as condições e eles colocaram o colar em seu pescoço. Ela o usava noite e dia. Certa vez, ela o emprestou a Thor, quando ele foi para a terra dos gigantes; e uma vez ela o perdeu. Mas ela sempre o considerou como seu tesouro preferido.

IV. HEIMDALL SALVA O COLAR

OS deuses tinham acabado de construir a ponte do arco-íris, que fizeram para ligar Asgard a Midgard e a Fonte Urdar. A ponte era feita de fogo, ar e água. Essas três coisas ainda podem ser vistas no arco-íris: o fogo é vermelho, o ar é azul e a água é verde. Todos os deuses, exceto Thor, passavam sobre a ponte todos os dias, quando iam da câmara do conselho à Fonte Urdar. Thor continuava obrigado a atrelar suas cabras à carruagem e seguir pelo antigo caminho porque todos temiam que seus pesados passos e o calor dos relâmpagos que o acompanhavam destruíssem a bela ponte. Eles também tinham medo de que do gigantes tirassem vantagem da nova ponte para forçar uma entrada em Asgard. Eles então decidiram nomear um guarda para a ponte.

Heimdall era filho das nove donzelas de Aegir, deus das profundezas do mar. Suas mães o alimentaram com a força da terra, a umidade do mar e o calor do sol. Ele cresceu rapidamente e era capaz de fazer coisas incríveis. Podia ouvir o barulho do crescimento da grama nos campos e da lã nas costas das ovelhas. E via milhares de quilômetros adiante tanto durante o dia quanto à noite. Ele precisava de menos sono que uma ave. Era muito bonito e tinha dentes de ouro que reluziam quando ele sorria. Vestia-se sempre com roupas muito brancas e carregava uma espada brilhante.

Os deuses decidiram levar Heimdall a Asgard. E lá o apontaram como o guarda da ponte do arco-íris. Construíram para ele um palácio no ponto mais alto da ponte, e lhe deram um cavalo de crina dourada chamado Gull-top, e uma trombeta maravilhosa, cujo nome era Chifre de Giallar. Essa trombeta só devia ser usada quando ele visse os inimigos dos deuses se aproximando. Então ele saberia que o Crepúsculo dos Deuses estava próximo e o som da trombeta despertaria todas as criaturas no céu e na terra e na terra da névoa.

Certa noite, Heimdall foi perturbado pelo som de passos na direção do palácio de Freya. Ele logo descobriu que o barulho fora feito por Loki, que tinha acabado de se transformar em uma mosca para entrar pela janela do quarto de Freya. Uma vez lá dentro, ele voltou à forma normal, e tentou tirar o colar de seu pescoço enquanto ela dormia. A cabeça dela estava virada e, por isso, ele não conseguiu abrir o fecho sem acordá-la.

Ele deu um passo para trás e murmurou runas mágicas. E foi se encolhendo, encolhendo, encolhendo... até ficar do tamanho de uma pulga. Ele caminhou sob os lençóis de Freya e a picou, fazendo com que ela se virasse. Depois voltou a ser o Loki de sempre, soltou o colar e foi embora.

Heimdall montou em seu cavalo e galopou sobre a ponte do arco-íris. Ali encontrou o ladrão saindo dos portões de Asgard e puxou sua espada. Rápido como um pensamento, Loki se transformou em uma fraca chama azul. Mas Heimdall também se transformou em uma nuvem e despejou torrentes de chuva sobre a chama. Esta por sua vez se tornou um grande urso branco, que bebeu a água. A nuvem também se transformou em um urso e os dois lutaram até Loki deslizar para a água sob a forma de uma foca. Heimdall também assumiu a forma de uma foca e perseguiu Loki até que ele lhe entregasse o colar, que foi devolvido a Freya tão rapidamente que ela nem soube que tinha sido roubada.

Mas, na luta com Loki, Heimdall se feriu gravemente. Idunn apareceu e curou as feridas com uma maçã dourada.

LOKI E SKYRMSLI
como contado por Sarah Powers Bradish

I. O PROBLEMA DO CAMPONÊS

LOKI nem sempre era mau. Ele gostava muito de brincar e suas travessuras logo se transformaram em piadas. Mas, às vezes, ele era gentil e, se não custasse muito, era generoso também.

Uma vez, um camponês estava jogando xadrez com um gigante. A aposta era o único filho do camponês. O gigante, cujo nome era Skyrmsli, venceu o jogo e disse que iria buscar o menino no dia seguinte. Mas, se os pais conseguissem escondê-lo sem que ele pudesse encontrá-lo, desistiria de seu pedido.

Em seu desespero, os camponeses oraram, pedindo ajuda a Odin. O Pai de Todos veio à Terra, transformou o menino em um grão de trigo, escondeu-o numa espiga em um grande campo e garantiu aos pais que o gigante não seria capaz de encontrá-lo.

No dia seguinte, o gigante apareceu, procurou pela casa, mas não achou o menino. Ele então pegou a foice e ceifou a plantação de trigo. Depois, selecionou algumas espigas e escolheu a que tinha o grão encantado. E estava pegando exatamente o grão certo quando Odin, ouvindo o choro da criança, arrancou-o das mãos do gigante e o devolveu a seus pais. E avisou-os de que deveriam cuidar dele agora, pois não poderia mais fazer o que fez.

Em seguida, chamaram o irmão de Odin, Hoenir, que transformou o menino em uma penugem, escondendo-o no peito de um cisne que nadava em um lago próximo.

Quando apareceu, o gigante foi em direção ao lago, pegou o cisne, mordeu sua cabeça e estava prestes engolir a penugem, quando Hoenir a soprou para bem longe de sua boca, mandando-a para dentro da cabana. Ele devolveu o menino aos pais, mas avisou que não poderia repetir o feito.

II. LOKI VEM RESGATAR

EM desespero, invocaram a ajuda de Loki, que veio imediatamente e carregou o menino para o mar, transformando-o em um pequeno ovo que foi escondido entre as ovas de um peixe. Depois, ele remou de volta para a costa, onde encontrou o gigante que se preparava para uma pescaria.

"Venha comigo," disse Loki. "Posso mostrar a você um bom local para pescar arenque."

Mas Skyrmsli queria pescar linguados e achou que poderia se dar muito bem se fosse sozinho. Loki insistiu para ir junto. Skyrmsli remou até o lugar escolhido, colocou a isca no anzol, pegou vários peixes e, no final, puxou o peixe onde Loki tinha escondido o precioso ovo. Então, remou de volta à costa. Loki pegou o ovo e colocou o menino no atracadouro, dizendo: "Corra para casa, mas passe antes pela casa do barco e feche a porta atrás de você."

Amedrontado, o garoto obedeceu, mas o gigante correu atrás dele. Só que Loki tinha colocado um prego na casa do barco para que ele atingisse a cabeça de Skyrmsli quando ele passasse. Ele caiu. E Loki, que o seguia, cortou uma de suas pernas.

Para surpresa de Loki, as partes se uniram novamente. Ele percebeu que era obra da magia, mas cortou a outra perna e jogou uma pedra entre a perna e o corpo, quebrando o feitiço e provocando a morte do gigante.

Muito agradecidos, os pais passaram a considerar Loki como o maior dos três deuses, por ele tê-los livrado de seus problemas, enquanto os outros ajudaram, mas por pouco tempo.

LOKI CAUSA PROBLEMAS ENTRE OS ARTISTAS[1] E OS DEUSES

como contado por Mary Litchfield

LOKI, um dia, cortou o lindo cabelo de Sif, esposa de Thor. Quando Thor descobriu que o culpado era Loki, ameaçou esmagar todos os seus ossos de seu corpo se ele não corrigisse o mal que havia feito. Loki prometeu cumprir a ordem, pois temia Thor. E, imediatamente, foi pedir ajuda aos filhos de Ivaldi. Os filhos de Ivaldi eram artistas famosos. Muitas foram as armas e ornamentos que eles fizeram para os deuses. Sem perda de tempo, eles teceram alguns fios de cabelo dourado para Sif. Esse cabelo maravilhoso cresceu em sua cabeça, tornando-se seu próprio cabelo; a única diferença era o fato de ser dourado.

Além disso, eles enviaram uma lança para Odin e um navio para Freyr. A lança com certeza acertaria o alvo todas as vezes; e o navio, que se chamava *Skidbladnir*, poderia ser dobrado como um guardanapo e colocado no bolso quando não estivesse sendo usado: teria sempre bons ventos.

Tinha sido contado como Odin, em sua jornada para o poço de Mimir, passou perto do salão do anão Sindri e de seus irmãos. Um dia, quando Loki estava próximo, ocorreu-lhe que seria fácil despertar o ciúme entre os dois grupos de artistas. Talvez ele também pudesse criar problemas entre eles e os deuses.

Um dos irmãos de Sindri estava fora do castelo quando Loki se aproximou; e o último logo começou a conversar com ele sobre a elaboração de objetos bonitos e curiosos. Loki descreveu os maravilhosos presentes que os filhos de Ivaldi enviaram aos deuses, e disse: "Aposto minha cabeça que você não consegue fazer, você e seus irmãos, três tesouros tão bons quanto os que acabei de descrever!"

---

1 Os artistas, as forças produtivas da vegetação.

O anão ficou zangado por ter suas habilidades depreciadas e correu para o salão para contar a Sindri sobre a aposta de Loki, que foi atrás dele e repetiu tudo o que havia dito, acrescentando que, se eles fizessem os presentes, os próprios deuses seriam os juízes que se pronunciariam sobre os méritos dos artistas rivais.

Eles foram até a ferraria que ficava em outra parte do castelo. O calor da grande fornalha era tão forte que mesmo Loki, que amava o fogo, dificilmente suportaria. Sindri pegou uma pele de porco que estava pendurada na parede e, colocando-a na fornalha, pediu que seu irmão Brok soprasse o fole e não parasse de soprar até que ele tirasse a pele de porco para fora.

Loki andou atrás de uma peça de ferro e imediatamente apareceu uma mosca na mão de Brok enquanto ele soprava o fole. Ela o picou profundamente, mas ele suportou a dor e não parou de soprar. Não demorou para que Sindri tirasse da fornalha um javali de pelos dourados.

Logo depois, Sindri colocou um pouco de ouro na fornalha, dando a seu irmão as mesmas instruções. Dessa vez, a mosca pousou no pescoço de Brok e o picou de tal forma que ele levantou os ombros, mas continuou soprando. O resultado foi um anel.

Na sequência, Sindri colocou ferro na fornalha. Como Brok estava soprando, a mosca ficou com tanta raiva que se fixou entre seus olhos, picando-o tão fortemente na pálpebra que o sangue começou a escorrer sobre os olhos impedindo-o de enxergar. Ele parou de soprar por um instante e afastou a mosca. Dessa vez saiu um martelo, mas o cabo era um pouco curto.

Agora, os três tesouros estavam prontos e Loki deixou os anões, marcando um dia para eles o encontrarem em Asgard. Ele então partiu para a casa dos filhos de Ivaldi. Um dos artistas, Thiassi, que era grande como um gigante e tido como uma hábil mágico, foi com ele para Asgard. Os tesouros feitos pelos outros artistas já estavam na posse do deus.

A manhã estava bonita na bela cidade quando o julgamento seria pronunciado. Gladsheim brilhava ao sol. Em suas paredes de mármore foram retratadas as maravilhas dos nove mundos e os feitos poderosos dos deuses e heróis dos primeiros tempos. O vale misterioso de Mimir, a fonte pura de Urd, o Monte Hvergelmir com sua fonte gelada – tudo podia ser visto nas enormes paredes. E nelas apareciam também os vales de fogo de Surt abaixo dos reinos de Urd, as regiões escuras e enevoadas de Niflheim e até mesmo o mundo da tortura com seu mar estagnado. Em outras imagens reviviam os seres estranhos e os monstros enormes e rudes do mundo antigo.

O grande salão de Gladsheim seria o cenário do julgamento. Lá estava o trono de Odin. Sobre ele, erguia-se o arco de Bifrost, tão parecido com a ponte real que emitia chamas intermitentes. Atrás do trono havia uma árvore dourada, representando Yggdrasil, a Árvore do Mundo. As folhas tremulantes brilhavam à luz do sol que fluía pelas aberturas do leste. Sif, com seu cabelo dourado, sentou-se perto de uma mesa no centro do salão. Sobre a mesa, estavam a lança de Odin e o navio de Freyr, feitos pelos filhos de Ivaldi.

Chegou o tão aguardado momento e todos os olhos se voltaram para porta quando Loki entrou, acompanhado pelo enorme Thiassi. Os olhos de Loki tinham um brilho malicioso. Depois de fazer sua reverência a Odin, ele começou a conversar com os outros deuses. Thiassi entrou sem jeito, como se não estivesse acostumado a cenas tão grandiosas e belas. Ele saudou Odin e os deuses maiores e depois se sentou perto de Sif, que tentou, em vão, fazê-lo falar com ela.

Momentos depois, duas figuras diminutas apareceram na grande entrada e, com elas, um grande javali cujos pelos dourados deslumbravam os olhos. Um dos anões conduzia o javali, enquanto o outro carregava um pequeno martelo. Eles prestaram homenagens a Odin e aos outros deuses de forma estranha e brusca, e ficaram olhando à sua volta, com rostos ansiosos e inquisitivos.

Odin se levantou e disse em tom grave: "Estamos aqui para decidir sobre a habilidade comparativa de dois grupos de artistas. Ambos são muito habilidosos e a eles agradecemos pelos presentes raros e valiosos. Será uma tarefa difícil de julgar corretamente, e lamentamos que Loki tenha feito um julgamento necessário. No entanto, ele prometeu perder a cabeça para Sindri e seus irmãos caso a decisão fosse a favor deles."

Ele fez uma pausa e todos olharam para a cabeça de Loki, onde o cabelo duro e ruivo brilhava como fogo. Viu-se então um sorriso em sua boca traiçoeira e um brilho em seus olhos.

Odin continuou: "Deixe Thiassi declarar as propriedades peculiares e os méritos especiais de sua obra e a de seus irmãos, depois será a vez de Sindri falar de seus dons."

Thiassi se levantou com uma expressão fechada e desafiadora no rosto; claro que foi forçado a desempenhar um papel não adequado para ele.

LOKI CAUSA PROBLEMAS ENTRE OS ARTISTAS E OS DEUSES

Sif, a esposa de Thor, era famosa por seu lindo cabelo

Apontando para Sif, ele disse: "Ali está a esposa de Thor; todos podem ver seus cabelos dourados; não há necessidade de elogios." Pegando a lança que estava sobre a mesa, continuou: "Esta é uma boa lança: nunca erra o alvo."

Em seguida, tirou da mesa o que parecia ser um guardanapo branco, mas, enquanto segurava, ele floresceu e se espalhou, até que surgiu um navio que foi ficando cada vez maior enquanto ele falava. "Não existe navio como este," disse. "Ele pode ser pequeno o suficiente para ser levado no bolso ou muito grande, para carregar muitos homens; sempre tem vento bom."

Thiassi não ergueu os olhos enquanto falava, mas proferiu cada frase como se lhe custasse muito, fazendo longas pausas entre elas. Quando acabou de falar, colocou o navio – que mais uma vez lembrava um guardanapo – sobre a mesa e sentou-se, aliviado.

Com seus olhos pequenos e brilhantes, Sindri se levantou, olhando para todos os lados. Tinha o rosto ansioso e animado. O irmão ficou a seu lado, observando-o com atenção e imitando todos os seus gestos. Apontando para o javali, Sindri disse: "Este javali é digno de mais elogios do que eu posso lhe dar. É possível ver como seus pelos dourados brilham ao sol, mas, na noite escura, o brilho é o mesmo. Nesse javali, Freyr pode cavalgar por toda Niflheim e ainda será dia. Ele é tão rápido que nem Sleipnir, com suas oito pernas, pode ultrapassá-lo. Ele pode voar pelo céu ou deslizar pelo mar, como seu cavaleiro quiser." Ao terminar, Sindri fitou Thiassi, como se procurasse em seu rosto um olhar consciente de derrota.

Em seguida, ele tirou de seu peito um anel,[2] e, enquanto o segurava sob a luz do sol, todos puderam ver as pedras multicoloridas que cintilavam no cenário de ouro. Depois de contemplá-lo fascinado, Sindri falou: "Se este anel fosse apenas o que parece, não precisaria das minhas palavras, mas ele tem uma propriedade ainda mais maravilhosa. A cada nove noites, oito anéis de igual tamanho e beleza caem dele. Não existe outro tesouro como este em todos os nove mundos!" Lentamente, Sindri colocou o anel para baixo, como se quisesse se separar dele.

Ele então pegou o martelo do irmão. À medida que o levantou para que pudesse ser visto por todos, ele foi ficando cada vez maior, até que a força dos dois anões foi necessária só para mantê-lo de pé no chão. Com um olhar de triunfo, Sindri gritou: "Este martelo poderoso, cujo nome é Mjollnir, será mais útil para Thor quando ele encontrar os Gigantes Gelados que os dourados cabelos de sua esposa! Ele atingirá tudo o que for desejado, seja coisa grande ou pequena; e ele sempre retornará para a mão que o arremessar. Além disso, poderá ser carregado facilmente, pois ficará pequeno a ponto de caber no bolso." Ele olhou para Loki quando acrescentou: "Para ter certeza, o cabo é um pouco curto."

Quando Sindri terminou de falar, ele e seu irmão olharam ao redor exultantes. A única expressão no rosto de Thiassi era uma curva arrogante em seu lábio.

Depois de uma pequena pausa, Odin se levantou e disse: "Deixe que Sif venha aqui e que todos os tesouros sejam trazidos. Vamos examiná-los com cuidado e, em seguida, daremos nossa sentença."

---

2 Diz-se que o anel Draupnir representa a fertilidade.

Enquanto os deuses examinavam e conversavam, os anões os observavam atentamente, trocando olhares rápidos; mas Thiassi ficou sentado, imóvel, com a cabeça enterrada em suas mãos, como se tivesse adormecido.

Depois de uma longa consulta, fez-se silêncio. Quando Odin se levantou, todos os olhos se voltaram para ele. "Tem sido uma tarefa difícil," começou, "decidir entre dons tão maravilhosos e úteis, mas a decisão precisa ser tomada. Consideramos que esses presentes feitos pelos anões, Sindri e seus irmãos, superam alguns aspectos dos que foram feitos pelos filhos de Ivaldi." Então, virando-se para Loki, ele disse: "Loki, você perdeu sua cabeça, defenda-se o melhor que puder!"

Quando Odin pronunciou a sentença, uma expressão de desapontamento surgiu no rosto de Thiassi, seguida por manifestações de ódio, e palavras amargas escaparam por entre seus dentes. Mas os rostos dos dois anões brilharam triunfantes.

Imediatamente, Sindri saltou em direção a Loki, aos berros: "Sua cabeça pertence a mim, deus pretencioso! Nunca mais você se transformará em uma mosca para estragar meu trabalho! Seus cabelos vermelhos produzirão os pelos do meu próximo javali!" Ele então tentou agarrar Loki, enquanto tirava de seu manto uma grande faca.

Ágil, o deus escorregou de suas mãos e saiu apressadamente do salão, acelerando como o vento sobre a Planície de Ida.

Sindri pediu ajuda, Thor então, rindo de raiva do anão, pegou seu martelo e gritou com voz de trovão: "Volte aqui, seu covarde, ou vou experimentar meu martelo em você! Lembre-se de que ele acerta sempre!" O som da voz de Thor produziu um efeito rápido sobre o fujão. Ele parou e voltou lentamente para o palácio.

"Tente usar o juízo. Seus pés falharam," disse Thor.

Quando o anão se aproximou de Loki novamente, preparado para cortar a cabeça dele, este gritou: "A cabeça é sua, mas o pescoço não!" Sindri parou e olhou para os deuses.

E todos eles disseram: "Loki está certo! O pescoço não!" "Estou enganado," gritou o anão muito zangado. E agarrando rapidamente o furador do irmão, saltou em direção a Loki, e rapidamente costurou seus lábios com um fio bem forte. Logo depois, ele e o irmão deixaram o salão, Thiassi não estava em lugar nenhum. Ele tinha desaparecido enquanto Sindri e Loki discutiam.

Bem, Loki acertou em despertar o ciúme e o ódio onde sempre existira paz e boa vontade. Thiassi havia deixado o grande palácio com muita raiva dos deuses e com planos de vingança fervendo em seu cérebro; enquanto Sindri e seu irmão estavam muito bravos com a perda de sua aposta e com a alegria dos deuses às suas custas. Além disso, o ciúme mais amargo agora havia despertado entre os dois grupos de artistas.

BALDUR E LOKI
como contado por Mary Litchfield

NENHUM dos deuses se colocou tão altivo na sala de julgamento dos mortos como Baldur. Embora ele não fosse famoso como lutador ou conhecido por sua força, seu coração puro e a vida honrada tornaram seu julgamento tão claro que suas decisões foram absolutamente justas e, uma vez proferidas, nunca foram questionadas.

Além de ser um juiz perfeito, Baldur tinha outras qualidades que faziam com que fosse amado por todos, até mesmo os fortes e os ferozes. Ele era tão cheio de bondade e simpatia que, aonde quer que fosse, o sol brilhava mais forte e a alegria enchia todos os corações. Desde sempre sua vida foi isenta de culpa e seu único objetivo era fazer os outros felizes. A beleza de seu caráter era expressa em seu rosto e em suas formas; ele era o mais belo de todos os deuses: na verdade, eles o chamavam frequentemente de Baldur, o Belo; e, em Midgard, os homens deram o nome dele à flor mais branca que encontraram.

Mas, amado como era, Baldur tinha um inimigo mortal – o falso e vingativo Loki, que odiava secretamente todos os deuses. Mas nenhum tanto quanto Baldur. Seu ciúme feroz foi agitado porque Baldur ocupava um lugar bem alto em Asgard. Ele o odiava como a escuridão odeia a luz, e como o mal abomina o bem; e todas as suas conspirações e esquemas tinham uma finalidade – a destruição desse ser odiado. Há muito ele esperava causar de alguma forma a queda de Odin e a ruína de Asgard. Mas, primeiro, ele mataria Baldur, pois bem sabia que nada poderia causar uma dor tão forte quanto sua morte.

OS SONHOS DE BALDUR

como contado por Mary Litchfield

BALDUR, o queridinho dos deuses, cresceu triste. Seu palácio, o "salão de amplo esplendor brilhante"[1], não lhe dava mais prazer e Nanna, sua esposa, não conseguia consolá-lo. Sua voz não foi ouvida no conselho dos deuses. Por fim, depois de muito sofrer em silêncio, ele confidenciou a Odin e Frigg o motivo de sua tristeza. Toda noite, por um longo tempo, ele foi atormentado por sonhos que lhe diziam que o dia de sua morte não estava distante e que ele devia deixar a casa que tanto amava para viver no mundo inferior, longe de seus irmãos. Esses pensamentos o deixavam tão triste que nem as visões, nem os sons mais alegres conseguiam afastar sua melancolia.

Sem perda de tempo, Odin convocou um conselho com todos os deuses e deusas. Depois de muita deliberação, alguns deles foram consultar os sábios gigantes e outros seres que sabiam mais do futuro do que eles mesmos. Todos disseram que Baldur teria que morrer.

Então, determinou-se que todas as criaturas vivas, todas as plantas e metais deveriam jurar que não prejudicariam Baldur. Frigg recebeu esses juramentos. Em poucos dias, Asgard recebeu uma multidão de seres que vieram fazer o juramento solene.

Mesmo assim, Odin não ficou satisfeito. Ele resolveu ir ao mundo inferior em busca de informação sobre o destino de seu filho. Sleipnir estava selado e o Pai de Todos repetiu o caminho que usou quando foi visitar o reino de Mimir à procura de sabedoria. Mais uma vez ele atravessou a ponte celestial, indo na direção norte, e passou pelo brilhante castelo de Heimdall, o vigia insone. Mas, desta vez, Sleipnir o conduziu rapidamente pela região de gelo escuro e da terra sombria dos gigantes da montanha.

---

1 Breidablik.

Enquanto ia para o sul, encontrou um cachorro, vindo evidentemente da caverna próxima ao Monte Hvergelmir. O peito do cachorro estava cheio de sangue, assim como a garganta e a mandíbula. Ele latiu furiosamente para Odin e uivou muito depois de sua passagem. Mas o Pai de Todos continuou cavalgando, sem dar ouvidos a ele.

Na parte oriental do reino de Mimir, perto da casa de Delling, o elfo do amanhecer, Odin chegou a uma densa floresta[2] que ele não se lembrava de ter visto.

Mas a região era familiar para ele, e ele sabia que um pouco mais a leste ficava o túmulo de Vala,[3] a quem desejava consultar. Depois de percorrer uma longa distância nas profundezas silenciosas da floresta, ele chegou perto de um muro mais alto do que aquele que circundava Asgard. Entretanto, Sleipnir não se assustou com o obstáculo. E, instantes depois, Odin se viu em um grande jardim, no meio do qual se erguia um castelo belíssimo. As portas permaneceram abertas de forma hospitaleira: evidentemente nenhum inimigo chegou a este lugar encantado, protegido pela floresta e pelo muro. O Pai de Todos desceu do cavalo e entrou.

Homens altos e belas mulheres caminhavam pelo castelo ou conversavam em pequenos grupos, e havia preparativos para algum convidado de honra, cuja vinda era esperada. Na extremidade superior do salão havia um trono de ouro e, perto dele, bancos cheios de anéis e ornamentos. Sobre a mesa, havia hidromel pronto, mas estava coberto com um escudo.

---

2 A floresta e o castelo foram introduzidos no mito de Baldur sob a autoridade de Rydberg. Mimir salvou alguns mortais na hora de uma iminente catástrofe e os colocou nesse castelo. Quando Mimir morreu, Baldur veio e governou. Após a destruição do mundo no Ragnarok, Baldur foi o governador, e esses mortais, que o serviram por muito tempo, iriam repovoar a terra. Estas linhas de "A Canção de Vafthrudnir", na *Edda de Saemund*, referem-se a esse assunto:

> "Que mortais viverão,
> depois que o grande inverno de Fimbul
> tiver passado pelos homens?"
> Vafthrudnir: "Lif e Lifthrasir.
> Mas eles estarão escondidos
> na casa de Hoddmimir
> e terão como alimento
> o orvalho da manhã.
> Deles os homens nascerão."

3 Uma profetisa.

Quando Odin entrou, um jovem elegante se adiantou, reverenciando-o: "Você é um bom rei e o sábio que Mimir nos prometeu há muito tempo? Está tudo pronto, vê? E os súditos estão impacientes à sua espera."

E Odin respondeu: "Eu sou realmente o rei de um reino justo, mas não o seu rei. Qual é o nome daquele que vai governar você?"

O jovem respondeu: "Mimir não nos disse o nome dele; mas sabemos que ele virá em breve; e será tão nobre e tão puro que todos nós vamos amá-lo e servi-lo com alegria."

Odin suspirou, pensando em Baldur. Depois de conversar com os moradores do castelo, o Pai de Todos os deixou e fez seu caminho de volta pela floresta.

Ao chegar ao túmulo de Vala, Odin entoou uma canção mágica, obrigando-a a se levantar e responder a suas perguntas. Ela se levantou e, com uma voz mortal, disse: "Que homem é esse, para mim desconhecido, que aumentou minha jornada cansativa? Fui enfeitada com neve, com chuva e com orvalho. Morri há muito tempo."

Odin não deu seu nome verdadeiro, mas falou: "Meu nome é Vegtam. Sou filho de Valtam. Diga-me o que desejo saber sobre o reino da morte; da Terra eu a invoco. Para quem são os bancos cobertos de anéis e aqueles sofás revestidos de ouro?"

Vala então respondeu: "Hidromel significa a bebida fermentada de Baldur. Sobre a poção brilhante, um escudo é colocado. Mas a raça Aesir está desesperada. Por compulsão eu falei; agora vou ficar em silêncio."

Odin falou mais uma vez: "Não fique em silêncio, Vala; vou questionar você até que me conte tudo. Ainda quero saber quem será o assassino de Baldur. Quem vai matar o filho de Odin?"

Vala então respondeu: "Hodur[4] enviará para lá seu glorioso irmão. Ele será o assassino de Baldur. Ele vai matar o filho de Odin. Por compulsão eu falei; agora vou ficar em silêncio."

Entretanto Odin continuou questionando Vala, até que ele perguntou algo que revelou sua verdadeira identidade. Ela então disse: "Você não é Vegtam, como eu acreditei inicialmente. Você é Odin, o deus dos homens! Volte para casa, Odin! E triunfe! Nunca mais o homem me visitará assim, até que chegue o Ragnarok, o Crepúsculo dos Deuses."

Ao dizer isso, Vala afundou de volta na terra. E Odin seguiu seu caminho para Asgard, pouco confortado com o que aprendeu no mundo inferior.

---

4 Disse ser cego. Ele pode ter representado o inverno, o assassino do verão.

O VISCO
como contado por Abbie Farewell Brown

PARECIA que a morte não se aproximaria de Baldur tão cedo, pois todos os seres juraram não machucá-lo. O mais puro dos deuses certamente foi salvo. Um dia, ele foi atingido por uma flecha. E, se outro estivesse em seu lugar, o ferimento teria sido fatal. Mas, quando a flecha o tocou, ficou sem ponta e ele não foi ferido. Ao ver isso, alguns dos deuses imploraram para que ele ficasse como um alvo, enquanto eles se divertiam atirando coisas nele: pedras, lanças, flechas e espadas – nada poderia prejudicá-lo.

Loki passou por ali enquanto os Aesir se divertiam com o jogo, e seu coração se encheu de inveja ao ver Baldur tão calmo em uma posição que significaria a morte de qualquer outro ser. Assumindo a forma de uma velha decrépita, Loki foi até a mansão de Frigg pedir esmolas.

Frigg deu algo à suposta mendiga, que perguntou o que os deuses estavam fazendo quando ela atravessou a Planície de Ida. A mulher respondeu que eles estavam atirando pedras e armas em Baldur, que permanecia ileso.

"Ah!", exclamou a rainha. Eles não podem mesmo feri-lo, por mais que o desejem, pois eu exigi um juramento de todas as coisas!"

"Quê?!", retrucou a mulher, com a voz fraca e trêmula. "Todas as coisas juraram não prejudicá-lo?"

"Sim," respondeu Frigg. "Todas as coisas." Depois ela acrescentou descuidadamente: "Existe um pequeno arbusto, o visco, que cresce no lado leste de Valhala. Ele é fraco demais para causar qualquer dano. Dele não exigi juramento."

Se Frigg estivesse observando a velha de perto, teria percebido o olhar de triunfo que surgiu em seu rosto quando ouviu essas palavras. Mas a rainha dos deuses mal a notou, tão absorta estava com os pensamentos voltados para o filho. A mendiga rastejou silenciosamente para fora do palácio, desaparecendo atrás de alguns arbustos.

Logo depois, Loki estava conversando alegremente com os deuses na Planície de Ida e cumprimentando Baldur por sua capacidade de permanecer ileso em meio a uma chuva de armas.

Quando escureceu e todos em Asgard já dormiam, uma forma pode ter sido vista rastejando furtivamente na direção do lado leste de Valhala. Era Loki. Quando encontrou o esguio visco, puxou-o pela raiz e o escondeu no peito. Desde então nunca mais o largou, planejando continuamente encontrar algum fabricante capaz de fazer, com ele, uma flecha fatal para Baldur.

THOR E THRYM

como contado por Mary Litchfield

THOR e Loki foram para Jotunheim, em busca de aventuras. Quando voltavam para casa, a noite caiu e eles descansaram e dormiram nas proximidades da floresta. Quando acordou, Thor procurou seu martelo e viu que ele não estava ali. Ficou furioso! Seus olhos ardentes e a barba lançavam raios, e ele bateu na testa como se fosse acordar de um sonho.

"Loki! Loki!", ele gritou. "Acorde! Ouça isso! Ninguém na terra ou no céu sabe disso! O martelo do Aesir foi roubado!"

Loki demonstrou estar surpreso e perplexo. "Roubado?! Seu martelo? Não pode ser," ele disse.

Eles olharam ao redor, mas nada encontraram. "Thor, se eu tivesse o manto de penas de Freya, poderia descobrir onde o martelo está. Será que ela me empresta?"

"O martelo precisa ser encontrado," disse Thor. "Caso contrário, os gigantes de Jotunheim podem triunfar sobre nós. Freya não se recusará a me ajudar."

Pela manhã, bem cedo, eles entraram na cidade e foram ao palácio de Freya. Ali, todos os dias, muitos guerreiros festejavam – eram mortais que perderam a vida nos campos de batalha e amantes que foram fiéis até a morte. Assim que entraram no salão, Freya se levantou para cumprimentá-los. Vendo que a testa de Thor estava escura, ela perguntou: "O que o aflige, Asa-Thor? Certamente há algum problema no seu coração!"

Thor respondeu: "O martelo, Mjollnir, foi roubado. Está nas mãos de nossos inimigos."

"Mjollnir roubado?!", ela gritou. "Como isso aconteceu? Quem poderia pegar o martelo do poderoso Thor?

"Eu dormi," disse Thor. "E, quando acordei, o martelo tinha sumido. É tudo o que sei."

Freya sabia muito bem o que isso significava. Ela ponderou por alguns instantes e perguntou: "Como posso ajudá-lo, Thor?"

"Você me emprestaria seu manto de penas?" Com a ajuda dele, o martelo pode ser encontrado."

"Eu o daria a você se ele fosse feito de ouro, e o confiaria a você se fosse de prata," respondeu Freya.

Thor e Loki deixaram o palácio de Freya, levando o manto de penas. Quando já tinham andado um pouco, pararam. Loki vestiu as penas e voou até Jotunheim. E voou tão rápido que a plumagem sacudiu.

Quando chegaram à terra gelada, viram Thrym, o senhor de Thursar, sentado em um monte, trançando faixas de ouro para seus galgos e alisando as crinas de seus cavalos. Ele reconheceu Loki, apesar do disfarce, e disse: "Como estão os Aesir? E os elfos? Por que você veio sozinho a Jotunheim?"

"Os Aesir estão em situação difícil. E os elfos também," Loki respondeu. "Onde você escondeu o martelo de Thor?"

Thrym deu uma gargalhada e disse: "Escondi o martelo de Thor treze quilômetros abaixo da terra. Homem nenhum vai recebê-lo novamente, a menos que me traga Freya para ser minha esposa."

Quando ouviu isso, Loki também riu porque ele não lamentava que Thor tivesse perdido o martelo.

Ele voou de volta a Asgard com a plumagem barulhenta.

Quando se aproximou do palácio de Thor, este o viu e o chamou. "Teve sucesso, assim como trabalho? Conte-me as histórias do ar. O homem que se senta deixa muita coisa de fora; e o que deita é falso."

Do ar, Loki respondeu: "Tive trabalho e sucesso. Thrym, o senhor de Thursar, está com seu martelo. E nenhum homem conseguirá recuperá-lo até que entregue Freya a ele, para que se casem." Loki então voou para o chão, tirou o manto de penas e ele e Thor foram até o palácio.

Quando os viu, Freya lhes deu as boas-vindas. E estava feliz por ter seu manto de penas de volta. Mas a testa de Thor continuava escura, e ele disse: "Coloque seu vestido de noiva, Freya. Nós dois temos que ir a Jotunheim."

Freya não o entendeu. E Thor então explicou que ela teria que se casar com o gigante Thrym ou seu martelo nunca seria devolvido.

"Portanto, prepare-se e venha comigo!", disse Thor. "Ou os gigantes vão invadir Asgard. Sem o martelo, quem pode se defender contra eles?"

Freya ficou muito zangada enquanto Thor falava. Ela era uma deusa forte, alta e poderosa. Enquanto sua raiva crescia, o salão onde estavam tremeu, e o grande colar de Brisinga[1] se partiu. "Jamais irei com você para Jotunheim!", Freya gritou. "Nunca serei a noiva de Thrym!"

Thor e Loki deixaram o palácio e procuraram Odin, o sábio Pai de Todos. Assim que Odin soube o que aconteceu, convocou o conselho de deuses e deusas. A segurança de Asgard dependia da recuperação do martelo de Thor.

---

1 Um colar famoso feito pelos anões.

Thor disfarçado com o manto de Freya

O conselho se reuniu. Depois que muitos falaram sem propósito, Heimdall se levantou. Ele tinha a sabedoria dos Vanir.

"Acho que sei como recuperar o martelo," ele disse. "Deixe Thor vestido com o manto de Freya; deixe as chaves tilintarem ao seu lado; coloque pedras preciosas em seu peito; no pescoço, ponha o famoso colar de Brisinga; e, na cabeça, uma barrete[2] elegante. Vestido assim, ele pode enganar o gigante e recuperar o poderoso martelo Mjollnir."

Essas palavras não agradaram a Thor. Ele então disse: "O Aesir vai me chamar de mulher se eu me deixar vestir com roupas de noiva."

Em pensamento, Loki se alegrou com a ideia de ver Thor com roupas de mulher, e disse: "Não diga isso, Thor! Os gigantes logo estarão governando Asgard se você não recuperar Mjollnir."

Todos os Aesir concordaram que as palavras de Heimdall eram sábias. Depois de muito insistir, Thor permitiu que eles o vestissem com as roupas de Freya. Depois, eles colocaram o famoso colar de Brisinga em volta de seu pescoço; as chaves ficaram tilintando a seu lado; pedras preciosas brilhavam em seu peito; e usava uma touca elegante na cabeça.

Loki ficou exultante e disse a Thor: "Irei como sua criada. Vamos juntos para Jotunheim."

As cabras foram trazidas de suas pastagens rochosas e rapidamente levadas para casa. Thor e Loki pularam na carruagem. Como ventos de montanhas, as cabras partiram em velocidade. As rochas tremiam e a terra estava em chamas. O poderoso deus do trovão levava sua ira para Jotunheim.

Quando Thrym, o senhor de Thursar, os viu chegando, ficou feliz. Ele achava que o desejo de seu coração tinha sido conquistado – Freya seria sua esposa.

"Levantem-se, Jotuns!", ele gritou. "Enfeitem os bancos. Estão trazendo Freya, a filha de Njord, de Noatun, para ser minha esposa. Traga as vacas com chifres dourados e os bois totalmente pretos para a alegria dos Jotuns. Eu tinha muitos colares e muitos tesouros, mas não tinha Freya. Com ela, não vou querer mais nada."

No início da noite, muitos gigantes compareceram à festa do casamento. E muita cerveja foi servida a todos. Thor devorou sozinho um boi, oito salmões e todos os doces de que as mulheres gostam. E bebeu três barris de hidromel.

---

2 Um tipo de touca.

Thrym, o rei dos gigantes, ficou surpreso ao ver uma mulher comer tanto, e então disse: "Vocês já viram uma noiva tão faminta? Eu nunca vi noiva comer desse jeito nem beber tanto hidromel!"

A habilidosa criada sentou-se perto e encontrou uma resposta pronta: "Por oito dias, Freya não comeu nada, estava muito ansiosa para vir para Jotunheim."

O gigante então se abaixou para beijar a noiva sob o véu, mas saltou de repente. "Por que o olhar de Freya é tão penetrante? Ela parece ter fogo nos olhos."

Mais uma vez a criada encontrou palavras adequadas.

"Bem, seu olhar pode ser penetrante mesmo. Freya está sem dormir há oito dias devido à ansiedade."

A irmã do gigante então entrou. Ela, uma mulher sem sorte, ousou pedir um presente à noiva. "Dê-me os anéis vermelhos que tem nas mãos," disse, "se quiser ganhar minha amizade e meu amor."

Thrym, o senhor de Thursar, disse então: "Traga o martelo para consagrar a noiva. Ponha Mjollnir sobre os joelhos da donzela. Una-nos um ao outro em nome de Var."[3]

Quando Thor viu o martelo, seu coração saltou dentro dele. Ao ver Mjollnir, uma alegria feroz encheu sua alma. Ele o ergueu e matou Thrym, o senhor de Thursar, e esmagou toda a raça de gigantes. Por último, matou a irmã idosa de Thrym. Como presente da noiva, ela recebeu um golpe de Mjollnir – golpes de martelo em vez de muitos anéis.

Assim, o filho de Odin recuperou seu poderoso martelo.

---

3 Var ou Vor, a deusa dos noivados e casamentos.

THOR E SKRYMIR
como contado para Mary Litchfield

THOR estava sentado em seu grande palácio quando Odin disse: "Acho que Bilskirnir tem quinhentos e quarenta salas. De todas as casas com telhado que conheço, a do meu filho é a maior." O deus do trovão estava apreensivo, pois seu espírito feroz e inquieto só estaria satisfeito se guerreasse contra os gigantes ou vivesse alguma aventura em terras distantes. Ele foi de uma sala a outra até que, por fim, deu um suspiro e se atirou sobre um sofá coberto por peles de alguma fera. Seu corpo poderoso exibia músculos de atleta e sua barba ruiva brilhava como o fogo.

As paredes do salão em que se deitou eram densamente cobertas por escudos com acabamento excepcional e entre eles havia lanças e espadas que reluziam à luz do sol. Mas agora as glórias de seu grande palácio não tinham o menor encanto para Thor. Ele bocejou, lançou olhares melancólicos para o norte, como se pudesse distinguir, mesmo a distância, as sombrias montanhas de seus inimigos.

De repente, uma forma escureceu a porta e Loki parou à sua frente. O deus do trovão não gostava de Loki, desconfiava dele. No entanto, o amor pela aventura era tão forte em ambos que, às vezes, os aproximava.

"Thor," disse Loki enquanto entrava, "peça sua carruagem e vamos para Jotunheim. Asgard pode ter sido feita para Baldur, mas estou cansado disso. Quero algo novo."

Os olhos apáticos de Thor brilharam e ele saltou do sofá, dizendo: "Que bom, Loki! Prepare-se. Vamos imediatamente."

E logo eles partiram rumo ao norte na carruagem pesada e barulhenta de Thor puxada pelas famosas cabras. Thor trazia consigo três coisas que jamais imaginou deixar para trás: o martelo, Mjollnir, que sempre voltava para suas mãos quando ele atirava e nunca errava o alvo; as luvas de ferro, que lhe permitiam agarrar o martelo com mais firmeza; e o cinto do poder.

Eles viajaram o dia inteiro, atravessando planícies e campos áridos e, ao cair da noite, chegaram a um país quase desabitado. Uma casinha nos limites da floresta era a única habitação à vista. Ao se aproximarem, surgiram algumas cabeças à porta, mas desapareceram repentinamente. Os habitantes, é claro, estavam com medo e tinham motivos para isso, pois o estrondo da carruagem de ferro de Thor soou como um trovão, e sua barba ruiva e os olhos em brasa brilharam tanto na escuridão que podem ter sido confundidos com relâmpagos.

Thor estava prestes a seguir em frente, sem prestar atenção à casa, quando Loki suplicou: "Pare, eu imploro, Thor! Com sua força, você esquece que os deuses comuns podem se cansar e sentir fome depois de chacoalhar em sua carruagem o dia todo sem comer!"

Thor riu muito e disse: "Esqueci que estava comigo. Loki e comida não podem ficar muito tempo separados. Essa casa é pequena, mas pode nos dar comida e abrigo."

Eles desceram da carruagem e entraram. Os camponeses se encolheram em um canto da sala ao ver aqueles estranhos maravilhosos, tão altos que nem podiam ficar de pé na pequena casa.

Loki disse: "Não se assustem! Somos viajantes famintos que precisam comer e descansar. Não vamos lhes fazer mal, e sim recompensá-los generosamente por sua hospitalidade."

Tranquilizados pelas palavras de Loki e pelo bem-humorado sorriso de Thor, eles se adiantaram, ainda tremendo. A mulher os reverenciou e disse: "Meus senhores, nós lhes damos as boas-vindas e teríamos o maior gosto em servir-lhes uma refeição. Mas a pouca comida que tínhamos acabou. Não sobrou nada. Somos muito pobres."

"Não importa," disse Thor. "Faça o que eu mando, e eu cuidarei do resto." Então, virou-se para o homem: "Vá e desamarre minhas cabras enquanto sua esposa faz o fogo e deixa a panela pronta. Vamos cozinhar um pouco de carne."

Os camponeses obedeceram às ordens de Thor, embora não pudessem imaginar de onde viria a carne.

Loki ajudou a mulher a acender o fogo enquanto Thor seguia o homem. Assim que as cabras foram desamarradas, ele bateu seu martelo na cabeça de ambas e disse ao camponês para prepará-las para cozinhar. Não demorou para que uma enorme travessa de carne de cabra estivesse fumegando sobre a mesa.

Enquanto Thor ajudava os camponeses e seus dois filhos com a carne, ele disse "Comam tudo o que quiserem, mas cuidado para não quebrar os ossos. Tenho um motivo especial para desejar que eles sejam mantidos inteiros."

Thialfi, o filho, raramente comia carne. Por isso, para ele, foi um grande banquete. Enquanto ele pegava a carne de um dos ossos da coxa, Loki sussurrou: "O tutano dentro do osso é a melhor parte de todas!" E Thialfi, esquecendo as ordens de Thor, quebrou o osso e o sugou.

Raska, a menina, comia pouco. E passou o tempo todo olhando com a boca aberta, maravilhada, os estranhos, que comiam com um prazer enorme as cabras que lhes serviam de cavalos. E ela perguntou o que fariam no dia seguinte com o pesado ferro da carruagem e nenhuma cabra para puxá-la.

Depois da farta refeição, todos dormiram profundamente.

Thor acordou quando os primeiros raios de sol iluminaram o quarto. Levantando-se rapidamente, ele juntou os ossos das cabras e os colocou nas peles. Então, erguendo seu poderoso martelo, repetiu algumas palavras mágicas, chamadas runas. Instantaneamente, as duas cabras estavam pulando, animadas, como se tivessem desfrutado de uma boa refeição e de uma noite de descanso em vez de servir de alimento para os outros. Mas Thor percebeu que uma delas estava mancando. Suspeitando da causa, ficou furioso e gritou: "Acordem, camponeses miseráveis! Vejam o que fizeram com minhas cabras!"

Os camponeses se assustaram como se tivessem sido acordados por um trovão e se encolheram, tremendo diante do deus zangado.

"Quem quebrou o osso da coxa da minha cabra?", rugiu Thor, segurando Mjollnir até os nós de seus dedos ficarem brancos, enquanto feixes de luz saíam de seus olhos e de sua barba, ameaçando queimar a sala.

Então, Thialfi, que era um rapaz valente, criou coragem e disse: "Poderoso senhor, quebrei o osso da coxa de sua cabra. Esqueci o que tinha pedido. A carne estava tão boa e eu queria comer o tutano. Castigue-me, mas não faça mal aos outros. Eles não fizeram nada."

A coragem e a honestidade do rapaz tocaram Thor, que tinha bom coração. E ele disse: "Você cometeu um erro, mas vou lhe perdoar por ter sido corajoso e falar a verdade. Mentiroso e covarde, não posso suportar. Mas você é um sujeito bom demais para passar sua vida nesta cabana como um animal. Venha comigo e verá o mundo. Sua irmã deve vir também. Vocês viverão em uma casa grande. Se esta cabana fosse colocada nela, você poderia caçar o dia todo e não a encontraria."

Thor então deu ao camponês e sua esposa um punhado de ouro e lhes disse: "Seus filhos virão visitá-los sempre que quiserem." E, quando estavam partindo, ele disse: "Deixo as cabras e a carruagem sob seus cuidados até a minha volta. Não quebre nenhum osso!" E riu com vontade.

Os quatro partiram, embrenhando-se na densa floresta. Thialfi, muito ligeiro, carregava a sacola com a comida para a viagem; e Raska, que era corpulenta, acompanhava facilmente os outros. Depois de uma longa caminhada, chegaram ao grande rio, o Oceano, do lado oposto a Jotunheim. Eles cruzaram o mar sem muitos problemas, embora fosse uma longa distância.

Do outro lado, havia uma terra ainda mais selvagem que aquela que deixaram para trás. Tudo era enorme. As rochas e as árvores alcançavam as nuvens. Depois de cruzar o trecho mais seco do país, coberto de pedregulhos, eles chegaram a outra densa floresta onde reinava o silêncio absoluto e onde não existia nada verde sob os pés, pois o solo era coberto por agulhas de pinheiro. Era como o crepúsculo, mesmo ao meio-dia. Os grossos galhos deixavam passar pouca luz do sol. Além disso, o sol nunca brilhou intensamente em qualquer parte de Jotunheim.

Eles viajaram o dia todo e uma parte da floresta era tão exatamente igual à outra que eles poderiam ter andado em círculos se Thialfi não tivesse subido no topo de uma árvore bem alta para se certificar de que estavam indo na direção correta.

À medida que a noite chegou, a pouca luz que se filtrava pelos galhos desapareceu, deixando-os na mais completa escuridão. Era impossível continuar sem bater contra as árvores. Impaciente, Thor decidiu parar e esperar o amanhecer. No escuro, procuraram um bom lugar para dormir. Enquanto tateava, Loki tocou em algo que não era uma árvore. Ao passar a mão para cima, percebeu que parecia a entrada de uma casa.

"Isso é muito estranho!", exclamou. "Faça fogo, Thialfi! Isto aqui é uma espécie de casa, mas quem mora nela deve gostar de floresta."

Thialfi obedeceu e, sob o clarão brilhante de um graveto seco, conseguiram ver uma grande abertura. Era certamente um novo tipo de habitação. A porta tinha o tamanho de toda a frente da casa.

"Nada como viajar para ver lugares estranhos!", disse Loki. Quando entraram, ele comentou: "Esta casa tem uma forma esquisita, mas parece ser um bom local para dormirmos."

Eles se jogaram no chão da grande entrada e dormiram rapidamente.

Por volta da meia-noite, foram acordados por um forte tremor de terra, junto com o estrondo parecido com um trovão. Eles se levantaram e ficaram à espera de um novo tremor a qualquer momento, pois parecia um terremoto. Mas estava tudo quieto. Thor ficou na porta principal da casa, enquanto os outros encontraram quartos menores que prometiam ser mais silenciosos.

Assim que os primeiros raios de sol passaram pelos galhos, Thor conseguiu distinguir um objeto de outro. Ele apertou o cinto com força, calçou as luvas de ferro e, segurando firmemente o martelo, saiu pela floresta em busca da causa do barulho e do tremor que perturbaram seu sono. Ele esperava encontrar uma fenda aberta nas proximidades – resultado do terremoto.

Ele não tinha ido muito longe quando avistou uma colina crescendo em uma clareira entre as árvores. Ao mesmo tempo, ouviu um som alto que, evidentemente, vinha do outro lado da colina. Quando chegou a esse lado, pôde apenas distinguir na pouca luz a cabeça enorme de um gigante de cuja boca aberta vinham os sons que ele tinha ouvido. O que Thor achou que era uma colina era o corpo do gigante. Seus olhos estavam fechados e as sobrancelhas se destacavam como fileiras de arbustos. O cabelo mais parecia uma floresta cheia de árvores que o cabelo de uma pessoa comum.

Thor observou o gigante adormecido por uns instantes e apontou o martelo na direção de sua testa. Mas, em vez de arremessá-lo, parou bruscamente e estendeu o braço. Colocando a boca perto da orelha do gigante, rugiu com uma voz de trovão: "Qual é o seu nome?"

O gigante se esticou todo e lentamente abriu os olhos. Inicialmente, parecia atordoado, mas, aos poucos, uma expressão de inteligência surgiu em seu rosto. Só então se manifestou bem devagar: "Alguém disse alguma coisa?"

"Sim!", rugiu Thor. "Fui eu. Qual o seu nome?"

Ao ouvir a voz de Thor, ele virou lentamente a enorme cabeça e o viu. Depois de olhar fixamente por algum tempo, ele respondeu: "Skrymir." Depois, acrescentou: "Eu o conheço. Você é Asa-Thor."

"É melhor você me agradecer," disse Thor. "Raramente começo a me relacionar com os gigantes de forma tão educada, como alguns de seus amigos demoraram a entender."

Skrymir sorriu por um bom tempo. Depois de outra pausa, ele quebrou o silêncio: "O que você fez com minha luva?" Lentamente, ele esticou o braço e pegou a casa onde haviam passado a noite. Felizmente, Loki e os outros tinham acabado de sair.

Havia uma expressão divertida nas feições do enorme Skrymir, o que deixou Thor muito irritado, embora ele tenha tentado parecer despreocupado.

Por fim, o gigante se levantou, sacudiu os braços e disse, bem-humorado: "Pouca gente aceita a companhia de alguém tão grande quanto eu. Eu gostaria de me juntar a você. Podemos ser úteis um para o outro, embora os nossos tamanhos sejam diferentes."

Thor aceitou a oferta de Skrymir, mas suas palavras o deixaram tão irritado que ele agarrou o Mjollnir. O gigante então desamarrou um saco imenso onde levava sua comida e começou a fazer a primeira refeição do dia. Thor, que só podia desfrutar da aproximação com os gigantes quando estava lutando contra eles, distanciou-se um pouco para comer com seus companheiros.

Quando estavam terminando, o gigante veio correndo para o local onde eles estavam e disse: "Amigos, aqui o grande sou eu e vocês são pequenos. Coloquem suas provisões neste saco. Posso carregar tudo facilmente."

Não havia razão para recusar a oferta do bem-humorado gigante. Eles então puseram toda a comida no saco. O gigante jogou a bolsa sobre o ombro e liderou o caminho com passos longos.

Foi uma jornada difícil. Mas Thor era orgulhoso demais para admitir que eles não poderiam acompanhar o gigante com facilidade. Assim, em vez de pedir que ele diminuísse o ritmo, eles correram o tempo todo.

Já estava quase anoitecendo quando Skrymir parou sob um grande carvalho. Jogou-se ao chão e, entregando o saco de provisões para Thor, disse: "Pegue isto Asa-Thor! Estou com mais sono que com fome, e não ligo para comida." Minutos depois, estava dormindo profundamente e roncando tanto que a floresta ressoou e a terra tremeu.

Thor pegou o saco e começou a desamarrar os fios. Mesmo com todos os seus esforços nem um só nó se desfez, nem ele conseguiu afrouxar apenas um. Diante dessa situação, seu sangue começou a ferver e, agarrando o Mjollnir, arremessou-o com toda sua força na cabeça do gigante adormecido.

Skrymir se mexeu, colocou a mão na cabeça e abriu os olhos lentamente: "Caiu uma folha na minha cabeça? Pensei ter sentido alguma coisa." Virou-se então para Thor e perguntou: "Você já jantou? Não vai para a cama?"

"Sim, estamos indo!", respondeu Thor. E como ele não pediria a Skrymir para desamarrar o saco, deitaram-se sob uma árvore não muito longe do gigante, famintos e cansados.

Skrymir fazia tanto barulho que era impossível dormir. Thor, cada vez mais furioso, fez um juramento e, indo até onde o gigante estava deitado, balançou Mjollnir com todo seu poder enfiando-o na testa do grandalhão.

O gigante parou de roncar e, inquieto, murmurou: "Qual é o problema agora? O que caiu na minha testa? Onde você está, Thor?"

Ajeitando-se novamente, o gigante adormeceu e roncou como sempre.

A essa altura, Thor estava mais nervoso ainda e não conseguia dormir, mesmo quando o gigante dava uma trégua nos roncos. Ele ficou sentado por horas encostado em uma árvore, perto dos companheiros, que dormiam. Mas, em vez de se acalmar, sua raiva foi aumentando com o passar das horas.

Quando a luz da manhã mostrou novamente os contornos da forma do gigante, ele se aproximou. Desta vez, balançou o Mjollnir como nunca o fizera e enterrou-o tão profundamente na têmpora do gigante que apenas uma pequena parte do cabo ficou para fora. "Sentiu alguma coisa?", ele rugiu.

Skrymir abriu os olhos e, sonolento, perguntou: "Tem algum pássaro na árvore? Acho que caiu alguma coisa na minha testa." Abrindo mais olhos, exclamou: "Mas já amanheceu!"

Quando já estavam prontos para partir, o gigante se virou para Thor com um estranho sorriso no rosto e disse: "Você, é claro, me acha bastante grande, Asa-Thor. Mas, quando chegarem a Utgard, encontrará homens maiores do que eu. Quero lhe dar um conselho: não se gabe muito! Utgard-Loki, o senhor de Utgard, e seus grandes bajuladores não vão suportar a vaidade de homenzinhos como você. Na verdade, a melhor coisa que você pode fazer é voltar atrás e desistir de visitar Utgard. Perigos que você pouco suspeita podem estar à sua frente naquela terra."

Thor tentou responder a Skrymir, mas estava tão sufocado pela raiva que as palavras não saíam.

O gigante continuou: "Se você está determinado a seguir, vire para o leste, na direção das montanhas que você vir por lá." Depois, pegando o saco com as provisões, desapareceu na floresta.

Thor foi atrás dele com Mjollnir, mas aparentemente ele tinha se transformado em uma grande montanha cinzenta à sua direita.

Com o gigante tinha levado embora toda a comida, eles tiveram que se contentar com umas poucas frutas e raízes que encontraram pelo caminho, pois não havia caça na floresta.

Perto do meio-dia, a floresta terminou repentinamente e eles chegaram a uma grande planície que se estendia por todos os lados como um mar cinzento. Havia umas poucas pedras e nada de folhas ou grama; nem uma árvore para alegrar os olhos de quem vagava no deserto sombrio. No meio da planície havia um castelo enorme. Mesmo a distância, tiveram que dobrar o pescoço para ver as pontas das torres, escondidas pelas nuvens. Parecia ter sido esculpido grosseiramente por gigantes em uma montanha rochosa. As paredes tinham cicatrizes do tempo.

Thor e seus companheiros seguiram para o castelo, escalando as pedras. Era mais longe do que tinham imaginado – o tamanho fazia com que parecesse próximo. Quando finalmente pararam diante dos muros altos que o cercavam, a noite estava começando a cair. O grande deus Thor parecia uma criança quando esticou o braço para alcançar o trinco do pesado portão. Em vão: era alto demais para ele. Loki já tinha se contorcido entre as grades e chamou os demais. Uma vez dentro dos muros, viram através de uma porta entreaberta que havia um salão maior que todo o palácio de Thor.

Os deuses e seus companheiros entraram cheios de coragem e olharam à sua volta. Eles podiam ver nuvens flutuando para dentro e para fora pelas aberturas irregulares bem acima. No centro do salão, havia uma mesa de granito áspero que era sustentada por monstros cujas mandíbulas escancaradas formavam cavernas enormes. Na extremidade da mesa estava Utgard-Loki, sentado em um trono, cujas costas e braços eram formados pelas espirais da serpente Midgard, esculpida em pedra. A cabeça enorme e repugnante do monstro se estendia sobre o rei. A barba de Utgard-Loki era da cor das rochas cinzentas e caía em massa no chão. Seus movimentos eram pesados e lentos. Quando estendeu a mão para pegar a caneca de cerveja que estava perto dele na mesa, demorou algum tempo para chegar com ela aos lábios. E depois de um longo gole, deu um suspiro de satisfação, que mais parecia o rugido do vento. E se passou algum tempo até ele mudar de expressão. Os olhos grandes e redondos não eram gentis nem ferozes, pois não tinham mais sentimento humano que os lagos frios das montanhas.

Em cada lado da mesa havia bancos de pedra, cujos espaldares altos eram locais de descanso para as cabeças dos gigantes. Estes eram quase tão grandes quanto Utgard-Loki, e todos estavam tomando cerveja. É claro que alguém tinha feito uma piada pouco antes de Thor e seus companheiros entrarem. Depois de um profundo e lento "Ah, ah, ah!", os gigantes foram se aproximando, até que o rugido de suas gargalhadas encheu o vasto salão e rolou como um trovão na noite que se aproximava. Os deuses podiam examinar tudo, pois nenhum dos gigantes parecia ter percebido sua presença.

O sangue de Thor começou a ferver enquanto ele observava aquelas criaturas que mais pareciam montanhas. E ele ansiava por transformá-las mesmo em montanhas verdadeiras arremessando seu martelo enquanto estavam sentadas em seus bancos de pedra. Mas ele se conteve e se colocou diretamente na frente de Utgard-Loki. O rei voltou seus olhos inexpressivos para ele e, depois de encará-lo por algum tempo, caiu na gargalhada, mostrando seus dentes de granito.

"O que eu tenho diante de mim?", rugiu ele. "Este jovem deve ser Asa-Thor, de quem tenho ouvido falar. Estou surpreso! Mas talvez você seja realmente maior do que o que parece!" Momentos depois, acrescentou: "O que você pode fazer? Costumamos deixar nossos convidados provarem sua força ou habilidade antes de convidá-lo para comer e beber conosco."

Loki estava faminto e, colocando-se diante de Thor, gritou: "Aposto que ninguém aqui come tão quanto eu!" E riu de si mesmo ao pensar em lutar com os gigantes lentos e desajeitados.

Utgard então acenou para um homem que Loki não tinha visto. Ele se aproximou e se sentou numa das extremidades da mesa. Era pequeno e ágil se comparado aos gigantes. Um cocho de carne foi trazido.

"Logi," disse o rei, "mostre a esse homenzinho que os gigantes também podem ser rápidos como ele."

Eles começaram a comer, sentados nas extremidades do cocho. Loki comeu vorazmente; pois o orgulho e a fome o estimularam. Nenhum dos dois deixou de olhar para o outro até que finalmente chegaram ao centro do cocho. Para seu espanto, Loki viu que, embora tivesse comido toda a carne do seu lado, Logi tinha comido não só a carne, mas os ossos e o próprio cocho. Portanto, não havia dúvida sobre quem havia vencido. No entanto, o fato de ter desfrutado de uma refeição farta consolou Loki, em parte, por sua derrota.

Em seguida, Utgard voltou seus olhos para onde Thialfi estava e, apontando para ele com seu enorme dedo indicador, perguntou: "O que aquele jovem pode fazer?"

Thialfi se endireitou na cadeira e respondeu cheio de orgulho: "Posso participar de uma corrida com qualquer pessoa que você indicar. Ela deve ser mais rápida que uma águia se puder me ultrapassar!" O rei se levantou lentamente e caminhou com pesados passos pelo vasto salão até a planície que cercava o castelo. Alguns gigantes, um após outro, o seguiram e se sentaram nas pedras existentes ao redor.

Utgard-Loki apontou o percurso e, em seguida, gritou: "Hugi, venha aqui!"

Rápido como um raio apareceu um rapazinho frágil, mais parecido com os elfos que com os gigantes. Um sorriso peculiar e sombrio se espalhou pelas feições do rei quando ele anunciou: "Não comparamos vocês, pequeninos, com os nosso gigantes. Isso não seria justo. Este é um dos nossos anões." E ele e seus seguidores riram da piada.

O percurso apontado era longo, mas Thialfi começou como um corcel ansioso por uma corrida. Ele voou como uma andorinha. Mas mesmo assim Hugi foi tão mais rápido que ultrapassou a chegada e encontrou Thialfi correndo enquanto ele já fazia o caminho de volta.

Utgard-Loki riu e disse: "Você deve dobrar melhor suas pernas, pequeno Thialfi, embora seja um ótimo corredor!"

Eles correram uma segunda vez e, quando Hugi deu as costas, Thialfi disparou um bom tiro com seu arco.

"Muito bem, Thialfi!", gritou o rei dos gigantes. "Nenhum corredor melhor nos visitou. Pela primeira vez, você encontrou seu par. Vamos disputar mais uma corrida para definir o vencedor."

Dessa vez, Thialfi foi tão rápido quanto os ventos que sopram sobre a planície aberta. Dificilmente se podia vê-lo enquanto voava. Mesmo assim, seu rival o superou. E, quando se encontraram, Thialfi não estava nem na metade do caminho. Até Thor gritou que já bastava. Ansioso para mostrar que pelo menos ele podia superar os gigantes, exigiu uma **prova** de seus poderes.

"Deixe-me mostrar a seus seguidores como um **Asa pode beber!**", ele pediu. "Eu não temo lutar com o mais poderoso de vocês!"

Eles voltaram ao salão e Utgard-Loki, mais uma vez sentado em seu trono, gritou para o copeiro: "Traga aqui nosso antigo chifre de bebida!" Em seguida, ele explicou a Thor que era desse chifre que seus seguidores eram obrigados a beber quando, de alguma forma, transgrediam o uso estabelecido da terra.

Quando o copeiro trouxe o chifre, Thor descobriu que, embora não fosse muito grande na parte superior, era extremamente longo, enrolando-se em espiral, de modo que era difícil distinguir a extremidade. Na verdade, ele chegava ao outro lado do salão e estava perdido nas sombras. Thor olhou muito interessado e viu que havia estranhos monstros marinhos esculpidos nele e que suas espirais tinham conchas e cracas incrustadas e cheias de musgo.

O deus estava com muita sede e, com expressão de satisfação, levou o chifre aos lábios. Ele era longo e profundo. Enquanto bebia, o som era como o da água quebrando em uma praia de seixos. No entanto, quando parou, sem fôlego, olhou para ver quanta cerveja ainda restava no chifre. Para sua surpresa, descobriu que havia quase a mesma quantidade do início.

Erguendo o chifre novamente, ele bebeu o máximo que pôde, sem respirar, e depois olhou para dentro. A bebida tinha diminuído ainda menos que antes.

Utgard-Loki sorriu e disse: "Thor, você não deixou para a terceira etapa mais do que pode aguentar? Você não deve se poupar muito em testes desse tipo. Se deseja esvaziar o chifre, você tem que beber até o fim!"

Thor estava transtornado quando ergueu o chifre pela terceira vez. Parecia que jamais pararia de beber. O barulho que ele fez foi igual ao das ondas do mar quando se chocam contra as rochas numa tempestade. No entanto, quando parou e olhou para o chifre, o líquido continuava tão alto que seria difícil carregá-lo sem derramar.

Vergonha e raiva foram retratadas no rosto de Thor ao devolver o chifre ao copeiro. "Reconheço que fui derrotado," disse ele. "Mas deixe-me tentar outra coisa: sei que posso superar vocês, gigantes, em alguma coisa."

"Há um joguinho que nossas crianças adoram," disse o rei, "que você pode tentar. Eu não proporia um jogo infantil para Thor, se ele não tivesse se mostrado mais fraco do que eu imaginava. Veja se consegue levantar meu gato do chão."

Enquanto falava, um enorme gato cinza passou por eles. Thor saltou em sua direção e, colocando a mão sob seu corpo, tentou tirá-lo do chão. Mas, ao erguer a mão, o gato curvou as costas e, por mais que se esforçasse, só conseguiu levantar um pé do chão.

"Como eu imaginava," disse Utgard-Loki. "O gato é grande e Thor é pequeno se comparado aos nossos homens."

"Está me chamando de pequeno," gritou Thor, completamente transtornado. "Qual de vocês se atreve a lutar comigo agora que estou com raiva?"

Seus olhos lançaram faíscas e sua barba disparou chamas, iluminando o salão cinzento.

"Não vejo ninguém aqui," disse o rei olhando à sua volta, "que não acharia indigno lutar com um homenzinho como você. Mas ali vem minha velha enfermeira, Elli. Ela tem derrubado muitos homens tão fortes e orgulhosos quanto Thor."

Uma velha, quase dobrada ao meio, entrou no salão. Era desdentada e tinha umas poucas mechas cinzentas na cabeça. Estava tremendo quando ergueu os olhos turvos e quase cegos para Thor. Ele a olhou com nojo.

"Lute com ele, mãe," disse Utgard-Loki.

Imediatamente, ela envolveu Thor com seus braços compridos e finos. Quanto mais ele tentava derrubá-la, mas firmemente ela ficava em pé. Exausto, o deus se ajoelhou.

O rei então deu um passo à frente e pôs fim às disputas. Depois, acrescentou: "Embora vocês tenham se mostrado fracos se comparados a nós, gigantes, ainda admiramos seu espírito e os convidamos para comer e beber conosco."

A essa altura, Thor e seus companheiros estavam extremamente aborrecidos e humilhados. Eles desistiram das disputas e aceitaram a hospitalidade de Utgard-Loki.

A festa foi longa e histórias monótonas e estranhas foram contadas pelos gigantes enquanto se distraíam com cerveja. Sentado naquele triste e sombrio salão, Thor ficou pensando no humor e na alegria que reinava em Gladsheim. Mas os gigantes pareciam estar se divertindo.

No dia seguinte, os deuses acordaram e Utgard-Loki passou com eles pelo portão de ferro. Quando estava do outro lado, ele disse: "O que acha de sua jornada, Asa-Thor? Desta vez, você considera ter encontrado seu adversário entre os gigantes?"

"Reconheço que fui derrotado," disse Thor. "Estou envergonhado. Fico irritado só de pensar em que estima você me tem."

"Bem, Asa-Thor," começou o gigante, "já que você está fora das muralhas do meu castelo, vou dizer a verdade, se isso lhe servir de conforto. Devo lhe dizer que nunca mais você ou qualquer Asa entrará nos meus domínios."

"Sempre o enganei com meus encantamentos. Fui eu que o conheci na floresta e lá descobri quão forte você era. O saco de provisões que você tentou, em vão, desamarrar foi fechado com ferro. Por isso não conseguiu abri-lo. Os golpes de seu martelo foram tão fortes que o primeiro teria me matado seu eu não tivesse, por magia, colocado uma montanha entre nós. Na volta, você verá uma montanha com três vales quadrados, um mais profundo que o outro. São as marcas deixadas pelo seu martelo."

"Da mesma forma, enganei vocês em suas disputas com meus seguidores. Loki comeu como a própria fome, mas Logi era um fogo selvagem, que consome tudo que está à sua frente. A corrida de Thialfi surpreendeu todos nós, pois ele superou o vento, mas Hugi foi o que eu pensei. Ele voou mais rápido que um raio e atingiu seu máximo. Quando tentou esvaziar nosso chifre de bebida, você realizou uma façanha tão maravilhosa que, se eu não tivesse visto, jamais teria acreditado. A extremidade do chifre, que você não podia ver, chegava ao oceano. Você bebeu tanto que baixou o grande rio. No caminho para sua casa, você verá o nível da água. Em Midgard, eles passarão a chamar isso de vazante. Quando tirou do chão uma pata do meu gato, você, na verdade, estava levantando a grande serpente Midgard que circunda a Terra. Você a ergueu tão alto que quase puxou o rabo dela para fora da boca. Temíamos que as fundações de Jotunheim fossem abaladas. Mas sua luta com Elli foi a façanha mais surpreendente. Ela não era nada mais que a velhice. Nunca houve, e nunca haverá um homem a quem velhice não possa ignorar, se ele tolerar sua vinda. Você é um deus poderoso, Asa-Thor, e vou tomar cuidado para que você nunca mais encontre meu país, por mais que o procure. Nós, gigantes, por mais estúpidos e pesados que possamos parecer, temos a sabedoria de todos os tempos."

Thor ergueu seu martelo, mas Utgard-Loki tinha desparecido. Voltando seus olhos para onde ficava o castelo, ele não viu nada além de uma bela e verde planície, sobre a qual nuvens lentas projetavam suas sombras.

Thor voltou para Asgard, mas a memória de suas aventuras no castelo de Utgard-Loki o marcou profundamente. Ele então decidiu se vingar, atacando a serpente Midgard em sua casa no oceano.

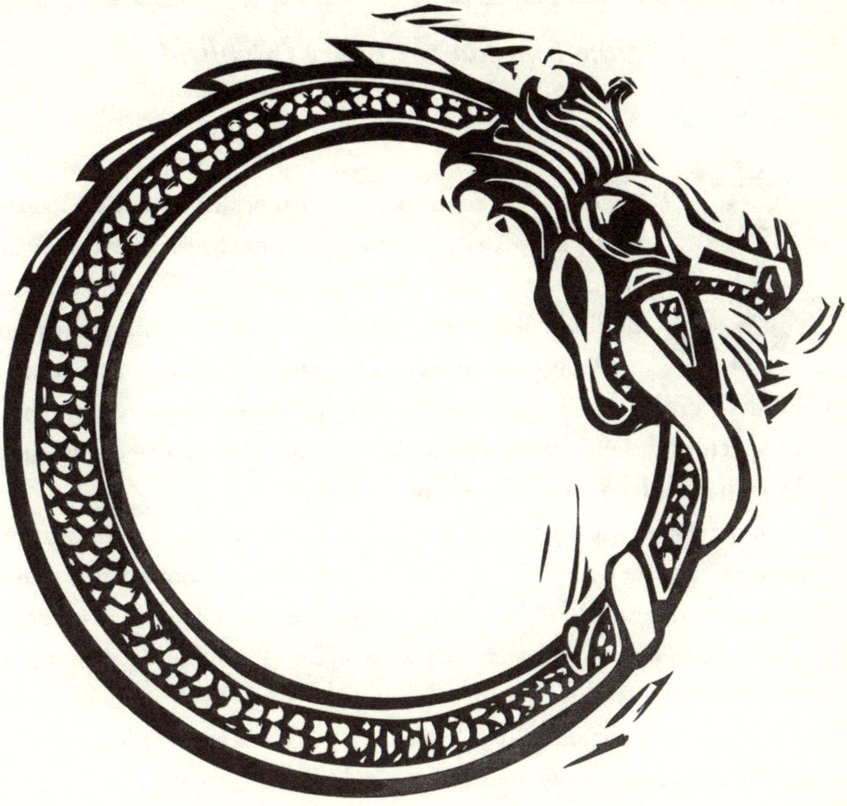

A JORNADA DE THOR PARA CONSEGUIR A CHALEIRA PARA AEGIR

como contado por Mary Litchfield

AEGIR, o deus do tempestuoso mar ocidental, festejava todos os deuses na época da colheita, mas nunca havia cerveja suficiente. Isso deixou Thor irritado, pois mostrava falta de hospitalidade, e ele disse a Aegir, com muita franqueza, o que pensava a respeito.

Aegir pareceu ter ficado magoado e disse: "Suas palavras são rudes e cruéis, Asa-Thor. O motivo pelo qual a cerveja não é suficiente é que não tenho chaleira grande o bastante para a preparação. Fazer cerveja para todos os habitantes de Asgard não é pouca coisa."

Tyr, que estava próximo a eles, interpelou Thor: "Meu pai, o feroz gigante Hymir, mora perto do fim do céu. Ele tem um caldeirão com mil e seiscentos metros de profundidade. Acho que, de alguma forma, podemos conseguir um jeito de tirá-lo dele. Aegir então terá a satisfação de entreter seus amigos de maneira condizente com sua generosa natureza."

"Não queria incomodar você," disse Aegir. "É uma jornada longa e talvez não se consiga pegar o caldeirão."

"Meu amigo Aegir," gritou Thor. "Nós não consideramos nada como problema se isso é apenas uma obrigação. Venha, Tyr, vamos embora! Minhas cabras já estão prontas e quero ver Jotunheim outra vez. Se eu puder encontrar a serpente Midgard nessa jornada, vou pagá-la bem por me enganar como ela fez em Utgard-Loki – que me fez levantá-la como a pata de um gato."

Os dois deuses então partiram juntos. Tyr era um companheiro mais adequado para Thor do que Loki. Ele era tão destemido quanto o deus do trovão e um dos mais nobres Aesir.

A JORNADA DE THOR PARA CONSEGUIR A CHALEIRA PARA AEGIR

Thor manteve suas cabras a uma certa distância do castelo do gigante, pois aonde quer que ele fosse em sua grande e estrondosa carruagem, era reconhecido como o poderoso deus do trovão. Desta vez, ele preferiu ir em silêncio.

Já era quase noite quando os dois se aproximaram da morada de Hymir, que ficava na costa congelada, cercada por rochas e icebergs. As laterais do enorme castelo brilhavam com o gelo e de suas projeções pendiam longos pingentes gelados. Quando cruzaram a larga porta, a primeira visão de seus olhos foi uma giganta com novecentas cabeças. Ela as balançava, sonolenta, em um canto do imenso salão e não percebeu a presença dos dois. Era a mãe de Hymir.

Uma grande fogueira de pinheiros e abetos ardia numa das extremidades do local. Perto dela havia uma linda mulher e seus cabelos castanho-dourados brilhavam à luz do fogo. Ela cumprimentou o filho e o amigo alegremente e trouxe cerveja para refrescá-los depois de tão longa jornada. Depois, olhando para a noite que caía, ela disse: "Meu marido logo voltará da pescaria e ele costuma vir de mau humor. A visão de convidados pode deixá-lo furioso. Por mais corajoso que sejam, façam o que eu mando: escondam-se sob aquelas chaleiras no outro lado da sala. Lá está escuro e ele não os verá." Os dois obedeceram.

Logo, ouviu-se um som estridente e forte: era Hymir chegando da pescaria, vadeando pelo mar. Grandes ondas quebravam nas rochas e icebergs, e o som da respiração do gigante era como o rugido dos ventos. A terra tremeu sob seus passos e as paredes do castelo balançaram. Quando ele entrou, os deuses viram que sua cabeça brilhava com gelo e neve e que a mata em suas bochechas estava congelada". Visivelmente mal-humorado, jogou sua rede onde havia baleias e outros monstros marinhos que ainda não tinham morrido.

Sua esposa levantou-se para recebê-lo. Tremendo, ela disse: "Você deve estar cansado, meu marido, depois de um dia duro de pescaria. Venha, o fogo está ardendo e logo a ceia estará pronta. É uma noite violenta. Até você deve ter achado difícil atravessar o mar." A única resposta às suas amáveis palavras foi um áspero grunhido.

Depois que Hymir ficou um tempo sentado perto do fogo, e tomou grandes goles de cerveja quente, sua esposa tornou a falar: "Ultimamente tenho pensado muito em nosso filho Tyr. É estranho dizer que ele voltou para casa hoje e trouxe o amigo Thor com ele – Thor, o grande deus do trovão. Sei que ficará feliz em vê-los."

"Onde eles estão?", grunhiu Hymir, olhando para o fundo do escuro corredor, onde havia chaleiras penduradas. Uma enorme viga de madeira quebrou quando seus olhos pousaram nela e oito chaleiras caíram e se quebraram, com exceção de um grande caldeirão. Os deuses então avançaram. Suas formas bem torneadas faziam um estranho contraste com a figura grande e rude do gigante. Quando viu o piscar dos olhos de Thor, Hymir sentiu um mau presságio.

Três bois foram preparados para o jantar e Thor comeu dois deles. O gigante, achando que tal hóspede logo faria estragos em sua despensa, disse rispidamente: "Teremos que viver com o que vamos pescar no mar, amanhã!"

"Nada me agradaria mais do que ir pescar em sua companhia, gigante Hymir", disse Thor.

Na manhã seguinte, o gigante estava pronto para a expedição. De mau humor, ele disse: "Leve sua própria isca se for comigo. Pode pegar um boi para você."

Thor encontrou o rebanho do gigante. Foi até um touro negro como carvão, torceu o pescoço do animal e o levou como isca.

Quando viu a cabeça de seu melhor touro, Hymir disse: "Gostaria que você tivesse ficado sentado e me deixado pegar a isca!"

Eles partiram no barco de Hymir e ambos remaram. Os fortes movimentos de Thor jogaram o barco sobre o mar revolto. Já estavam longe, quando o gigante disse: "Este é o local em que pesco. Aqui pego baleias. Vamos parar."

"É brincadeira de criança pescar tão perto da costa," disse Thor, redobrando a força de seus movimentos.

O mar ficou ainda mais agitado. Fortes ondas quebraram sobre o barco. Quando finalmente chegaram ao meio do oceano, Thor parou de remar. O gigante imediatamente jogou sua linha e puxou duas baleias com uma isca.

Thor então pegou uma linha que, embora fosse fina, era bastante forte. Ele prendeu a cabeça ensanguentada do touro no anzol. A isca desceu até ficar bem abaixo das ondas fortes onde as baleias se divertiam e chegou ao fundo do oceano. Lá estava a poderosa serpente gigante das profundezas[1] que cercava a terra. Por anos ela tinha ficado quieta no silêncio do fundo do mar, com o rabo na garganta,

---

1 Veja o poema de Oehlenschläger, "A Pescaria de Thor", no livro *Poetas e Poesia da Europa*, de Longfellow. O mesmo poema pode ser encontrado na tradução de Frye, de *Os Deuses do Norte*, de Oehlenschläger.

esperando com ódio pela hora da vingança, o Crepúsculo dos Deuses. As espirais de seu corpo poderoso tinham franjas de musgo e eram cobertas de conchas. Altas palmeiras ondulavam suavemente nas águas turvas acima de sua cabeça. Nunca em todos esses longos anos uma isca chegou tão perto de seus olhos opacos.

Thor havia conseguido uma isca tentadora. A cabeça ensanguentada do boi chegou perto da cabeça da serpente, e então flutuou lentamente para longe, como uma coisa viva. E se aproximou outra vez. Uma expressão ansiosa surgiu nos olhos cruéis da serpente, e aos poucos ela puxou a cauda de suas mandíbulas. Ao alcançá-la pela terceira vez, ela abriu bem as mandíbulas, agarrou a isca, engolindo-a com anzol e tudo. Então veio a luta.

Thor puxou com tanta força que seus pés quebraram o fundo barco e ele foi parar no fundo do mar. A serpente, sibilando e chicoteando de dor, foi puxada pela vasta profundeza do oceano. O mar, longe do horizonte, cobriu-se de uma espuma venenosa. Ondas altas se ergueram como montanhas, sacudindo a vasta extensão. Nuvens pesadas encontraram as águas e os raios de Thor atingiram as ondas fervilhantes. As horríveis espirais da grande serpente ergueram-se acima do mar, com o veneno brilhando, e suas mandíbulas enormes se abriram enquanto ela lutava para agarrar seu poderoso inimigo.

Thor a agarrou em seus braços e a luta ficou ainda mais feroz. Folhas de espuma venenosa se uniram às nuvens. O estrondo do trovão se juntou com o sibilar da serpente. E, exceto pelo relâmpago, a escuridão cobriu o mar. Thor soltou o monstro por um instante para que pudesse lançar Mjollnir em sua cabeça. O gigante então, que viu com medo e ódio o triunfo do deus, cortou a linha. E, com um silvo vingativo de ódio, a serpente afundou novamente na água para esperar o Ragnarok, o Crepúsculo dos Deuses.

A raiva e a decepção de Thor não conheciam limites. Ele acertou o gigante com um golpe que o fez cambalear do barco para o mar fervente. Depois, ele mesmo atravessou o oceano a pé, carregando o barco e tudo o que havia nele. Mas Hymir se recuperou e alcançou a costa pouco depois de Thor.

Eles jantaram as duas baleias que o gigante havia pescado. Quando terminaram de comer, Thor pediu a famosa e profunda chaleira, sugerindo que Hymir deveria temer as consequências caso se recusasse a lhe dar o presente.

"Asa-Thor," disse o gigante, "você está me pedindo um grande favor, mas acho que deveria me dar mais uma prova de sua força antes de esperar que eu faça tanto por você." Levantando-se de sua cadeira, ele tirou de uma prateleira um copo enorme e, entregando-o a Thor, disse: "Se você quebrar este copo, ficará com a chaleira!"

Primeiro, Thor jogou o copo contra uma pedra que servia de assento. A pedra se partiu ao meio, mas o copo permaneceu intacto. Depois, com toda a sua força, arremessou-o contra uma das pilastras do salão. Quebrou a pilastra, mas o copo continuou inteiro, sem um arranhão.

Então, a mãe de Tyr sussurrou no ouvido de Thor: "Atire na cabeça de Hymir. Ela é mais dura que qualquer coisa."

Apertando seu cinto de força, Thor, desta vez, atirou o copo na testa de Hymir, quebrando-o em átomos.

Hymir ficou surpreso e preocupado. "Era um bom copo. Quando me derem cerveja, nunca mais vou poder dizer 'cerveja, você está muito quente.'" E achando que seria melhor se livrar de um hóspede tão perigoso o mais rápido possível, ele disse a Thor: "Agora é hora de ver se você pode tirar a chaleira da nossa casa."

Tyr foi até o local em que estava a enorme panela de ferro e tentou levantá-la, mas só conseguir incliná-la um pouquinho. Com suas luvas de ferro, Thor agarrou-a pelo cabo, enquanto seus pés explodiam no chão. Depois, colocou-a na cabeça e se pôs a caminho de casa, tilintando os anéis em seus calcanhares. Tyr o seguiu.

Eles não tinham ido muito longe quando ouviram um barulhão atrás deles. Virando-se viram um poderoso bando de Gigantes de Gelo, com Hymir na liderança. Alguns brandiam porretes de pedra, outros carregavam pedras e blocos de gelo para atirar no Aesir. Eles gritavam e rugiam à medida que avançavam. Thor então entrou na chaleira e, agarrando Mjollnir, arremessou-o contra os perseguidores. Instantaneamente fez-se silêncio e, no lugar dos barulhentos gigantes uma linha de montanhas nevadas se ergueu em direção ao céu.

Thor e Tyr não demoraram a chegar ao lugar onde as cabras estavam amarradas e, colocando a chaleira na carruagem, foram em direção aos salões do Aegir. Eles se atrasaram um pouco pois a cabra, cujo osso da perna tinha quebrado, caiu e se feriu, ficando coxa. Mas chegaram ao palácio. O deus do mar os acolheu, dando as boas-vindas, mas olhou desanimado para a chaleira, sabendo que teria que preparar grandes quantidades de cerveja no futuro quando festejasse os deuses.

NA CASA DO GIGANTE
como contado por Abbie Farewell Brown

EMBORA Thor tenha assassinado Thiassi, o gigante construtor; Thrym, o ladrão; Hrungnir e Hymir, e ter livrado o mundo de famílias inteiras de gigantes perversos, muitos outros continuaram em Jotunheim praticando más ações e tramando maldades contra os deuses e os homens. Dentre esses, Geirrod foi o mais feroz e o mais perverso. Ele e suas duas filhas feias – Gialp, a de olhos vermelhos, e Greip, a dos dentes negros – viviam em um grande palácio no meio das montanhas, onde Geirrod mantinha seus tesouros de ferro, cobre, prata e ouro. Desde a morte de Thrym, Geirrod era o Senhor das Minas, e todas as riquezas que saíam das cavernas terrestres pertenciam a ele.

Thrym era amigo de Geirrod e a história da morte de Thrym pelo poder de Thor e seu martelo deixou Geirrod muito triste e zangado. Ele disse às filhas: "Se pudesse pegar Thor agora, sem sua arma, eu lhe daria uma lição! Como eu o puniria por seus atos contra nós, gigantes!"

"Oh! O que faria, papai?", gritou Gialp, piscando seus cruéis olhos vermelhos e mexendo seus dedos em garra, como se quisesse prendê-los na dourada barba de Thor.

"Oh! O que faria, papai?", gritou Greip, estalando os lábios e rangendo seus dentes negros, como se quisesse morder o forte braço de Thor.

"Faça por ele!", resmungou Geirrod com raiva. "Faça por ele! Grrrr! Eu o mastigaria e quebraria seus ossos em pedacinhos. E o esmagaria, fazendo dele uma geleia!"

"Isso mesmo! Faça isso, pai, e deixe-nos brincar com eles!", exclamaram Gialp e Greip, dançando para cima e para baixo até as montanhas tremerem e todas as ovelhas assustadas correrem para seus redis, pensando se tratar de um terremoto. Gialp era tão alta quanto um pinheiro, mas muito mais grossa; enquanto Greip, a mais nova, era tão grande como um palheiro e tinha a altura do mastro de uma bandeira. As duas esperavam ser, um dia, tão grandes quanto o pai, cujas pernas eram tão longas que ele poderia atravessar os vales dos rios do topo de uma montanha para outra, assim como nós, humanos, cruzamos um riacho, saltando sobre as pedras; e seus braços fortes eram capazes de levantar uma junta de bois em cada punho, como se fossem brinquedos.

Geirrod balançou a cabeça para as filhas brincalhonas e suspirou: "Meninas, precisamos pegar o mestre Thor primeiro, antes de fazermos isso com ele. E pegá-lo sem o martelo, que nunca falha, e sem o cinto que dobra sua força sempre que ele o coloca. Além disso, não posso mordê-lo, mastigá-lo, quebrá--lo e esmagá-lo como ele merece. Pois ele, com essas armas, é a criatura mais poderosa do mundo. Eu preferiria me envolver com raios e trovões que com ele. Vamos esperar, crianças!"

Gialp e Greip então ficaram emburradas como dois bebês que não ganham o brinquedo novo que tanto querem. Era muito feio ver lágrimas grandes e redondas como uma laranja escorrendo por seus rostos.

Mais cedo do que esperavam, chegaram muito perto de ter seu desejo realizado. E, se isso tivesse acontecido, e Asgard perdesse seu melhor herói e sua defesa mais forte, teria sido culpa de Loki, dos planos malignos de Loki; pois você vai ver a coisa mais perversa que ele fez até agora. Como você sabe, Loki era o pior inimigo de Thor, e por muito tempo ele estava esperando a chance de devolver ao deus do trovão o dinheiro que Thor havia trazido para ele na época dos presentes do anão para Asgard. Há muito Loki se lembrava de como foi divertido deslizar como um grande pássaro nas penas de falcão de Freya. Ele ansiava por pegar emprestadas as asas e voar mais uma vez ao redor do mundo para ver o que pudesse ver, pois achava que, assim, descobriria muitos segredos que não deveria saber, e planejar danos sem ser descoberto. Mas Freya não voltaria a emprestar seu manto de penas a Loki. Ela guardava rancor por ele tê-la escolhido para ser noiva de Thrym. Além disso, ela se lembrava do tratamento que ele dispensara a Idunn e não confiava em sua língua e em suas belas promessas. Loki não viu então outra maneira de pegar o manto de penas sem permissão. Coisa que ele fez, um dia, quando Freya saiu com sua carruagem puxada por gatos brancos. Loki vestiu o manto de penas, como já havia feito duas vezes – uma quando ele foi a Jotunheim resgatar Idunn e suas maçãs mágicas, e outra quando foi procurar o martelo de Thor.

De Asgard, ele voou para longe como um pássaro, rindo de seus pensamentos perversos. Não importava aonde ele iria. Era tão divertido bater as asas e voar, deslizar e girar, parecendo e sentindo o mundo como um falcão. E voou baixo, pensando: "Eu me pergunto o que Freya diria se me visse agora. Uaaau! Como ela ficaria zangada!" Só então ele viu a alta muralha de um palácio nas montanhas.

"Uau!", ele exclamou. "Nunca vi aquele lugar antes. Talvez seja a morada de um gigante. Imagino estar em Jotunheim, pela grandeza das coisas. Só preciso ficar olhando." Loki era a mais curiosa das criaturas, como as pessoas de mente astuta costumam ser.

Loki, o falcão, desceu e escalou a muralha. Bateu as asas e voou até o parapeito de uma janela, onde se empoleirou e avistou o salão. Lá dentro, viu o gigante Geirrod e suas filhas jantando. Eles pareciam feios e gananciosos enquanto devoravam a comida em grandes porções. Do parapeito da janela, Loki não pôde deixar de rir para si mesmo. Com o som, Geirrod ergueu os olhos e viu o grande pássaro marrom na janela.

"Heigha!", gritou para um de seus criados. "Vá e traga-me o grande pássaro marrom que está lá na janela."

O servo então correu e tentou escalar a parede para chegar a Loki. Mas a janela era muito alta e ele não conseguiu alcançá-la. Ele saltou e escorregou, tropeçou e escorregou, uma e outra vez, enquanto Loki, sentado um pouco acima, ria tanto que quase caiu de seu poleiro. "Ihii! Ihii!!", tagarelava Loki em sua língua de falcão. Foi muito divertido ver o rosto do sujeito ficando roxo na tentativa de alcançá-lo e Loki pensou em esperar que os dedos do gigante o tocassem antes de voar para longe.

E esperou muito tempo. Por fim, com um pequeno salto, o gigante conseguiu chegar ao parapeito da janela e Loki estava ao seu alcance. Quando bateu as asas para voar, Loki percebeu que seus pés estavam embaraçados na videira que crescia na parede. Ele se debateu e contorceu com todas as suas forças – em vão! Lá estava ele, pego rapidamente. O servo o agarrou pelas pernas e o levou para Geirrod, onde ele se sentou à mesa. Loki agora, em seu manto de penas, parecia exatamente um falcão – exceto pelos olhos. Não havia como esconder o olhar sábio e astuto de seus olhos. Ao vê-lo, Geirrod suspeitou que não se tratava de um pássaro comum.

"Você não é um falcão!", ele gritou. "Você está espionando meu palácio, disfarçado. Diga-me quem você é." Loki teve medo de dizer pois sabia que os gigantes estavam com raiva dele por sua participação na morte de Thrym – pequena, embora sua parte tenha sido essa na grande ação. Ele então manteve o bico bem fechado e se recusou a falar. O gigante ficou furioso e ameaçou matá-lo. Mesmo assim, Loki permaneceu em silêncio.

Então, Geirrod trancou o falcão em um baú por três longos meses, sem comida ou água, para ver quanto tempo ele aguentaria. Dá para imaginar o quão faminto e sedento estava Loki ao fim desse tempo – pronto para contar tudo o que sabia, e até mais, tudo por uma migalha de pão e um gole de água.

Pelo buraco da fechadura, Geirrod o chamou: "E então, senhor falcão? Vai me dizer quem você é?" Desta vez, Loki respondeu: "Sou Loki, de Asgard. Dê-me algo para comer."

"Ah, finalmente!", disse o gigante. "Você é aquele Loki que foi com Thor matar meu irmão Thrym! Bem, por isso, você deve morrer, meu amigo de plumas."

"Não! Por favor!", implorou Loki. "Thor não é meu amigo. Gosto mais dos gigantes. Sou casado com uma!" – O que era verdade, assim como as poucas palavras que ele disse.

"Então, se Thor não é seu amigo, para salvar sua vida, você o traria até aqui?", perguntou Geirrod.

Os olhos de Loki brilharam perversamente entre as penas. Ali estava sua chance de se livrar e de se vingar de Thor, seu grande inimigo. "Sim! Eu vou!", ele gritou. "Trarei Thor até aqui!"

Geirrod o fez fazer uma promessa solene e, com isso, o tirou do baú e lhe deu comida. Juntos fizeram um plano perverso, enquanto Gialp e Greip, as feias filhas do gigante, ouviam e beijavam os dedos.

Loki deveria persuadir Thor a acompanhá-lo até as terras de Geirrod, mas ele deveria vir sem o martelo, sem as poderosas luvas de ferro e sem o cinto de força. Só dessa maneira é que ele receberia Thor.

Depois de selarem o acordo perverso, Loki se despediu amigavelmente de Geirrod e de suas filhas e voou de volta a Asgard o mais rápido que pôde. É claro que foi repreendido por Freya por roubar seu manto de penas e por ficar com ele por tanto tempo. Mas ele contou uma história lastimável de como foi mantido preso por um gigante cruel, e realmente parecia tão pálido e magro pelo longo jejum que os deuses tiveram pena dele e acreditaram em sua história, apesar das muitas vezes que ele os havia enganado. Na verdade, a maior parte da história era verdadeira, mas ele contou apenas metade da verdade, pois não disse uma única palavra sobre a promessa que havia feito ao gigante. Manteve o segredo guardado consigo.

Não muito tempo depois, Loki convidou Thor para acompanhá-lo em uma jornada para visitar um novo amigo que, disse ele, estava ansioso para conhecer o deus do trovão. Loki tinha modos tão agradáveis e parecia tão franco em sua fala que Thor, cujo coração era simples e sem malícia, não viu nada de errado no convite, nem mesmo quando Loki acrescentou: "A propósito, amigo Thor, você deve deixar o martelo, o cinto e as luvas. Não seria delicado usar tais armas na casa de um novo amigo."

Thor concordou despreocupadamente, pois ficou animado com a ideia de uma nova aventura e de fazer um novo amigo. Além disso, em sua última jornada juntos, Loki se comportou tão bem que Thor acreditou que ele realmente havia mudado para se tornar seu amigo. Juntos partiram na carruagem puxada pelas cabras de Thor, sem armas de qualquer tipo, exceto as que Loki levava secretamente. Loki gargalhou enquanto sacudiam entre as nuvens. Se tivesse visto o olhar do companheiro, Thor teria voltado para Asgard e para a segurança, onde havia deixado sua esposa, Sif. Mas Thor não percebeu e eles se foram.

Logo chegaram ao portão da Terra dos Gigantes. Thor achou estranho, pois sabia que provavelmente encontrariam poucos amigos naquele lugar. Pela primeira vez ele começou a suspeitar de algum esquema traiçoeiro de Loki. No entanto, não disse nada. Fingiu estar tão alegre e despreocupado como antes. Mas pensou em um plano para descobrir a verdade.

Perto da entrada ficava a caverna de Grid, uma giganta boa, a única de toda a sua raça que era amiga de Thor e do povo de Asgard.

"Vou parar aqui por um momento, Loki," disse Thor. "Preciso beber água. Segure as cabras com força até eu voltar."

Ele então entrou na caverna e tomou sua água. Mas, enquanto bebia, perguntou à boa mãe Grid com alguma intenção.

"Quem é este amigo Geirrod que vou conhecer?"

"Geirrod seu amigo? Você vai visitar Geirrod?", ela perguntou. "Ele é o gigante mais perverso de todos nós, e não é amigo para você. Por que está indo, querido Thor?"

"Huuum," murmurou Thor. "É mais uma das trapaças de Loki!" Ele contou sobre a proposta que Loki havia feito e contou também por que havia deixado em casa o cinto, as luvas e o martelo que o tornavam o mais forte de todos os gigantes. Grid ficou assustada.

"Não vá! Não vá, Thor!", ela implorou. "Geirrod vai matar você. Ele e aquelas garotas feias, Gialp e Greip, terão o maior prazer em triturar seus ossos. Eu os conheço muito bem!"

Mas Thor declarou que iria assim mesmo, que havia prometido a Loki. "Irei, pois sempre mantenho minha palavra!"

"Então levará três pequenos presentes meus!", disse ela. "Aqui está o meu cinturão de poder – pois tenho um como o seu." Depois, afivelou na cintura dele um grande cinto, em cujo toque ele sentiu sua força redobrar. "Esta é a minha luva de ferro," ela disse enquanto colocava uma em sua poderosa mão. "E, com ela, como com a sua, você poderá controlar os raios e tocar sem ferir no mais quente metal em brasa. E aqui, por último, está Gridarvoll," ela acrescentou, "meu cajado, que poderá ser útil. Leve-os! E que Sif possa revê-lo seguro em sua casa com a ajuda deles."

Thor agradeceu e saiu para se juntar a Loki, que não suspeitou do que havia acontecido na caverna, pois o cinto e a luva estavam escondidos sob sua capa. Já o cajado tinha uma aparência bastante comum, como se Thor pudesse tê-lo pegado em qualquer lugar ao longo da estrada.

Eles viajaram até chegar ao rio Vimer. O maior de todos os rios, que corria e se agitava de forma terrível entre eles e a costa que queriam alcançar. Parecia impossível atravessar. Mas Thor apertou um pouco o cinto e, plantando o cajado de Grid com firmeza, caminhou pela água. Loki agarrou à sua capa, muito assustado. Mas Thor avançou bravamente, com a força redobrada pelo cinto de Grid e com os passos apoiados pelo cajado mágico. As ondas cada vez maiores caíram sobre seus joelhos, sua cintura, seus ombros, como se estivessem querendo afogá-lo. Thor então disse:

"Ei, rio Vimer, não cresça mais, eu imploro! Não adianta! Quanto mais pressão você puser sobre mim, mais poderoso estarei com meu cinto e meu cajado!"

Quando estava quase chegando ao outro lado, Thor viu alguém escondido perto da margem do rio. Era Gialp, a moça dos olhos vermelhos, a filha mais velha de Geirrod. E estava jogando água em Thor, fazendo com que as grandes ondas ameaçassem afogá-lo.

"Oho!", ele gritou. "Então é você que está fazendo o rio subir, pequena grande menina." Agarrando uma pedra enorme, ele a atirou contra Gialp, acertando-a, pois a mira de Thor nunca falhava. Ela então deu um grito tão alto quanto um apito e voltou mancando para casa para contar ao pai e preparar uma recepção calorosa para o estranho que carregava Loki em suas costas.

Quando saiu do outro lado do rio, Thor não demorou a chegar ao palácio que Loki avistou pela primeira vez quando estava vestido de falcão. E lá encontrou tudo o que foi cuidadosamente preparado para ele. Thor e Loki foram recebidos como velhos e queridos amigos, com gritos de alegria e toque de sinos. O próprio Geirrod veio ao encontro deles e teria abraçado o novo amigo, mas Thor simplesmente estendeu-lhe a mão e apertou tão forte com a luva de ferro que o gigante uivou de dor. E ele nem podia dizer nada, pois Thor se mostrou satisfeito e gentil. Por dentro, Geirrod disse a si mesmo: "Meu pequeno e belo Thor, em breve vai pagar por esse aperto de mão e por muitas outras coisas."

Durante todo esse tempo, Gialp e Greip não apareceram, e até mesmo Loki se retirou, para não correr perigo quando chegasse a hora da morte de Thor. Ele temia que coisas terríveis pudessem acontecer e não queria ser lembrado pelo punho grande do companheiro que ele havia traído. Como tinha cumprido sua promessa ao gigante, Loki pegou a estrada de volta para Asgard, pois queria comunicar aos deuses, consternado, que Thor tinha morrido nas mãos de um gigante horrível, mas sem dizer a eles como.

O deus do trovão estava sozinho quando os servos o levaram até a câmara que Geirrod havia preparado para o amigo. Era um local muito bom, com certeza, mas o estranho é que era mobiliado apenas com uma cadeira, uma cadeira gigante, com uma cortina envolvendo as pernas. Muito cansado depois da longa jornada, ele se sentou para descansar. Então – maravilhoso contar! – se os elevadores já tivessem sido inventados naquela época, ele bem poderia imaginar que estava em um, porque instantaneamente o assento da cadeira disparou em direção ao telhado e, contra ele, Thor correu o risco de ser esmagado como Geirrod desejava. Mas, rápido como um raio, Thor ergueu o cajado que ganhou de Grid e empurrou-o contra as vigas com toda a sua força para interromper o "voo". E foi um tremendo empurrão. Alguma coisa rachou; outra quebrou; e a cadeira caiu no chão quando Thor saltou do assento e ouviram-se dois gritos apavorantes.

E Thor encontrou – o que você acha? – Gialp e Greip, as filhas do gigante, que tinham se escondido sob o assento da cadeira e a levantaram nas costas para esmagar Thor contra o telhado! Só que, em vez disso, foi Thor que quebrou as costas das duas, que caíram mortas no chão, como bonecas de pano.

Esse pequeno exercício fez com o apetite de Thor só aumentasse. De modo que, quando chegou o convite para o banquete, ele ficou muito feliz.

"Primeiro," disse o grande Geirrod, sorrindo com ironia, porque ele não sabia o que tinha acontecido com suas filhas, "primeiro, vamos ver alguns jogos, amigo Thor."

Thor entrou no salão onde o fogo queimava em duas grandes lareiras ao longo das paredes. "É aqui que acontecem nossos jogos," gritou Geirrod. Usando um par de pinças, ele pegou de uma das lareiras uma cunha de ferro em brasa e atirou-a na cabeça do visitante. Mas Thor foi mais rápido que ele. Rápido como um raio, pegou uma faísca voadora em sua luva de ferro e, invocando todo o poder do cinto de Grid, devolveu a cunha para o gigante. Geirrod se esquivou, escondendo-se atrás de uma coluna de ferro, mas foi em vão. Thor tinha tanto poder que nem o ferro era capaz de detê-lo. A cunha passou pelo pilar, pelo próprio Geirrod, pela espessa parede do palácio e se enterrou profundamente no solo, onde deve estar até hoje, a menos que alguém a tenha desenterrado para vender como ferro velho.

Foi assim que morreram Geirrod e suas filhas, uma das famílias de gigantes mais perversas que já viveu em Jotunheim. E foi também como Thor escapou das armadilhas de Loki, que nunca tinha feito nada pior que isso.

Quando voltou para Asgard, Thor encontrou todos os deuses chorando a sua morte, anunciada pela história mentirosa de Loki. Uma enorme alegria tomou conta da cidade. Mas para o traidor Loki, de língua e coração falsos, restou apenas o ódio. Ele não tinha mais amigos entre o povo. Os gigantes perversos e os monstros de Utgard eram agora seus únicos amigos, pois tinha sido criado para ser como eles, e até estes não confiavam muito nele.

O DUELO DE THOR
como contado por Abbie Farewell Brown

NOS dias que se seguiram, uma maravilhosa raça de cavalos pastava pelos campos do céu, corcéis mais belos e mais velozes que qualquer um que o mundo já viu. Lá estava Hrimfaxi, o cavalo negro e brilhante que puxou pelo céu a carruagem da Noite e espalhou o orvalho pela baba espumosa. Lá estava Glad, cujos saltos voadores estavam por trás da veloz carruagem do Dia. Sua crina era amarela como o ouro, e dela irradiava a luz que tornava o mundo todo brilhante. Depois, havia os dois cavalos que reluziam ao sol: Arvakur, o vigilante, e Alsvith, o ligeiro; e os nove ferozes carregadores das nove Valquírias, que levaram os corpos dos heróis tombados no campo de luta para a benção de Valhala. Cada um dos deuses tinha seu próprio corcel glorioso, com nomes bonitos, como Juba de Ouro e Pião de Prata; Pé Leve e Pedra Preciosa, que galopavam com seus mestres sobre as nuvens e através do céu azul, soprando chamas de suas narinas e faíscas brilhantes de seus olhos de fogo. Os Aesir teriam sido realmente pobres sem suas montarias, e poucas seriam as histórias para contar se essas nobres criaturas não tivessem suportado pelo menos uma parte.

Mas o melhor de todos os cavalos do céu era Sleipnir, o corcel de oito patas de Odin que, por ser tão bem-dotado de pés robustos, podia galopar mais rápido que a terra e o mar do que qualquer outro cavalo que já existiu. Sleipnir era branco como a neve e bonito de se ver. Odin gostava e se orgulhava muito dele; adorava cavalgar sobre suas costas para enfrentar qualquer aventura que surgisse em seu caminho. Às vezes, passavam momentos selvagens juntos.

Um dia, Odin partiu de Asgard com Sleipnir galopando em direção a Jotunheim e à Terra dos Gigantes, pois tinha estado nesse país gelado há muito tempo e desejava ver como estavam as montanhas e os rios congelados. Enquanto galopava por uma estrada selvagem, encontrou um enorme gigante parado ao lado de um corcel também gigante.

"Quem vem lá?", gritou o gigante, bloqueando bruscamente o caminho para que Odin não pudesse passar. "Você com o capacete dourado, quem é você que cavalga tão bem pelo ar e pela água? Tenho observado você do topo desta montanha. Seu cavalo é realmente um belo animal."

"Não existe cavalo melhor em todo o mundo," gabou-se Odin. "Você nunca ouviu falar de Sleipnir, o orgulho de Asgard? Vou compará-lo com qualquer um de seus cavalos grandes e desajeitados."

"Ei!", rugiu o gigante, cheio de raiva. "Seu pequeno Sleipnir é um cavalo excelente, mas garanto que não é páreo para o meu Gullfaxi aqui. Venha, vamos tentar uma corrida; no final, pagarei a você por seu insulto aos cavalos de Jotunheim."

Dizendo isso, o gigante, cujo nome feio era Hrungnir, saltou sobre seu cavalo e o esporeou, indo na direção de Odin pelo caminho estreito. Odin se virou e galopou de volta para Asgard com toda sua força, pois ele não devia provar só a velocidade do cavalo, mas tinha que salvar a si mesmo e a Sleipnir da raiva do gigante, um dos mais ferozes e perversos de toda a sua raça.

Como as oito patas de Sleipnir cintilaram pelo céu azul! Como suas narinas tremeram e soltaram fogo e fumaça! Como um raio, ele disparou pelo céu e o cavalo do gigante ribombou logo atrás, como o trovão seguindo o clarão.

"Ei, ei!", gritou o gigante. "Atrás deles, Gullfaxi! Quando ultrapassarmos os dois, vamos esmagar seus ossos entre nós!"

"Rápido, meu Sleipnir!", gritou Odin. "Rápido ou você nunca mais vai se alimentar nas pastagens orvalhadas de Asgard com os outros cavalos. Acelere para que fiquemos em segurança dentro dos portões!"

Sleipnir entendeu muito bem o que seu mestre dizia e conhecia bem o caminho. Já era possível ver a ponte do arco-íris, com o vigia Heimdall já preparado para deixá-los entrar. Seus olhos afiados os viram de longe e reconheceram o brilho da pelagem branca de Sleipnir e do capacete dourado de Odin.

Mais um pouquinho e os doze cascos estavam sobre a ponte, o cavalo do gigante logo atrás do outro. Hrungnir sabia onde estava e o perigo que corria. Ele puxou as rédeas e tentou parar seu animal. Mas Gullfaxi galopava em alta velocidade e não conseguiu parar. Heimdall abriu os portões de Asgard, garantindo a segurança de Sleipnir e sua carga preciosa. Atrás deles entraram Gullfaxi e seu mestre gigante, bufando de raiva. Cling-Clang! Heimdall fechou e trancou os portões, deixando o gigante preso em território inimigo.

Os Aesir eram um povo cortês, ao contrário dos gigantes, e não estavam ansiosos para tirar vantagem de um único inimigo colocado dessa maneira em seu poder. Eles o convidaram para entrar em Valhala para descansar e cear antes da longa jornada de volta. Thor não estava. Eles então serviram o visitante enchendo a taça que Thor costumava esvaziar pois eram mais apropriadas ao tamanho do gigante.

Você deve estar lembrado de que Thor era famoso pelo poder de beber bastante. Mas a cabeça de Hrungnir não estava muito firme: a taça de Thor era grande demais e ele logo perdeu o juízo; coisa que os gigantes têm pouco. E um gigante estúpido é a criatura mais terrível. Ele se enfureceu e ameaçou pegar Valhala como uma casinha de brinquedo e levá-la para Jotunheim. Ele disse que destruiria Asgard e mataria todos os deuses, exceto Freya, a bela, e Sif, a esposa de cabelos dourados de Thor, que ele levaria como se fossem as bonecas de sua casa de brinquedo.

Os Aesir não sabiam o que fazer, pois Thor e seu martelo não estavam lá para protegê-los. Asgard parecia estar em perigo tendo o inimigo entre suas muralhas. Hrungnir pediu mais hidromel, que só Freya concordou em trazer e colocar diante dele. Quanto mais bebia, mais feroz ele se tornava. Os Aesir não aguentavam mais tantos insultos e sua violência. E temiam que não houvesse mais hidromel para seus banquetes se esse visitante indesejado mantivesse Freya enchendo as poderosas taças de Thor. Eles então ordenaram que Heimdall tocasse sua trompa e convocasse Thor, coisa que Heimdall fez imediatamente.

Com muito barulho, Thor chegou em sua carruagem de cabras. Ele correu para o salão com o martelo em punho e, cheio de espanto, olhou para o pesado convidado que ali estava. "Um gigante se regalando no salão de Asgard!", ele rugiu. "Está aí uma visão que nunca tive. Quem deu permissão a esse insolente para se sentar em meu lugar? Por que a bela Freya o espera como se fosse um nobre convidado para o banquete dos deuses? Vou acabar com ele de uma vez!" E ergueu o martelo para cumprir sua palavra.

A chegada de Thor trouxe alguma sobriedade ao gigante, que sabia que esse não era um inimigo com quem se devia brincar. Ele olhou para Thor e disse: "Sou convidado de Odin. Ele me chamou para esse banquete e, portanto, estou sob sua proteção".

"Você devia se arrepender de ter aceitado o convite", gritou Thor erguendo o martelo e aparentando ferocidade, pois Sif havia soluçado ao seu ouvido diante da ameaça de ser levada embora pelo gigante. Hrungnir levantou-se e enfrentou Thor corajosamente, pois o som da voz rouca do deus do trovão restaurou sua inteligência dispersa. "Estou aqui sozinho e sem armas," ele disse. "Cometeria um grande erro se me matasse agora. Seria uma confirmação das histórias que já ouvimos sobre o nobre Thor. O mundo o considerará mais corajoso se me deixar ir embora e me encontrar mais tarde para um combate em que ambos estaremos bem armados."

Thor deixou o martelo de lado. "Suas palavras são verdadeiras," respondeu ele, que era um ser justo e honrado.

"Fui tolo em deixar meu escudo e minha clava de pedra em casa," continuou o gigante. "Se os tivesse em minhas mãos, lutaríamos aqui mesmo. Mas eu considero covardia da sua parte enfrentar um inimigo desarmado, matando-me agora."

"Suas palavras são justas," resmungou Thor mais uma vez. "Nunca fui desafiado por qualquer inimigo. Hrungnir, vou encontrá-lo em sua Cidade de Pedra, a meio caminho entre o céu e a terra. E, lá, vamos nos enfrentar para ver quem é o melhor.

Logo depois, Hrungnir partiu para a Cidade de Pedra em Jotunheim. Ao tomarem conhecimento do duelo que um dos seus teria com Thor, o maior inimigo de sua raça, os outros gigantes ficaram muito empolgados.

"Precisamos ter certeza de que Hrungnir sairá vitorioso," gritaram. "Não vai adiantar ter Asgard vitoriosa na primeira luta com seu campeão. Faremos um segundo herói para ajudar Hrungnir."

Todos os gigantes começaram a trabalhar com afinco. Trouxeram baldes enormes de argila úmida e, moldando a massa com suas mãos, fizeram um imenso homem de barro, com quatorze quilômetros de altura e cinco quilômetros de largura. "Agora precisamos dar vida a ele, colocando um coração em seu peito!", gritaram. Mas não encontraram um coração grande o suficiente. Pegaram então o coração de uma égua e ele se encaixou perfeitamente.

O coração de Hrungnir era um pedaço de pedra dura com três pontas. A cabeça também era de pedra, assim como o escudo que ele segurava quando saiu da Cidade de Pedra para esperar por Thor. Sobre o ombro ele levava um porrete, que também era de pedra, um tipo de pedra de amolar, duro e terrível. Ao seu lado estava o imenso homem de barro, Mockuralfi, uma visão horrível que Thor teria ao encontrar esses dois corpos.

Mas, ao ver Thor, que vinha trovejando ao lado de seu servo Thialfi, o tímido coração de égua do homem de barro palpitou de medo. Ele tremia tanto que seus joelhos batiam um no outro – seus quinze quilômetros de altura balançavam de modo instável. Thialfi correu na direção de Hrungnir e começou a zombar dele: "Você é descuidado, gigante. Temo que você não saiba que o poderoso inimigo veio enfrentá-lo. Você está segurando o escudo à sua frente, mas isso não servirá de nada. Thor já viu isso. Ele só precisa descer à Terra e pode atacá-lo convenientemente por baixo de seus pés."

Ao ouvir essa notícia, Hrungnir apressou-se em lançar o escudo ao chão, ficando sobre ele, para que pudesse estar a salvo do golpe baixo de Thor. Depois, agarrou o porrete pesado com as mãos e ficou esperando. Nem precisou esperar muito. O clarão ofuscante de um relâmpago e o estrondo de um trovão logo chegaram. Thor lançou seu martelo no espaço. Hrungnir ergueu seu porrete com as duas mãos e o arremessou contra o martelo que viu voando em sua direção. As duas poderosas armas se encontraram no ar com um choque ensurdecedor. Apesar de muito dura, pedra do porrete do gigante pareceu vidro quando se chocou com Mjollnir. O porrete se desfez em pedaços. Alguns caíram sobre a Terra e estes, dizem, são as rochas com as quais até hoje são feitas as pedras de amolar. Elas são tão duras que os homens as utilizam para afiar facas, machados e foices. Uma lasca dessa pedra atingiu a testa do próprio Thor. O golpe foi tão forte que ele caiu de frente no chão. Thialfi temeu que ele tivesse morrido. Mas Mjollnir não parou nem quando encontrou o porrete do gigante. Ele voou direto para cima de Hrungnir, esmagando seu crânio na pedra. Ele caiu sobre Thor e seu pé parou no pescoço do herói caído. Esse foi o fim do gigante cuja cabeça e o coração eram de pedra.

Enquanto isso, Thialfi, o veloz, lutou com o homem de barro e não teve dificuldade em derrubá-lo. No corpo de Mockuralfi, o coração covarde da égua lhe deu pouca força para encontrar o fiel servo de Thor. E seus membros trêmulos logo cederam aos fortes golpes de Thialfi. Ao cair, seu corpo se desfez em mil fragmentos.

Thialfi correu até seu mestre e tentou erguê-lo. O pé enorme do gigante continuava apoiado em seu pescoço e Thialfi não tinha força suficiente para movê-lo. Rápido como vento, ele correu até outro Aesir. Quando ouviram-no contar que o grande Thor havia caído e parecia morto, todos correram até o local. Juntos tentaram tirar o pé de Hrungnir do pescoço de Thor para ver se ele tinha sobrevivido. Mas os esforços foram em vão. O pé só seria levantado pelo poderoso Aesir.

Nesse momento, um segundo herói apareceu na cena. Era Magni, o filho de Thor. Ele tinha apenas três dias de idade, mas já era quase tão grande quanto um gigante e tinha a força bem parecida com a do pai. Esse menino maravilhoso veio correndo até o lugar onde o pai estava rodeado por um grupo de deuses de rosto triste e desesperado. Quando viu o que estava acontecendo, Magni agarrou o pé enorme de Hrungnir com as duas mãos, ergueu seus ombros largos e, alguns minutos depois, o pescoço de Thor estava livre do peso que o esmagava.

O melhor de tudo foi que se provou que Thor não havia morrido e estava apenas atordoado pelo golpe do porrete do gigante e pela queda. Ele se mexeu, sentou-se e olhou para o grupo de amigos ansiosos que o rodeavam. "Quem tirou o peso do meu pescoço?", perguntou.

"Fui eu, pai," respondeu Magni. Thor o apertou em seus braços e o abraçou com força, sorrindo com orgulho e gratidão.

"Você é uma criança realmente boa!", disse ele. "Você fez feliz o coração de seu pai. Vou recompensá-lo por seu primeiro grande feito. Você vai ganhar um presente meu. O veloz cavalo de Hrungnir será seu – o mesmo Gullfaxi que causou todo esse problema. Você deve montar Gullfaxi. Só um corcel gigante tem força suficiente para suportar o peso de uma criança prodígio como você, meu filho!"

Essas palavras não agradaram totalmente a Odin, que pensava que um cavalo tão bom como esse deveria ser seu. Ele chamou Thor de lado e argumentou que, se não fosse ele, não haveria duelo nem cavalo para vencer. Thor simplesmente respondeu:

"É verdade, pai Odin. Você é o início do problema. Mas eu lutei sua luta, destruí seu inimigo e sofri uma dor enorme por você. Certamente, ganhei o cavalo de forma justa. E posso dá-lo a quem quiser. Meu filho me salvou! E ele merece um cavalo tão bom quanto qualquer outro. Como você mesmo provou, nem mesmo Gullfaxi foi páreo para o seu Sleipnir. Na verdade, pai Odin, você deve se contentar com o melhor." Odin não disse mais nada.

Thor então foi para o seu palácio nas nuvens em Thrudvang. E lá se curou de todos os seus ferimentos, exceto o da lasca de pedra que furou sua testa, pois a pedra ficou tão incrustada que não pôde ser removida. Thor sofreu muito por isso. Sif, sua esposa de cabelos dourados, ficou desesperada, sem saber o que fazer. Por fim, ela se lembrou da sábia Groa, que tinha habilidade com todo tipo de erva e feitiços de bruxa. Sif mandou chamar Groa, que vivia sozinha e triste porque seu marido, Orvandil, tinha desaparecido. Groa foi até Thor e, de pé, ao lado da cama enquanto ele dormia, cantou canções estranhas e gentilmente acenou com as mãos sobre ele. Imediatamente, a pedra de sua testa começou a se soltar e Thor abriu os olhos.

"A pedra está se soltando! Está saindo!", ela gritou. "Como posso recompensá-la, gentil dama? Qual o seu nome?"

"Meu nome é Groa," respondeu a mulher, chorando. "Sou esposa de Orvandil, que está desaparecido."

"Agora posso recompensá-la, gentil Groa!", gritou Thor. "Posso lhe trazer notícias de seu marido. Eu o conheci em Jotunheim, a Terra dos Gigantes, aonde, você sabe, eu vou de vez em quando para uma boa caçada. Foi perto do gelado rio de Elivagar que conheci Orvandil, que não tinha como atravessar. Eu o coloquei em uma cesta de ferro e o carreguei sobre o dilúvio. Brrr! É uma terra fria! Os pés dele estavam presos às malhas da cesta e, quando chegamos ao outro lado, um de seus dedos estava rígido, congelado. Então eu o quebrei e atirei para o céu para que se tornasse uma estrela. Para provar que estou contando a verdade, Groa, há uma nova estrela brilhando sobre nós neste exato momento. Olhe! A partir deste dia, ela será conhecida pelos homens como o Dedão de Orvandil. Não chore mais! Afinal, perder um dedo do pé é coisa pequena. Eu lhe prometo que seu marido logo voltará para você, são e salvo, mas com aquele pequeno sinal de suas andanças na terra onde os visitantes não são bem-vindos.

Depois dessas notícias alegres, a pobre Groa ficou tão emocionada que desmaiou. E isso pôs fim ao feitiço que ela estava tecendo para soltar a pedra da testa de Thor. A pedra ainda não estava totalmente livre e, daí em diante, removê-la ficou impossível. Thor ficará com a lasca na testa para sempre. Groa nunca se perdoaria pelo descuido que a fizera perder a habilidade de ajudar alguém a quem ela só tinha motivos para agradecer.

E aí, por causa da lasca de pedra na testa de Thor, os povos antigos passaram a ser muito cuidadosos ao usar a pedra de amolar. Eles descobriram que não deveriam jogar ou deixar cair uma pedra dessas no chão. Quando fizessem isso, a pedra na testa de Thor seria sacudida e o bom Asa sentiria muita dor.

O DUELO DE THOR

Thor na Terra dos Gigantes

A LIGAÇÃO DO LOBO
como contado por Mary Litchfield

ODIN voltou a Asgard depois de uma longa ausência e todos perceberam que ele parecia mais sério e majestoso que nunca. Ele não falou com ninguém, exceto com Frigg[1], sua esposa, sobre as coisas maravilhosas que tinha visto e ouvido. Frigg jamais revelou o que ouviu em sigilo.

Loki estava ausente quando Odin voltou e tomou medidas para colocar os filhos do deus traiçoeiro e da bruxa de pau-ferro em um lugar em que não poderiam fazer mal a ninguém.

Os filhos eram dignos de seus pais. Um era um lobo, Fenrir, ainda não totalmente crescido. Odin o trouxe para Asgard e o deixou a cargo de Tyr[2], um dos mais fortes e bravos Aesir. O outro era uma serpente perigosa, que foi colocada no rio, Oceano, que cercava Midgard, o mundo dos homens. Assim que tocou o fundo do mar, começou a crescer, e cresceu tão rápido que, em pouco tempo, deu toda a volta em Midgard. Sua cauda, não encontrando outro lugar, desceu por sua garganta. Depois disso, recebeu o nome de serpente Midgard. Mas mais terrível na aparência que qualquer outro era o terceiro filho. Tinha a forma de uma mulher, mas o coração duro de sua mãe, a bruxa de pau-ferro; e metade de seu corpo era de um branco mortal, tanto que ninguém suportava olhar para ela. Odin a mandou para Urd, guardião da fonte sob a terceira raiz da Árvore do Mundo e governante de todos os reinos dos mortos. Ela fez desse ser terrível a rainha do mundo da tortura sob Niflheim.

Os dois últimos filhos de Loki foram bem tratados, mas o lobo Fenrir foi ficando cada vez mais forte e feroz, e Tyr, poderoso como era, teve dificuldade em controlá-lo. Depois de conversarem entre si, os deuses decidiram amarrá-lo com uma corrente de ferro.

---

[1] Frigg é como é chamada mais frequentemente, mas, às vezes, usa-se o nome Frigga.
[2] Filho de Odin – deus da guerra de um braço só.

Havia uma ferraria em Asgard, com as melhores instalações para se fazer qualquer coisa de metal, como correntes, espadas, escudos e machados. E foi nesse lugar que os deuses forjaram uma corrente maior e mais forte que qualquer outra que já tinha sido vista em Asgard. Eles a levaram para Fenrir e pediram que ele os divertisse mostrando sua força.

Fenrir tinha muito orgulho de sua força e logo que viu a corrente, soube que poderia quebrá-la com facilidade.

E deixou que o prendessem, permanecendo em silêncio enquanto o faziam. Quando terminaram, ele esticou os membros e ela se partiu instantaneamente em vários lugares. Os deuses fingiram achar que era uma boa piada e o elogiaram por sua força, dizendo que um dia tentariam novamente.

E eles perceberam que fazer uma corrente forte o bastante para amarrar o lobo provavelmente não seria uma tarefa fácil. Desta vez, os trabalhadores mais hábeis estavam seguros e fizeram o possível para que a segunda corrente fosse a melhor já forjada por eles. Quando concluíram, declararam que nada parecido já tinha sido visto em todos os nove mundos.

Eles procuraram Fenrir, como antes. Mas, quando ele os viu trazendo uma corrente tão pesada que exigia vários deuses para arrastá-la pelo chão, percebeu que podia estar sendo enganado. Ele não se deixou amarrar. Os deuses então apelaram para o seu orgulho até que a força cresceu dentro dele. Ansioso para mostrar seu poder, deixou que enrolassem a corrente até que todo o seu corpo ficasse coberto pelos elos de ferro. Depois, ele rolou no chão e esticou seus membros enormes. As amarras se romperam como se fossem feitas de um metal quebradiço. Os deuses disfarçaram seus sentimentos o melhor que puderam e elogiaram a força e a coragem do lobo.

Odin, com sua grande sabedoria, percebeu o quão importante seria ter Fenrir amarrado. Depois de descobrir que Asgard não produziria uma corrente forte o suficiente para esse propósito, ele enviou Skirnir para a casa dos elfos negros para conseguir uma. Por maiores que os deuses fossem, os elfos e os gigantes sabiam mais que eles sobre determinados assuntos.

E, de fato, os elfos negros devem ter sido muito sábios e habilidosos para fazer a corrente que deram a Skirnir. Como conseguiram os materiais usados é um mistério, pois trabalharam com seis coisas raramente vistas em Asgard ou Midgard – a saber: os passos de um gato, a barba de uma mulher, as raízes de uma montanha, os tendões de um urso, a respiração de um peixe e a saliva das aves. Pode-se acreditar em quase tudo numa corrente feita com essas coisas. Não é de admirar que fosse tão macia e lisa como uma corda de seda, e que sua força fosse maior que a de qualquer corrente já feita desde a criação dos nove mundos.

Skirnir cumpriu sua missão rapidamente, considerando a longa distância que tinha de percorrer; e os deuses ficaram felizes quando ele voltou com o delicado cordão. Agora estavam certos do sucesso, pois os trabalhos dos elfos negros sempre tiveram propriedades maravilhosas.

A fim de desarmar as suspeitas de Fenrir, os deuses planejaram um passeio a uma ilha rochosa, fingindo que o único objetivo da viagem era a diversão, que consistiria principalmente em provas de força. Fenrir foi com eles. Se tivesse descoberto alguma corrente, teria suspeitado de um jogo sujo, mas não havia nada desse tipo.

Assim que chegaram à ilha, os esportes começaram. Eles correram, saltaram obstáculos, atiraram com arcos, lutaram... em suma, fizeram todas aquelas coisas que testam a força e a habilidade dos homens. Depois que as provas acabaram e os vencedores foram coroados, eles se sentaram em um gramado perto de Fenrir, conversando e brincando.

Então, um dos deuses tirou do peito a corrente mágica e, entregando-a ao vizinho, disse: "Ouvi dizer que esta corda é mais forte do que parece. Veja se consegue quebrá-la." Aquele a quem foi dada, tentou em vão. Em seguida entregou ao deus que estava ao seu lado, e assim foi feito.

Depois que todos tentaram e falharam, Skirnir disse, como se tivesse sido atingido por um pensamento repentino: "Deixe Fenrir tentar. Ele tem força para quebrar correntes."

Então, um dos deuses ergueu a corda, dizendo:" Gostaria de testar sua força nessa corda, Fenrir? Talvez você despreze ser limitado por algo tão insignificante, mas isto é forte demais para nossas mãos quebrarem."

O lobo recusou a tentativa, por suspeitar de traição. Os deuses então zombaram dele, dizendo que apenas um covarde se recusaria a ser amarrado por uma teia de aranha. Suas provocações mexeram com o orgulho de Fenrir e ele finalmente concordou em ser amarrado desde que um deles colocasse a mão direita em sua mandíbula enquanto o trabalho fosse feito como um juramento de boa-fé.

Odin e Fenrir

Diante disso, os deuses se entreolharam consternados. Mas, depois de uma pequena pausa, Tyr, sabendo muito bem qual seria o resultado, aproximou-se do lobo e enfiou sua mão direita na mandíbula, dizendo com uma risada: "Está vendo? É só uma piada, Fenrir."

O lobo deixou que o amarrassem e, quando a corda mágica estava firme ao seu redor, os deuses se afastaram, todos, exceto Tyr, pois sabiam que seria uma luta terrível.

O monstro então esticou seus membros e, descobrindo que quanto mais lutava mais apertada ficava a corda, mordeu a mão de Tyr e, em seguida, rolou no chão, rasgando o ar com seus gritos de raiva e desespero. Quando exauriu suas forças, os deuses o prenderam e o levaram de volta a Asgard.

Odin o levou para uma caverna escura, em uma ilha rochosa, na região das torturas, abaixo de Niflheim.[3] Ele foi acorrentado a uma rocha que foi afundada profundamente na terra. Suas mandíbulas foram mantidas abertas com uma espada que foi cravada com o punho mantido na mandíbula inferior e a ponta no céu da boca. De suas mandíbulas fluía um rio de veneno. Lá ele permaneceria acorrentado até que chegasse o Ragnarok, o Crepúsculo dos Deuses.

Com seu sacrifício, o bravo Tyr salvou Asgard de um perigoso inimigo.

---

[3] Rydberg descreve as regiões de tortura em sua *Mitologia Teutônica*.

A MORTE DE BALDUR

como contado por Mary Litchfield

UM dia, Loki propôs que praticassem algum esporte na Planície de Ida; e, entre outras coisas, deu ao jogo o nome de tiro de Baldur.

Próximo ao pôr do sol, os Aesir avançaram pela ampla e verde planície e Baldur se levantou entre eles. E ficou lá como uma bela vítima cercada pelos seus inimigos. Mas seu rosto estava em paz, e ele sorriu ao ver como eles tinham gostado do estranho esporte.

Por fim, todos atiraram, exceto Hodur. Quando chegou sua vez, ele não tinha arma. Alguns dizem que ele era cego e por isso não conseguia atirar. Foi então que Loki apareceu e disse: "Aqui está uma pequena flecha que encontrei outro dia. Talvez sirva." E entregou-a a Hodur, que pegou a flecha, encaixou-a na corda e, minutos depois, ela passou zunindo pelo ar. Em seguida, Baldur caiu, com o coração perfurado pela fatal arma de visco.

Os deuses ficaram tão surpresos que, a princípio, ninguém se moveu. Thor então saltou para frente e tirou Baldur do chão – mas ele estava morto. Todos os olhos agora estavam voltados para Hodur, pois o Aesir não suspeitou de que Loki fosse o verdadeiro autor da ação.

Ainda assim, ninguém tentou vingar a morte de Baldur, pois as leis locais não permitiam violência.

O FUNERAL DE BALDUR

como contado por Mary Litchfield

O CORPO de Baldur foi colocado no grande salão de seu palácio de "amplo esplendor brilhante". Ele ficou lá como se estivesse dormindo. Sua testa larga estava em paz e sua expressão, radiante e bela. Jovens altos o rodeavam, vestidos de branco e segurando tochas de madeira com cheiro doce. Para reverenciá-lo, eles ficaram de cabeça baixa, enquanto visitantes de lugares distantes vieram ver mais uma vez o mais puro dos deuses. Em intervalos regulares, os jovens entoavam hinos solenes em tom baixo. Ao final de cada hino, cantavam o refrão "Baldur, o Belo, está morto!"

A notícia de sua morte logo chegou ao mundo dos homens, e grande foi a tristeza sentida por sua perda.

Os homens reverenciavam Odin por sua sabedoria e poder nas batalhas; Baldur era amado. Até mesmo os elfos de luz, sempre alegres, choraram por ele; e os anões, ao saber de sua morte, começaram a procurar joias para serem queimadas com ele. Os corações de pedra dos gigantes amoleceram, e eles vieram em tropas para vê-lo, trazendo grandes árvores para serem queimadas na pira funerária.

O navio de Baldur, *Ringhorn*, era o maior do mundo e nele foi erguida a pira funerária. Primeiro, foram plantadas as enormes árvores trazidas pelos gigantes; em seguida, árvores menores e, finalmente galhos de todas as madeiras cheirosas. Sobre os ramos foram colocados mantos lindamente trabalhados. O cavalo de Baldur, ricamente enfeitado, foi então colocado na pira. E, por último, todos os que quiseram homenagear o deus morto trouxeram presentes para serem queimados com ele. Odin deu seu anel feito por Sindri; Thor, uma espada bem forjada; muitas das deusas trouxeram colares e pulseiras; os anões ofertaram joias preciosas; e os elfos de luz, não tendo posses, espalharam flores na pira.

Quando estava tudo pronto, eles foram ao palácio de Baldur. Os jovens que tinham ficado no local colocaram o corpo sobre uma liteira de ouro, e o levaram lentamente na direção do navio. Atrás deles ia Nanna, amparada por suas criadas. Ela estava vestida de branco, e seus longos cabelos desciam pelos ombros. Os outros, no entanto, exibiam toda sua pompa em homenagem ao deus morto. Odin estava lá com seus lobos e seus corvos. Frigg usava suas vestes mais ricas, embora seu coração estivesse triste. Frey montou o javali de pelos dourados, e Freya estava em sua carruagem puxada por gatos. Thor estava com as famosas cabras. Vários deuses montavam lindos corcéis. E até Heimdall deixou seu posto no extremo norte de Bifrost e veio montado em Goldtop, cuja crina brilhava como o sol.

Foi uma procissão estranha: deuses, gigantes, elfos e anões, todos unidos para honrar o mais puro dos Aesir. E estranhos eram também os hinos que cantavam enquanto caminhavam lentamente pela longa estrada do palácio de Baldur até o mar. O tom profundo dos gigantes se misturou pela primeira vez com as vozes estridentes dos elfos de luz, enquanto hinos de guerra e canções de paz ecoaram pelo ar parado.

Quando chegaram ao navio, o silêncio foi total enquanto o corpo de Baldur era colocado sobre a pira funerária. Quando desceram, os jovens viram que Nanna havia caído e as criadas tentavam, em vão, trazê-la de volta à vida. Seu coração ficou partido quando ela viu que Baldur a tinha deixado para fazer sozinho sua última viagem. Eles então a colocaram ao lado daquele que ela amava mais que a própria vida.

Thor ergueu seu martelo bem alto e consagrou a pira, enquanto afiados raios de luz brilharam e trovões soaram no céu claro. As velas brancas foram içadas, os jovens acenderam a pira com suas tochas e o navio *Ringhorn* deixou para sempre a costa de Asgard, navegando rumo ao sol poente. Enquanto navegava para longe, a fumaça subiu ao céu e logo o navio todo estava em chamas; até que finalmente afundou no horizonte em um clarão de glória.

A JORNADA DE HERMOD NA BUSCA DE BALDUR

como contado por Mary Litchfield

DEPOIS da morte de Baldur, Frigg perguntou se havia alguém disposto a ir ao mundo inferior em busca do deus enquanto os preparativos para o seu funeral estavam acontecendo em Asgard. Hermod, o deus-mensageiro, se ofereceu e partiu imediatamente em Sleipnir, o mais veloz dos corcéis.

O Aesir esperou ansiosamente por seu retorno e os gritos aumentaram quando ele entrou no grande salão de Gladsheim, onde estavam todos reunidos, e, aproximando-se de Odin, disse: "Trago-lhe esperança! Com os cumprimentos de Baldur, que lhe mandou este anel feito pelos anões e pediu que o mantenha sempre em sua memória." Em seguida, voltando-se para Frigg, deu a ela um tapete e outros presentes de Nanna; e para Fulla, uma de suas criadas, um anel. Depois de dar os presentes e entregar uma mensagem de Baldur, a cada um disse:

"Segui, como sabem, pela ponte Bifrost, cuja extremidade norte fica perto de Niflheim. Durante nove noites, Sleipnir me conduziu por vales profundos e escuros, e finalmente cheguei ao rio Gjoll, que é atravessado pela ponte Gjallar, cuja cobertura é de ouro cintilante. Quando Sleipnir pisou a ponte, a empregada Modgud, que a mantém, perguntou o meu nome e qual o meu parentesco, dizendo que, na véspera, cinco bandos de homens mortos haviam passado por ali e não tinham feito tanto barulho quanto os cascos de Sleipnir sobre a ponte."

"Em seguida, acrescentou: 'E a ponte não tremeu sob eles com fez embaixo de você.' Depois, olhou atentamente para mim: 'Sua pele não é a de um morto. Por que está cavalgando aqui a caminho do reino de Urd?' Eu disse a ela que tinha vindo buscar Baldur e perguntei se ele havia passado por ali. Sua resposta foi que ele havia passado sobre a ponte Gjallar e me orientou como encontrá-lo."

"Segui as ordens e, finalmente, cheguei àquela parte do reino de Mimir, governado por Delling, o elfo do amanhecer. Depois de entrar pela densa floresta, encontrei o castelo que ela havia descrito. Era tão magnífico quanto Gladsheim. Na verdade, não devo começar a falar de sua beleza e grandeza. Ele era cercado por muros tão altos que nenhum intruso tinha esperança de se aproximar. Felizmente, montei Sleipnir. Nenhum outro corcel teria me servido. Com um salto, ele ultrapassou os muros e eu me vi em um lindo jardim. À minha frente, o castelo. Como a porta estava aberta, entrei. A primeira pessoa que vi foi Baldur. Ele se sentou em uma espécie de trono e tinha Nanna ao seu lado. O castelo estava cheio de seres que se regozijavam com a chegada de Baldur. Eles não pareciam ser deuses, mas ainda assim, eram mais justos e nobres que os mortais."

"Baldur se levantou para me receber e, quando entrei, seu rosto brilhava com a mesma expressão de paz e boa vontade que existia quando ele estava entre nós. Nanna parecia tão feliz como no dia em que ela veio pela primeira vez a Asgard como esposa de Baldur. Fiquei maravilhado."

"Gentilmente, Baldur me disse: 'Hermod, você está surpreso em nos ver tão bem e felizes aqui no mundo inferior. Fomos recebidos calorosamente pelas pessoas que vivem neste belo castelo e seu hidromel dourado tem as virtudes das maçãs de Idunn. E tem mais: ela deu a mim e a Nanna o prazer mais completo da vida.'"

"Quem são essas pessoas, Baldur?", perguntei.

"Posso não lhe contar tudo sobre eles," respondeu Baldur. "Mas são meus súditos mais leais e retribuem meu amor e cuidado com a maior devoção."

"Depois falamos de Asgard, e de todos vocês, enquanto tomávamos o hidromel. E eu lhe perguntei se ele voltaria para nós se a grande deusa do reino da morte permitisse."

"Ele pensou por algum tempo e então respondeu: 'Sim, eu voltaria se me fosse permitido. Não totalmente para o meu próprio prazer – pois já amo meus novos súditos – mas porque todos vocês choraram a minha perda no mundo superior.' E então ele sorriu e acrescentou: 'Estamos muito felizes aqui!'"

"Quando deixei o palácio, ele e Nanna puseram em minhas mãos todos os presentes que eu havia trazido, e parecia relutante em se separar de mim."

"De lá, fui para o sul, para a terra de Urd, tão conhecida por todos vocês. Encontrei a poderosa deusa sentada perto de suas duas irmãs. Quando implorei que ela permitisse que Baldur retornasse a Asgard, ela me perguntou: 'Baldur está infeliz no mundo inferior?'"

"'Não.' eu respondi. 'Mas sofremos por ele em Asgard. Até o sol parece ter perdido seu brilho desde que Baldur nos deixou. E não apenas os deuses, mas toda a humanidade, os anões e os elfos, e até mesmo os gigantes de pedra, anseiam pela volta de Baldur.'"

"'Tem certeza de que todos choram por Baldur?', disse a temível deusa com sua voz profunda e solene."

"'Sim, todos,' respondi."

"Depois de uma pausa, ela disse: 'Se todas as criaturas quiserem o seu retorno, se cada uma chorar por ele, ele pode voltar para Asgard. Mas, lembre-se, todos devem chorar!'"

"Então eu trago esperança, pois certamente todos vão chorar por Baldur. Ele era muito amado por todos."

Mensageiros foram enviados a todos os lugares para pedir que todos os seres chorassem por Baldur, até as árvores e as pedras. Em corcéis velozes, os arautos correram aos gritos: "Baldur, o Belo, morreu! Chore por ele!" Sobre as altas montanhas, pelos vales profundos e pela costa solitária, aonde quer que fossem, gritavam: "Baldur, o Belo, morreu! Chore por ele!" E, ao ouvirem, todos os seres, até as rochas e pedras, choraram pelo deus amado pelos deuses e pelos homens.

Os mensageiros já estavam indo embora, regozijando-se com a sucesso, quando encontraram uma giganta que disse se chamar Thok. Enquanto ela os fitou com seus olhos frios e impiedosos, eles choraram: "Baldur, o Belo, morreu! Chore por ele!" Mas ela respondeu:

"Thok vai chorar
Com lágrimas secas
A morte de Baldur.
Nem na vida, nem na morte
Ele me deu alegria.
Deixe Hel ficar com o que tem."

Enquanto ia dizendo essas palavras, a giganta riu muito, zombou e desapareceu. Lentamente os mensageiros foram voltando para Asgard. Até então ninguém tinha percebido que a giganta era, na verdade, Loki disfarçado.

Hermod se curva para Hel

LOKI NA FESTA DE AEGIR

como contado por Mary Litchfield

AEGIR tinha um palácio no fundo do mar, na parte ocidental do mundo inferior. Era uma construção enorme e cheia de torres que pareciam ondular à medida que se erguiam pelas águas turvas. Próximo a ele havia florestas de árvores marinhas que erguiam seus galhos em forma de palmeira tão altos quanto os pináculos mais elevados do castelo. Ao lado das paredes de pérolas brilhavam corais vermelhos ou rosados, e sobre eles estendiam-se vinhas de um delicado verde.

Aegir tinha convidado todos os deuses para um banquete. A imensa chaleira trazida por Thor e Tyr seria usada pela primeira vez; portanto, sem dúvida, haveria hidromel suficiente para todos.

Ao entrarem no palácio do fundo do mar, todos os deuses contemplaram uma cena de rara beleza. O salão, muito alto, tinha o telhado sustentado por pilares de coral. Do telhado, pendiam lâmpadas douradas, inundando o salão de luz. Plantas marinhas cresciam em todos os seus recuos, e das conchas escondidas vinha uma música suave e doce.

O banquete foi servido em uma mesa em forma de concha. No centro da mesa estava a chaleira gigante e profunda, mas tão modificada que o próprio Hymir não tinha percebido. Suas laterais peroladas brilhavam com os tons suaves do arco-íris e a borda era de ouro. Ela tinha passado por uma "mudança radical" e agora era, de fato, "algo rico e estranho". Os rapazes e as donzelas do mar, alguns filhos do próprio Aegir, caminhavam, ou melhor, flutuavam pelo palácio, pois no fundo do mar ninguém andava como ele na terra. As donzelas usavam mantos verdes e pareciam sereias com seus cabelos longos e coroas de ouro.

Os convidados se acomodaram e a festa começou. Aegir sentou-se à cabeceira da mesa, com Odin ao seu lado, enquanto Ran, sua esposa, sentou-se ao lado de Frigg.

Loki não foi convidado. Embora ninguém pudesse dizer que ele era o assassino de Baldur, todos os Aesir achavam que ele havia planejado sua morte e não poderiam suportar sua presença. Mas ele apareceu assim mesmo enquanto estavam festejando, determinado a ser um estraga-prazeres se não pudesse participar. Ele ficou perto da porta, com olhos de ódio para bela cena. Quando alguns dos deuses elogiaram os servos de Aegir, seu ciúme feroz foi despertado, pois ele não suportava ouvir alguém sendo elogiado. E ali, na presença de Aegir e dos deuses, ele matou um dos servos. Os Aesir então balançaram seus escudos e o expulsaram do salão. Rapidamente, Loki despareceu na floresta de árvores marinhas.

Os deuses voltaram então para a festa e Loki não demorou muito a reaparecer. Com um sorriso de escárnio nos lábios e olhares de ódio, ele pediu um gole de hidromel e um assento à mesa. Bragi tinha fortes motivos para não gostar de Loki porque ele havia enganado Idunn, sua esposa, colocando-a nas mãos de Thiassi; e foi o primeiro a falar:

"Os Aesir nunca encontrarão um assento e um lugar para você no conselho!" Loki respondeu com zombarias. Ele virou-se para Odin e o fez lembrar do juramento que haviam feito quando eram jovens e depois contou como, naqueles dias, Odin só iria provar a cerveja se ela também lhe fosse oferecida.

Não querendo que o banquete fosse conturbado, Odin falou com Vidar, o silencioso: "Levante-se, Vidar, e deixe que o pai do lobo se sente à nossa mesa, para que ele não profira insultos no salão de Aegir."

Vidar então se levantou e presenteou Loki com uma taça de hidromel. Mas, em vez de beber, Loki começou a caluniar os deuses. Nenhum deles escapou. Infelizmente, muitas das coisas amargas que ele disse eram verdadeiras demais. Por mais belos e bravos que fossem os deuses, poucos deles eram puros e bons como Baldur. O pior que ele podia dizer a Heimdall era que ele teve que passar sua vida protegendo a trêmula ponte.

Quando ele de dirigiu a Frigg, ela reagiu: "Falso Loki, se eu tivesse aqui um filho como Baldur, você não sairia ileso. Certamente seria agredido."

A raiva e o ódio fizeram Loki esquecer a cautela e responder: "Devo lhe contar mais sobre a minha maldade, Frigg? Eu sou a causa da ausência de Baldur. Por minha causa ele não está cavalgando por esses corredores."

Ouvindo essas palavras terríveis, os deuses se levantaram e empunharam suas armas. Mas, com um sinal de Odin, eles contiveram sua ira e sentaram-se outra vez. Nenhuma violência pôde ser praticada nos salões de Aegir.

Loki continuou amaldiçoando os deuses até que se aproximou de Sif, a esposa de Thor. O deus do trovão não compareceu ao banquete. Estava longe de Asgard quando os Aesir foram convidados. No entanto, quando Loki insultou Sif, uma das donzelas de Freya gritou: "O fundo do mar está tremendo. Acho que Thor está vindo de sua casa. Ele vai silenciar esse injuriador de deuses."

Ela estava certa. Momentos depois, um barulho semelhante a um trovão foi ouvido, e Thor apareceu, carregando seu poderoso martelo. Ao entender o que estava acontecendo, ele se dirigiu a Loki: "Silêncio, criatura vil! Meu poderoso Mjollnir vai acabar com sua tagarelice. Vou tirar sua cabeça do pescoço: sua vida chegará ao fim."

O medo que Loki tinha de Thor não o impediu de insultá-lo também.

Mais uma vez o feroz deus do trovão elevou a voz: "Silêncio, criatura vil! Meu poderoso Mjollnir vai acabar com sua tagarelice. Vou arremessar você para o leste; e ninguém nunca mais o verá."

Mesmo assim, Loki não se calou. Em tom de escárnio, disse: "É melhor falar pouco sobre suas viagens para o leste. Foi lá que você foi dobrado em um polegar de luva. Você, o grande herói dos deuses! Você mal pensou que era Thor!"

Mais uma vez, Thor respondeu: "Silêncio! Com esta mão direita, eu, o terror dos gigantes, vou feri-lo para que todos os seus ossos sejam quebrados!"

Loki gargalhou, zombou e disse: "É minha intenção viver uma longa vida, embora você me ameace com seu martelo. As sandálias de Skrymir pareciam duras quando você não conseguia comer – você, forte e saudável, morrendo de fome!" "Silêncio, monstro!", gritou Thor novamente. "Meu poderoso martelo vai acabar com sua tagarelice! Eu, o inimigo dos gigantes, vou jogá-lo no inferno, sob as grades dos mortos!"

Loki então falou: "Eu disse antes do Aesir, e eu disse antes dos filhos de Aesir, seja lá o que minha mente sugeriu, mas só vou sair porque sei que você vai lutar!" Voltou-se para Aegir: "Nunca mais você fará cerveja ou um banquete dos deuses. Chamas cairão sobre todos os seus bens e você será queimado sob elas!"

Em seguida, saiu rapidamente do salão e não foi mais visto.

A CAPTURA DE LOKI
como contado por Mary Litchfield

LOKI, depois de fugir dos salões de Aegir, escondeu-se nas montanhas e lá construiu uma casa com quatro portas que davam para o norte, o sul, o leste e o oeste. Perto da casa corria um riacho cujas águas espumavam contra as rochas a caminho do mar. Ali ele viveu com um medo constante dos deuses, pois sabia que não teriam misericórdia, uma vez que ele se considerava o verdadeiro matador de Baldur. Embora tivesse escolhido um esconderijo remoto e seguro, Odin, de seu Alto Trono, o viu, e Thor e outros deuses partiram imediatamente para capturá-lo.

Loki sabia que os deuses viriam, mas ainda levariam algum tempo para chegar à sua casa. Rapidamente, atirou no fogo a rede de pesca que estava preparando, transformou-se em um salmão e saltou para o riacho vizinho.

Os deuses entraram na casa, mas Loki não estava. E o procuraram por toda parte. Como estavam examinando cada canto e sabiam que, além de astuto, ele tinha o poder de se transformar em formas diferentes, um deles notou algo diferente entre as cinzas e chamou os outros. Ele percebeu que um objeto usado para capturar peixes tinha sido jogado recentemente no fogo. Ao puxá-lo, viram que era uma rede meio queimada. E deduziram que, para evitar ser encontrado por eles, Loki tinha se transformado em um peixe e saltado em um riacho próximo.

Os deuses então, sem perda de tempo, começaram a trabalhar e teceram uma rede como a que tinha sido encontrada nas cinzas. Ao terminarem, levaram-na para o rio, lançando-a na água. À medida que ela foi afundando, Thor pegou uma das pontas e os deuses, as outras, arrastando-a na água. O astuto salmão, porém, ficou entre duas pedras e a rede passou por cima dele. Quando os deuses a puxaram, descobriram que, embora tivessem tocado em alguma coisa viva, não havia um peixe nela.

Depois de algum tempo, tentaram outra vez, mas colocaram grande pesos na rede para que ela varresse o leito do rio. Ao descobrir que não poderia escapar se ficasse no fundo, e sabendo que estava perto do mar, Loki nadou pelo riacho o mais rápido que pôde e saltou sobre a rede para onde o rio caía sobre as rochas. Os deuses viram quando ele se ergueu acima da água com um salto voador. Na tentativa seguinte, eles se dividiram em dois grupos e arrastaram a rede enquanto Thor seguia andando pelo riacho. Loki tinha duas saídas: pular novamente sobre a rede ou nadar até o mar. Ele escolheu a primeira opção e saltou no ar. Mas Thor estava pronto: com um golpe certeiro segurou-o na mão. O salmão estava tão escorregadio que teria escapado se Thor não o pegasse com firmeza pela cauda.[1] Loki então foi forçado a voltar à forma normal. Eles o amarraram e o levaram para o mundo inferior.

No grande salão de julgamento, perto do poço de Urd, sua condenação foi pronunciada. Todos os seres que sofreram por sua causa ou que sabiam de seus crimes foram chamados para testemunhar. Frigg o acusou da morte de Baldur; Bragi, com a traição de Idunn; e Skadi contou que ele tinha causado a morte de seu pai, Thiassi. Todos – deuses, elfos, anões e gigantes – testemunharam o mal que eles ou seus amigos sofreram nas mãos daquele ser perverso. Quando todas as evidências foram apresentadas, parecia que nenhuma punição seria grande o suficiente para um ser tão cruel e traiçoeiro.

Os servos de Urd o levaram amarrado para a caverna escura perto do monte Hvergelmir. E lá os portões de ferro foram abertos e eles desceram para o mundo das trevas. Tochas derramaram sua luz sinistra sobre cenas horríveis. Ali estavam confinados monstros terríveis – gigantes, bruxas e dragões – inimigos dos deuses e dos homens.

Depois de uma longa jornada, eles alcançaram as fronteiras de um mar escuro e lento. A bordo de um barco, remaram até uma ilha rochosa. Ela era cheia de cavernas onde os monstros estavam confinados. Em uma delas, estava o lobo Fenrir. Eles colocaram Loki perto de sua prole, com os pés e as mãos amarrados com grossas correntes e o prenderam firmemente às rochas. O restante da punição foi assustador demais para ser contado. Mas, por pior que fossem, Loki merecia.

Ali perto estava atracado um navio enorme, chamado *Nagelfar*. Era maior que o *Ringhorn*, o barco de Baldur. Quando o Ragnarok, o Crepúsculo dos

---

1 Desde então, o salmão tem caudas muito finas.

A CAPTURA DE LOKI

Loki é punido

Deuses viesse, Loki seria libertado de seus grilhões. E, junto com as hostes do mal, zarparia para lutar contra os deuses. Depois, o veneno feroz de sua alma, alimentado por vários anos, explodiria em ações contra seus inimigos tão odiados.

O PRINCÍPIO DA POESIA
como contado por Sarah Powers Bradish

I. KVASIR

CERTA vez, os deuses tiveram uma grande disputa com os *vanas*, os espíritos do mar e do ar. Quando a paz foi restabelecida, os deuses criaram um ser maravilhoso para homenagear o evento. E lhe deram o nome de Kvasir.

Kvasir era um sábio, quase tão sábio quanto o próprio Odin. Ele passou seu tempo andando pela Terra, para cima e para baixo, respondendo às perguntas dos homens. E ensinou coisas novas e úteis. Os homens o amavam por sua bondade e gentileza. Os anões tinham ciúmes e procuraram destruí-lo. Um dia, dois anões, Fialar e Galar, apareceram enquanto ele dormia na floresta e o mataram. Eles descobriram e salvaram seu feitiço. Era um líquido que, misturado com mel, resultou em uma espécie de hidromel. Eles o guardaram em três recipientes: a chaleira Odhoerir (inspiração), a tigela Son (expiação) e a taça Boden (oferenda). Eles sabiam que quem provasse esse hidromel mágico, instantaneamente se tornaria um poeta, um doce cantor ou um orador. Ainda assim, nenhum dos anões jamais tocou no líquido. Eles o mantiveram escondido em um local secreto.

Um dia, os anões encontraram o gigante Gilling dormindo numa encosta e o empurraram. Ele caiu na água e se afogou. Depois, os perversos anões, rolaram uma pedra de moinho do telhado da casa de Gilling. Alguns deles entraram na casa e disseram à giganta que o marido dela tinha morrido. Desesperada, ela correu para encontrar o corpo. Assim que a mulher saiu, os outros anões rolaram a pedra sobre sua cabeça e a esmagaram.

Os anões cruéis se sentiam seguros porque Gilling não tinha filhos para vingar sua morte. Mas ele tinha um irmão, Suttung, que pegou os corpos e os colocou em um banco de areia, onde a maré certamente os levaria para o mar.

Depois, imploraram por suas vidas, mas Suttung estava surdo às suas súplicas, até que prometeram dar a ele seu precioso hidromel.

Em seguida, ele os levou de volta para a costa. E trouxeram-lhe a chaleira Odhoerir, a tigela Son e a taça Boden. Ele as deu para sua filha, Gunlod, mas ao mesmo tempo proibiu-a de oferecer aos deuses ou aos homens.

Gunlod vigiava sua carga dia e noite. Para protegê-la com mais segurança, ela a carregou para uma caverna dentro de uma montanha. Até Odin dificilmente saberia onde estava, não fosse por seus corvos, Hugin e Munin, que voaram de volta a Asgard com a notícia assim que Gunlod encontrou um lugar para seu tesouro.

II. ODIN TRABALHA EM UMA FAZENDA

ODIN era muito sábio, porque, anos antes, havia trocado um de seus olhos por um copo da água do poço de Mimir, ao pé da grande árvore do mundo, Yggdrasil. Ele também tinha se enforcado nove dias e nove noites nos galhos de Yggdrasil, com o objetivo de dominar as runas mágicas. Mas ele não era um poeta e não sabia cantar. E não poderia descansar antes de provar o hidromel dos anões. Ele vestiu sua capa de nuvem e seu chapéu de abas largas e partiu para a terra dos gigantes.

No caminho para a casa de Suttung, passou por um pasto onde nove escravos estavam trabalhando. Suas foices eram muito opacas. Ele tirou uma pedra de amolar de uma das dobras de sua capa e se ofereceu para afiá-las. Os escravos aceitaram de bom grado. Ele fez o trabalho tão depressa e tão bem feito que pediram permissão para ficar com a pedra de amolar. Odin jogou-a no ar em direção a eles. Na confusão que se seguiu, os escravos se emaranharam em suas foices de tal forma que cada um cortou a cabeça do vizinho. Tranquilo, Odin seguiu seu caminho silenciosamente.

Logo ele chegou à casa de Baugi, um irmão de Suttung, e foi recebido gentilmente. Durante a conversa, o gigante disse que não sabia como Baugi ia fazer com o feno, porque todos os seus escravos estavam mortos.

Odin imediatamente se ofereceu para fazer o trabalho dos nove homens se, no final, Baugi conseguisse para ele um gole do hidromel de Suttung. Baugi concordou e Odin, que disse a ele que se chamava Bolwerk, começou a trabalhar.

O feno foi ceifado; os grãos, colhidos, e todo o trabalho de verão da fazenda foi concluído antes do início das chuvas de outono.

Nos primeiros dias de inverno, Bolwerk procurou o patrão para pedir o pagamento imediato de seu salário. Baugi disse que não ousou pedir o hidromel ao irmão, mas tentaria tirar algumas gotas como havia prometido.

III. O TESOURO DE GUNLOD

ODIN e Baugi foram juntos à montanha onde Gunlod estava escondida, mas não conseguiram encontrar a entrada da caverna. Odin deu a Baugi sua pua, Roti, e disse a ele para fazer um buraco, através do qual poderiam rastejar para a montanha.

Baugi trabalhou por alguns minutos e disse que havia feito o buraco. Odin, suspeitando de traição, soprou o buraco. Poeira e pedras voaram até seu rosto e assim ele descobriu que o buraco não chegava até a rocha. Ele disse a Baugi para furar outra vez. Quando soprou o buraco pela segunda vez, nenhuma poeira voltou, e ele se certificou de que a abertura tinha sido feita. Ele assumiu a forma de um verme e rastejou pelo buraco. O traiçoeiro Baugi empurrou a pua atrás dele, na esperança de esmagá-lo, mas ele já havia saído do outro lado.

Odin imediatamente retomou sua própria forma e pediu a Gunlod um gole de hidromel. E implorou pelo hidromel por três dias e três noites, mas Gunlod recusou.

Por fim, ela trouxe as três taças e disse que ele poderia tirar um pouco de cada uma. Mas Odin conseguiu obter cada gota do precioso hidromel. Então, ele se tornou uma águia e voou pelos cumes das montanhas em direção a Asgard. Foi um voo lento, devido ao peso do hidromel. E ele estava muito longe de Asgard quando descobriu que tinha sido perseguido. Suttung também colocou a plumagem de uma águia e o ultrapassou rapidamente. Mas Odin esticou todos os músculos e alcançou o muro antes de Suttung.

Os deuses tinham visto a corrida e juntado uma pilha de gravetos que pegaram fogo assim que Suttung passou por cima do muro. As chamas subiram e queimaram as asas do invasor, que caiu no fogo e foi destruído.

Odin voou até a urna que havia sido preparada para receber o hidromel, e o despejou com tanta pressa que algumas gotas caíram na terra. Os homens que o encontraram, dentro do possível, provaram-no.

Cuidadosamente, os deuses preservaram o hidromel; e, às vezes, em longos intervalos, davam um pouquinho a algum homem especial, que desejavam que se tornasse famoso por sua poesia ou eloquência.

Mas Odin bebeu só um pouco de hidromel. A maior parte foi guardada para seu filho, Bragi, que nasceu nessa época. Bragi se tornou o deus da poesia e da música. Os deuses lhe deram uma harpa mágica dourada, colocaram-no em um navio e o deixaram navegando no oceano.

Com o navio flutuando, Bragi pegou a harpa e entoou a "Canção da Vida", cujo som subiu até Asgard e caiu na morada de Hel. Enquanto ele tocava e cantava, o navio deslizou e chegou à costa. O jovem deus caminhou pela floresta tocando e cantando. Árvores brotaram e flores desabrocharam na grama ao longo de seu caminho, ao som da música.

Na floresta, ele conheceu Idunn, a filha do anão Ivald. Idunn se tornou a esposa de Bragi e a deusa das flores e da juventude imortal.

A SALA DE JULGAMENTO DA MORTE

como contado por Sarah Powers Bradish

TODO dia, Odin e os outros deuses cavalgavam sobre Bifrost, em direção ao sul e desciam para o mundo inferior. Nas proximidades do extremo sul da ponte celestial ficava o poço que regava a terceira raiz de Yggdrasil. Um livro antigo dizia que as águas desse poço eram tão "sagradas que tudo o que era colocado ali tornava-se tão branco quanto a membrana entre o ovo e a casca do ovo". As raízes de Yggdrasil eram continuamente regadas com suas águas e, consequentemente, tão brancas quanto prata. Dois cisnes do mais puro branco, os pais de todos os cisnes que já existiram, deslizavam sobre sua superfície; e sua borda, como a do poço de Mimir, era densamente revestida de ouro.

Urd, a grande norna que era a rainha do mundo dos mortos, morava nas proximidades do poço com suas duas irmãs. Multidões de mensageiros e atendentes estavam prontos para cumprir suas ordens, pois seu reino era vasto e seu poder se estendia até a escura região sob Niflheim. Todos os seres que morriam em Midgard chegavam primeiro à grande sala de julgamento que ficava perto do poço. E era para encontrá-los lá, e com Urd para julgá-los, que os deuses cruzavam diariamente a ponte trêmula e vinham ao mundo inferior. Thor, o deus do trovão, não podia passar pela ponte porque sua pesada carruagem a danificava. Por isso ele era obrigado a cruzar três rios.

A sala de julgamento era um lugar solene, e as decisões anunciadas ali, fossem suaves ou severas, eram sempre justas. Mortais muito perversos eram enviados para o mundo da tortura. Os que morriam em campos de batalha eram reivindicados por Odin, o Pai de Todos, ou por Freya, a deusa que vivia

A SALA DE JULGAMENTO DA MORTE

em Asgard com o Aesir. Odin enviava suas donzelas, as Valquírias, para escolher os heróis nos campos de batalha para levá-los para Asgard. Eles iam para o seu grande palácio em Valhala e lá festejavam e lutavam todos os dias, para se tornarem aptos para a batalha contra os poderes do mal quando o Ragnarok, o Crepúsculo dos Deuses, chegasse. Freya [1] uniu os amantes que tinham sido fiéis até a morte. Mortais cujas vidas tinham sido pacíficas e puras foram para uma casa que Urd preparara para eles: uma terra em que os campos verdes se estendiam e onde sempre era verão.

As Valquírias

---

1 Irmã de Freyr. Metade dos mortos em batalha pertencia a ela.

O CREPÚSCULO DOS DEUSES

como contado por Mary Litchfield

QUANDO os deuses voltaram a Asgard, pareceu-lhes que as coisas tinham mudado. Baldur se foi para sempre e Loki, inicialmente um companheiro alegre e espirituoso, e depois um inimigo secreto e temido, foi preso no mundo das trevas. Quando a noite chegou sobre a cidade, Odin, cercado pelos deuses maiores ficou olhando para o mar, onde o navio *Ringhorn* levava o corpo de Baldur.

Estavam todos em silêncio, até que finalmente Odin falou: "Baldur morreu e Loki foi punido. Uma nova vida teve início e está claro que você, o mais sábio e mais forte dos Aesir, sabe o que está diante de você e de todos nós. Você é forte e pode suportar a verdade, por mais difícil que ela seja. Você ouviu dizer que um novo tempo está chegando, o chamado Crepúsculo dos Deuses. E é sobre isso que falarei agora." Então fez-se o silêncio outra vez, enquanto Odin permaneceu de cabeça baixa.

Por fim, ele fez uma profecia solene, enquanto seus olhos pareciam olhar para um futuro distante e sombrio:

"Com o passar dos anos, a maldade aumentará em Asgard e no mundo dos homens. Bruxas e monstros serão criados de pau-ferro e espalharão as sementes do mal pelo mundo. Irmãos matarão uns aos outros; primos violarão os laços de sangue; escudos se dividirão e nenhum homem poupará o outro. Difícil deverá ser o mundo – uma era do machado, uma era da espada, uma era do vento, antes que o mundo afunde."

"O grande inverno Fimbul vai chegar quando a neve cair dos quatro cantos do céu. Mortais serão as geadas e perfurantes os ventos. O sol escurecido não trará alegria. Três invernos virão e não haverá verão para alegrar o coração com a luz do sol. Então veremos outros invernos e uma discórdia ainda maior prevalecerá.

Lobos ferozes vão devorar o sol e a lua; estrelas cairão do céu. A terra estremecerá, montanhas rochosas serão arremessadas, gigantes virão cambaleando e os anões gemerão diante de suas portas de pedra. Os homens terão que buscar caminhos que levem aos reinos da morte; e a terra, em chamas, afundará sob o mar agitado."

"Então, a velha Árvore do Mundo estremecerá e o latir do cão do inferno será ruidoso. Com o som, os grilhões de Loki e do lobo serão quebrados, e a serpente Midgard, com açoite e luta, abandonará o mar. O navio *Nagelfar* será solto de suas amarras nas ilhas rochosas e todas as hostes do mal irão a bordo enquanto Loki os guiará pelo mar. Surt[1] deixará seus vales de fogo e se juntará às hostes do mal para lutar contra os deuses."

"O antigo chifre de Heimdall ressoará pelos nove mundos. E, quando ouvirem o som, as hostes de Odin devem estar prontas, os deuses e todos os guerreiros de Valhala precisam afivelar suas armaduras para a última grande luta. Odin tem de ir em busca da sabedoria de Mimir para que possa saber a melhor forma de enfrentar seus inimigos."

"Terrível será a investida quando, na grande planície,[2] as hostes dos filhos da destruição encontrarem os exércitos dos deuses. Então virá a segunda dor para Frigg, quando Odin encontrará o lobo. Pois seu amado cairá. Mas Vidar, o filho de Odin, deverá perfurar o coração da prole de Loki e vingar a morte de seu pai. O poderoso Thor encontrará a serpente Midgard e, em sua fúria, a matará. Ele dará nove passos para trás e então cairá – aquele que não temia nenhum inimigo – morto pelo veneno da besta. Tyr encontrará o feroz cão do inferno e eles se matarão. Freyr será morto pela espada fatal de Thiassi nas mãos de Surt. O amor de Gerd de nada adiantará naquele dia. O sábio e puro Heimdall cairá nas mãos de Loki, o pai dos monstros, e causará a morte de Loki. Poucos serão deixados vivos para se encontrar nessa grande luta!"

Ele parou e fez-se o silêncio, enquanto as sombras de aprofundavam e o mar escurecia.

Tyr então disse: "Não há esperança, Odin? Tudo termina em escuridão?" Ao ouvir essas palavras, o rosto de Odin mudou: um raio de sol pareceu cair

---

[1] Surt era o pai Suttung, de quem Odin traiçoeiramente obteve o hidromel poético, aquele que poderia tornar os homens poetas.
[2] Essa planície tinha aproximadamente 260 quilômetros quadrados.

Um gigante com uma espada flamejante

sobre ele que, em seguida, falou: "Vejo surgir terra do oceano, lindamente verde, pela segunda vez. Vejo cachoeiras onde saltam os peixes e águias voam sobre as montanhas. Vejo Baldur e Hodur, os governantes da mais pura raça de mortais – mortais que há muito serviram Baldur no mundo inferior – e perto deles Vidar e os filhos de Thor. Eles se encontram na Planície de Ida e chamam à memória os poderosos feitos dos antigos deuses e sua tradição ancestral. Eles falam da serpente, a grande envolvente da terra, e dos feitos de Loki e Thor. Quando Baldur e Hodur reinarem, os campos não semeados produzirão e todo o mal será eliminado."

Quando ele se calou, seu olhar parecia penetrar pelas eras enevoadas.

O longo silêncio foi interrompido quando um dos deuses se manifestou: "E nós, Odin? Não há esperança para os antigos deuses?"

Enquanto ele falava, um olhar nunca visto em suas feições se espalhou pelo rosto de Odin e, erguendo os olhos com reverência, disse: "Depois do Crepúsculo dos Deuses virá o Poderoso para o julgamento – Aquele a quem não ousamos dar o nome, o poderoso que governa sobre tudo isso. Ele pronunciará as condenações; as contendas serão acalmadas e se estabelecerá a paz sagrada, que durará para sempre. Vejo um salão adornado com um ouro mais brilhante que o sol no alto do céu. Lá, os justos habitarão para sempre, em paz e felicidade."

Quando a visão foi desaparecendo, Odin olhou para os deuses, que permaneceram em silêncio. "Meus filhos," disse o Pai de Todos, "sejamos fortes e valentes. Longas serão as idades, difíceis serão as lutas e muitas as desgraças que teremos que suportar, mas o coração valente ama o perigo e a alma forte não se esquiva do mal e da tristeza. Para fazer o nosso melhor, sabendo que vamos falhar, lutar até o fim e então dar lugar àqueles que são totalmente puros e bons – esse é o destino dos deuses antigos. Aquele a quem não podemos nomear assim o decretou. E Seus decretos são sempre justos e corretos."

CONTOS DAS SAGAS

A HISTÓRIA DE VOLUND
como contado por Julia Goddard

ERA uma vez um rei da Finlândia que tinha três filhos que adoravam caçar. Os dois mais velhos se chamavam Slagfin e Egil, e o mais novo, Volund.

Mas Volund não gostava só de caçar como os irmãos; ele tinha um poder que os irmãos não possuíam: era um artesão maravilhoso, uma artista na arte da forja capaz de fazer pontas de flechas, lanças e armas de todos os tipos. Além disso, ele modelava escudos e, às vezes, confeccionava correntes e braceletes de ouro que a rainha mais delicada se orgulharia de usar.

Ele amava tanto o seu trabalho que passava mais da metade do seu tempo na forja e nunca parava, a não ser para um dia de caça ao lado dos irmãos. E mais de uma vez desistiu de caçar para trabalhar em sua bigorna. Sua oficina era um local agradável de se ver com artefatos maravilhosos feitos por ele pendurados ao redor.

Um dia, Slagfin disse a Egil: "Volund passa tempo demais na forja e isso não é um trabalho adequado para o filho de um rei. Ele vai perder todo o interesse pela caça, a menos que alguma coisa o faça mudar de ideia."

Egil respondeu: "Você está certo, meu irmão. Um pensamento veio à minha mente. Estou ficando cansado dos campos de caça aqui das redondezas. Já não é tão prazeroso como costumava ser. Ulfdal é um pouco mais longe, mas lá, às margens do lago Ulf, há uma floresta poderosa, onde podemos perseguir lobos e javalis. E, no lago, podemos pegar mais peixes. Vamos levar Volund até lá para ele esquecer a forja e o fole, e viver como o filho de um rei deveria."

Slagfin gostou muito da ideia e foi propor o plano a Volund, que estava trabalhando em lanças finas com um padrão diferente. "Nossa!", exclamou, pegando uma delas para ver. "Podemos fazer um bom uso disso em Ulfdal. O que acha de irmos os três até lá? Podemos construir uma cabana nas proximidades do lago e fazer o que mais gostamos. Você tem trabalhado muito em sua forja, a mudança vai lhe fazer bem."

"Preciso terminar esta lança primeiro," respondeu Volund. "É a melhor do lote e, embora seja leve, é tão forte que nada pode cegar sua ponta ou parti-la ao meio."

"Trabalhe, então," disse Slagfin, mas esteja pronto até o amanhecer. Traga suas armas preferidas, pois esperamos por grandes aventuras."

"Pegue a que você quiser," respondeu Volund, "porque não tenho tempo para escolher para você. A lança em que estou trabalhando será suficiente para mim. Não quero outra arma."

Slagfin então escolheu flechas, lanças afiadas, ganchos e correntes fortes, pregos e um martelo pesado.

"Temos que construir nós mesmos," disse ele, "pois as margens do lago são inabitadas."

"Tanto melhor!", exclamou Volund. "Gosto do som do meu martelo e do canto dos pássaros. São melhores que as vozes dos homens."

E Slagfin foi embora satisfeito por Volund estar disposto a ir para Ulfdal. E, no início da manhã, assim que o sol nasceu por trás das colinas, os três irmãos foram vistos carregados com seus equipamentos de caça, de partida para a floresta selvagem que delimitava o lago.

Volund era forte e musculoso. Tinha músculos quase tão fortes quanto os de Thor. Seus olhos eram escuros e os cabelos pretos cresciam à volta da testa. Ele não era tão bonito quanto seus irmãos de cabelos loiros, mas era mais alto e mais parecido com um rei. Quando passavam, todos diziam: "Não há ninguém na Finlândia que se iguale a Volund."

Quanto mais se distanciavam da cidade, mais selvagem ficava a paisagem e o sol brilhava acima deles.

"Não vamos descansar um pouco?", quis saber Egil. "Já viajamos muitos quilômetros e estou cansado. Além disso, será mais agradável viajar quando o sol tiver baixado."

Volund então sorriu: "Se você estivesse acostumado como eu ao calor da forja, não se importaria com os raios do sol. No entanto, faça como quiser," acrescentou ele, jogando-se ao pé de um pinheiro. "Não temos pressa de chegar a Ulfdal. Não haverá ninguém para nos repreender."

Então, os três irmãos descansaram e depois de um tempo retomaram seu caminho, mas ainda faltavam três dias para o fim da viagem. Quando finalmente chegaram, foram recompensados por seu trabalho quando viram os galhos dos pinheiros espalhados no alto, e ouviram o rosnado de um lobo, não muito longe, e viram o lago azul se estendendo silencioso, com cisnes selvagens nadando em suas águas cristalinas e as aves aquáticas sussurrando entre os juncos.

"Este lugar é agradável," disse Slagfin.

Os irmãos então amontoaram pilhas de galhos e fizeram uma fogueira. Egil encaixou uma flecha em seu arco e atirou nas aves marinhas enquanto elas passavam voando preguiçosamente, e Slagfin jogou uma rede no lago, puxando um grande suprimento de peixes.

Volund, por sua vez, derrubou vários pinheiros e foi tão rápido para construir uma cabana que seus irmãos acharam que ele a tinha feito por mágica.

Era uma choupana simples demais para os filhos de um rei, mas isso não fazia diferença para eles. O sol de verão brilhava forte e as noites eram quentes. Além disso, eles adoravam caçar e não se importavam muito com o desconforto.

Eles passavam o tempo todo na floresta e teriam uma grande quantidade de peles de lobo para carregar na volta para a Finlândia. Muitos javalis caíram sob a lança de Volund e houve grande matança de aves aquáticas e cervos.

Dias e dias se passaram e Volund se alegrou tanto na floresta que Slagfin e Egil imaginaram que ele tivesse esquecido a forja.

Certa manhã, quando saíram da cabana, ficaram maravilhados ao ouvir vozes à distância. Não vozes de homens, mas tons suaves e risadas gentis, como eles estavam acostumados a ouvir das damas da corte.

E foi aí que, perto da água, viram três belas donzelas fiando linho. Elas cantavam uma música que até mesmo para Volund soava mais doce que as notas das aves da floresta.

Os três irmãos jamais tinham visto rostos tão belos quanto aqueles e as moças estavam tão ocupadas em sua tarefa que nem repararam na aproximação deles.

Quando os viram, não pareceram nem um pouco envergonhadas, e logo começaram a conversar e a contar que também tinham ouvido falar do tranquilo lago Ulf e deixaram seu país para morar nos arredores da floresta.

"Então, vestimos nossos casacos de penas de cisne e voamos para longe," disseram as donzelas, "e o rei, nosso pai, não sabe o que aconteceu conosco."

Ao saber que as donzelas eram filhas de um rei, Slagfin ficou muito feliz pois já tinha se apaixonado por uma delas.

O mesmo aconteceu com Egil e Volund. Por sorte, cada um deles se apaixonou por uma donzela diferente. Por isso, nem houve necessidade de discutir o assunto e ficou combinado que os três príncipes iriam se casar com as três princesas e que permaneceriam juntos em Ulfdal.

Por muito tempo, tudo correu bem e os três casais estavam muito felizes. Volund e seus irmãos teriam se contentado em viver para sempre na floresta com suas lindas esposas. Eles saíam para caçar juntos e Volund construiu uma forja e fez todo tipo de adorno para sua esposa e as irmãs dela.

Mas as irmãs acabaram se cansando da vida que levavam. Embora Volund e seus irmãos não soubessem, suas esposas eram as Valquírias, que amavam a guerra acima de qualquer outra coisa. Por isso se cansaram dos prazeres da caça e estavam ansiosas para voltar às batalhas. Até que, um dia, quando os maridos estavam fora, elas vestiram seus casacos de penas de cisne e voaram para longe.

Quando os três voltaram e descobriram que suas esposas os tinham deixado, ficaram muito desapontados. Slagfin e Egil decidiram ir embora de Ulfdal para procurar por suas princesas. Já Volund preferiu ficar onde estava, esperando por uma possível volta de sua esposa. E continuou a fazer braceletes, colares e delicadas correntes para agradá-la quando voltasse. Mas, infelizmente, ela nunca mais voltou.

Depois de algum tempo, Nidad, o rei da Suécia, ouviu falar de Volund e de sua arte, fazendo todo tipo de armaduras, armas e ornamentos, e enviou um grupo de homens armados para Ulfdal que o levaram para a Suécia.

Lá, ele foi obrigado a trabalhar na forja fazendo espadas afiadas, sapatos velozes e outras maravilhas para o rei e seus súditos. Volund ficou muito irritado e tentou fugir várias vezes.

Por isso, a rainha aconselhou o marido, Nidad, a cortar os tendões das pernas de Volund para que ele não pudesse andar e ficasse ali para sempre.

Quando isso foi feito, Volund ficou na ilha de Sjoa-stad, onde foi obrigado a trabalhar dia e noite, quase sem descanso.

Volund ficou bastante aborrecido por ter sido tratado com tamanha crueldade e decidiu se vingar, mas demorou a tomar essa atitude. Por ter ficado coxo, não conseguia se mover direito. Muito cansado, começou a definhar. Por fim, dois dos filhos do rei vieram procurá-lo com provocações amargas e deram ordens para que ele fizesse duas espadas, as mais afiadas que qualquer outra coisa que ele tivesse feito. A ira de Volund só fez crescer e ele acabou se levantando e matando os dois jovens. Dos crânios, fez copos e os enviou para o rei; dos dentes, fez uma joia para o colo da rainha. O casal real gostou muito, embora soubesse pouco sobre a forma como os presentes haviam sido feitos.

Logo que a ausência dos filhos foi notada, o rei ordenou que se fizesse uma busca, mas eles não foram encontrados.

Longo foi o luto do rei e da rainha, mas Volund manteve seu segredo e continuou com sua labuta na forja.

Certa manhã, quando ele estava trabalhando em um escudo encomendado pelo rei, a única filha do rei veio lhe pedir para fazer um anel e uma corrente de ouro para ela.

Ela era muito justa, mais justa que sua esposa valquíria e, conversando com Volund em tom gentil, disse que sentia pena por ele ter que trabalhar tanto, pois sabia que ele era filho de um rei.

Volund olhou para ela admirado. Sua voz suave era como música para o seu coração. Ele então prometeu fazer um anel e uma corrente de ouro, os mais lindos que qualquer um que ela já tivesse visto. A princesa foi embora muito satisfeita, prometendo vir buscá-los em dois dias.

Esses dois dias pareceram muito longos para a princesa, que estava ansiosa para ver as joias e para rever Volund, de quem ela se apiedara.

Para Volund, o tempo passou depressa, pois ele trabalhou bastante. Mas o anel e a corrente só foram feitos quando a princesa voltou para buscar.

Ela ficou encantada quando viu as joias. Não havia nada tão delicado na Suécia.

Volund jogou a corrente em volta do pescoço da princesa e gentilmente pôs o anel em seu dedo. Depois suspirou.

"Por que está suspirando?", perguntou a princesa.

"Por minhas tristezas," ele replicou.

"Ah! E você quer voltar para a sua terra," disse a princesa. "Não me admiro, pois é triste ser cativo."

"Até dois dias desde que desejei voltar," respondeu Volund. "Mas não agora, a menos que, de fato, você fosse comigo para ser a rainha da Finlândia."

Não houve resposta, mas Volund sabia que ela não estava zangada, pois havia um sorriso em seus lábios.

Quando a princesa se foi, Volund começou a trabalhar em algo que não tinha pensado antes, e isso não estava no caminho de seu comércio. Ele fez dois casacos de pena tão leves que se elevariam no ar por si mesmos. A princesa voltou uma outra vez e ele perguntou se ela voaria para longe ao seu lado para ser a rainha da Finlândia.

Mesmo assim, a princesa não respondeu. Mas ela tirou um anel de sua mão e o deu a Volund. Depois, foi embora. Ele sabia que tinha que voar para o seu próprio país.

Novamente a princesa voltou e novamente Volund perguntou se ela voaria ao seu lado para ser a rainha da Finlândia.

Ela pegou um dos casacos de pena e, sem dizer uma palavra, colocou-o sobre seu vestido. Então Volund vestiu o outro casaco e eles levantaram voo.

O rei Nidad e sua rainha estavam sentados no terraço em frente ao palácio quando Volund e a bela princesa passaram voando.

O rei gritou bem alto: "Traidor! Está levando minha filha. Fora! Arqueiros, saiam e atirem nele."

Volund respondeu: "Eu me vinguei de sua crueldade para comigo. Matei seus filhos e no crânio deles você tomou seu vinho. A rainha usa os dentes dos filhos no pescoço. E agora, tirei sua filha, já que sou mais amado por ela que você."

Eles então subiram... subiram... cada vez mais alto, até estarem fora de vista.

Quando Volund chegou à Finlândia e desceu no palácio, foi uma grande alegria. O velho rei tinha morrido e Slagfin e Egil ainda não tinham voltado para casa, continuavam procurando suas esposas. Não havia ninguém reinando.

E foi assim que Volund se tornou rei da Finlândia e governou seu povo com muita sabedoria. No entanto, ele continuava amando sua forja mais que qualquer coisa, mais até que governar. E passava todo o seu tempo livre na ferraria, trabalhando. É possível que ainda esteja lá, se alguém pudesse dizer onde encontrá-lo.

REI OLAF, O SANTO
como contado por Julia Goddard

CENTENAS de anos atrás viveu Olaf, um corajoso rei, e seu irmão Harald Haardrade.

Um dia, os dois estavam conversando e começaram a falar da velha Noruega, a terra onde nasceram.

"É uma terra cheia de montanhas," disse um deles.

"É uma terra cheia de vales férteis," disse o outro, "onde o que não falta são ondas de milharais, belas pastagens e muitas flores no verão."

"É uma terra que qualquer um gostaria de governar," disse Olaf. "Um reino que seria motivo de muito orgulho para o monarca."

"Realmente," respondeu Harald Haardrade. "Melhor sorte nenhum homem poderia desejar."

"Então, vamos fazer uma barganha," respondeu Olaf. "Nossos navios estão no porto e se equiparam. Vamos levantar âncora. Aquele que chegar primeiro à nossa terra natal será o rei da antiga Noruega."

"Estou propenso a aceitar," disse Harald Haardrade. "Mas, ainda assim, gostaria de estabelecer uma condição. Você disse que nossos navios são iguais. No entanto, acho o seu mais rápido. Você está disposto a trocar de navios comigo? Aí podemos correr."

"Eu aceito," respondeu Olaf. "Se você acha que meu navio é veloz, leve-o. Vou com o seu. Acho justa a barganha."

"Então vamos!", respondeu Harald, satisfeito por ficar com o navio do irmão.

O navio pertencente a Olaf era chamado de *Dragão*. E ele dançou suavemente sobre as ondas. Com apenas um toque no leme, qualquer criança poderia virá-lo para o norte, o sul, o leste ou o oeste. O navio de Harald Haardrade, o *Boi*, era mais pesado e difícil de conduzir. Ainda assim, não tinha uma única falha.

Olaf, no entanto, achou o navio tão bom quanto o outro. E, por isso, não se opôs à proposta do irmão; talvez se sentisse o melhor marinheiro. Contudo, a história não diz, mas há motivo para se pensar que algo em seu coração disse a Olaf que a troca de navios não faria diferença para seus capitães.

Os irmãos então se separaram e Olaf, por já estar com tudo preparado, foi à igreja para rezar e pedir uma bênção para o seu trabalho. "Como posso esperar por prosperidade se não for abençoado pelos céus?", disse ele.

Enquanto ele passava pela nave lateral do imponente edifício, com o cabelo caindo sobre os ombros, o povo lhe desejou sucesso e orou para que o bom Olaf pudesse vencer a disputa. Enquanto ele andava de forma solene, um mensageiro se aproximou e interrompeu sua trajetória, dizendo: "Por que está perdendo seu tempo, rei Olaf? Seu irmão está navegando no *Dragão*. Ele vai estar muito à frente se demorar a partir."

Mas o rei Olaf respondeu: "Que naveguem os que escolheram navegar. Eu não vou partir sem as bênçãos do céu."

Ele esperou em silêncio até que a missa terminasse e só então rumou para a praia. A crista branca das ondas batia forte, e o *Boi* balançava pesadamente no ancoradouro. Sobre a imensidão do mar azul não havia sinal do *Dragão*. Longe, bem longe, o *Dragão* acelerou. O vento estava a seu favor, e ele levantou âncora, içou as velas e seguiu. Estava agora a milhas da costa. Olaf forçou os olhos e viu uma mancha branca que tremulou por alguns instantes e depois desapareceu. É possível que fosse o *Dragão*.

Mas ele não se desesperou. Havia pedido as bênçãos do céu para sua empreitada e, embora o início não parecesse tão bom, disse a si mesmo: "Quem pode enxergar o fim? Não vou desanimar."

Forte em sua fé, ele ordenou que os marinheiros se preparassem e, quando tudo estava pronto, subiu a bordo de seu navio. A âncora foi levantada; uma brisa suave agitou as velas e o timoneiro levou o navio para o alto-mar. Na proa, Olaf disse solenemente: "*Boi, Boi*, apresse-se em Nome do Senhor."

Então, ele se inclinou e segurou um dos chifres brancos do *Boi*, como se fosse um ser vivo, e disse: "Agora, apresse-se, paciente *Boi*, como se fosse pastar nos cheirosos campos de trevo."

E, como se estivesse respondendo às suas palavras, o pesado navio sulcou as ondas bravias. E o spray branco subiu até congelar sobre os cabelos do rei, que gritou para o marujo que estava no mastro mais alto: "Ei, rapaz! Por acaso está vendo algum vestígio do *Dragão* veloz?"

"Não vejo nada, nem barco de pesca," ele respondeu.

Eles navegaram em silêncio. Depois de algum tempo, Olaf o chamou outra vez: "Ei, rapaz! Pode ver algum vestígio do *Dragão*?" Em seguida, veio a resposta: "Perto das terras da Noruega, vejo as velas brancas de um navio. O sol brilha sobre elas. E elas brilham como se fossem bordadas a ouro."

O rei Olaf sabia que se tratava de seu bravo navio e continuou navegando em silêncio. Depois de um tempo, ele chamou mais uma vez: "Ei, rapaz! Está vendo algum vestígio do *Dragão*?" E o rapaz respondeu: "Perto da costa da velha Noruega, sob a sombra das montanhas roxas, vejo um vaio navegando a toda velocidade antes do vento, e sei que é o bom *Dragão*."

Então, o rei Olaf bateu as costelas contra o *Boi* e gritou: "Mais rápido, mais rápido, *Boi*! Mais rápido! Não há tempo a perder!"

E mais uma vez gritou para o navio: "Mais rápido, mais rápido, *Boi*! Se quiser que eu chegue o porto."

De repente, o *Boi* parece ter ganhado vida: começou a usar todos os poderes recém-adquiridos. E avançou repentinamente. Veloz, veloz... ninguém nunca o vira assim. Mais rápido que um pássaro em pleno voo, mais rápido que uma flecha no ar. O *Boi* acelerou pelo mar espumante. Os marinheiros não conseguiam escalar o cordame. Mal se mantinham em pé no convés. Olaf os amarrou firmemente aos mastros, embora o timoneiro lhe perguntasse quem iria guiar o navio. "Eu mesmo cuidarei disso," respondeu o rei. "Nenhum de vocês se perderá por meu intermédio. Guiarei o navio em linha reta, como uma linha de luz." E assumiu o leme. Não ia nem para a direita, nem para a esquerda, mas para a frente, sempre em frente. E seus olhos estavam fixos na meta.

"Se quiser ganhar a disputa, preciso ser mais rápido," ele disse.

O que importava para o rei Olaf, embora rochas e montanhas estivessem no caminho? Sua fé era mais forte que as rochas. Ele seguiu em frente, e os vales se encheram de água. As montanhas desapareceram, as ondas azuis rolaram sobre elas e o *Boi* seguiu seu caminho triunfante. Pequenos elfos saíram correndo, pois a elevação das águas os perturbara. "Quem és tu, corajoso marinheiro, que velejas sobre nossas casas? As montanhas estão tremendo, furiosas. Qual é o teu nome?"

"Calem-se! Calem-se!", respondeu o rei. "Sou o Santo Olaf. Transformai-vos em pedras até que eu volte aqui."

Assim, os pequenos elfos se tornaram pedras e rolaram pelas encostas da montanha e o navio seguiu seu caminho. Ele não tinha ido muito longe quando apareceu um velho, Carline, que disse: "Santo Olaf, eu o conheço, com sua barba brilhando como ouro vermelho. Por que trouxe as águas para zombar de nós em nossas moradas? Seu navio atravessou a parede de minha câmara. Que a má sorte esteja com você."

Então Santo Olaf, por ser santo e também rei, fixou seu olhar no velho Carline.

"Transforme-se em uma rocha de sílex," ele disse, "e assim permaneça para todo o sempre.

Carline foi transformado em uma rocha, e Santo Olaf e sua tripulação seguiram em frente. Em velocidade, o bom navio *Boi* passou e qualquer um deve ter tido bons olhos para vê-lo voando. Ele acelerou tanto que, se Santo Olaf puxasse o arco e disparasse uma flecha para frente, ela ficaria muito para trás, na esteira do navio.

De fato, foi uma viagem rápida e com tanta velocidade que embora Harald Haardrade tivesse largado na frente, Santo Olaf chegou três dias antes dele. Harald ficou louco de raiva quando chegou, três dias depois e encontrou Santo Olaf reinando na Noruega. E ele se enfureceu de tal forma que se tornou um dragão. Foi a última vez que se ouviu falar de Harald Haardrade.

SIGNY
como contado por Sarah Powers Bradish

I. O NOIVADO

SIGNY, a filha de Volsung, tinha vários amores, mas era tão feliz com seus irmãos, sob os galhos protetores de Branstock, que ela não queria sair da casa de seu pai. Um dia, um conde veio por parte de Siggeir, rei dos godos. Ele trouxe presentes e joias de ouro, e ofereceu aos Volsungs a amizade de seu mestre e ajuda nas batalhas. Mas, em troca, ele queria a promessa de que Signy se casaria com seu mestre. Volsung e os filhos ficaram satisfeitos com a perspectiva de uma aliança com um grande rei e estimularam Signy a aceitar a proposta. Ela tremeu e hesitou pois não gostava do conde que chegou com os presentes e a mensagem. Além disso, ela temia o rei.

Volsung tentou acalmar os medos da filha, e disse: "Você vai honrar nossa família e nosso reino." E ela, para agradar ao pai, prometeu se tornar a esposa de Siggeir.

No dia seguinte, o conde partiu, levando consigo presentes de ouro do rei Volsung. E Signy começou a se preparar para o casamento.

II. O DIA DO CASAMENTO

ÀS vésperas do início do verão, Siggeir veio para a terra dos Volsungs. Os convidados do casamento se reuniram sob o Branstock, e Volsung e seus filhos foram encontrar o noivo, que ficou ao lado deles, "como o espinheiro perto do carvalho". O topo de seu capacete não alcançava o ombro do menor dos Volsungs. Mas eles lhe prestaram a honra devida a um grande rei e ao marido prometido de Signy.

No dia seguinte, Signy se sentou ao lado de Siggeir durante o banquete. Ela era uma bela jovem e ele, um velho enrugado. Ela era alta e esguia; e ele, baixo e curvado. Ela estava muito tranquila e ele era o mais barulhento dos convidados. Sigmund, o mais novo dos filhos de Volsung, observou o casal e percebeu a infelicidade da irmã. Ele queria muito mandar o noivo embora, mas não ousava quebrar a palavra de seu pai. Siggeir entendeu que era muito estimado por esse jovem, mas o pai só conseguia ver a provável glória da raça Volsung.

Eles estavam festejando sob o Branstock; histórias foram contadas sobre deuses e heróis; e um velho rei do mar estava tocando uma harpa de ouro e cantando a luz das estrelas e a criação do mundo. Estavam todos concentrados na música quando o estrondo de um trovão sacudiu o salão e um homem entrou pela porta. Era muito velho e tinha um olho só; uma presença marcante. Ele usava um chapéu azul de abas largas e uma capa cinza. Carregava no ombro uma pesada lança que brilhava ao sol. Volsung sabia que se tratava de Odin, pai do rei Sigi, o soberano do mundo. Odin foi direto ao Branstock, sem dizer uma palavra. Ele puxou uma espada das pregas de sua capa e golpeou o coração da árvore. E, virando-se, dirigiu-se aos godos e aos Volsungs.

"Ali, no Branstock, está uma espada de grande valor," disse ele, "que é meu presente para o homem que puder arrancá-la. Isso nunca irá falhar, contanto que seu coração seja valente de verdade." Ele então se retirou tão rápida e silenciosamente como entrou.

III. A RETIRADA DA ESPADA

OS convidados do casamento ficaram sentados em silêncio, olhando para o punho da espada ornamentado com joias que, sabiam, destinava-se ao homem mais digno entre eles.

Volsung foi o primeiro a falar. "Por que está tão silencioso?", perguntou. "Você acha que o aparecimento do pai dos Volsungs entre nós foi um mau presságio? Não tenha medo de tentar tirar a espada."

Siggeir pediu permissão para ser o primeiro a tentar, porque temia que o outro pudesse tirar a espada que havia sido projetada para ele.

Volsung sorriu e disse: "Como nosso convidado de honra, pedimos que seja o primeiro a tentar. Mas, neste caso, o primeiro não leva vantagem sobre o último, pois Odin sabe a quem a espada será dada."

Siggeir foi até a árvore e puxou a espada com toda a sua força. Mas, por mais que tentasse, não conseguiu soltá-la. Vermelho de raiva, voltou a sentar-se ao lado de Signy, que ficou envergonhada diante da conduta imprópria do marido.

Volsung disse: "O maior de todos os reis volta de mãos vazias, e é de se imaginar que há pouca esperança para os demais. Mas cada homem sabe o melhor que pode fazer. Talvez hoje um guerreiro desconhecido possa iniciar uma jornada gloriosa, que o levará além das realizações dos reis. Portanto, que ninguém tema o julgamento. Nossos convidados, os condes de Gothland, farão a primeira tentativa."

Os condes de Siggeir tentaram, mas a espada permaneceu no coração da árvore.

Depois vieram os vassalos, os pastores, os remadores e os soldados dos Volsungs. A espada não se moveu. Mas eles voltaram para os seus lugares às gargalhadas, e Siggeir, sentado, manteve-se em silêncio.

Então eles chamaram Volsung, que se levantou e disse que colocaria a mão no punho, embora gostasse mais de sua espada, e ergueu a bainha de ouro para mostrar as cordas da paz enquanto disse: "Ela foi minha primeira espada, e irá comigo para o meu túmulo. Devo estar com ela desembainhada e sem as cordas da paz quando estiver, com as hostes de Odin, no Crepúsculo dos Deuses."

Ele foi até a árvore e, agarrando o cabo da espada, puxou com toda a força que tinha, mas não conseguiu mover a lâmina. Voltou então ao seu assento e ordenou que seus filhos se revezassem.

O mais velho foi o primeiro e os outros o seguiram, até o nono, mas nada conseguiram. Aí chegou a vez de Sigmund. Seus irmãos riram ao imaginar que aquele jovem magrinho poderia ser chamado para tentar pegar a espada que nenhum dos guerreiros conseguiu. Mas, a pedido do pai, Sigmund segurou o punho da espada. Um grito encheu o ar. A espada resplandeceu nas mãos do jovem quando ele a ergueu sobre a cabeça. Ele a retirara do carvalho como se o coração da árvore a tivesse soltado; e ele sabia que Odin o escolhera para realizar algum feito glorioso. Com os cabelos dourados brilhando à luz da espada, ele achou que poderia ser chamado para defender o Branstock sozinho, depois que o pai e seus irmãos fossem morar em Valhala. Com os olhos baixos, assumiu seu lugar ao lado do pai.

IV. SIGGEIR TENTA COMPRAR A ESPADA

SIGMUND olhou para cima e encontrou Siggeir sorrindo para ele. O velho rei disse então palavras lisonjeiras nos ouvidos do jovem: "Estou feliz com seu sucesso, mas você não precisa dessa espada. O fato dela chegar às suas mãos significa que você já é o melhor dos Volsungs. Você não precisa dourar o ouro fino ou pintar uma rosa vermelha. Deixe-me ficar com a espada que está nas suas mãos desde o dia do casamento de sua irmã."

Depois, ofereceu a Sigmund ouro, prata e âmbar e a púrpura dos mares. Mas Sigmund recusou todos os presentes e manteve a espada de Odin. Ele disse:

"A espada veio a mim para o teu casamento, rei godo.

Para a tua mão ela nunca veio.

É essa a razão da tua inveja aguçada,

Tratando-me com essa vergonhosa palavra."

Siggeir estava muito zangado, mas sorriu e disse a Sigmund o quanto o admirava e o amava. E ele convidou Volsung e todos os seus filhos para passar o inverno com ele em Gothland.

Volsung agradeceu a Siggeir. Disse que aceitaria seu convite ao final de dois meses; e pediu a Siggeir que ficasse com eles até aquele momento.

Mas Siggeir disse que o mar seria agitado demais para Signy, que deveria ter uma viagem tranquila; e que ele iria no dia seguinte, para preparar a visita.

Sigmund ouviu cada palavra com o coração apertado, pois leu nos olhos de Signy que ela temia o mal dos dias vindouros.

V. A PARTIDA DOS GODOS

NA MANHÃ seguinte, antes que qualquer pessoa da casa acordasse, Signy foi até a cama do pai para implorar que ele não aceitasse a hospitalidade de Siggeir.

"Minha menina," disse Volsung, "minha palavra foi dada. Preciso ir. Mas vou deixar seus irmãos para trás."

"Não, pai!", ela exclamou. "Se precisa cumprir sua palavra, leve seus filhos e um grande exército também."

"Devo ir como convidado, como prometi," respondeu Volsung.

"Os decretos das Nornas são difíceis," respondeu Signy. "Quando o vir outra vez, você estará em uma batalha sem esperança."

Signy voltou para sua cama e Volsung adormeceu. Quando ele acordou, a família estava toda reunida no salão para a despedida. Signy, vestida para a viagem, ficou ao lado do Branstock e parecia tão feliz que o pai mal podia acreditar que sua visita não tinha sido um sonho. Os cavalos foram trazidos e os Volsungs cavalgaram ao lado dos godos até a praia. Os navios já estavam preparados. Signy deu um beijo de despedida nos irmãos, pendurou-se no pescoço do pai e sussurrou ao seu ouvido. Siggeir abençoou todos eles e, puxando Signy para dentro do navio, ordenou que zarpassem.

VI. A VISITA AOS GODOS

QUANDO os dois meses se passaram, Volsung chamou seus filhos e lhes contou sobre o aviso de Signy e as últimas palavras ditas por ela quando se despediram. E admitiu que Siggeir não era o homem nobre que ele imaginou que o rei dos godos deveria ser. Ele acreditava nas palavras da filha, que sempre foi sábia. "Mesmo assim," ele disse, "Signy pode ter ficado ansiosa e sua dor ao sair de casa talvez tenha levantado suas suspeitas. Mas também pode ser que ela queira me homenagear. Vou sozinho. Se acontecer algo comigo, vou visitar os salões de Odin mais cedo. Mas vocês têm que ficar e atender às necessidades do povo. Se os filhos de Volsung morrerem, a perda para o mundo será muito grande."

Mas todos afirmaram que também iriam, se ele fosse. Mesmo assim, Volsung disse que poderia ir sozinho, no navio de algum mercador, mas eles insistiram em ir com seus próprios navios. E assim foi. Navegaram em três navios e chegaram a Gothland, onde encontraram Signy na costa.

"Estou muito feliz em vê-lo. Mas o tempo é curto para o trabalho que tem que fazer. Está lembrado do aviso que eu lhe dei? Meus medos se mostraram verdadeiros; os homens de Siggeir armaram uma emboscada. Mas ainda dá tempo de escapar: você veio mais cedo do que imaginavam. Volte! E me leve com você!"

Mas Volsung a beijou ternamente e disse que jamais se esquivara da espada ou do fogo, e que seus filhos eram tão corajosos quanto ele.

Signy lamentou e suplicou que a deixassem ficar com eles e compartilhar seu destino. Mas Volsung lhe disse que ela era a esposa de um rei e que não devia se afastar dos seus deveres. Ela então voltou e, naquela noite, sentou-se como de costume ao lado do marido.

Os Volsungs aportaram na manhã seguinte e pegaram a estrada que levava à casa de Siggeir. Chegando ao topo da montanha, viram um exército no vale. Eles romperam as cordas da paz de suas espadas e ficaram parados até os homens de Siggeir aparecerem.

Não havia esperança para os Volsungs, mas lutaram bravamente até que seu pai caiu. Enfraquecidos devido aos ferimentos, os Volsungs foram capturados pelo inimigo.

Siggeir sentou-se em seu trono e ficou à espera de notícias dos campos de uma batalha desigual. Um conde anunciou a morte do rei Volsung e Siggeir perguntou: "Onde estão os filhos dele?"

"Estão acorrentados no pátio," disse um conde. "E me parece que seria nobre quebrar seus laços e mandá-los de volta a seu país."

"Idiota!", disse Siggeir. "Não conhece o ditado: 'Mate um lobo perto da porta de casa para que ele não tente matá-lo'?"

VII. O GRAMADO DA FLORESTA

SIGNY parou junto à porta e, quando o conde saiu, ela correu até o trono e disse ao rei: "Agora, enquanto você está feliz com a ruína dos meus parentes, eu suplico que me conceda um pedido: deixe passar um ou dois dias antes que meus irmãos sigam o caminho da morte."

Siggeir respondeu: "Você não está exigindo que eu seja gentil com seus parentes. Mas, já que pediu, devemos preparar um lugar para eles no gramado da floresta."

Ele então deu ordens para que Signy fosse mantida sob guarda em seus aposentos e que seus irmãos fossem acorrentados a pesadas toras no gramado da floresta.

Toda manhã ele mandava um homem para ver como estavam seus prisioneiros. E, toda manhã, o homem voltava dizendo que dois dos irmãos tinham sido devorados por feras durante a noite.

Até que, um dia, ele disse: "As feras devoraram todos eles."

Siggeir esperava por esse dia e, por isso, mandou chamar Signy para se sentar ao seu lado no trono. Quando ouviu as terríveis palavras do mensageiro, ela deu um grito penetrante e saiu correndo. Ninguém tentou impedi-la pois achavam que o último dos Volsungs tinha morrido. Ela não precisou de guia para ir ao lugar onde os irmãos dormiam pois o caminho para a floresta estava bem gasto pelos pés do mensageiro.

VIII. SIGNY ENCONTRA SIGMUND

QUANDO ela chegou à floresta, viu um homem cavando a grama com um pedaço de madeira que tinha arrancado de uma árvore.

"Sigmund! Sigmund!", ela gritou. "Fale comigo! Conte-me o que está fazendo aqui?"

Ele se virou e disse: "Minha irmã Signy, tenho procurado por você. Mas o que uma mulher sozinha poderia fazer? Estou cheio de feridas e com fome. Ajude-me a enterrar os ossos dos nossos irmãos."

Signy fez o que o irmão pediu e terminou o trabalho ao pôr do sol. Mas ela demorou a descobrir como Sigmund havia escapado.

E Sigmund contou que um lobo cinzento tinha se aproximado dele e que ele o agarrou com dentes e o segurou. E que, na luta, seus grilhões arrebentaram e ele então matou o lobo com os ferros quebrados. Depois, Sigmund lamentou a derrota do pai e a prosperidade de Siggeir.

Mas Signy disse a ele que seu marido certamente sofreria por seus atos cruéis e que eles viveriam para ver isso. E disse também que o irmão seria um grande rei e que chegaria o tempo em que ele entenderia as coisas que agora pareciam ser injustas. Mas, para isso, Sigmund teria que viver na floresta e ela viria vê-lo outra vez. E aí, beijou o irmão e voltou para o palácio real.

IX. O FILHO DE SIGGEIR

SIGGEIR achava que, agora, ele era o maior rei do mundo porque tinha espada de Sigmund, seu exército ocupara as terras dos Volsungs e Signy era uma serva obediente além de ser sua esposa.

Signy foi novamente à floresta e encontrou Sigmund vivendo em uma caverna. Quando o viu, ela disse que, mais uma vez, tinha visto um homem. Ela chorou, deixou-o e voltou a ocupar seu lugar no palácio de Siggeir. E nunca mais chorou. Estava bonita como sempre. E os homens diziam que ela não havia mudado. Mas seu rosto não expressava nem esperança, nem medo. E, embora não chorasse mais, ela nunca ria.

Sigmund vivia sozinho em sua caverna e seguiu trabalhando como ferreiro. Às vezes, um caçador via a luz de sua forja, e os lenhadores diziam que um rei dos gigantes tinha vindo viver na caverna que os anões abandonaram. Certa manhã, enquanto fazia uma espada, ele olhou para cima e viu uma mulher parada na margem oposta do rio, segurando a mão de um menino. A mulher retribuiu a saudação e disse: "Oh, morador da floresta, não nos faça mal. Viemos a mando de Signy. Ela disse que, se esse menino provar ser bom e corajoso, ele pode ajudá-lo em seu trabalho."

Ela deixou a criança e desapareceu entre as árvores. Sigmund atravessou o rio e ordenou que o garoto segurasse sua espada enquanto o carregava nos ombros de volta para sua caverna. A criança não teve medo da correnteza do rio, mas falou bastante e fez muitas perguntas enquanto a água escura subia sobre eles. Sigmund achou o menino bastante corajoso, mas desconfiou, porque ele tinha os olhos e os cabelos escuros de seu pai.

Os dois viveram juntos por três meses. Um dia, Sigmund lhe disse: "Vou caçar na floresta, mas você precisa ficar para assar nosso pão."

Quando voltou, ao meio-dia, Sigmund perguntou se ele tinha terminado as tarefas. O menino não respondeu... estava pálido e trêmulo.

"Diga-me, você teve medo de assar o pão?", perguntou.

"Quando fui pegá-lo, alguma coisa se mexeu. Achei que fosse a serpente que vimos ontem à noite e não quis correr o risco de tocar."

Sigmund riu e disse: "Não achei que o filho de um rei pudesse ter medo de seu pão por causa de serpentes." Ele abriu o saco de farinha e tirou uma serpente cinza, que colocou na grama. Depois, enquanto puxou sua espada da bainha, ele disse: "Ficou com medo disso que os homens chamam de serpente da morte?"

O menino respondeu: "Sou muito novo para a guerra, mas vou continuar carregando a espada assim até ficar mais velho."

Sigmund foi para floresta, apoiou-se na espada por algum tempo, enquanto pensava no recado de Signy. Quando a lua nasceu, ele voltou para a caverna e chamou o filho de Siggeir. "Vamos, não posso mais mantê-lo aqui."

O garoto se levantou imediatamente e Sigmund o levou, até que, na madrugada, chegaram ao gramado. "Fique aqui até o nascer do sol e depois vá para casa: o palácio de seu pai. Diga à sua mãe, Signy, que Sigmund mora sozinho e não terá um filho adotivo."

O pequeno obedeceu e contou apenas para a mãe o que tinha visto e ouvido na floresta pois ele era, de fato, um nobre príncipe, embora fosse filho de Siggeir.

X. SINFIOTLI VEM À FLORESTA

DEZ anos se passaram e Sigmund continuou vivendo sozinho na floresta e trabalhando em sua forja. Certa manhã, quando estava fazendo um capacete dourado, olhou para cima e viu um menino parado na margem oposta do rio. Esse menino tinha a testa larga e branca, bochechas rosadas e cabelos louros que, à luz do sol, pareciam dourados. E ele gritou para Sigmund: "Você deve ser o mestre ferreiro de quem minha mãe me falou. Vou encontrá-lo." Ele mergulhou no rio. A água subiu até seu queixo, mas ele mostrou não ter medo e lutou contra a corrente até que seus pés tocaram a margem perto de Sigmund.

"Aqui estão a caverna e o rio, a forja e todas as coisas de que minha mãe falou. Mas você não pode ser o mestre ferreiro porque minha mãe me disse que ninguém podia olhar para ele e não tremer de medo. Não sinto medo quando olho para você. Preciso ir em frente até encontrar meu pai adotivo. Mas eu queria que ele fosse um homem como você."

"Fique comigo," disse Sigmund, "porque encontrou o pai adotivo a quem sua mãe o mandou. Você olhou para o rosto do filho de Volsung e sorriu. Diga-me o seu nome e qual foi a mensagem enviada por sua mãe."

"Meu nome é Sinfiotli," respondeu o menino. "Tenho dez anos. Minha mãe, Signy, só me disse isso: que ela mandou para você um homem para ajudá-lo em seu trabalho. E que, seja ele dos reis ou dos deuses, você o descobrirá quando houver necessidade."

Sigmund olhou para o menino e disse a si mesmo: "Devo cuidar de outro filho de Siggeir?" Mas o menino olhou para cima com os olhos azuis dos Volsungs e Sigmund acreditou nele.

Sigmund deu ao filho adotivo várias tarefas pesadas e o enviou em missões perigosas. Mas Sinfiotli nunca reclamou ou demonstrou medo. Depois de viverem juntos por um ano, Sigmund disse: "Vou buscar carne de veado para o nosso jantar, mas você tem que ficar em casa para fazer pão que comeremos com ela."

À noite, Sigmund voltou com o animal nas costas. Sinfiotli foi ao seu encontro, como sempre fazia e, com um sorriso, disse: "Você trouxe a carne e o pão está pronto para o nosso jantar."

"Não é possível!", exclamou Sigmund. Você amassou a farinha que estava naquele saco?"

"Não tinha outra!", disse ele. "Mas achei algo estranho. Quando peguei o saco, algo se mexeu dentro dele. Era uma vareta cinzenta que parecia estar viva. Eu sabia que tínhamos que comer pão no jantar e amassei tudo junto. E agora essa coisa está assada no pão."

Sigmund riu enquanto ele respondeu: "Você amassou uma víbora mortal no pão. Então, esta noite, não coma pão pois temo que algo ruim aconteça com você." Sigmund podia manipular serpentes venenosas ou sentir o gosto do veneno na comida e escapar ileso. Mas estava com medo de submeter o filho de sua irmã a um teste tão severo.

Depois da prova de coragem dada por Sinfiotli, Sigmund o considerou apenas o filho de Signy. E não pensou mais na traição de Siggeir, que ele temia que pudesse aparecer na juventude, e ensinou ao menino o uso da espada e as artes da guerra.

XI. OS LOBISOMENS

EM uma de suas viagens pela floresta, Sigmund e Sinfiotli chegaram a uma cabana e bateram à porta. Como ninguém respondeu, eles entraram sem ser convidados. Nas paredes, a decoração era toda de ouro e dois homens ali dormiam. Eles usavam roupas dos povos do sul e carregavam pesadas pulseiras de ouro em seus braços. Sobre a cabeça de cada um havia uma pele de lobo cinza. Sigmund olhou demoradamente para uma das peles e lembrou-se de suas palavras quando estava acorrentado ao tronco no gramado da floresta: que, na última grande batalha, os deuses perderiam um homem e encontrariam um lobo.

Ele tirou e vestiu a pele de lobo. Sinfiotli pegou a outra pele e fez a mesma coisa. Ambos se tornaram lobos e correram pela floresta, uivando e agindo como lobos. Os homens que estavam na cabana eram filhos de reis e tinham sido vítimas de um encantamento que os obrigou a vagar como lobos, nove em cada dez dias. E, no décimo dia, quando poderiam assumir suas formas, ficaram exaustos.

Sigmund e Sinfiotli ainda tinham o coração de reis sob as peles de lobo e os corações de seus reis lhes disseram para voltar para sua caverna e esperar até que pudessem se transformar em homens outra vez. Mas seus corpos de lobo os levaram da floresta para as casas dos homens e os fizeram caçar ovelhas e outros animais domésticos. Um grupo de caçadores os viu e os atacou com lanças. Após uma curta luta, todos os homens morreram e os lobos seguiram seu caminho.

Do outro lado mar, encontraram vários comerciantes que Sinfiotli queria atacar. Mas as visões do ouro em sua caverna e o desejo de voltar a ela flutuaram pelo cérebro entorpecido de Sigmund e ele tentou conter o companheiro. Mas Sinfiotli atravessou o matagal e correu para os homens que, erguendo seus machados e tirando as espadas de suas bainhas, quase mataram os lobisomens; embora no final da luta não tenha sobrado um homem.

Sinfiotli jazia desmaiado na grama e Sigmund uivava sobre os mortos quando, de alguma forma, o pensamento da ruína que haviam causado entrou em sua cabeça de lobo e ele se voltou contra Sinfiotli, que causara seu último problema, e o rasgou, como um lobo rasga outro.

Duas doninhas passaram e uma mordeu a outra até que uma caiu morta. Ela então pareceu se arrepender de seu ato precipitado. Em pouco tempo correu para o matagal, voltou com uma folha na boca e a colocou sobre a companheira morta. Em seguida, ela saltou feliz da vida e as duas criaturinhas fugiram juntas.

Sigmund ficou se perguntando onde poderia encontrar uma folha da mesma erva, quando um corvo voou sobre sua cabeça com uma em seu bico. Ele largou a folha e Sigmund a pegou, colocando sobre as feridas de Sinfiotli, que foram curadas imediatamente.

Ambos estavam cansados das peles de lobo e do trabalho das bruxas. Então, foram para casa e esperaram na caverna até que o resto dos nove dias se passasse e que eles pudessem assumir suas próprias formas e falar a língua dos homens.

Sinfiotli falou primeiro: "Quando deixei o palácio dos reis, tinha muita coisa para aprender. Você me ensinou várias delas, mas os deuses me ensinaram mais e, ao nos levarem para a cabana do deserto, eles nos humilharam para que nos dispuséssemos a fazer qualquer trabalho que viesse às nossas mãos. Agora, quanto tempo tenho que esperar antes de ser capaz de fazer alguma grande ação? Você é um mestre. Faça de mim um mestre também."

O rosto de Sigmund estava triste, mas uma luz estranha brilhou em seus olhos. "O grande feito está diante de nós," disse ele. "Temos que matar o inimigo do meu pai. E se esse inimigo for seu pai? O que ele ainda não sabia é que Sinfiotli era da raça dos deuses. Então, contou a Sinfiotli sobre a traição de Siggeir: "Agora, pense bem! Você suportaria isso se, por toda a sua vida, os homens dissessem que você matou seu pai e corrigiu o erro com o errado?"

"Que pai eu tenho," disse Sinfiotli, "exceto aquele que salvou a minha vida? Lembro-me de que Signy é minha mãe e, por ela, vou vingar o erro."

"Os deuses o enviaram," disse Sigmund, "porque você não provoca nem empalidece, e não ouso recusar o que eles colocaram em minhas mãos para vingar a morte de Volsung."

"Golpeie o que quiser," disse Sinfiotli. "Tome-me como a espada dos deuses e mantenha sua mão no punho."

XII. A MORTE DE SIGGEIR E SIGNY

NUM final de tarde de inverno, Sigmund e Sinfiotli foram ao palácio do rei Siggeir. Sem ser notados, eles entraram no salão e se esconderam atrás de grandes tonéis de vinho, próximos o bastante do salão de banquetes para ver as luzes e ouvir as vozes. Ninguém se aproximou deles, exceto o copeiro, que trouxe vinho para o rei e seus dois filhos pequenos, que giravam argolas de ouro pelo salão. Uma delas se soltou de um brinquedo e rolou para longe. As crianças a seguiram até os pés de Sigmund. E depois correram pelo salão aos gritos: "Eu vi dois homens perto do vinho. Vimos os chapéus brancos largos..."

Os condes que estavam no salão saíram correndo com as espadas desembainhadas. Mas os dois homens lutaram bravamente, até que Sinfiotli escorregou e caiu, e os dois homens foram presos.

Na manhã seguinte, Siggeir ordenou que seus homens construíssem uma tumba dupla dividida por uma pedra. Os dois prisioneiros foram lançados nessas câmaras, mas, antes que a tumba de Sinfiotli fosse tampada, Signy se aproximou e jogou um feixe de palha a seus pés. Os empregados acharam que ela havia lhe dado um pacote com comida, o que prolongaria o sofrimento do preso, terminaram o serviço e foram embora.

Sinfiotli gritou: "O melhor para o bebê é a mãe." Ele achou que Signy tinha jogado para ele um pedaço de carne de javali, embrulhado na palha. Depois, ficou em silêncio. Sigmund então perguntou: "O que aconteceu? Tem uma víbora na carne?"

"Sim," Sinfiotli respondeu. "É a serpente do Branstock, que Siggeir tirou de você."

Ele bateu na parede e a ponta da espada furou a pedra. Sigmund segurou suas mãos e, juntos, eles serraram a parede, cortaram as vigas e saíram. Foram direto para o palácio de Siggeir, empilharam lenha diante das portas e atearam fogo. Siggeir, ainda acordado, achou que estava cercado por ladrões e perguntou a eles o que queriam, se metade de seu reino ou todo o seu tesouro. Sigmund foi logo respondendo: "Não viemos roubá-lo. Temos ouro e púrpura. E não temos interesse no seu reino ou em seu tesouro. Estamos nos lembrando de nosso pai, Volsung, e de nossos parentes. Isso está sendo feito por Sigmund, o Volsung, e Sinfiotli, filho de Signy.

E então chamou Signy, que saiu com suas mulheres, mas, quando viu seus assistentes em segurança, ela se despediu do irmão e do filho, e voltou para os braços do marido, no palácio em chamas. E estas atingiram o teto. Assim que ela entrou no salão, as paredes desabaram e o palácio de Siggeir transformou--se em ruínas.

REI SIGMUND
como contado por Sarah Powers Bradish

I. HELGI

SIGMUND reuniu um exército e embarcou todos os homens para voltarem à sua terra natal. Sinfiotli foi seu assistente e conselheiro constante. Quando chegaram à terra dos Volsungs, foram recebidos pelo povo com muita alegria, e proclamaram Sigmund rei.

Mais uma vez ele se sentou sob o Branstock e pensou em Signy e em como ela se entregou para salvar a família de seu pai; lembrou-se do dia do casamento dela, quando ele tirou a espada de Odin do carvalho. Pensou também que, naquele dia, poderia ter sido deixado para defender o Branstock, depois que seu pai e seus irmãos chegaram aos salões de Odin.

Ele se casou com uma princesa, cujo nome era Borghild.

Tiveram dois filhos: Hamond e Helgi. Quando Helgi foi colocado no berço, as Nornas entraram no quarto e abençoaram o recém-nascido. Elas o chamavam de "Montanha Iluminada pelo Sol", "Espada Afiada" e "Senhor dos Anéis" e prometeram a ele uma carreira gloriosa. Ele foi criado na casa de um sábio professor, Hagal.

Com quinze anos, ele era tão alto e tão corajoso que se aventurou sozinho na casa de Hunding, o inimigo de seu pai. A família não reconheceu o jovem príncipe, que entrou sem chamar atenção. Mas a mensagem atrevida que ele deixou enfureceu Hunding, que começou a persegui-lo. Hunding o seguiu até a casa de Hagal e entrou atrás dele, mas não encontrou ninguém, exceto uma empregada, que estava moendo milho. E ficou surpreso ao ver uma moça tão alta e com braços fortes. Hunding não suspeitou que ela fosse Helgi, disfarçado, como realmente era.

Depois disso, Helgi foi considerado competente o suficiente, em coragem e astúcia, para se juntar ao exército. Ele marchou com Sinfiotli contra os Hundings e enfrentou uma grande batalha. As Valquírias estavam por perto, esperando para escolher os mortos para os salões de Odin, quando a coragem de Helgi chamou-lhes a atenção. Uma delas, chamada Gudrun, o admirava tanto que se ofereceu para ser sua esposa. Eles se casaram imediatamente.

Após a batalha, apenas um elemento da família Hunding sobreviveu. E foi autorizado a seguir livre, depois de prometer vingar a morte de seu pai. Mas ele pegou a lança de Odin e matou Helgi. A esposa de Helgi ficou com o coração partido e vivia chorando, até saber que, todos os dias, a voz de Helgi a chamava de seu túmulo. Naquela noite, ela entrou na tumba e perguntou por que Helgi a chamava e por que suas feridas continuavam sangrando. A voz de Helgi respondeu: "Não posso ser feliz enquanto você chora. E, por cada lágrima derramada, uma gota do meu sangue deve fluir."

Gudrun parou de chorar, mas Odin logo a chamou para cruzar a ponte do arco-íris. Helgi foi nomeado líder dos heróis em Valhala e Gudrun, novamente uma valquíria, veio à Terra, para escolher os heróis mortos, que lutariam sob o comando de Helgi na grande batalha final.

II. SINFIOTLI E GUDROD

DEPOIS da morte de Helgi, Sinfiotli voltou para o palácio de Sigmund, onde era muito estimado. Mas ele acabou se cansando dos festejos e das canções e não via a hora de ter uma vida ativa. Na primavera, juntou suas forças às de Gudrod, irmão de Borghild e navegou em busca de novas aventuras.

Eles conquistaram uma rica nação e levaram muitos despojos. Gudrod era muito corajoso, mas ganancioso também. Ele queria dividir os despojos imediatamente. Mas Sinfiotli não achou conveniente dois reis guerreiros disputarem o saque, como qualquer pirata faria e prometeu voltar à noite para pegar o que Gudrod achasse melhor dar a ele. Ele foi então para o seu navio de guerra descansar até à noite.

Gudrod trabalhou o dia todo. Quando voltou à noite, Sinfiotli encontrou os despojos divididos em duas partes: a de Sinfiotli era maior que a de Gudrod. Mas as coisas de valor estavam todas na parte de Gudrod. Sinfiotli ficou indignado e seus comandados, muito irritados. Vendo o descontentamento deles, Gudrod chamou seus homens para matar o "morador da floresta". Só que os soldados ficaram parados e não desembainharam nenhuma espada.

Sinfiotli então desafiou Gudrod para uma luta entre os dois e eles se encontraram na manhã seguinte. Gudrod lutou bravamente, mas foi mortalmente ferido.

Sinfiotli voltou para a terra dos Volsungs com seu exército. Sigmund os homenageou com uma festa e estava ouvindo as histórias da guerra quando Borghild entrou e perguntou por que o irmão dela não tinha voltado do mar. Sinfiotli respondeu:

"As espadas brancas se encontraram na ilha e brilharam como os escudos de guerra. Lá ficou seu irmão, pois a mão dele foi pior que a minha."

Borghild chamou Sigmund para expulsar o "lobo do rei" da terra dos Volsungs.

Sigmund respondeu que, quando ela ouviu a história da guerra, queria saber se seu irmão não tinha mantido sua palavra. Mas, mesmo que tivesse cumprido o acordo, Sinfiotli não poderia ser punido, porque Gudrod morreu em uma luta justa. E disse que pagaria em ouro pela morte do irmão, porque o amava.

Borghild foi para seus aposentos e ficou em completo silêncio por um longo tempo.

III. A MORTE DE SINFIOTLI

NO dia seguinte, Borghild foi se encontrar com Sigmund para lhe dizer que não estava mais zangada. E que ela queria pegar seu ouro. Ela o beijou e também beijou Sinfiotli, sentando-se em seu trono. Depois pediu ao marido que fizesse um banquete fúnebre para seu irmão, Gudrod. Ele estava disposto a seguir em frente e, em uma noite de outono, todos os príncipes e condes se reuniram no grande salão sob o Branstock para homenagear a memória de Gudrod. Borghild estava lá e, ao servir vinho para Sinfiotli, disse: "Beba agora da taça que está na minha mão e vamos enterrar o ódio que já está morto."

Sinfiotli pegou a taça, mas não bebeu.

Sigmund quis saber por que ele estava tão quieto e triste no meio da festa.

Sinfiotli disse que tinha visto ódio na taça.

"Dê-me a taça," respondeu Sigmund que pegou e bebeu o vinho.

Borghild deu outra taça a Sinfiotli e ele a passou para Sigmund, que bebeu como antes.

Quando trouxe a terceira taça, ela riu de Sinfiotli com covardia e medo da morte. Ele pegou a taça, mas não bebeu. Sigmund perguntou mais uma vez por que ele não participou da festa e ouviu a resposta: "Porque há morte na taça."

Desta vez, o velho rei não bebeu o vinho e Sinfiotli achou que Sigmund queria que ele o tomasse. Ele então levou a taça à boca, esvaziou-a e caiu morto.

Sigmund ergueu o corpo de seu filho adotivo. Sua dor foi tão grande que ninguém ousou olhar para ele ou ouvir suas palavras. Ele carregou o corpo em seus braços até a escuridão. O vento uivou através do Branstock e soprou nuvens negras sobre a face da lua. Sigmund foi embora para a floresta no pé das montanhas. Um grande rio interrompeu sua caminhada. Ele seguiu ao longo da margem até chegar ao mar. Um barqueiro velho e caolho o saudou e perguntou aonde estava indo. Ele disse que queria atravessar o mar porque a luz da sua vida tinha se apagado.

"Vim aqui para transportar um grande rei pelas águas," disse o barqueiro.

Sigmund então colocou o corpo no fundo do barco, mas antes que pudesse entrar, o barco e o barqueiro despareceram. Só então ele soube que o barqueiro era Odin e que ele havia levado Sinfiotli para a casa dos heróis.

IV. A MORTE DE SIGMUND

SIGMUND voltou para o trono de seu pai e passou a cuidar dos negócios do reino. Ele foi para a guerra e conquistou inimigos, pois pouco se importava com a glória, agora que Sinfiotli e Helgi tinham partido. Ela mandou Borghild embora depois da morte de Sinfiotli e foi deixado sozinho na casa dos Volsungs.

Ele ficou sabendo que um rei distante tinha uma filha linda, bondosa e sábia e mandou um conde carregado de ouro e presentes para pedir que ela fosse sua rainha. Esse rei se chamava Eylimi e o nome de sua filha era Hiordis.

No mesmo dia da chegada do conde à corte de Eylimi, um mensageiro do rei Lygni veio pedir a mão de Hiordis. Os reinos de Lygni e Eylimi eram próximos. Já o de Sigmund era distante. Lygni era jovem e Sigmund, velho. Ambos eram reis ricos e poderosos.

Eylimi ouviu as duas mensagens, mas não tinha como responder. Pediu então que os condes aguardassem e enquanto eles estavam entretidos no salão de banquetes, o rei procurou a filha e contou-lhe sobre os pretendentes. Ela escolheu o rei Volsung.

O velho rei saiu com o coração entristecido por achar que o jovem rei Lygni seria o marido mais apropriado para a filha. Mas ele havia dito que a filha tinha que escolher seus caminhos e ele não poderia ir contra suas escolhas. Eylimi então mandou presentes valiosos a Lygni e explicou que sua filha estava prometida a outro rei; e o conde do rei Sigmund recebeu a boa-nova de que, em dois meses, seu rei poderia vir buscar a noiva. "Mas," disse Eylimi, "mande que ele venha com espada e navios de guerra, pois temo que ele possa ser atacado."

Mas Sigmund se lembrou de seu pai e descartou levar um exército a um casamento. Mesmos assim, preparou dez grandes navios e os lotou com seus melhores homens. Eles chegaram ao reino de Eylimi sem problemas e tiveram uma recepção calorosa.

O velho Sigmund e a bela Hiordis gostaram um do outro e tiveram festas de casamento muito alegres. Eylimi gostou de Sigmund por sua bondade e o admirava pela sabedoria e dignidade. E passou a não temer mais pela felicidade de Hiordis por ela ter escolhido um velho rei para seu marido. Mas, um dia, velas foram avistadas nas proximidades da ilha. Lygni não gostou da recusa de Hiordis e disse que teria a princesa além dos presentes. Ele veio com sua frota e um exército no dia em que Sigmund e Hiordis pretendiam navegar para a terra dos Volsungs.

Tristeza e medo encheram o coração de Eylimi, mas Sigmund pediu que se alegrasse, pois disse que, mesmo que não tivesse vindo, Hiordis não teria sido persuadida a se casar com Lygni. Ele cortou os cordões da paz de sua espada e pôs o pequeno exército de sobreaviso.

Dizem que o número de homens de Sigmund e Eylimi era para a tropa de Lygni como as sementes estão para uma maçã quando ela é partida ao meio. Mas o pequeno exército marchou bravamente, e Hiordis, ao lado de uma criada, seguiu a distância.

Sigmund ficou como uma estátua de ouro, à frente do grupo, com a espada de Branstock desembainhada. À medida que as tropas de Lygni avançavam, parecia que o mundo inteiro estava se movendo. Mas a espada cintilante de Odin abateu tudo o que estava ao seu alcance e Sigmund a empunhava com um vigor juvenil. Já não estava mais cansado e velho. A esperança e o entusiasmo tinham voltado com a empolgação da batalha, e ele disse a si mesmo: "Mais alguns golpes de espada e terei conquistado o mundo."

Mas um velho, de um olho só, usando um chapéu de abas largas e uma capa cinzenta, abriu caminho pelo campo de batalha. Ele carregava uma lança pesada, com a qual atingiu a espada de Branstock. E a espada caiu em pedaços aos pés de Sigmund. O velho desapareceu e o avanço das tropas de Lygni derrubou Sigmund. Seus guerreiros caíram como grama cortada por uma foice. Só os homens de Lygni ficaram de pé.

"Quem agora vai se opor aos homens do rei Lygni?", ele gritou, liderando a tropa até o palácio de Eylimi.

Quando o último guerreiro deixou o campo de batalha, Hiordis saiu da mata para procurar seu marido. Ela o encontrou ferido, mas ainda vivo. Sigmund abriu os olhos quando ela se curvou gritando de alegria. Mas ele disse: "Não posso mais viver. Hoje meus olhos viram Odin e devo fazer sua vontade. Pegue os pedaços da minha espada, a espada de Branstock, e guarde-os como seu maior tesouro. Se os deuses lhe derem um filho, ele será o maior herói que a raça Volsung já conheceu. Dê a espada quebrada a ele quando ele chegar à idade adulta e a lâmina recém-fundida for invencível. Ponha sua tristeza de lado, pois, mesmo agora, vejo a luz e ouço a música no grande salão de banquetes dos heróis de Odin."

V. O ENTERRO DE SIGMUND

HJORDIS permaneceu ao lado do corpo morto até o amanhecer. Enquanto olhava para o mar, ela viu um navio de guerra se aproximando da costa. Voltando para a mata, encontrou a criada que a esperava e lhe contou sobre a morte de Sigmund e sobre o navio que tinha visto. "Agora, dê-me o seu vestido azul e pegue o meu roxo e dourado," ela disse. "Quando os homens perguntarem nossos nomes, diga que o seu é Hiordis, a esposa do rei Volsung, e que eu sou sua criada."

Quando o navio aportou, a tropa era liderada por um rei, Elf, filho de Helper. Ele acabara de sair da guerra e virara seu navio em direção à ilha, na esperança de encontrar água. Ao se aproximar, viram que ali havia ocorrido uma grande batalha e perceberam a presença de uma mulher, vestida como uma rainha e usando uma coroa de ouro, sentada entre os mortos. Ela correu para a mata e os homens a perderam de vista.

Eles foram diretamente para o campo de batalha e logo reconheceram o corpo de Sigmund como o de um grande rei. "Venham," disse o rei Elf, "e olhem para o rosto dele. Poucos desses são deixados na terra. Vamos até a mata, onde a rainha está escondida, para saber dela a história desse morto poderoso."

Eles encontraram as duas mulheres e as cumprimentaram educadamente. Às suas perguntas, a que estava vestida de rainha respondeu: "Eu sou Hiordis, a rainha. O senhor morto naquele campo era meu marido, Sigmund, o Volsung."

"E quem é aquela de vestido azul?", perguntou Elf. "É minha criada, que chora pelo amado, morto na batalha," respondeu a rainha.

O rei olhou novamente para o rosto triste da empregada, mas não disse nada. Depois, ele foi com as mulheres até o campo de batalha onde construíram um túmulo para Sigmund. As paredes foram feitas com os escudos quebrados de seus inimigos e suspensas por seus estandartes. Sua espada não foi encontrada e a criada explicou que seu mestre havia ordenado que os pedaços de sua espada fossem levados para a rainha.

Depois que o corpo de Sigmund foi colocado no túmulo, o rei Elf perguntou às mulheres aonde elas queriam ir, já que a ilha estava nas mãos de Lygni. Hiordis perguntou se podiam acompanhá-lo até a casa dele.

Feliz da vida, o rei as levou em seu navio até sua terra e também de seu pai, Helper.

A CASA DE HELPER
como contado por Sarah Powers Bradish

I. O REI ELF ENCONTRA A RAINHA

HELPER e sua esposa deram a seus convidados inesperados uma recepção cordial e Hiordis foi confortada pela bondade de seus novos amigos.

Certa manhã, a mãe de Elf disse ao filho: "Tenho observado essas mulheres com muita atenção e gostaria de saber por que a mulher inferior está mais bem vestida."

Elf disse: "Ela é Hiordis, esposa de Sigmund, o Volsung."

A velha rainha deu uma gargalhada: "Acho que não, meu filho! Você não reparou que é a criada que sempre fala quando se trata de algum assunto importante?"

"Sim!", ele respondeu. "Ela é sábia e graciosa, e muito querida por mim."

"Siga meu conselho," disse a sábia rainha-mãe, "e, quando tiver conquistado sua rainha, observe se elas não trocam as vestes outra vez."

Um dia, Elf disse à mulher vestida de roxo e dourado: "Como você sabe, nas escuras manhãs de inverno, quando é a hora de se levantar?"

Ela respondeu: "Quando eu vivia na casa de meu pai, as pessoas deviam ser ativas, fossem os campos claros ou escuros. Eu me levantava cedo para ir até o pasto tomar leite antes de sair de casa. E agora estou sempre com sede quando chega a hora de me levantar."

Elf riu e disse: "Estranho esse costume que exigia que a filha de um rei fosse aos campos antes do dia clarear. E agora, bela donzela de olhos cinzentos, como pode dizer que já amanheceu quando os céus estão tão escuros quanto a meia-noite?"

Ela respondeu: "Meu pai me deu um anel de ouro, que tem uma estranha propriedade: fica frio no dedo quando o dia chega. Então, quando ele esfria, sei que é hora de levantar."

Elf riu novamente: "De fato havia ouro na casa de seu pai. Diga-me que você é Hiordis, esposa de Sigmund, o Volsung, e eu farei de você a rainha do meu povo."

"Dê-me um ano para chorar por Sigmund, e então serei sua rainha," ela respondeu.

II. O NASCIMENTO DE SIGURD, O VOLSUNG

HAVIA paz nas terras de Helper, e alegria no lar do rei Elf, porque um lindo bebê estava nos braços de Hiordis. Seus olhos eram tão brilhantes que as mulheres se encolhiam diante deles, e eram tão fortes que podiam olhar para o sol. Hiordis o segurava enquanto lhe contava a história de Sigmund, e então o entregava às mulheres para mostrá-lo aos reis.

Helper e seu filho estavam sentados em seus tronos quando ouviram o som da música, e quatro mulheres vestidas de branco entraram no salão.

"Oh, filhas dos condes," disse Helper, "que notícias vocês trazem?"

As mulheres falaram de tristeza, admiração, medo e alegria, até que o rei Elf, impaciente, gritou: "Ainda assim, vocês vêm em júbilo? O que têm a dizer?" Em seguida, elas se aproximaram, tiraram a capa roxa apresentando a criança, e disseram: "A rainha Hiordis lhe mandou isto e disse que ele será chamado pelo nome que você lhe der."

O rei Elf pegou a criança em seus braços, segurou-a por um bom tempo enquanto pensava em tudo o que Hiordis lhe contara, no poder dos Volsungs e na batalha à beira-mar. Depois, ele disse: "Seu nome será Sigurd, o Volsung," e aspergiu água sobre a cabeça do jovem príncipe.

Os homens ouviram o nome e o ecoaram pelo salão, pelo pátio e pela praça. Hiordis ouviu de seu quarto e, quando as mulheres voltaram com o bebê, antes que pudessem falar, ela o saudou como Sigurd, o Volsung.

Sigurd cresceu em beleza e sabedoria. Depois de algum tempo, Hiordis se casou com o rei Elf. Paz e abundância abençoaram a terra.

III. GREYFELL

DOIS anciãos viviam no país de Helper. Um era parente dos gigantes e o outro, dos anões. Gripir era alto e imponente, com cabelos e barba brancos como a neve. Ele sabia de todas as coisas desde o início do mundo e sabia de como as coisas deveriam ser.

Regin não tinha barba, era curvo e pálido. Era tão velho que ninguém sabia há quanto tempo ele vivia na terra de Helper. Tinha todas as habilidades, exceto na arte da guerra. Era eloquente, e os homens acreditavam em cada palavra que ele dizia. Ele cantava e tocava harpa lindamente. Podia ler as nuvens e os ventos, e o mar também. Podia curar feridas e cuidar dos enfermos. Ele ensinou os homens a semear e colher; a fiar e tecer. Era um mestre nos trabalhos com metais. Ele amava o jovem Sigurd e pediu para ser seu professor.

Helper disse: "Você me ensinou e ensinou meu filho. Sabemos que você é o mestre dos mestres. Três vezes a vida do homem não seria longa o bastante para aprender toda a sua sabedoria. No entanto, seu coração é frio. Amamos o jovem Sigurd e não gostaríamos que você o deixasse cruel e mal-humorado."

Regin riu ao responder: "Eu lhes ensinei astúcia na medida certa, mas não vou medir nada para ele. Não vou deixar que tenha o coração frio ou que seja mal-humorado."

Regin então levou Sigurd para a floresta, onde ensinou todas as coisas ao jovem príncipe, exceto a arte da guerra. Ensinou-o a fazer espadas e todos os tipos de armas e armaduras. E também o ensinou a falar muitas línguas, a esculpir runas, a tocar harpa e cantar. Ensinou-o a localizar animais selvagens, os nomes e usos de flores e plantas, a usar os remos e a içar as velas no mar.

Um dia, quando estavam perto da forja, Regin contou tantas histórias de antigos reis e heróis que o desejo de fazer coisas nobres deu um novo brilho aos olhos de Sigurd.

Regin disse: "Você vai sair para o mundo, para fazer coisas maiores e mais corajosas do que seus pais jamais fizeram."

Mas o jovem balançou a cabeça e disse: "Adoro Helper e o rei Elf; a terra deles é justa e boa."

"Mesmo assim, faça o que eu mando," disse Regin. "Peça um cavalo de guerra."

O rapaz ficou zangado e respondeu: "Tenho todos os cavalos de que preciso e tudo o que eu quero. Por que me faria pedir mais?

"Os Volsungs eram uma raça nobre," disse Regin. "Eles não se satisfaziam com o bom, exigiam o melhor." Ele então pegou sua harpa e cantou os feitos dos heróis e das cavalgadas das valquírias até que Sigurd esqueceu sua raiva. Ele saiu da forja com a música ecoando em seus ouvidos. Naquela noite, pediu aos reis que lhe dessem o cavalo que ele pudesse escolher.

"Os estábulos estão abertos para você," respondeu o rei Elf.

Mas Sigurd implorou pela permissão de Gripir, que era o encarregado de todos os cavalos, para que ele pudesse tirar o melhor dos fortes e velozes. "Mas," ele acrescentou, "se eu pedir algo muito grande, suplico que esqueça o que eu disse."

O rei Elf sorriu e disse: "Você fará um longo passeio. E verá guerra, tristeza, e finalmente a morte, mas você receberá elogios e honra. Por isso, siga seu caminho. Não podemos segurá-lo mais tempo do que podemos conter o sol nascente."

Sigurd agradeceu aos reis e, na manhã seguinte, foi procurar Gripir. O velho sábio vivia em uma casa em um rochedo. Águias voavam sobre ela e os ventos do coração das montanhas atravessavam cada cômodo. Poucos homens ousaram cruzar a soleira da porta. Sigurd entrou e encontrou Gripir sentado em uma cadeira feita com dente de uma serpente marinha. Sua barba quase varria o piso. Seu manto era feito de ouro e o punho do cajado era de cristal.

Gripir conhecia Sigurd, e foi logo dizendo: "Salve, rei dos olhos brilhantes! Você não precisa de permissão nem tem que me contar sobre sua missão. O vento me avisou que você estava a caminho para escolher um cavalo de guerra dos meus campos. Vá e pegue o melhor; mas volte quando tiver sua espada."

Sigurd desceu a encosta da montanha e estava a caminho dos pastos quando encontrou um homem que usava um chapéu de abas largas e uma capa cinzenta. Ele tinha apenas um olho e parecia muito velho. Dirigindo-se a Sigurd, disse: "Deixe-me dizer a você como escolher seu cavalo."

"Você é empregado de Gripir?", perguntou Sigurd. E já ia perguntar ao velho se ele aceitaria ouro em troca de um conselho, quando notou sua postura nobre: "Seu rosto é como o dos heróis; meu mestre Regin me falou sobre você. Sua vestimenta cinzenta vi em um sonho."

"Há um cavalo melhor que todos os outros," disse o estranho. "Se você o escolher, siga minhas instruções." Sigurd perguntou: "O que devo fazer?"

"Leve todos os cavalos para o rio," disse o velho, "e espere para ver o que acontece."

Sigurd obedeceu à ordem e cavalgou até a água, mas a correnteza era tão forte que carregou vários cavalos excelentes para o mar. Alguns nadaram de

Sigurd ouve o conselho de um velho sábio

volta à margem. Outros foram pegos por redemoinhos e se afogaram. Mas um deles nadou pelo rio, escalou a margem oposta, e galopou pelos campos do outro lado. Ele então girou, saltou no rio e nadou de volta. Depois, sacudiu a crina e ficou relinchando ao lado de Sigurd.

"Ouça, Sigurd," disse o velho. "Dei a seu pai um presente que ainda lhe será muito útil. E agora lhe dou este cavalo. Não tenha medo de ir aonde ele possa levá-lo, pois, agora, seus pais estão na minha casa, desfrutando as recompensas de sua bravura. Como toda sua nobre raça, viva sem se importar quando a morte vier."

Sigurd então soube que Odin tinha vindo até ele e gostaria de perguntar muitas coisas, mas Odin desapareceu, e apenas Greyfell ficou a seu lado na margem do rio.

A HISTÓRIA DE REGIN
como contado por Sarah Powers Bradish

I. REIDMAR E SEUS FILHOS

UM dia, quando Sigurd estava sentado com Regin, o anão contou histórias de reis que ganharam suas coroas lutando duras batalhas. Por fim, ele disse: "Você é filho de Sigmund. Você vai esperar até que os pacíficos reis deste pequeno reino estejam mortos e servirá a seus filhos? Você vai passar sua vida esperando a hora em que seus estandartes de guerra flutuem na brisa?"

Sigurd respondeu: "Você me provoca muito. Amo esses reis pacíficos. A terra deles é boa. Talvez chegue a hora em que serei chamado para fazer algo ousado. Quando o chamado for ouvido e a tarefa estiver cumprida, será tarde demais."

Regin replicou: "A tarefa está cumprida, mas você ama esta terra. Por que aquele que pode festejar se contentaria em comer pão de centeio? Dizem que você é filho de Sigmund, mas você não precisa ser um guerreiro, pois Sigmund dorme em seu monte à beira-mar."

Os olhos de Sigurd brilharam quando ele disse: "Não brinque com o filho de Sigmund, mas diga que tarefa o espera."

O astuto mestre respondeu: "A tarefa é corrigir o que está errado e ganhar um grande tesouro."

Sigurd perguntou: "Há quanto tempo você sabe disso? Que tesouro é esse?"

"Eu sei o que está errado há centenas de anos," disse Regin. "E o tesouro é meu, mas está além do meu alcance, pois nada sei sobre a arte da guerra. Vim para cá para desfazer o mal e pegar meu tesouro de volta, mas gerações passaram e o fim não parecia próximo até eu ver seus olhos no berço."

Sigurd estava quieto, mas, por fim, ele disse: "Cumprirei a tarefa e você terá seu tesouro, e a maldição também (se uma maldição repousar sobre o ouro); mas certamente eu cumprirei a tarefa. Diga-me onde está o tesouro."

Regin respondeu: "Primeiro devo contar a você a história da minha vida. Portanto, fique sentado e ouça a história de coisas que aconteceram antes do nascimento dos reis."

"Eu pertenço à raça dos anões. Não conhecíamos o certo e o errado; não tínhamos amor; fizemos e desfizemos, e não ficamos tristes. Éramos sábios e poderosos. E nossos dias ainda não acabaram. Não coloque sua vida em minhas mãos quando eu sonho com meus parentes e quando mais pareço os anões de muito tempo atrás."

"Reidmar era meu pai. Ele estava velho e era sábio. Para meu irmão, Fafnir, ele deu uma alma que não conheceu o medo, uma testa que mais parecia ferro endurecido, uma mão que nunca falhou, um ouvido que não conseguia ouvir histórias tristes e um coração tão ambicioso quanto o de um rei. Para meu irmão, Otter, ele deu uma armadilha e o desejo de vasculhar as florestas e riachos até que nada mais restasse vivo. Para mim, o mais novo, ele deu a memória do passado, o medo do futuro, um martelo, uma bigorna e brasas de fogo ardendo na forja."

"Éramos então apenas um pouco melhores que os homens, mas ainda tínhamos o poder de mudar nossa forma para aparecer como quiséssemos. Fafnir foi para o exterior e se tornou o terror do mundo. Otter vivia com os animais que caçava e assumia a forma deles – principalmente a da lontra – tantas vezes que mais parecia ser o rei da floresta. Lutei para construir a casa de meu pai e, à medida que as paredes de ouro foram erguidas, minhas mãos ficaram sujas e deformadas. Olhei para o sol, para o vento, e para todas as coisas da natureza como se fossem ferramentas da minha ferraria."

II. OS TRÊS VIAJANTES

DEPOIS de um tempo, três viajantes vieram de Asgard para examinar o trabalho deles. Eram Odin, Hoenir e Loki. Eles passaram pela floresta e chegaram a um rio onde encontraram uma lontra comendo peixes. Loki pegou uma pedra e atirou na lontra, que caiu morta. Loki pegou a lontra e o peixe e se foi com seus companheiros. E logo voltaram à casa do sopé da montanha. Estavam cansados e famintos e, enquanto o sol estava se pondo, Odin disse aos irmãos: 'Vamos buscar abrigo para a noite nesta casa.'

"Eles encontraram o dono da casa sentado numa cadeira feita de dente de baleia, em uma sala dourada. Suas vestes eram roxas e ele usava uma coroa de ouro.

Ele não tinha espada e recebeu as visitas de maneira cordial. Ordenou que um banquete fosse servido e uma música suave tocou enquanto comiam. Mas, no meio da festa, eles se sentiram sob o efeito de um feitiço e, por isso, não podiam se livrar da aparência de homens. Além disso, estavam desarmados e Odin, tolamente, emprestou sua lança, Gungnir. O anfitrião os provocou com sua impotência.

"Loki jogou no chão a lontra morta quando entrou no corredor. Fafnir e eu reconhecemos nosso irmão, Otter, e nós sabíamos que nosso pai, Reidmar, exigiria uma satisfação por sua morte. Quando os convidados estavam completamente dominados, Reidmar lhes disse que eles haviam matado seu filho, Otter, e que eles seriam seus prisioneiros até que pudessem expiar a ofensa."

"Odin então explicou: 'Realmente cometemos um erro grave, mas vamos fazer o que pudermos para compensá-lo pelo dano. Você ama ouro: nós lhe daremos ouro. Isto é para que você diga o quanto quer.'"

"Reidmar, Fafnir e eu gritamos a uma só voz: 'Você vai morrer e nós vamos governar o mundo.'"

"Odin respondeu com a voz calma e terrível: 'Seja justo, Reidmar! De quanto ouro você precisa?'"

"Então, o ambicioso Reidmar esqueceu sua raiva e sua sabedoria; e a ambição falou mais alto: 'Dê-me a Chama das Águas e o Ouro do Mar, que Andvari esconde sob uma montanha, até que todos os fios de cabelo desta lontra morta sejam cobertos.'"

"'Deixe Loki ir buscá-lo,' disse Odin; e eu libertei o criador de travessuras de suas amarras.'"

"Na parte mais distante do mundo existe um lugar chamado Deserto do Pavor. Um grande rio deságua em um precipício. E essa cachoeira é chamada de força de Andvari, que era um elfo negro que vivia sozinho numa terra nebulosa. Há muitos anos, ele conhecia o sol e as estrelas, o mar e a terra. Mas ele esqueceu tudo por seu amor pelo ouro. E não sabia nada sobre homens ou deuses; não dava atenção nem ao frio, nem o calor; não conhecia a noite e esqueceu até mesmo seu nome. Ele não descansou, mas trabalhou duro, juntando ouro, ouro e mais ouro."

"Loki encontrou o deserto e a cachoeira, mas não viu nem sombra do elfo. Por fim, ele se lembrou de que Andvari tirou o ouro da água. Então, ele foi até o rio e, olhando para a água, viu um salmão, que ele achou que fosse Andvari, que se assustou com o som dos passos. O salmão era muito cauteloso para ser pego com anzol. Então, Loki foi pedir uma rede emprestada a Ran que, na época, tinha a única rede do mundo. Ela era muito cuidadosa, mas, depois de muitos problemas, Loki a induziu a emprestar a ele para pegar o dono da Chama do Mar."

"Loki jogou a rede no rio e pegou Andvari em suas malhas. Quando sentiu as cordas, o elfo se lembrou de deuses e homens e de seu próprio nome. Quando Loki o tirou da água, ele assumiu sua própria forma e disse: 'Você sabia que sou Andvari e veio pegar meu ouro.'"

"Ele levou Loki até seu armazém e lhe deu todo o seu ouro, até mesmo a cota de malha de ouro e o Capacete do Medo. Ao entregar a última peça, Andvari se virou e Loki viu algo brilhando em seu dedo, e fez com que o elfo lhe desse o anel também."

"Quando tirou o anel do dedo, Andvari disse: 'Posso lhe dar todo o resto, que é melhor que ele. Esta é a semente do ouro. Com ela posso fazer mais ouro. Pegue, se quiser. Mas minha maldição irá com ele e também para quem ele for dado.'"

"Loki colocou o anel no dedo e levou o ouro para a casa de meu pai. Todo aquele tesouro amontoado no chão fez parecer que o próprio sol estava brilhando dentro de nossas paredes."

"Odin então disse a Reidmar: 'O resgate foi pago.' Mas Reidmar respondeu: 'Não sabemos se o ouro vai cobrir o corpo da lontra.' Assim, Fafnir e eu trouxemos a lontra e empilhamos o ouro à sua volta, até que ela estivesse toda coberta, como imaginamos. Mas tínhamos levado todas as moedas de ouro. Então, Reidmar viu o brilho do anel e, ao mesmo tempo, descobriu um fio de cabelo perto da boca da lontra; e disse: 'Vocês serão meus escravos até que me deem esse anel, a semente de ouro e a dor, para cobrir esse fio de cabelo.'"

"Odin tirou o anel do dedo de Loki e o atirou sobre a pilha, dizendo: 'Estou feliz por você ter tudo, até mesmo a maldição do rei elfo.'"

"Reidmar riu enquanto respondia: 'Quem vai me fazer mal? Minha espada é Fafnir. E meu escudo é Regin, o ferreiro.'"

"Rompi as algemas dos deuses e eles saíram durante a noite. Mas, na porta, Odin voltou-se e nos avisou dos perigos do amor ao ouro. Eles foram embora e ficamos com todo o ouro."

III. A MALDIÇÃO DO ANEL

"OLHEI aquele ouro e o adorei, pois brilhava em nosso rosto, como se fosse o sol. Eu sonhei com isso, mas sorri e implorei a meu pai que ficasse com a maior parte, mas que desse uma quota a Fafnir e um punhado para mim, por minha habilidade como ferreiro e por minha ajuda naquele dia. Eu poderia ter pedido muito ou pouco, porque ele não respondeu. Ele se sentou no trono de marfim e admirou o ouro. Fafnir não disse nada, mas olhou para o ouro e para o nosso pai."

"Olhamos para o ouro até a manhã seguinte; quando Fafnir pegou sua espada, e eu, meu martelo. E saímos pelo mundo. Voltei à noite. E, embora eu quisesse ver o ouro, não ousei entrar na sala onde ele estava. Deitado em minha cama, pensei ter ouvido o tilintar do ouro e visto a luz. Dormi, sonhei e acordei com um grito. Pulei da cama e corri até a sala. Fafnir estava ao lado do ouro. A seus pés o nosso pai, cujo corpo estava totalmente coberto pelo ouro e o rosto com o branco da morte. Fafnir usava o Capacete do Medo e estava segurando a espada nas mãos."

"'Vou ficar com o ouro e viverei sozinho, para cuidar do ouro e receber sua maldição. Você vai embora ou vai ficar até que eu derrame seu sangue?', ele perguntou."

"Fugi de casa sem ouro e sem ferramentas. Na lembrança, carreguei apenas meu coração e minha mãos hábeis. Vim a esta terra e ensinei os homens a semear e a colher; e os homens disseram que Freyr havia lhes ensinado a agricultura."

"Ensinei-os a trabalhar com os metais, a navegar no mar, a domar e usar os cavalos; e eles disseram que Thor já lhes ensinara todas essas coisas. Dei a lançadeira para as donzelas e as ensinei a tecer; a agulha as ensinou a costurar. E, quando ficaram velhos, disseram ter aprendido todas essas coisas com Freya."

"Ensinei a eles a poesia e a música e eles disseram que Bragi tinha sido sua professora, enquanto eu era apenas um bardo errante. Mesmo assim, tornei-

-me um mestre dos mestres. Mas encontrei meu destino com uma espada nas mãos de um jovem."

"Tornei-me sábio, mas queria o ouro do meu irmão. Eu o invejei quando os reis me deram presentes de ouro para pagar por minha habilidade. Voltei uma vez à minha terra natal e encontrei os campos devastados e tristes. A casa estava caindo e o telhado havia sumido. Olhei para o salão e vi o ouro e um grande dragão enrolado nele. Fugi outra vez e, muitos anos depois, ouvi os homens falando do tesouro de ouro, que jazia no Brejo Cintilante e era guardado por uma serpente horrível."

"Depois eu conheci a raça Volsung e, por último, eu vi você na casa de Helper. Tive sonhos, vi sua glória e soube que sua espada ganharia meu tesouro."

"Acho que Fafnir foi mais sábio que eu, porque ele nunca desperdiçou seu tesouro com os homens. Mas, um dia, vou ter todo ele, e serei o rei dos homens."

Depois ele dormiu e Sigurd se levantou e gritou: "Acorde, Mestre!"

Regin abriu seus olhos e disse: "Ouviu isso, Sigurd? Você vai vingar o errado e ganhar o tesouro."

E Sigurd, olhando para ele com seus olhos claros, disse: "Você terá o tesouro e a maldição."

A FORJA DA ESPADA
como contado por Sarah Powers Bradish

I. AS FALHAS DE REGIN

SIGURD procurou Regin outra vez e disse: "Peço um presente em suas mãos."

Regin respondeu: "Eu iria até o fim do mundo encontrar o presente de que você precisa."

"Mas o presente em questão está próximo a você," disse Sigurd. "Quero que forje uma espada para mim."

"Aqui está sua espada," disse Regin, "forjada com muitos feitiços. Comecei quando a lua minguante era nova."

Sigurd pegou a espada e olhou para o punho cravejado de joias e para as runas gravadas na lâmina, enquanto Regin aguardava uma palavra de aprovação. Sigurd se virou e atingiu a bigorna com ela. A espada caiu aos pedaços. Ele então foi para a floresta.

"Quando duas luas cresceram e minguaram, Sigurd voltou para perguntar sobre sua espada e ouviu de Regin: "Trabalhei dia e noite e, se esta não o satisfizer, certamente é porque perdi minha habilidade."

Mais uma vez Sigurd atingiu a bigorna e novamente a espada despedaçou.

No dia seguinte, Sigurd disse à mãe: "Onde estão os pedaços da espada do Branstock?

"Está zangado, meu filho?", ela quis saber.

"Não, mãe. Mas chegou a hora de agir."

Ela pegou as mãos do filho e o levou à câmara dos tesouros. Ali, desenrolando tiras de seda, mostrou a ele os pedaços da espada de seu pai. Ela brilhava como prata e as joias do punho reluziam como quando Sigmund a arrancou do carvalho.

Sigurd riu e disse: "Você aguentou firme, mas seu repouso terminou. Estas peças serão soldadas para brilhar novamente na chuva de Odin."

A mãe então deu a ele o aço sagrado guardado tão fielmente. Ele a beijou suavemente, deixando-a sozinha. Ela não disse nada, mas observou com muito orgulho, o filho divino, que havia crescido tão belo e glorioso.

II. A IRA DE SIGURD

SIGURD foi imediatamente à ferraria de Regin e lhe deu os pedaços da espada quebrada.

"Nada mais vai satisfazê-lo?", perguntou Regin. "Esta espada eu forjei há muito tempo e ela trouxe a morte ao pai de seu pai e a todos os seus filhos."

"Com esta espada vou matar a serpente e ganhar o ouro," disse Sigurd. "Agora é tarde para voltar atrás no caminho que você me fez tomar."

Quando a lua do mês de maio estava cheia, Sigurd procurou Regin à meia-noite. O anão estava cansado e pálido, mas disse: "Fiz o que me pediu," e deu a Sigurd a espada soldada.

Sigurd a ergueu acima de sua cabeça, como seu pai fez quando a tirou do Branstock. Depois, ao desferir um terrível golpe na bigorna, gritou exultante, pois continuava segurando a espada, ilesa, depois que a bigorna foi partida ao meio.

Regin então, pegou sua harpa e cantou sobre a feitura da espada, à qual deu o nome de Ira de Sigurd. E cantou como ele a tinha forjado há muito tempo e como a soldou e forjou novamente.

Sigurd ouviu a música e disse: "Vou vingar seu erro, pois você não falhou em nada. A espada é tudo que eu poderia pedir."

"Venha, vamos testar a espada de outra maneira," disse Regin.

Eles foram até o rio e Regin jogou um pedaço de lã na água e segurou a espada até que a corrente a trouxe contra a lâmina, que partiu o fio em dois.

Depois, eles puseram a Ira de Sigurd em uma bainha dourada e amarraram os cordões da paz.

A PROFECIA DE GRIPIR
como contado por Sarah Powers Bradish

NA manhã seguinte, Sigurd montou Greyfell e voltou à casa de Gripir. Entrou no salão e ficou apoiado em sua espada enquanto saudou o antigo rei.

Gripir disse: "Salve, Sigurd!" e lhe deu as boas-vindas à sua casa.

Sigurd respondeu: "Salve, pai! Já tenho minha nova espada e vim ouvir sua palavra de despedida."

"O que gostaria de ouvir?", perguntou Gripir.

"Sua palavra e a das Nornas."

"Que visão gostaria de ter?"

"Gostaria de enxergar como os deuses; embora seja uma visão terrível."

"Qual a sua esperança?"

"A sua esperança e a dos deuses."

O velho rei ficou em silêncio enquanto olhava para Sigurd e pensava no futuro do jovem. Então ele falou sobre esse futuro e disse que Sigurd seria capaz de atos valentes, que ganharia uma grande fortuna e viveria com o Povo Nebuloso. Mas seu dia de glória seria curto.

Ele então chamou Sigurd para se sentar ao seu lado no trono e lhe contou sobre feitos poderosos, terras distantes, sobre o mar e o céu.

Sigurd disse a ele que não devia demorar porque um cavalo de guerra tão veloz quanto o vento e a espada de seu pai tinham sido dados a ele; e também que ele devia obedecer à voz que o chamou para cavalgar para a Charneca Cintilante.

O velho rei se despediu do jovem guerreiro e Sigurd voltou para Regin quando o sol estava se pondo no oeste.

A CHARNECA CINTILANTE

como contado por Sarah Powers Bradish

I. ODIN ORIENTA SIGURD

NA manhã seguinte, Sigurd partiu ao lado de Regin, seu guia. Não demorou para que deixassem a aprazível terra de Helper e chegassem às montanhas. Passaram o dia subindo cada vez mais alto e, à noite, dormiram no topo de uma das montanhas. Pela manhã, olharam para trás, para o belo país onde Sigurd tinha passado a infância, e para a frente, para a cadeia de montanhas que se erguia como uma parede diante deles. Por três dias, cavalgaram por montanhas e desertos. No quarto dia, chegaram a uma região desolada, que mais parecia o metal sob os cascos de Greyfell. Era a entrada para a Charneca Cintilante. Sigurd desmontou e caminhou sob a névoa espessa para encontrar o terrível dragão.

Regin havia recuado, mas Sigurd mal sentiu sua falta. Estava decidido a encontrar o guardião do tesouro. De repente, um homem apareceu em seu caminho: era caolho e velho, estava envolto em uma capa cinzenta e usava um chapéu de abas largas.

"Salve, Sigurd!", ele exclamou.

"Salve! Eu o saúdo, meu amigo e amigo de meu pai," respondeu Sigurd.

Odin quis saber para onde Sigurd estava indo, e ele respondeu que estava indo matar o dragão que guardava o tesouro de ouro.

"Deixe-me dizer o que deve fazer," disse Odin. "Você vai encontrar uma abertura na pedra. É o caminho usado pelo dragão em sua jornada diária após a água. Cave um fosso no caminho e deite-se nele com sua espada na mão."

Sigurd trabalhou a noite toda e, ao nascer do sol, a cova estava pronta. E ele estava lá, com a espada em suas mãos. A luz estava ficando cada vez mais forte quando ele ouviu um pisoteio, o tilintar e o barulho do ouro se arrastando na terra. Os sons foram se aproximando e a luz foi apagada. Pareceu a Sigurd que um rio escuro passou sobre o poço e o ar ficou pesado com o hálito venenoso da serpente. Quando Sigurd deu um golpe para cima com sua espada, perfurou o coração do dragão. Ele saltou e, enquanto ficou com a espada erguida ao lado do monstro morto, sete águias pousaram no pico da montanha e soltaram gritos roucos.

Sigurd continuava em pé ao lado do dragão quando Regin se aproximou e o repreendeu pelo assassinato de seu irmão.

"Fiz o que você fez," disse Sigurd. "E agora temos que nos separar."

"Você matou meu irmão," disse Regin. "Como pode reparar isso?"

"Pegue o ouro," respondeu Sigurd, "como resgate pela minha cabeça."

"Você matou meu irmão," repetiu Regin, que puxou sua espada e cortou um pedaço da carne do dragão. Depois ordenou que Sigurd a cozinhasse para ele, enquanto ele dormia.

Sigurd encontrou lenha na charneca e com ela fez uma fogueira. Colocou então a carne em um espeto e o segurou para assar. As águias voaram e pousaram ao seu lado, enquanto ele cozinhava. Então, ele esticou o braço para ver se a carne estava pronta. Um pouco do suco da carne escorreu e queimou seu dedo. Inconscientemente, ele pôs o dedo na boca e provou o suco. Só aí ele entendeu o que as águias queriam lhe dizer.

II. O CONSELHO DAS ÁGUIAS

A PRIMEIRA águia perguntou por que ele esperou tanto para assar a carne.

A segunda disse: "Vá, pois o banquete do rei está à sua espera."

A terceira disse: "Quão grande é a festa daquele que se alimenta de sabedoria."

A quarta disse: "Vai deixar que Regin viva para espalhar desperdício e ruína pelo mundo?"

A quinta disse: "Regin sabia que um jovem o mataria, mas ele pretende matar a juventude."

A sexta disse: "Em sua ambição pelo ouro, ele perdeu todo o senso de verdade."

A sétima disse: "Apresse-se, Sigurd! Ataque enquanto sonha."

Então, pela segunda vez, Sigurd levantou sua espada e Regin caiu ao lado do dragão, morto pelo jovem para quem ele tinha forjado a espada e que ele planejava matar.

III. SIGURD PEGA O TESOURO E A MALDIÇÃO

SIGURD colocou a espada na bainha e montou Greyfell. As águias voaram sobre sua cabeça enquanto ele cavalgava ao longo do caminho da serpente, até as ruínas da casa dourada, sobre a qual Regin tinha falado. O tesouro jazia em pilhas pelo chão. Havia moedas de cidades antigas, armaduras de ouro, anéis e pulseiras mágicas, e blocos de ouro, do jeito que os elfos mineiros os tiraram das minas. A cota de malha de ouro e o Capacete do Medo também estavam ali. Mais brilhante que o reluzente anel de Andvari que Loki pegou, que Odin pediu, e que Reidmar exigiu para cobrir o último fio de cabelo da lontra, o anel que carregava a maldição.

Sigurd colocou a cota de ouro, o Capacete do Medo e o anel fatal. E depois carregou o ouro enquanto as águias gritavam: "Amarre os anéis vermelhos, Sigurd."

Ele trabalhou a noite toda e, de manhã, conduziu Greyfell pelas rédeas para tirá-lo da Charneca Cintilante, pois achou que o peso do ouro era suficiente para o cavalo carregar. Mas Greyfell não quis se mover até que Sigurd, vestido com toda aquela armadura, saltou para a sela. Só então ele tirou seu mestre do deserto e o levou a um mundo verde.

BRUNILDA
como contado por Sarah Powers Bradish

I. A DONZELA ADORMECIDA

DIA após dia, Sigurd cavalgou, subindo cada vez mais alto, até chegar a uma montanha elevada. O pico estava coberto pelas nuvens, através das quais o fogo parecia prestes a irromper. Sigurd achou que, do topo, poderia ter uma visão do país que iria atravessar. E continuou a subir. O fogo foi ficando cada vez mais brilhante, até que as chamas surgiram acima das nuvens. Então, as nuvens foram ficando grossas e esconderam a montanha. A noite caiu à sua volta, mas Sigurd encorajou Greyfell e eles seguiram na escuridão.

Enquanto escalavam uma grande rocha, todo o cume parecia uma massa em chamas. Ao amanhecer, chegaram a uma planície, de onde avistaram o pico mais alto rodeado pelo círculo de fogo. Mas nem o cavalo, nem o cavaleiro hesitaram.

Ao se aproximarem da parede em chamas, Sigurd se abaixou sobre o pescoço do cavalo e falou com ele. Em seguida, ele apertou a sela, segurou as rédeas com firmeza e, com a espada na mão direita, instigou Greyfell a dar um salto ousado.

Greyfell mergulhou nas chamas que arderam mais intensamente à medida que o cavalo e o cavaleiro se aproximavam do círculo. Enquanto corriam, o fogo se alastrou como se fosse agarrar os dois e se extinguiu de repente, deixando um anel de cinzas brancas.

Um castelo surgiu diante deles. Sigurd entrou pelo portão aberto e passou pelo salão. E chegou a um monte, onde havia um guerreiro vestido com uma armadura. Sigurd soltou o capacete do guerreiro e viu o rosto de uma mulher adormecida. Depois cortou os anéis de sua armadura com a espada. Ela continuava dormindo, vestida com um fino linho branco e os cabelos dourados cobrindo seu peito. Sigurd se ajoelhou ao seu lado e a acordou com um beijo.

II. A DONZELA CONTA SEU NOME

"QUAL é o seu nome, ó mais formosa da Terra?", ele perguntou. "Sou Sigurd, filho de Volsung. Eu matei o terrível dragão e peguei o tesouro de ouro."

Ela respondeu: "Meu nome é Brunilda. Eu era uma das filhas da terra, mas o Pai de Todos me levou e fez de mim uma donzela do escudo. Eu fazia parte do grupo das Valquírias, que sobrevoava os campos de batalhas para decidir as vitórias e para carregar os mortos para os salões de Odin. Certa vez, ele me enviou para participar de um combate individual e deu ordens para que eu cedesse a vitória a um antigo rei ladrão. Eu conhecia história da desavença que levou a essa luta e amei a bela donzela que se casaria com o vencedor. Espetei o ladrão com a ponta de minha espada e o levei para Valhala, deixando o jovem levar sua noiva."

"Pela minha desobediência, Odin disse que eu deveria me tornar novamente uma mulher, e também uma esposa. Implorei para que meu marido fosse um herói que não conhecesse o medo. Odin disse: 'Esse pedido eu vou atender, mas você deverá esperar muito por esse herói.'"

"Ele me levou para o topo da montanha Hindfell e me picou com e espinho do sono. Batendo nas rochas com sua lança, fez o anel de chamas tremulantes pelo qual você cavalgou. Eu não sabia até você me acordar agora."

Ela então conversou com Sigurd e suas palavras demonstraram que ela era não só a mais bela, mas também a mais sábia das mulheres.

III. O NOIVADO

BRUNILDA ficou muito feliz com o fato de Sigurd ser um herói destemido; e ficou decidido que eles deveriam se casar na casa de sua irmã, em Lymdale, para onde ela iria imediatamente.

Sigurd disse:
    "Ó Brunilda, agora ouça enquanto eu juro,
    Que o sol morra nos céus, e o dia não mais seja justo,
    Se eu não buscar o amor em Lymdale e na casa que a criou.
    E a terra onde você despertou entre a floresta e o mar!"

Brunilda respondeu:

"Ó Sigurd, Sigurd, agora ouça enquanto eu juro,
Que o dia morra para sempre, e o sol se desgaste na escuridão
Antes que eu o esqueça, Sigurd, enquanto permaneço entre
a floresta e o mar,
Na pequena terra de Lymdale, e na casa que me acolheu."

Sigurd então, esquecendo a maldição, colocou no dedo de Brunilda o anel de Andvari. Depois, montou novamente em Greyfell e cavalgou pela montanha. Mas Brunilda se apressou e foi para a casa de sua irmã em Lymdale.

OS SONHOS DE GUDRUN

como contado por Sarah Powers Bradish

I. POR QUE A PRINCESA ESTAVA TRISTE

NA Terra das Neblinas, vivia um povo conhecido como nibelungos. Eram guerreiros e corajosos, e jamais conheceram uma derrota em batalha. O rei e a rainha, Giuki e Grimhild, tinham três filhos e uma filha. O mais velho, Gunnar, era alto e louro; o segundo, Hogni, era muito sábio; o terceiro, Guttorm, foi um grande guerreiro; e a filha, Gudrun, era muito bonita.

Certa manhã, Gudrun, que era uma pessoa tão charmosa quanto gentil, desceu ao jardim sem falar com ninguém. A babá veio perguntar por que ela havia saído sem ser notada, deixado as coisas de que tanto gostava; por que ela não falou com as criadas, ou foi bordar, ou se juntou à perseguição.

"Amanhã farei o que sempre fiz," ela respondeu. "Hoje estou triste porque não consegui esquecer o sonho que tive ontem à noite."

"Conte-me o seu sonho," pediu a criada, "pois os sonhos costumam apenas indicar o tempo."

Gudrun disse: "Achei que estava sentada à porta do salão de meu pai e vi um falcão vindo do norte. Suas penas eram douradas e os olhos tão brilhantes como um cristal ao sol. Os homens o temiam, mas eu não. Meu coração estava cheio de esperança. Ele pairou sobre o palácio Nibelungo e depois pousou nos meus joelhos. Gritou por mim e eu o segurei em meus braços."

"Esse falcão é filho de um rei," explicou a criada. "Ele foi premiado por seus nobres feitos e virá lhe pedir para ser sua noiva."

"Você dá boas interpretações aos meus sonhos, porque me ama," disse Gudrun. "Minha mãe, Grimhild, também é sábia, mas ela transforma meus sonhos no mal."

"Seu sonho é fácil de ser lido, e seu significado é bom," continuou a criada; "mas, se você tem dúvidas, vamos a Lymdale, consultar Brunilda, que entende desses assuntos. Ela vai interpretar da mesma forma que eu, mas sua confiança nela lhe dará paz."

"Vamos falar com Brunilda," disse Gudrun.

II. A VISITA A BRUNILDA

ASSIM, as carruagens foram preparadas, as criadas se vestiram para a viagem e Gudrun foi para Lymdale. Quando chegaram ao castelo à beira-mar, as criadas de Brunilda foram encontrá-las e as levaram ao salão.

Brunilda estava sentada bordando e acompanhou Gudrun até lá.. Por algum tempo, fizeram e responderam perguntas sobre os amigos de uma e outra. Depois, as criadas serviram uma refeição saborosa, e elas falaram sobre reis e heróis e quiseram saber quem era o maior herói. Brunilda falou de reis de terras distantes, e Gudrun perguntou: "Por que não falou de meus irmãos, que são chamados de maiores homens do nosso tempo?"

"Seus irmãos são grandes reis," respondeu Brunilda, "mas vejo um maior que eles. Seu nome é Sigurd, o Volsung, filho do rei Sigmund."

Gudrun tremeu e ficou pálida, mas perguntou: "Como sabe que Sigurd é o maior rei?"

"A mãe dele foi para o campo de batalha," disse Brunilda, "e encontrou o rei Sigmund deitado entre os mortos. Ele estava muito ferido, mas continuava vivo. E disse a ela que o filho dela seria um rei maior que ele, que tinha sido maior que qualquer outro rei que já viveu."

"O jovem Sigurd foi criado na casa de Helper, e todo dia ele fazia alguma coisa maravilhosa. Ele já matou o terrível dragão que guardava o tesouro de ouro, e logo chegará até nós pelas montanhas."

Gudrun ficou em silêncio. Depois levantou-se e disse: "Está tarde. O sentinela do portão do castelo procura em vão pela poeira feita por nossas carruagens douradas. Venha com suas criadas para a casa de meu pai, e vamos recebê-lo como você nos recebeu hoje."

Brunilda agradeceu pelas palavras gentis, mas olhou para seus olhos tristes e disse: "Fique com os amigos que só lhe desejam felicidades."

Gudrun então disse: "Vim lhe contar os meus sonhos, porque soube que você era sábia e verdadeira. Não me atrevo a contá-los à minha mãe e tenho medo do riso zombeteiro das mulheres sábias, quando ouvem os sonhos de uma donzela."

"Não vou zombar," disse Brunilda, "mas posso não ser capaz de ajudá-la no que precisa."

E Gudrun disse: "No meu sonho, achei que, certa manhã, estava sentada à porta, quando um falcão veio do norte. Ele voou sobre o reino dos homens e encheu seus corações de medo. Depois ele circulou pelo castelo e meu coração bateu cheio de esperança."

"Ele era uma criatura linda; suas penas pareciam ouro, e seus olhos brilhavam como um cristal ao sol. Ele pousou nos meus joelhos e eu o peguei em meus braços."

"Esse realmente é um sonho bom," disse Brunilda. "Um grande rei vai fazer de você sua rainha."

"Eu não lhe contei tudo," prosseguiu Gudrun. "Com alegria, apertei-o contra o peito e ele ficou manchado de sangue. Meu coração ficou frio e pesado como chumbo. Coloquei minha mão sobre ele, e meu falcão se foi."

Brunilda ficou pálida, mas disse: "Não tema, ó filha dos nibelungos. O rei virá e se casará com você, e você será feliz. Não pense que é estranho que mudanças aconteçam em uma raça grande e guerreira. Seu marido cairá morto ao seu lado, mas isso não é o pior que poderia acontecer com você. Não pense na morte dele, mas em sua carreira gloriosa."

"Depois desse sonho, sonhei mais uma vez," disse Gudrun. "Achei que estava sentada no jardim e um cervo saiu da floresta. Seu pelo era dourado e os chifres brilhavam ao sol. Era o cervo mais nobre que eu já tinha visto. Ele veio até mim e pôs a cabeça em meus braços. Aí, uma bela rainha apareceu e sentou-se ao meu lado. Os céus ficaram escuros e, na escuridão crescente, vi uma mão e um braço, com as joias e os anéis da rainha. Houve um golpe certeiro de espada e meu belo cervo caiu morto aos meus pés."

"Gritei de tanta angústia. Já não estava no jardim, mas nas profundezas da floresta. Lobos uivavam ao meu redor, e eu os chamei de meus amigos. Falei uma língua estranha e minhas mãos estavam molhadas de sangue."

Por um longo tempo, Brunilda ficou em silêncio. E então ela disse: "Este sonho é igual ao outro. O cervo da floresta é um grande rei de uma terra estrangeira. Ele será morto a seus pés, mas, console-se, pois tivemos a primavera da vida e o verão se aproxima. A filha de uma raça conquistadora não desejaria paz constante. Você terá alegria e tristeza. Você é capaz de compreender os lobos uivantes e sua mão direita pode estar molhada de sangue, mas regozije-se no amor que tem e no que há de vir. Volte para Lymdale para abençoar os amigos que a amam."

Elas tomaram uma um chá de despedida. As criadas nibelungas vestiram suas capas azuis e as carruagens douradas foram conduzidas lentamente para casa, sob a luz da lua.

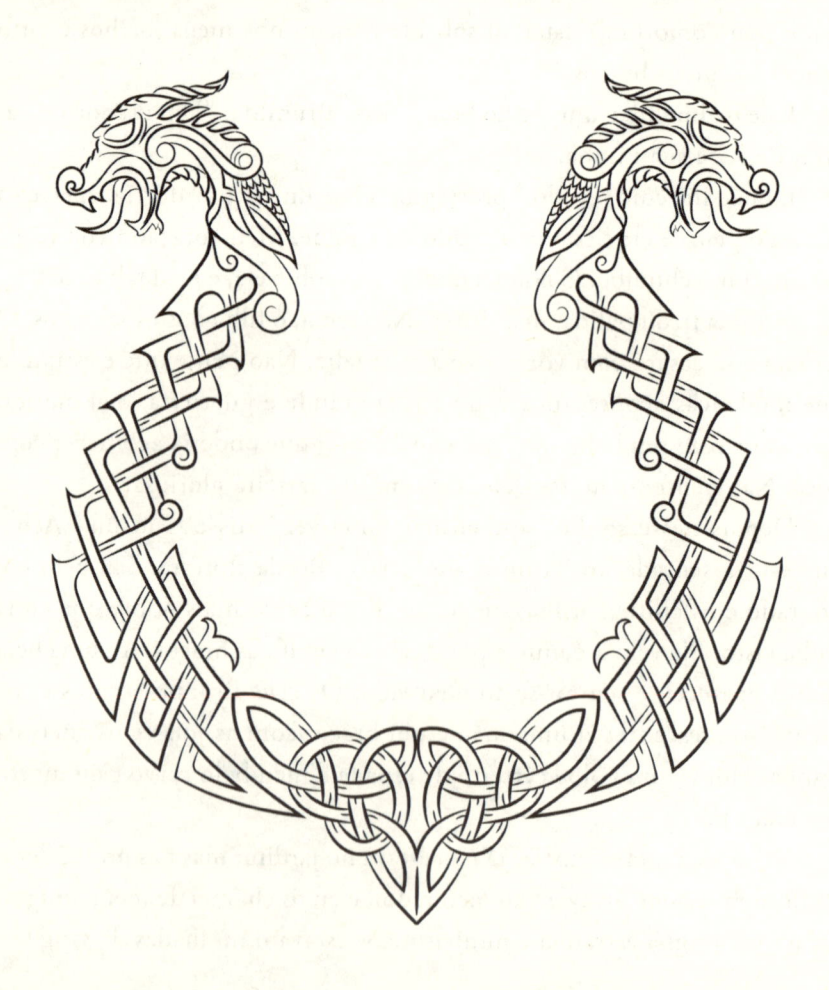

SIGURD EM LYMDALE

como contado por Sarah Powers Bradish

I. A CHEGADA

HEIMIR, rei de Lymdale, cuja esposa era irmã de Brunilda, tinha irmãos corajosos e filhas lindas. Ele foi um rei valente, e muitas vezes liderou seus guerreiros em batalhas, mas, em tempo de paz, ele os ensinava a cultivar os campos de Lymdale e a cuidar das ovelhas e do gado. Numa manhã de primavera, o rei Heimir, seus príncipes e condes estavam prestes a montar seus cavalos para uma caçada, quando viram que um guerreiro se aproximou. Estava em um cavalo cinza e sua armadura era toda de ouro. O cabelo loiro ondulava com a brisa e seus olhos brilhantes conquistaram os corações de todos os que olharam para ele.

Heimir pôs sua lança de lado, saudou o desconhecido, e implorou que ele ficasse com seu povo. Ofereceu também a hospitalidade de sua casa e perguntou de onde vinha.

O cavaleiro respondeu: "Sou filho de um rei, mas apenas eu fui separado de todos os meus parentes. Pertenço à raça Volsung, e eles eram filhos de Odin."

"Sou jovem, mas tenho buscado sabedoria. Não tenho exército, mas, sozinho, matei o dragão e peguei seu tesouro. Meu nome é Sigurd e fui criado na terra de Helper. Agradeço a recepção e ficarei esta noite em seu palácio, mas amanhã tenho que ir para Lymdale."

Quando Sigurd pulou da sela, Heimir disse:

"Você já está em Lymdale. Sou o rei Heimir, e sou mais hábil com minha harpa do que na arte da guerra."

Os príncipes e os condes, que já tinham ouvido falar das façanhas de Sigurd, olharam admirados para o seu rosto brilhante. Eles desistiram da caçada e foram para o salão de Heimir, onde passaram o dia festejando e cantando. Conversaram sobre o dragão e sobre a Charneca Cintilante. Quatro homens fortes trouxeram o tesouro e os condes olharam maravilhados para sua armadura brilhante, para os anéis habilmente forjados e para os blocos de ouro.

II. SIGURD ENCONTRA BRUNILDA

NO dia seguinte, eles saíram para caçar. Sigurd cavalgava sozinho, os cães tinham ido na frente e o falcão estava em sua mão. E ele estava pensando em Brunilda quando viu uma casa branca entre as árvores, em cujo telhado havia muitos pombos ao sol. O falcão foi direto como uma flecha na direção da casa. Sigurd esperava vê-lo atacando os pombos, mas ele voou para uma janela na torre e olhou para dentro. Ele gritou como os corvos de Odin gritavam ao ver o sol da manhã e entrou na janela.

"Aqui deve morar um conde," pensou Sigurd, "ou um príncipe, de quem não me falaram. "Vou entrar para resgatar meu falcão e encontrar um amigo."

Nenhum servo atendeu ao seu chamado. Ele então entrou pela porta aberta. Viu uma escada e subiu por ela até a câmara da torre. O falcão estava na janela. Num trono, estava sentada uma linda mulher, vestida de branco, com pulseiras de ouro nos braços. Os bastidores de seus bordados estavam diante dela e, em uma teia dourada, ela estava trabalhando cenas da vida dos Volsungs, como a retirada da espada do Branstock, a morte de Sigmund, a rainha Hiordis na casa de Helper, um bebê nomeado por Helper e seu filho, a criança da ferraria do anão, o jovem levando Greyfell, o forjamento da espada, o dragão em sua cama de ouro, as águias na Charneca Cintilante, as mortes do dragão e do anão, a jornada pelo deserto, o topo da montanha em chamas, Greyfell e seu cavaleiro correndo através do fogo, a donzela adormecida, florestas, campos, cidades e mares, e Sigurd em todos eles.

Admirado, Sigurd viu tudo da porta. Quando a mulher ergueu a cabeça, ele olhou fixamente nos olhos de Brunilda. Ambos ficaram em silêncio. Sigurd foi o primeiro a falar: "Salve, senhora e rainha! Salve a mais bela da terra!"

Brunilda respondeu gentilmente ao se levantar e deixou-o sentar ao seu lado. Eles conversaram sobre sua separação e da alegria por se reencontrarem. Brunilda disse:

"Peço que se lembre da palavra que eu jurei,
Como o sol se tornará escuridão, e o último dia se esgotará,
Antes que eu me esqueça de você, Sigurd, e da bondade de seu rosto."
Sigurd respondeu:
"Ó Brunilda, lembre-se de como eu jurei,
Que o sol deveria morrer nos céus, e o dia não voltaria mais,
Antes de eu esquecer sua sabedoria e seu amor mais íntimo."
Em seguida, eles falaram dos dias que estavam por vir, quando deveriam se sentar juntos no trono.
E eles viram seus filhos coroados e os parentes dos reis.
As ações surgindo no mundo, o dia de coisas melhores,
Toda a exaltação terrena até sua vida de pompa passar,
E no suave coração de Deus seu amor ser depositado.

SIGURD NO PALÁCIO DOS NIBELUNGOS

como contado por Sarah Powers Bradish

I. AS BOAS-VINDAS DE GIUKI A SIGURD

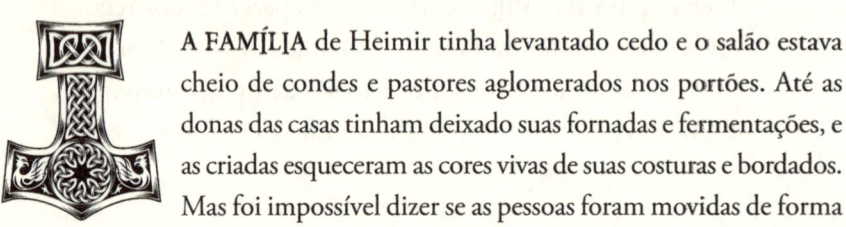

A FAMÍLIA de Heimir tinha levantado cedo e o salão estava cheio de condes e pastores aglomerados nos portões. Até as donas das casas tinham deixado suas fornadas e fermentações, e as criadas esqueceram as cores vivas de suas costuras e bordados. Mas foi impossível dizer se as pessoas foram movidas de forma estranha pela tristeza ou pela alegria. De repente, suas vozes foram silenciadas e suas cabeças inclinadas, pois a mão de Heimir tinha tocado as cordas da harpa e ele cantou uma canção de despedida para o convidado que tinha crescido tão querido. Então, ouviu-se um grito quando os portões foram abertos e os condes saíram. As pessoas recuaram para dar lugar a Sigurd que, vestido com sua armadura dourada e montado em Greyfell, cavalgou para se despedir de todos. Outro grito se ouviu, embora muitos tenham ficado em silêncio pela tristeza de se separarem de seu convidado real. Eles ficaram olhando até Greyfell desaparecer em uma curva da estrada. Então, cada um voltou ao seu trabalho, lamentando a partida de Sigurd.

Sigurd cavalgou para o oeste de Lymdale, atravessando planícies, montanhas, vales e seguindo as margens dos rios até chegar a um grande portal de pedra. Não havia sentinela para detê-lo e ele cavalgou por um bom tempo até chegar ao pátio do palácio. A bela montaria, a armadura dourada e, mais que toda a forma e o porte digno do cavaleiro, chamaram a atenção dos condes, que mandaram avisar o rei.

Antes que o rei aparecesse, Sigurd tinha cavalgado até a entrada e perguntado a que país ele tinha vindo e quem morava no palácio.

"Você veio à terra dos nibelungos e esta é a casa do rei Giuki," responderam os condes.

O rei Giuki se aproximou e perguntou: "Quem é o cavaleiro que veio ao meu castelo sem permissão?"

"Sou Sigurd, o Volsung, filho de Sigmund," foi a resposta; e Giuki, que tinha ouvido falar da ousadia do cavaleiro, recebeu-o gentilmente.

Sigurd já tinha feito amizade com os partidários do rei, que se alegraram quando Giuki o levou até o salão e o apresentou à rainha Grimhild, a seus filhos Gunnar, Hogni, Guttorm e sua filha, Gudrun.

Grimhild e os jovens reis o cumprimentaram gentilmente. Só Gudrun ficou em silêncio, até que, ao lhe servirem uma xícara, ela disse:

"Salve, Sigurd, o Volsung! Posso ver sua alegria aumentar. Seus filhos protegidos ao seu lado e seus dias envelhecendo em paz."

Ele pegou a xícara e agradeceu a ela, mas seus pensamentos estavam em Brunilda.

Giuki ordenou que servissem um banquete, e os reis e nobres passaram a noite festejando, bebendo e conversando alegremente.

II. SIGURD LIDERA OS NIBELUNGOS

SIGURD ficou na casa de Giuki semana após semana. Quando ele falou em ir embora, uma caçada foi planejada ou alguém lembrou que um festival deveria ser mantido, ou foram propostos jogos de habilidade e força.

Na metade do inverno, chegou a notícia de que um inimigo estava prestes a atacar os nibelungos. Sigurd se ofereceu para ajudar os novos amigos na guerra; e, em uma manhã de inverno, muito antes do amanhecer, o exército dos nibelungos marchou para o leste, com os três jovens reis à sua frente. Sigurd era o comandante-em-chefe, Gunnar cavalgava à sua direita e Hogni à sua esquerda, Todos os homens amavam Sigurd, e era fácil distingui-lo pela cota de ouro, seu Capacete do Medo e seu cabelo loiro.

O inimigo derreteu como cera em frente ao fogo, sob o golpe da espada de Sigurd. Antes da primavera, o último inimigo tinha partido e os menestréis cantaram o louvor a Sigurd no salão nibelungo. Esta era uma parte da música:

"Quando o sol de verão voltar para a terra,
Ele brilhará nos campos que não temem a mão pesada,
Que o feixe será para o arado e o pão para quem o semeou,
Para cada metro sulcado, onde cavalgava o filho de Sigmund."

Sigurd era querido tanto por ricos quanto pelos pobres. Criancinhas se aglomeravam perto do portão para admirar a armadura dourada quando ele entrava ou saía, e as mães traziam seus bebês para que o olhar de seus olhos brilhantes pousasse sobre eles por um instante.

Gudrun permaneceu no salão e encheu as taças dos reis vitoriosos enquanto os condes traziam os despojos. Havia espadas cravejadas de joias, coroas reais, escudos e lanças, anéis e roupas de seda, que eles deram a Giuki, dizendo: "Sigurd venceu nossas batalhas e nos levou a todas essas coisas."

Sigurd entrou e beijou as mãos de Giuki e Grimhild, que o amavam tanto quanto amavam os próprios filhos, de quem ele era amigo e líder. Mas ele era mais querido por Gudrun do que por todos os outros, embora o nome de Brunilda sempre estivesse em seus lábios.

Sua fama se espalhou pelos mares, e os mercadores contaram a história de suas proezas em todos os reinos do mundo. Poetas cantaram a sua glória. E ele ainda ficou na casa dos nibelungos.

III. A TAÇA DO ESQUECIMENTO

NO início do verão, um inimigo veio do norte para lutar contra os nibelungos. Mais uma vez, Sigurd acompanhou os três jovens e os levou à vitória. Enquanto estava entre os guerreiros nibelungos de cabelos escuros, ele queria deixar tudo e voltar a Lymdale para buscar a bela donzela que o aguardava em seu castelo branco. Mas ele voltou com os vencedores para o palácio de Giuki, e se sentou no trono em festa, embora seus pensamentos tenham descido as montanhas até Brunilda.

O som das comemorações ficou mais alto, mas Sigurd permaneceu em silêncio, até que Giuki pediu que ele cantasse sobre os deuses e os heróis. Eles trouxeram a harpa e Sigurd cantou Odin, Rerir, Volsung, Signy e Sigmund. O povo ouviu atentamente e, enquanto a música continuou, eles pareciam ver o Branstock e todos os grandes feitos do bravo Sigmund. E eles amaram Sigurd ainda mais.

Grimhild levantou-se, ficando ao lado de Sigurd e, enquanto lhe deu uma taça, disse: "Nenhum destes antigos reis fez coisas tão grandiosas quanto você. Você cantou seus pais, mas os homens devem cantá-lo e lembrar a casa dos nibelungos em suas músicas. Beba desta taça porque meu amor está misturado com o vinho."

Sigurd tirou a tirou das mãos dela e, enquanto a segurava, notou a requintada escultura. Ele sorriu para Grimhild e levou o vinho à boca. O que ele não sabia é que ela havia lhe dado uma poção mágica. Assim que tomou o primeiro gole, uma mudança o atingiu. As pessoas que o amavam sentiram um calafrio. Uma sombra cobriu seu rosto; o salão escureceu.

Só Grimhild estava feliz. Ela viu, pelos olhos de Sigurd, que havia conquistado um bravo guerreiro e enchido um coração fiel de engano. Ela pediu que Sigurd ficasse feliz, apesar de seus parentes terem morrido, porque, em seu amor, ele havia encontrado uma nova mãe; em Giuki, um novo pai; e irmãos em seus filhos Gunnar, Hogni e Guttorm. Depois ela lhe contou sobre a glória que viria para a casa dos nibelungos através de seus feitos valorosos.

Enquanto Sigurd ouvia, a poção mágica funcionou. E ele esqueceu Brunilda. As pessoas se sentaram em silêncio, como se o sopro de um frio intenso se aproximando tivesse levado o verão embora. Os condes então olharam tristes para os olhos turvos de Sigurd.

Em Lymdale, enquanto Brunilda bordava, um repentino medo atingiu seu coração, e chamas circundaram sua casa.

Os menestréis nibelungos tentaram cantar, mas suas notas eram dissonantes e morreram; nenhum som era ouvido, exceto os gritos das águias e o suspiro do vento. Uma a uma, as pessoas desmaiaram até Sigurd ficar sozinho. Ele foi até o estábulo, selou um cavalo, mas não era Greyfell – ele havia esquecido de Greyfell. E cavalgou até a casa de Brunilda, mas também a esquecera. Seu cavalo não ousou se aproximar das chamas tremulantes. Sem saber onde estava, Sigurd se virou e partiu. De repente, ele ouviu o grito dos condes nibelungos que o receberam de volta.

Sigurd perguntou que feitos havia para sua espada. Grimhild veio buscá-lo e os três jovens reis o saudaram com palavras amorosas. Sigurd não conseguia entender a própria tristeza, mas sabia que os nibelungos era muitos gentis com ele e lhes disse: "Vou tentar fazer o que sempre fiz. Talvez a nuvem vá embora." Ele se sentou ao lado dos reis e falou com as pessoas. O medo delas desapareceu ao som de sua voz, e as coisas voltaram a ser como antes, embora Sigurd nunca sorrisse.

Grimhild então misturou uma outra poção em um cálice de ouro e pediu que Gudrun o levasse para Sigurd, que esqueceu o próprio problema com pena dos olhos tristes da garota. Ele tentou animá-la: "As pessoas à nossa volta estão felizes. Só nós estamos calados e tristes. Se pudéssemos confortar um ao outro:

"Então, provavelmente fomos mais felizes que todos os outros;
porque amo você mais do que todos eles
O cálice da boa vontade que você carrega, e as saudações que
você diria,
Volte para o cálice do seu amor e para as palavras do dia da promessa."

Na manhã seguinte, Sigurd mal se lembrava das palavras que havia dito a Gudrun. Depois, ele se levantou rapidamente e a procurou:

"Ó Gudrun, agora ouça enquanto eu juro.
Que o sol morra para sempre e o dia nunca mais seja belo
Se eu esquecer sua piedade e o seu amor mais íntimo."

E ela respondeu:

"Com isso eu juro, ó Sigurd, que a terra deve odiar o sol,
O ano deseje apenas a escuridão e as flores encolham com o dia,
Antes que me falte amor, amado, ou meu desejo passará!"

Eles então foram para o salão. Giuki, Grimhild e seus filhos os saudaram gentilmente. E Sigurd disse a Giuki:

"Estenda suas mãos a seu filho, porque escolhi sua filha como esposa.
E a vida dela reterá o dia da minha morte e a morte dela deterá
minha vida."

Giuki respondeu:

"Salve, Sigurd, meu filho!
E eu abençoo os deuses pelo dia que meus olhos ancestrais
aqui contemplaram.
Agora, deixe-me partir em paz, pois sei a verdade.
Que como boas pessoas os nibelungos floresçam na juventude.
Venha, receba o acolhimento de sua mãe e deixe seus irmãos dizer
Como eles o amam, Sigurd, e quão justo eles julgam o dia."

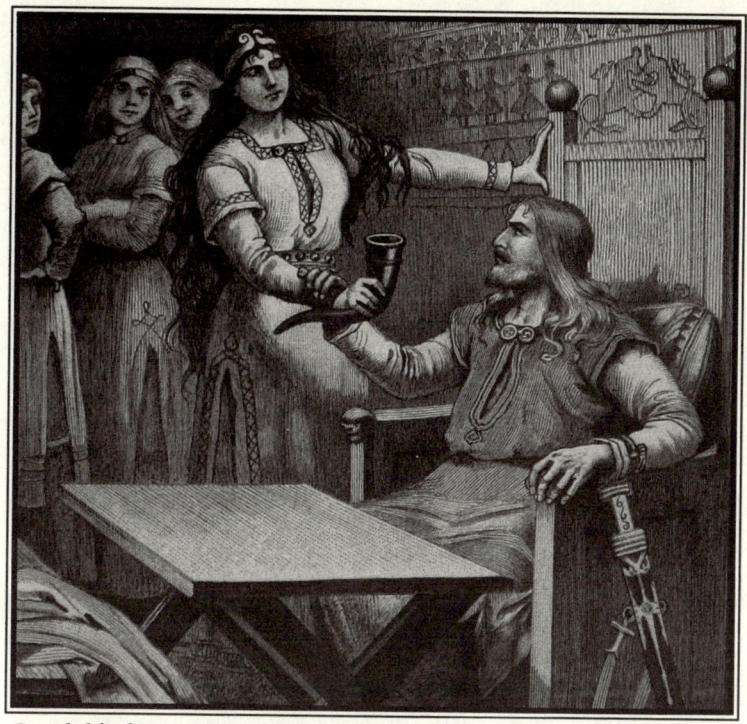

Grimhild oferece a Sigurd um pouco de vinho.

IV. O CASAMENTO DE SIGURD E GUDRUN

O DIA do casamento amanheceu claro e brilhante. Pessoas lotaram o castelo nibelungo, vindas de campos e florestas. Os condes estavam lá e os reis vieram vestidos de vermelho. Os bancos do salão foram cobertos com tecidos bordados de ouro e enfeitados com flores. O nome de Sigurd, o Volsung, foi ouvido por toda parte.

Pois os homens brindaram o casamento de Sigurd com a donzela dos nibelungos.

No meio da festa cheia de risos, todas as vozes foram silenciadas, e o brilho das espadas apareceu na porta, enquanto guerreiros, vestidos com armaduras, trouxeram a taça da promessa e a cabeça assada do javali sagrado. Sigurd se levantou e, desatando as cordas da paz de sua espada, ele as colocou na cabeça do javali enquanto dizia as palavras de um antigo juramento:

"Pela Terra que cultiva e dá, e por todo o crescimento da Terra,
 Que é consumida por deuses e pelo povo; pelo sol que brilha sobre eles;

Pelo Dilúvio do Mar Salgado que gera a vida e a morte dos homens;
Pelos céus e estrelas que não mudam, embora a terra morra novamente;
Pela vida selvagem das montanhas, e pelos desertos devastados e solitários,
Pela presa dos selvagens no mato e pela besta sagrada do Filho,
Eu me consagrei a Odin, como um líder a seu anfitrião,
Para fazer as maiores obras e nunca calcular o custo;
E eu juro que qualquer que seja, o maior deve mostrar o dia e o fato,
Não vou perguntar por que nem para quê; mas o desejo da espada deve acelerar.
E eu juro não procurar briga, nem me desviar para nada,
Embora a direita e a esquerda estejam florescendo, e o caminho direto leve ao nada.
E juro obedecer e ouvir a oração de qualquer escravo.
Embora a tocha de guerra esteja na soleira e os pés do inimigo, no salão;
Eu juro sentar no meu trono sob o disfarce dos reis da terra,
Embora a dor tenha melhorado e a angústia desconhecida tenha nascido,
E juro que, em minha tristeza, ninguém deve amaldiçoar meus olhos.
Pela cara feia que sufoca e pelo ódio que o sábio ironiza.
Então ajudem-me, Céus, Terra e Mares,
E as estrelas em seus cursos ordenados, e as Nornas que os ordenam."

Então, ele bebeu da taça da promessa. As filhas dos condes encheram a taça novamente, enquanto Gunnar avançou com a espada desembainhada dos nibelungos em sua mão. Ele colocou também o fio da espada sobre a cabeça do javali, enquanto fazia o juramento e bebia a taça da promessa.

As criadas encheram a taça mais uma vez; e Hogni fez o juramento com a espada nua deitada na cabeça do javali. Então foi a vez de Guttorm, mas seu lugar estava vazio, pois ele se cansou da paz e foi buscar a glória nos mares do leste.

Giuki abençoou seus filhos e Sigurd assumiu seu lugar ao lado de Gudrun. Mas o coração dele estava cheio de medo e ela tremeu ao se lembrar de seus sonhos.

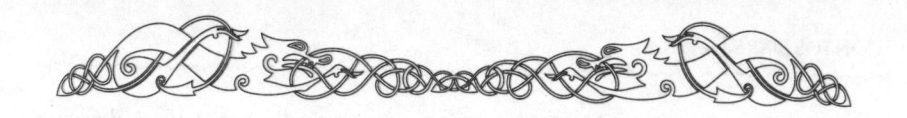

O NOIVADO DE BRUNILDA

como contado por Sarah Powers Bradish

I. O JURAMENTO DA FRATERNIDADE

LOGO após o casamento, Sigurd foi ao Círculo de Pedra com Gunnar e Hogni. Eles cortaram um torrão de grama e viraram para trás, para deixar a terra exposta. Com a ponta de sua espada, cada um abriu uma veia em seu braço, e eles deixaram o sangue escorrer para a terra. Então, eles se ajoelharam e, com as mãos sobre o lugar de onde o sangue tinha caído, fizeram o juramento da fraternidade:

Cada homem, a convite do irmão, para vir com a lâmina em sua mão,
Embora o fogo e o dilúvio tenham que se dividir, e os próprios deuses se oponham.
Cada homem deve amar e cuidar da esperança e da vontade de seu irmão;
Cada homem para vingar seu irmão, quando as Nornas cumprirem seu destino.

Sigurd participou de todo o trabalho dos reis, e várias vezes se sentou no Círculo de Pedra para decidir as disputas do povo. Os pobres ficaram felizes em vê-lo ali, porque ele sempre viu que a justiça era feita; e diz-se que os aflitos o amaram ainda mais.

II. GRIMHILD PERSUADE GUNNAR A CASAR

O VELHO rei Giuki morreu, e Gunnar o sucedeu no trono.

Um dia, Grimhild aproximou-se dele e disse: "Você foi um bom filho, um bravo guerreiro e um sábio rei, mas o reino dos nibelungos vai acabar em você, a menos que você escolha uma esposa entre as filhas dos reis.

Gunnar respondeu: "Você não está se precipitando, mãe? Você deve ter encontrado a filha de um rei que você gostaria que eu escolhesse."

Grimhild disse: "Na terra de Lymdale, existe um castelo com o telhado dourado, em volta do qual fogos ardentes queimam continuamente. Dentro desse castelo mora a mais sábia das donzelas, que é tão bela quanto sábia e tão corajosa quanto bela. Entretanto, os filhos dos reis a ignoram porque têm medo da chama tremulante. Ela disse que vai se casar com um homem que não conhece o medo, mas que precisa provar sua coragem atravessando o círculo de fogo a cavalo."

Ela então apelou para Sigurd, para persuadir Gunnar a escolher essa donzela como sua noiva. E Sigurd disse que, de todos os filhos dos homens, era mais apropriado que Gunnar se casasse com essa donzela, que era a ideal.

Gunnar disse: "Estou satisfeito com meu reino e com a companhia dos meus irmãos. Mas, para obedecer ao desejo de minha mãe, vou tentar conquistar essa princesa."

"Ainda não, meu filho," disse Grimhild. "Precisamos conhecer a vontade das Nornas."

Grimhild então se trancou sozinha e preparou uma bebida mágica, que deu a seus três filhos, para fazê-los cumprir suas ordens. Ela contou muitas histórias a Gunnar, que o faziam pensar na donzela durante o dia e sonhar com ela à noite.

III. SIGURD GANHA BRUNILDA PARA GUNNAR

CERTA manhã, no mês de maio, Gunnar levantou cedo e chamou seus irmãos, Sigurd e Hogni, para irem com ele buscar a donzela. Eles colocaram suas armaduras e seus cavalos de guerra estavam prontos, quando Grimhild apareceu para lhes dar sua bênção e desejar sucesso. Em seguida, eles cavalgaram para Lymdale.

No final da tarde, eles avistaram o fogo e, quando a noite caiu, avançaram em silêncio, com as espadas desembainhadas nas mãos. A indignação de Sigurd enviou raios vermelhos e o Capacete do Medo brilhou vermelho como o sangue sob a luz do fogo.

Gunnar cavalgou até o círculo de fogo, mas seu cavalo, pela primeira vez, recusou-se a obedecer a seu comando. E, em vez de entrar nas chamas, ele girou e carregou seu cavaleiro até o lugar onde os dois reis estavam.

Sigurd e Gunnar no fogo

Hogni disse: "Pegue o cavalo de Sigurd." Assim, Sigurd deu Greyfell a Gunnar e lhe ofereceu sua armadura. Mas Hogni achou melhor que Gunnar usasse a própria armadura.

Gunnar agradeceu a Sigurd e, saltando na sela, pegou as rédeas nas mãos. Mas Greyfell refugou. Gunnar gritou, cheio de raiva, porque Sigurd estava rindo dele, mas Hogni disse: "Venha, Gunnar, fique ao lado de Sigurd, segure a mão dele e olhe para ele."

Gunnar pegou as mãos de Sigurd, enquanto Hogni repetia as palavras mágicas de sua mãe, que fizeram com que eles trocassem de forma, de modo que Sigurd se parecesse com Gunnar, e Gunnar parecesse ser Sigurd.

Sigurd, sob a forma de Gunnar, saltou na sela e Greyfell o carregou com segurança pelo círculo de fogo, que apagou, deixando um anel de cinzas brancas depois que o cavalo e o cavaleiro passaram.

Sigurd entrou no salão e encontrou Brunilda sentada no trono com uma coroa de ouro na cabeça e uma espada na mão. Estava com o rosto triste pois tinha certeza de que ninguém, exceto Sigurd, atravessaria as chamas tremulantes. À sua frente estava uma armadura de aço azul e os longos cabelos negros do rei dos nibelungos.

Em silêncio, eles se entreolharam, até Brunilda dizer:

"Ó meu rei, quem é você que vem, senhor dos arreios cheios de cinza?"

Sigurd respondeu, com a voz de Gunnar, que ele era Gunnar, rei dos nibelungos. Ele a lembrou da promessa que ela havia feito, de se casar com o homem que cavalgaria através do fogo, e ele a reivindicou como a rainha dos nibelungos.

Brunilda ficou em silêncio por algum tempo. Por fim, ela o chamou ao trono e disse que seria a esposa de Gunnar. Ele tirou a espada da bainha e os dois se sentaram com a lâmina nua entre eles enquanto conversavam. Quando chegou a hora em que deveria voltar para seus irmãos, ele deu a Brunilda um anel de ouro. Ela então tirou de seu dedo o anel de Andvari e, ao entregá-lo a ele, disse: "Foi o meu tesouro mais querido." Sigurd colocou o anel no dedo, mas não teve nenhuma lembrança do passado. Ele deixou o salão, montou em Greyfell e cavalgou para longe, com os olhos baixos.

Hogni dirigiu-se a ele e, olhando para cima, viu um homem com uma armadura dourada, montado em um cavalo. Sigurd não falou, mas estendeu a mão para Gunnar e os dois se olharam nos olhos, até que o encanto das palavras de Grimhild, ditas por Hogni, os fez voltar às suas próprias formas, Sigurd então disse a Gunnar: "Brunilda será sua esposa, e chegará ao palácio daqui a dez dias."

Os três reis voltaram ao salão nibelungo e contaram a Grimhild como Sigurd conseguiu a noiva para Gunnar; e ela ofereceu um banquete para homenagear o sucesso. Após o banquete, Gudrun perguntou a Sigurd por que ele estava usando um anel diferente. E ele explicou que Brunilda lhe dera, achando que ele era Gunnar e que Brunilda estava com o anel que ele costumava usar. Então, com palavras de amor, ele tirou o anel de seu dedo e o colocou no de Gudrun.

IV. O CASAMENTO DE BRUNILDA E GUNNAR

BEM cedo, na manhã do décimo dia, o vigia da torre avisou que muitas pessoas estavam vindo das montanhas. Os reis então cavalgaram para se encontrar com Brunilda e seu assistentes.

Brunilda foi sozinha em uma carruagem dourada puxada por bois brancos como a neve. Ela ocupava um assento de marfim esculpido, coberto por toalhas azul-escuras. Depois de saudar os nibelungos, cavalgaram juntos até o palácio real. Chegando ao portão, ela se levantou e abençoou a casa de Gunnar. Os altos chefes saíram para recebê-la e, na porta, ela viu que um deles usava trajes sujos e o reconheceu como Gunnar por suas bochechas vermelhas e os longos cabelos escuros; e ela o abençoou como o herói das chamas tremulantes.

Ela então foi saudada pelo duque e Gunnar apresentou seu irmão, Hogni, mas ele disse que seu irmão mais novo, Guttorm, tinha ido para as guerras do leste. Ela então perguntou: "Quem é o quarto rei? Achei que fossem só três."

Gunnar explicou que o quarto rei não tinha o sangue deles, mas que tinha sido um hóspede muito bem-vindo, e agora era seu irmão e se chamava Sigurd, o Volsung.

Ela conhecia o nome, mas virou-se impassível, para receber a homenagem do povo nibelungo e a saudação de Grimhild. Do trono, onde estava sentado ao lado de Gudrun, Sigurd olhou para baixo. O feitiço de Grimhild foi quebrado e ele se lembrou da donzela adormecida e das palavras que trocaram no castelo.

Ele levou Gudrun ao encontro de Brunilda, que o cumprimentou gentilmente, embora ela não tenha dito uma palavra a Gudrun. A música soou no salão, as águias gritaram sobre o telhado e a festa do casamento começou.

A BRIGA DAS RAINHAS

como contado por Sarah Powers Bradish

I. O BANHO MATINAL

GUTTORM voltou das guerras e assumiu seu antigo lugar no coração dos nibelungos, embora tenha aprendido a amar a luta acima de todas as coisas.

Brunilda era a rainha dos nibelungos, mas ninguém imaginava que ela era infeliz. Frequentemente ela conversava com Gudrun e se vangloriava de seu marido, Gunnar, ter cavalgado através do fogo para conquistá-la. Mas Gudrun nada dizia, embora conhecesse bem a história daquela cavalgada.

Hogni, o sábio, ficava mais sábio a cada dia. Só ele havia entendido as intrigas de sua mãe, Grimhild; e viu que os pés dela estavam indo por um caminho do qual nunca poderiam voltar.

Gunnar tinha uma vida tranquila com sua esposa, embora ouvisse a mãe falando constantemente do "tesouro de ouro, dos usurpadores de tronos e dos comandantes de guerra." Ele dizia que isso não era nada, mas, nas longas horas da noite, ele pensava nas palavras da mãe e se perguntava se Sigurd era um usurpador.

Certa manhã, Brunilda se levantou cedo para ir tomar um banho no rio. E mal tinha passado pela grade de rosas e espinhos quando viu Gudrun, e mandou que ela entrasse na água primeiro, porque ela era irmã de Gunnar.

Gudrun disse que uma esposa era mais que uma irmã, e que se a irmã de Sigurd estivesse lá, ela não daria a vez à cunhada. Mas, como Sigurd era o rei mais nobre, ela aceitaria a educação de Brunilda, e entrou na água.

Brunilda então caminhou riacho adentro e Gudrun perguntou por que ela foi tão longe. Ela respondeu que deviam se manter sempre distantes, porque ela era a esposa do grande rei, que cavalgou pela chama tremulante para conquistá-

-la, enquanto Sigurd esperava na porta, como um servo; além disso, Sigurd era apenas um vassalo de Helper.

Gudrun caminhou no riacho até Brunilda e, estendendo a mão na qual brilhava o anel de Andvari, disse: "Por isso, você pode saber se o maior dos reis e o mais valente dos homens é o seu marido."

Brunilda ficou branca quando ela perguntou: "Por todo seu amor, onde você conseguiu seu anel?"

Gudrun riu e disse: "Você acha que meu irmão Gunnar deu este anel para mim?" Então, ela contou a Brunilda que Sigurd o tinha dado a ela ao voltar de Lymdale onde, sob a forma de Gunnar, ele tinha cavalgado através da chama tremulante, e garantiu sua promessa de ser a esposa de Gunnar e a rainha dos nibelungos.

Brunilda então, pálida como a morte, saltou da ribanceira, jogou o manto sobre si e correu pelos campos. Mas Gudrun saiu lentamente da água, triunfante.

II. O ARREPENDIMENTO DE GUDRUN

ENQUANTO voltava para casa, Gudrun lembrou que Sigurd a tinha incumbido de não falar nada sobre o passeio pela chama tremulante ou sobre o anel de Andvari; e ela lamentou ter falado tão precipitadamente. À noite, ela procurou Brunilda para pedir que ela a perdoasse pelas palavras ditas pela manhã.

Brunilda disse que lamentava as próprias palavras descuidadas e que esqueceria tudo se Gudrun dissesse apenas que seu irmão Gunnar lhe dera o anel. Mas Gudrun disse: "Devo contar uma mentira para esconder a vergonha de Gunnar?" E mostrou o anel outra vez além de repetir a mesma história contada pela manhã.

Brunilda se virou e amaldiçoou a casa que ela tinha abençoado no dia de seu casamento. Depois, tomada pelo desgosto, ela caiu de cama, doente. Gunnar veio confortá-la e implorar para que ela lhe contasse qual era o problema.

Ela disse: "Gunnar, diga-me que você deu o anel de Andvari a Gudrun."

Gunnar deixou o quarto sem dizer uma palavra.

Gudrun mandou suas criadas procurar Brunilda; mas elas voltaram, dizendo que não tinham ousado entrar em sua câmara. Ela procurou seu irmão,

Gunnar, e o encontrou sentado sozinho, com a espada desembainhada sobre os joelhos. Ela então disse: "Ó Gunnar, procure-a e diga que meu coração está triste com sua dor, e eu lamento pelo seu péssimo dia." Mas Gunnar respondeu que não poderia desfazer o trabalho de um traidor.

Ela correu até Hogni, que estava sentado com sua armadura e sua espada nua sobre os joelhos, e suplicou que ele transmitisse sua mensagem a Brunilda.

Mas ele disse: "Não vou procurá-la para não piorar as coisas. Existem palavras que machucam mais profundamente que uma espada afiada. As Nornas pediram e devemos ceder."

Então ela encontrou Sigurd usando sua cota de malha de ouro e seu Capacete do Medo, com a espada apoiada em seus joelhos. E pediu que ele procurasse Brunilda. Ele consentiu.

Quando entrou pela porta aberta do quarto de Brunilda, ela perguntou por que ele a enganara, pois ela não sabia nada a respeito da taça do esquecimento que Grimhild lhe dera.

Os dois conversaram longamente e ele tentou confortá-la. Por fim, ele se ofereceu para prender Gudrun, mas ela não concordou e ele saiu. Então, ela mandou chamar Gunnar e pediu que ele matasse Sigurd antes que o sol nascesse novamente.

III. A MORTE DE SIGURD

GUNNAR arrancou as cordas da paz de sua espada, procurou Grimhild e Hogni e atirou a espada entre eles, já que estavam sentados lado a lado.

"Para quem são as cordas da paz?", perguntou Grimhild; e ele respondeu que tinha que tirar a vida de Sigurd. Hogni o lembrou do juramento da fraternidade, mas Grimhild perguntou por Guttorm, que não fora incluído no juramento.

Enquanto falavam, Guttorm entrou no quarto. Grimhild se levantou e lhe deu uma xícara que ela tinha preparado. Guttorm bebeu e gritou: "Onde está o inimigo?"

A mãe lhe deu a xícara novamente e ele perguntou por sua espada. Ele bebeu pela terceira vez e colocou a armadura que sua mãe trouxe.

Ao amanhecer, ele foi ao quarto de Sigurd, mas se encolheu diante do olhar de Sigurd; e voltou para seus irmãos com a espada imaculada.

Ele foi mais uma vez, e novamente os olhos brilhantes de Sigurd o levaram de volta. Então, passos foram ouvidos no salão. Brunilda estava entre eles. Pela terceira vez, Guttorm foi à cama de Sigurd e, desta vez, o empurrou com sua espada. Quando se virou para ir embora, ele caiu morto, perfurado pela Ira de Sigurd, que o moribundo Volsung arremessara contra ele.

Gudrun gritou de tristeza e terror. "Desperte, ó Casa dos Nibelungos, pois Sigurd, o rei, está morto!"

IV. O LUTO DE GUDRUN

O POVO chorou por Sigurd, mas Gudrun não derramou uma lágrima. As mulheres choraram, mas Gudrun não suspirou. Os condes vieram até ela, os velhos, os grandes guerreiros e os doces cantores vieram confortá-la.

Mas nenhuma lágrima ou lamento no coração de Gudrun iria aparecer
Pois com o frio mortal da tristeza, ninguém suporta viver.

As filhas dos reis e dos condes contaram a ela sobre suas tristezas. A irmã do pai disse que o rei foi morto ao lado dela, e então a morte reivindicou sua irmã, todos os seus irmãos e seus dois filhos; e ainda assim ela continuou levando uma vida útil e contente.

A rainha Horberg disse que seu marido e os sete filhos morreram em uma guerra; o pai dela, mãe e quatro irmãos se perderam no mar; e ela mesma foi capturada por piratas e obrigada a servir a um rei ladrão.

Então, uma criada nibelunga, chamada Gullrond, tirou o linho do rosto de Sigurd, que se virou na direção de Gudrun. Ao vê-lo, Gudrun baixou a cabeça sobre ele, e chorou. Então, com um grito amargo, ela deixou o trono e fugiu.

V. A MORTE DE BRUNILDA

BRUNILDA ficou ao lado de um pilar e olhou longamente para as feridas de Sigurd. Depois, foi para o quarto e se deitou. Gunnar veio ter com ela, mas não conseguiu dizer nenhuma palavra de ânimo.

Ela ordenou que suas criadas trouxessem seus melhores linhos, suas melhores vestes e todas as suas joias. Quando eles foram espalhados à sua frente, ela se levantou, vestiu-se com eles e disse: "Traga a espada que carreguei quando escolhi os mortos."

A espada foi trazida e ela a colocou, desembainhada, atravessada sobre os joelhos e pediu às criadas que pegassem tudo o que pudessem escolher em suas caixas de ouro e joias que ganhara de seu pai. Mas as servas, chorosas, não tocaram em nenhuma delas. Depois, levantou-se, mas a ponta da espada perfurou seu coração.

Elas já iam colocá-la na cama quando Gunnar entrou e ela abriu os olhos pedindo para ser posta na pira funerária de Sigurd, com a Ira de Sigurd entre eles. As criadas choraram e Gunnar disse:

"Lamentem-se; mas, em meio ao seu pranto, ponham as mãos sobre o glorioso morto
Que não sozinho, por uma hora, pode estar com a cabeça da rainha Brunilda;
Pois há muitas notícias, e a mais poderosa sob o escudo
Foi colocada no fardo edificado no campo sagrado dos nibelungos.
Siga em frente! Pois ele permanece e nós erramos, Pai,
Se o brilhante pavimento de Valhala esperar seus pés por muito tempo."

Eles levaram Brunilda até o monte onde estava Sigurd deitado com seu escudo, a cota de malha de ouro, o Capacete do Medo e sua espada, a Ira de Sigurd. Um velho subiu na pira e segurou a espada desembainhada até que o corpo de Brunilda fosse colocado sobre o leito preparado para isso. Em seguida, ele colocou a espada entre os dois, e os condes puseram as tochas.

Eles se foram: os adoráveis, os poderosos, a esperança da antiga terra!
Devem trabalhar e suportar o fardo, como antes do dia de seu nascimento;
Devem gemer em sua permanência cega, pelo dia em que Sigurd se despediu.
E a hora que Brunilda se foi e a alvorada que acordou os mortos
Ela deve suspirar e muitas vezes ser socorrida jamais esquecendo seus atos,
Até que os novos raios de sol brilhem sobre Baldur e a costa sem mar.

O FIM DO TESOURO
como contado por Sarah Powers Bradish

QUANDO fugiu do palácio nibelungo, Gudrun foi para a floresta, onde os lobos uivavam noite e dia. Ela não os temia pois não se importou de viver depois da partida de Sigurd e eles não a machucaram. Ela seguiu até encontrar uma terra agradável onde o povo era gentil e bom. Era a terra de Helper: e o rei elfo lhe deu abrigo em sua própria casa, onde ela morava com a rainha Thora, que tinha se casado com o rei elfo após a morte de Hiordis. Gudrun passava o tempo ensinando as camponesas a tecer e bordar, e ela mesma bordou muitas cenas da vida de Sigurd. Ela nunca sorria, mas estava contente e, com o passar do tempo passou a amar seu trabalho.

Ao fim de sete anos, o rei Atli, irmão de Brunilda, enviou um conde até a corte nibelunga para pedir a mão de Gudrun. Atli era velho e feio, mas rico e poderoso; e Grimhild disse que Gudrun devia ser sua esposa. "Mas," ela disse aos filhos, "Gudrun nunca vai ouvir vocês. Eu também vou e devemos dar a ela um presente de ouro, para expiar o assassinato de seu marido." Eles podiam se dar ao luxo de fazer isso, já que tinham guardado o tesouro de ouro que Sigurd tinha tirado da Charneca Cintilante.

Assim, os dois reis e sua mãe se puseram a caminho da terra de Helper, onde encontraram Gudrun na casa da rainha Thora. Eles contaram a ela por que tinham vindo, e ela disse: "Não vou com vocês, não serei a esposa do rei Atli."

Mas Grimhild persuadiu e bajulou, e finalmente disse a ela quantos problemas sua filha tinha causado. Gudrun vacilou, mas pegou a taça oferecida por sua mãe e tomou o vinho. Era a taça do esquecimento; e ela esqueceu tudo, exceto que amava Sigurd, mas ela disse que, se isso agradasse à mãe e aos irmãos, ele se tornaria a esposa do rei Atli. Eles partiram juntos e, logo depois, o rei Atli reivindicou sua noiva.

Muitos anos depois, um mensageiro de Atli apareceu para dizer que Gudrun queria ver seus irmãos. Ele trouxe um anel de ouro, amarrado com o pelo de um lobo e gravado com runas.

Gudrun escreveu as runas para alertar seus irmãos sobre a traição de Atli, mas o mensageiro havia mudado algumas das letras, fazendo um convite, em vez de um aviso, para os reis nibelungos. Hogni suspeitou que havia algo errado, porque o anel estava amarrado com o pelo de um lobo, e disse: Com este pelo, Gudrun quis dizer: 'Atli é um lobo, cuidado!"

A esposa de Hogni, Kostbera, examinou o anel e descobriu que algo tinha sido escrito sobre as runas para dar a elas um significado diferente. Ela ficou muito assustada e dividiu seu temor com Glaumvor, a esposa de Gunnar. Naquela noite, ambas sonharam com enchente, fogo e destruição; e ambas acordaram seus maridos para implorar que eles não fossem à corte de Atli.

Gunnar achou que esses temores eram infundados, e depois de tomar vinho em um banquete, prometeu que ele e o irmão visitariam o rei Atli e sua irmã. Hogni disse que, tendo sido feita essa promessa real, seria covarde quebrá-la; e eles começaram a se preparar para a jornada. Mas, na manhã seguinte, antes que o dia clareasse, Hogni chamou os dois irmãos de sua esposa e pediu que eles o ajudassem a se livrar do ouro do tesouro, que já havia causado problemas o suficiente.

Eles foram ao local em que o tesouro estava guardado, trouxeram o ouro, colocaram-no em carroças e o levaram para a beira da água. Em seguida, desatrelaram os bois e, colocando seus ombros nas rodas empurraram as carroças para o fundo do rio.

Naquele dia, os reis nibelungos começaram sua jornada, da qual eles nunca retornaram; pois o rei Atli os matou porque eles não quiseram contar o que tinha acontecido com o tesouro de ouro, do qual só restava o anel de Andvari, que Gudrun ainda usava. Depois da morte de seus irmãos, Gudrun pôs fogo no palácio de Atli enquanto ele estava dormindo. E, correndo para a montanha, atirou-se no mar. Sobre seu dedo, o anel de Andvari, a última peça de ouro, voltou para a água da qual tinha sido retirado.

> Vocês já ouviram falar de Sigurd, de como os inimigos de Deus ele matou
> De como, saindo do deserto sombrio, o ouro das águas ele tirou;
> De como ele despertou o Amor na montanha, e despertou Brunilda,
> E viveu na terra por uma temporada e brilhou à vista de todos os homens.
> Vocês já ouviram falar do Povo Nebuloso e do escurecimento do dia,
> Da última confusão do mundo e que Sigurd foi embora;
> Agora, você conhece a necessidade dos nibelungos e sabe que a verdade foi quebrada,
> Todas as mortes de reis e seus parentes, e a tristeza de Odin, o Godo.

A HISTÓRIA DE ASLOG

como contado por Eirikr Magnusson e William Morris

CAPÍTULO I

DURANTE os tempos pré-históricos, na antiga Escandinávia – quando a terra foi dividida em uma série de pequenos principados, cada um governado por um chefe ou rei, geralmente em guerra com um vizinho, o soberano do estado vizinho – vivia e governava uma famosa família de chefes, chamada de casa dos Volsungs. Nela, Sigurd Fafnirsbane, ou Olho de Cobra, era o mais conhecido. Ele era casado com a belicosa, mas belíssima amazona Brunilda, que ele tinha libertado da prisão encantada daquela enorme cobra mítica, que a manteve em transe profundo por muito tempo. O fruto dessa união foi a pequena filha, a quem deram o nome de Aslog.

Entretanto, o grande guerreiro visitou, logo depois, a corte do rei Gjuke, cuja filha, Gudrun, se apaixonou pelo heroico Olho de Cobra. Ao perceber, a mãe dela, a rainha Grimhild, hábil na magia negra, preparou uma poção. O desavisado Sigurd a bebeu avidamente e, perdidamente apaixonado pela princesa, desprezou a prometida Brunilda e se casou com Gudrun. Mas o irmão dela, Gunnar, quis se casar com a abandonada Brunilda, até então famosa pela beleza, força e qualidades, e persuadiu Sigurd a lhe emprestar o cavalo Grane, um corcel realmente nobre que, dizem, tinha mais de três metros de altura, e não seria atraído por fogo ou espada. Gunnar montou esse poderoso animal e mergulhou nas chamas com as quais o dragão cercou o castelo de Brunilda. Mas... o cavalo refugou e se recusou a obedecer ao valente cavaleiro, e a Saga diz que Sigurd lhe emprestou a própria figura, ou seja trocou de corpo com ele por algum tempo, para efetuar uma passagem pela parede de fogo para o novo pretendente. Este truque mítico foi bem-sucedido e a fiel Brunilda deu as boas-vindas ao amante fugitivo pois achou que era ele. As núpcias foram realizadas e, dessa maneira, ela se casou com Gunnar, disfarçado de Sigurd.

Um dia, depois de algum tempo, quando Gudrun e Brunilda entraram em um riacho límpido que corria forte pelo castelo habitado por todos os membros do clã Volsung para lavar os longos cabelos, Gudrun, que tinha um temperamento rancoroso, começou a zombar da cunhada, dizendo que ela mesma tinha que mergulhar mais fundo para que nenhuma gota da água do riacho que tivesse escorrido do cabelo de Brunilda pudesse salpicar e contaminar suas próprias madeixas, o que ela achava que certamente aconteceria, pois Brunilda era apenas uma amazona, não uma princesa. A esse insulto, a esposa de Gunnar respondeu que ela tinha ascendência real. Mas a perversa Gudrun criticou a inferioridade de Gunnar, seu próprio irmão, ao herói de sua escolha, o famoso Sigurd Fafnirsbane, e a atônita Brunilda revelou todo o segredo que a induziu a se casar com Gunnar, que tinha assumido as roupas e a presença corporal de Sigurd.

A amazona ferida, ao perceber que tinha sido iludida por aquele a quem ela mais amava, o noivo prometido, e enganada para se casar com alguém que ela não amava, estava decidida a se vingar. E com facilidade persuadiu Guttorm, outro membro do clã Volsung, que invejava Sigurd como herói, a assassinar seu amado infiel durante o sono. E além de dele vingou-se de Gudrun que, antes, a tinha privado dele. Guttorm foi capaz desse ato sombrio, assassinando o homem adormecido e também o pequeno filho de Sigurd, um bebê de três anos. Mas encontrou a própria morte nas mãos de sua vítima na hora de seu triunfo diabólico. Quando a vingança foi concluída e Brunilda viu seu amado morto, frio e imóvel a seus pés, seu coração se abrandou e o arrependimento surgiu em profundos lamentos; palavras de consolação caíram despercebidas em seu espírito arrasado pela consciência e ela caiu sobre sua espada, perfurando seu coração. Assim, a orgulhosa amazona seguiu o amado até os salões de Valhala, e seu cadáver foi colocado na pira funerária de Sigurd, consumido pelas mesmas chamas e suas cinzas misturadas na mesma urna. Mas Atle, o irmão de Brunilda, procurou e obteve a mão de Gudrun, a viúva Megara. Quando, depois de algum tempo, ela lhe deu dois filhos, ele chamou seus irmãos Gunnar e Hogni, filhos do rei Gjuke, para comemorar com um banquete. Ele fez isso com o intuito de vingar Brunilda.

Os dois convidados reais compareceram sem suspeitar de nada, mas Atle, tão cruel quanto traiçoeiro, fez com que o coração palpitante fosse arrancado do peito de Gunnar; e ordenou que o irmão mais novo, Hogni, fosse lançado vivo em uma cova cheia de cobras venenosas. No entanto, pessoas piedosas jogaram uma harpa para o prisioneiro, em seu detestável cárcere, e como ele estava com os braços amarrados para trás, só podia tocar as cordas com os dedos dos pés, o que ele fez, com um efeito que encantou seus carrascos, todos, exceto um, que se enrolou ao redor de seu corpo nu até chegar ao peito, picando seu coração, de modo que a morte foi quase instantânea.

Ao ficar ciente do cruel destino de seus dois irmãos, ela gritou, louca de tristeza e matou seus próprios bebês, dois inocentes, os filhos de Atle.

Quando seu covarde marido, com pompa e cerimônia celebrou os funerais de suas duas vítimas, Gudrun, sua espoa, lhe trouxe duas belas taças, aparentemente feitas de marfim, com bordas douradas e cheias de vinho e instigou-o a brindar a memória de seus dois cunhados. Quando ele atendeu ao pedido, ela lhe disse com uma alegria diabólica, enquanto a paixão quase a dominava, que as taças tinham sido feitas com os crânios de seus dois filhos pequenos e que, assim, ela vingou a morte de seus irmãos no pai de seus próprios filhos. Com isso, ela saiu correndo do salão de banquetes, desvairada em sua raiva e tristeza, apenas para voltar na calada da noite para incendiar a casa em que o rei dormia, e em cujo incêndio ele e seus seguidores mais próximos morreram.

CAPÍTULO II

TAMBÉM na corte de Sigurd, havia um rei exilado chamado Heimer, que era um *bardo* aceito por esse chefe e herói. Quando Sigurd e Brunilda encontraram seu fim prematuro, o velho bardo levou a filhinha, Aslog, com uns poucos anos de vida, e apressou-se para buscar refúgio e salvar o único filho sobrevivente de sua raça do massacre que se espalhou entre seus parentes enfurecidos. Para melhor disfarçar, ele mandou construir uma harpa grande o bastante, capaz de esconder a criança.

Agora começava um período de aventuras estranhas pelas florestas solitárias e selvagens por onde passavam. Às vezes, quando estavam longe das habitações humanas, o velho harpista permitia que a pequena corresse ao seu lado, colhendo flores e frutos silvestres ao longo da estrada.

Certa tarde, ao pôr do sol, quando Heimer tocava sua harpa para uma multidão de ouvintes que se juntaram em um pequeno vilarejo cujas choupanas estavam espalhadas pelo vale, a voz clara do idoso menestrel se ergueu ao acompanhar a harpa, pois ele cantou uma comovente versão sobre o amor e o destino do corajoso rei Sigurd e sua amada Brunilda, a bela e leal amazona, que se matou de tristeza com a própria espada. Os ouvintes se entreolharam com espanto, pois como o velho contou na música, quase com inspiração, a comovente trajetória, eles acharam que a própria harpa estava respondendo com soluços e gritos abafados ao peso da triste história.

Ele era realmente um harpista maravilhoso, que podia fazer seu próprio instrumento ecoar a dor amarga que cada um sentia interiormente. Tons suaves pareciam acalmar o espírito desperto da harpa. O velho então se afastou dos ouvintes e retomou seu caminho solitário que conduzia à baía.

O brilho da lua iluminou a cena da floresta. Então, Heimer se deteve. O semblante traiu o rei que, embora despojado de tudo, tinha a nobreza da alma interior e seu porte parecia consciente. Ele abriu a base da harpa e ergueu sua pequena carga, Aslog, que tinha adormecido, dominada pela tristeza com a lembrança de seus pais perdidos, que a canção evocava em seu coração amoroso e infantil.

Era uma noite fria e as estrelas cintilavam. O velho achou que seria melhor aquecer a pequena Aslog em seus braços. Olhando para rosto dele, a menina encostou a cabeça em suas bochechas, enquanto as lágrimas silenciosas escorriam pela longa barba branca e caíam como pedras preciosas, refletindo o brilho prateado dos raios da lua. "Silêncio, minha pequena, você ainda tem a mim, e eu a amo, e tem também o bom deus Baldur, o filho mais amado de Odin, o deus da Luz e da Música. Ele vai protegê-la quando eu morrer e for embora. Você sabe, criança, aqueles guerreiros rústicos que ouviram minha canção sobre Sigurd e Brunilda (que Baldur abençoe essa união em Valhala!), eles, gente simples, acharam que a harpa estava enfeitiçada porque você murmurou e gemeu. Não faça isso outra vez. Anime-se! Em breve chegaremos a um local de refúgio e segurança e lá encontraremos amigos que nos amam. Se você chorar enquanto toco a harpa e enfeitiçar os ouvintes, vou ter que chamá-la de bruxinha, e você não gostaria disso, filha do rei Sigurd!" O velho precisou cantar desafinado para abafar seus soluços; dê-me um beijo e diga que me ama como sempre, embora eu não vá deixar você chorar. Você chora de verdade! A filha do famoso herói e da amazona! Oh, não! Não teremos mais lágrimas agora, apenas amor e música. Vejo uma cabana solitária, distante daqui, pois uma luz fraca brilha convidativamente. Agora, você deve ficar em seu esconderijo durante a noite. O berço estará quente e em silêncio. Amanhã de madrugada retomaremos nosso caminho e aí você terá alguma coisa para comer." Outro beijo de amor, a benção da noite e a porta se fechou para a menina, a princesinha fugitiva, uma pequena prisioneira embalada em música. O velho pegou seu cajado e desceu a montanha em direção ao mar.

Ele não demorou a chegar à cabana. E, ao entrar, viu uma velha, que estava sozinha. Pediu permissão a ela para passar a noite ali e disse que ela o ajudaria muito se lhe desse algo para saciar a fome. Heimer estava cansado e com frio, e teve dificuldade em persuadir a velha a acender a lareira. Por fim, quando uma chama crepitou entre as montanhas de galhos, e Heimer conseguiu esticar seus membros rígidos e cansados, os modos da mulher mudaram repentinamente. Ela se tornou alegre e cordial pois, quando o andarilho estendeu as mãos para aquecê-las nas chamas, ela viu um precioso anel de ouro ao redor de seu braço. Era costume quebrar pedaços para fazer trocas e compras. E, quando se aproximou da harpa, ela percebeu um pedaço de um caro tecido bordado aparecendo na portinhola. Um mau pensamento atravessou seu perverso coração. A velha notou que o estranho estava disfarçado e ela, determinada a obter as posses de seus objetos de valor.

Quando voltou para casa, seu velho estava com fome, cansado e com muito frio e ela sussurrou ao seu ouvido que estava abrigando um andarilho que, como um mendigo, havia pedido uma noite de hospedagem, mas que ele carregava uma grande harpa que escondia um tesouro de ouro e outras coisas valiosas. Ela sugeriu que ele matasse o homem adormecido para que, pelo resto de suas vidas, eles não sofressem com a pobreza, nem precisassem continuar trabalhando. Ake, o marido, inicialmente não ligou muito para aquela proposta, mas logo se deixou ser persuadido, e as duas malvadas criaturas despacharam rapidamente o hóspede adormecido.

Após o crime, eles correram até a harpa e abriram a portinhola do instrumento. Para eles foi uma grande surpresa ver sair dali uma garotinha loira e de olhos azuis, que foi acordada por toda aquela agitação. E ela olhava ao redor, buscando seu guardião. Ao ver o casal de aparência sinistra, a pequena Aslog correu assustada para perto do velho Heimer, estendido no chão. Mas, quando não obteve respostas aos seus repetidos chamados, mesmo puxando-o pelas mãos e pela barba, como costumava fazer, ela finalmente entendeu que seu amado protetor estava morto e não falaria mais com ela. Ela explodiu em soluços, agarrando-se ao amigo inerte, jogou os bracinhos à volta de seu pescoço e se aninhou em suas roupas e cabelos prateados.

Os velhos desumanos consideraram por um curto espaço de tempo assassinar a menina também, mas seu desespero era tão comovente, e sua rara beleza tão atraente, que os dois optaram por poupá-la e adotá-la como filha. Para silenciar os curiosos que podiam entrar na solitária cabana, de cara, ela foi vestida com uma roupa cinza se tecido grosseiro, como era usual com as crianças.

CAPÍTULO III

ASLOG foi forçada a viver com o casal, que a chamava de Kraka. Ela cresceu e se tornou uma linda donzela, alta e graciosa, e com o andar próprio de uma princesa. Todos os que a viam admiravam sua beleza. Sua sagacidade e sabedoria também eram notáveis, embora ela falasse raramente, e nunca com estranhos que, portanto, imaginavam que fosse surda e muda. Só trocava algumas poucas palavras com seus guardas austeros quando ficava sozinha com eles, e mesmo assim, só quando suas relações diárias a obrigavam, pois ela os odiava do fundo de sua alma por terem assassinado seu amado e venerado guardião, e terem ficado com ela, a filha de Sigurd e Brunilda, uma escrava de criaturas miseráveis. Ela repetia todo dia a si mesma a música que Heimer cantou, acompanhado de sua harpa, sobre seus pais heroicos e, dessa maneira, ela manteve vívida a lembrança da história de seus amores e seu destino precoce.

Perto da cabana havia um pinheiro bem alto. Quando ela olhou para aquela beleza sempre verdejante, pensou na forma robusta de seu glorioso pai e, quando se espelhou nas águas do poço, a lembrança das feições de sua mãe ficou clara diante dela.

A HISTÓRIA DE ASLOG

Ragnar Lodbrok encontra Aslog, que era chamada de Kraka por seus captores.

Quando Kraka viveu com o perverso casal por mais de doze anos – ela agora tinha dezesseis anos –, um viking navegou até a enseada com várias galés e aportou com seus homens perto de sua casa. Era nada menos que Ragnar Lodbrok, um famoso herói em todo o norte por seus feitos ousados. Quando viram a cabana, alguns dos marinheiros foram até lá para assar um pouco de pão. Eles estavam quase sem provisões.

Quando os homens voltaram, o pão estava duro, quase queimado e totalmente perdido. O viking ficou furioso e deu ordens para que os negligentes fossem severamente punidos. Mas os homens tentaram se desculpar dizendo que, na cabana, tinham visto uma donzela tão linda que tinham esquecido completamente o pão no forno, e não puderam evitar, pois ela os enfeitiçara.

O viking se interessou e perguntou quem poderia ser a moça. Eles responderam que ela era filha de Ake e Grima, o casal que vivia na cabana, embora eles não acreditassem na história, pois o casal era muito idoso, tinha uma aparência repugnante e a velha era uma bruxa cruel. Mas eles insistiram que era sua única filha Kraka e que ela cuidava das cabras nas encostas da montanha. Mas sua beleza, eles enfatizaram, era fascinante, e seu porte era o de uma rainha. "Impossível!", exclamou o viking. "Não acredito nisso. Todos vocês viram minha consorte, a incomparável Thora. E qualquer um que a tenha visto não pode falar da beleza de outras mulheres." Os homens continuavam afirmando que a rara beleza da garota competia em todos os aspectos com a rainha morta. O chefe então ordenou que Kraka fosse trazida imediatamente à sua presença e prometeu que se ele realmente a achasse tão adorável quanto os homens diziam, ele os perdoaria pela negligência.

Kraka foi trazida imediatamente, e Ragnar Lodbrok ficou ainda mais enfeitiçado que seus homens. Realmente a beleza era incomparável e ele ficou encantado com a prudência e a prontidão nas respostas que ela deu a todas as suas perguntas. O viking a considerou um prêmio justo e a levou a bordo de seu próprio navio, dizendo que ela jamais deveria voltar para os velhos na cabana. Inicialmente, sua beleza radiante repeliu todos os avanços do herói selvagem e apaixonado. Além de sábia e bela, ela era virtuosa; e foi isso que chamou a atenção de seu captor. Ele se encantou por aquele espírito sublime que o desafiou. Ragnar era famoso por ser gentil e atencioso com as mulheres, uma virtude que, tempos depois, poderia ser chamada de cavalheiresca. Embora ela não tenha revelado sua descendência real, ele a fez sua legítima esposa e rainha.

Ragnar já tinha dois filhos, Eric e Agnar, de sua ex-consorte, e eles encontraram em Kraka uma madrasta amorosa. Na verdade, a jovem rainha, por meio de suas muitas virtudes e rara sabedoria, tornou-se querida não apenas pela recém-formada família, mas por todas as pessoas sobre as quais Ragnar governava. Seguiram-se muitos anos de uma feliz vida de casados, durante os quais ela presenteou o marido com cinco filhos que se tornaram mais ou menos famosos nas guerras da época.

Já em idade avançada, o rei Ragnar visitava o rei Eisten Bele, um dos pequenos reis suecos, quando viu a filha desse monarca, Ingeborg, cuja beleza o cativou. A "princesa" foi ao banquete oferecido em homenagem ao visitante e encheu as taças do convidado real. A beleza da moça e o vinho devem tê-lo intoxicado, pois ele decidiu se separar de Kraka, a quem ele conhecia apenas como filha de um escravo, e portanto indigna de dividir seu trono, para então se casar com Ingeborg, a filha de um rei, mais condizente com sua posição. Eisten Bele concordou prontamente com a união, que seria oficializada assim que Ragnar se livrasse de Kraka. Quando a geleira se desfez, Ragnar partiu, prometendo voltar no verão para celebrar suas núpcias com Ingeborg.

Ao voltar para casa, não contou suas intenções a Kraka, mas as notícias chegaram até ela por outras fontes da corte. Em vez de censurar o marido, ela recorreu a outros meios muito mais sábios: aumentou sua atenção amorosa e estava ainda mais fascinante, e achou que finalmente tinha chegado a hora certa de revelar a ele quem eram seus pais verdadeiros, que ela não era filha de um escravo perverso. Com um espanto sincero, Ragnar ficou sabendo que ela era filha de Sigurd e Brunilda; ouviu o recital de seu maravilhoso voo na harpa feito pelo rei Heimer, e toda a história de sua desgraça durante o longo cativeiro com Ake e Grima. Sua alegria por ser uma rainha de descendência nobre e igual a ele era sincera; e ele pensou que nunca a amara tanto antes e afastou todos os pensamentos de se separar dela. A imagem de Ingeborg desapareceu de seu coração para sempre, e nenhuma viagem à terra de Eisten Bele foi feita para celebrar a prometida união. O guerreiro considerou o fato como um grande insulto para com ele, já que sua filha era uma princesa e ele, o rei de Upsala. Mas Eisten Bele não teve oportunidade de vingar essa quebra de promessa, pois a rainha Aslog, o nome que ela retomou, persuadiu seus enteados a ir a Upsala para enfrentar o rei em seus domínios. E foi o que eles fizeram, mas Agnar tombou na batalha, o que afligiu sua nobre e grata madrasta, como se ele fosse seu próprio filho.

Quando Ragnar Lodbrok, em uma de suas expedições marítimas, caiu nas mãos do rei Ella, da Nortúmbria, e por seu vencedor foi jogado em uma cova cheia de serpentes, ele encontrou sua morte trágica, evento esse que está registrado nas *Crônicas Inglesas*. Aslog então mandou seus cinco filhos para vingar a morte do pai. Ela sobreviveu por muitos anos, uma viúva desconsolada, honrando a memória do nobre viking que a resgatou da escravidão desprezível e a fez rainha de seu coração e de seu reino. Aslog, a pequena princesa que dormia em uma harpa, e soluçou em harmonia com suas cordas trêmulas para o triste leigo, registrando o destino de seus infelizes pais.

RAGNAR LODBROK

como contado por Eirikr Magnusson e William Morris

RAGNAR era o filho do rei Sigurd Ring e sua primeira esposa, Alfhild. Seu pai, já velho, apaixonou-se perdidamente por Alfsol, a filha do rei Alf, de Jutland. Os irmãos dela se recusaram a dar sua mão em casamento a um homem tão velho e, quando foram derrotados por Sigurd Ring em uma batalha, eles a envenenaram para que ela não se tornasse sua esposa. O rei então fez com que o corpo dela fosse carregado a bordo de seu navio, que ele levou para o alto-mar e lá enterrou sua espada no próprio coração, morrendo assim ao lado do corpo da amada Alfsol.

Embora tivesse apenas quinze anos de idade, Ragnar agora era o rei. Ele era notável tanto por sua beleza quanto pela coragem, que sempre exibia quando participava de expedições de saqueadores em terras estrangeiras ao lado de seus seguidores.

Numa dessas expedições, ele aportou na costa da Noruega e foi sozinho para o coração da terra. Chegando ao topo de uma montanha, ele se jogou na relva macia para descansar e desfrutar a bela paisagem que se estendia diante de seus olhos, o verde vale a seus pés, o lago cintilante como diamantes ao sol, os prados verdejantes e os campos de milho. Enquanto desfrutava a bela imagem, sua mente se encheu de ideias de que a vida selvagem e guerreira que ele levava até agora era muito menos satisfatória que uma vida de felicidade, calma e silenciosa.

Enquanto ponderava, ele notou, repentinamente, que duas divisões hostis de soldados tinham entrado no vale. Suas trombetas logo soaram e ele cavalgou e as enfrentou com os escudos erguidos. E ele teve uma enorme surpresa quando viu que uma das divisões era comandada por uma mulher montada em um cavalo branco e vestida com uma armadura de prata. Seus lindos cachos negros escapavam do capacete e caíam em profusão sobre seu pescoço e seus ombros.

Ela cavalgava à frente dos soldados, torcendo por eles e lutando contra o inimigo com espada e lança. Muitos caíram sob seus golpes, mas, como o inimigo era muito forte para seu pequeno bando resistir, viu-se obrigada a recuar. Uma donzela não tão heroica assim, com o cativeiro ou a morte ameaçando ser sua condenação, ela lutou corajosamente; sua armadura de prata brilhante a tornava visível onde quer que a batalha fosse mais acirrada.

Ragnar, vendo que ela precisava desesperadamente de ajuda, não conseguiu ficar apenas na posição de um espectador passivo e, agarrando sua espada, correu para o lado dela e lutou contra o inimigo. Sua espada provocou um massacre entre o inimigo e muitos de seus melhores guerreiros foram mortos, até que os que sobraram foram obrigados a buscar segurança.

Assim que a batalha terminou, Ragnar imediatamente foi para o seu navio. Lá ele ficou sabendo que o nome da criada-soldado era Lodgerda, que ela governava as cidades próximas e morava em um belo palácio em meio a duas posses.

No dia seguinte, ele foi para lá, sendo recebido por Lodgerda com muita alegria e gratidão, como seu amigo e libertador. Ragnar permaneceu no palácio, como um convidado, por três dias, depois dos quais, por amar Lodgerda, ele implorou para que se casassem e ela concordou.

Ragnar e Lodgerda viveram muito felizes por algum tempo. Ela era uma excelente esposa, mas recusou-se a trocar o próprio país pelo dele e não cedeu a ele seus direitos como soberano. Ragnar viveu três pacíficos anos ao seu lado, até que finalmente seu espírito guerreiro despertou dentro dele outra vez e, quando soube que as ilhas dinamarquesas se rebelaram contra o seu governo e tornaram-se independentes, ele se separou da esposa, que não teve coragem de deixar sua casa para ir para um país estranho, e partiu sozinho para o próprio reino.

Em pouco tempo, ele conseguiu abater os rebeldes e foi para seu palácio em Hledra, coberto de glória.

Um dia, um estranho em sua corte mostrou a ele, em um espelho mágico, uma virgem de maravilhosa beleza. O rei ficou tão encantado que mal conseguiu tirar os olhos de seu rosto, e declarou que o homem que pudesse chamar tal tesouro de seu, deveria ser o mais feliz da terra.

"De fato," respondeu o estranho. "Você disse a verdade, pois essa donzela não é famosa apenas pela beleza, mas também por sua sabedoria e bondade. O pai dela, Herrod, de Gothland do Leste, lhe pediu conselhos em todas as ocasiões e, se ele os seguisse, seus empreendimentos sempre seriam bem-sucedidos. Entretanto, nesse momento, ele e a filha estavam em grande perigo. Há algum tempo, dois de seus guerreiros o presentearam com um ovo de grifo, que fazia parte da pilhagem que trouxeram de uma terra estrangeira. O ovo foi chocado em um cisne, por ordem do rei, e uma curiosa serpente alada saiu de dentro dele. Herrod deu a criaturinha a sua filha, que a colocou em uma gaiola de ouro e a alimentou com as próprias mãos. Entretanto, ele cresceu tão rápido que logo ficou grande demais para a gaiola e até mesmo para o quarto, e agora envolvia toda a casa da princesa. O monstro continuou submisso a ela, mas a guardava com um olhar ciumento e não permitia que ela saísse de casa ou recebesse comida de ninguém a não ser do homem que diariamente lhe trazia um boi. Ninguém se atreveu a tocar nele, pois seus olhos eram como chamas de fogo; seu hálito, um veneno mortal e, com a cauda, podia quebrar o carvalho mais forte como tanta facilidade como se fosse um junco. O rei, portanto, para se livrar da maldição, prometeu a mão de sua filha a quem conseguisse matar o monstro."

Antes que tivesse ouvido a conclusão da história, Ragnar estava determinado a partir sozinho para a aventura. Ele não perdeu tempo em conseguir uma roupa de lã grossa e couro de boi, que embeberia em alcatrão pois sabia que usando esse tipo de roupa nem veneno, nem peçonha poderiam penetrar.

Acompanhado de muitos guerreiros, partiu para Gothland do Leste e desembarcou na costa não muito longe do castelo do rei.

Envolto em sua vestimenta alcatroada e armado com uma poderosa lança, ele se dirigiu à morada da princesa.

Lá, cercando a casa com seu corpanzil, ele viu o monstro que, aparentemente, dormia. Ele tentou matá-lo várias vezes, mas foi em vão: sua lança não perfurava as escamas da serpente, que eram duras e lisas como o aço.

Logo o monstro elevou o corpo e tentou agarrar Ragnar em suas mandíbulas, enquanto sibilava de raiva e cuspia seu veneno mortal. Mas enquanto ele foi se enrolando, Ragnar percebeu um ponto exposto sob sua garganta, onde as escamas pareciam moles e apontou para ele sua lança com toda a força que conseguiu reunir. Por alguns momentos, a criatura se contorceu e girou, agonizante, abalando a estrutura da casa. E o monstro caiu morto no chão.

A princesa acordou com o barulho e, pela janela, viu o vencedor, que usava roupas grosseiras. Antes que que ela tivesse tempo de olhá-lo mais de perto, ele se desviou de seu olhar.

Assim que recebeu a notícia, Herrod ordenou que o povo se reunisse em assembleia para decidir a quem o prêmio seria entregue.

No dia marcado, Ragnar assumiu seu lugar na assembleia, usando sua vestimenta alcatroada. Ao comando do rei, dois arautos passaram entre os homens carregando a ponta da lança que tinha sido tirada do corpo da serpente, para descobrir quem entre eles tinha um mastro onde ela se encaixava. Quando Ragnar encaixou a ponta da lança no mastro que tinha nas mãos, o rei, considerando-o um homem pobre, exclamou espantado: "Você das vestes de couro? Quem lhe ensinou esse golpe inteligente? Você vem do país de Biarma e cheira a breu e piche!"

Ao ouvir essas palavras, Ragnar se desfez de seu disfarce e ficou em seus trajes reais diante da assembleia. "Ragnar! Ragnar! É o rei!", gritaram todas as vozes, e Herrod, descendo do trono, o abraçou e disse: "No futuro, você será chamado de Lodbrok, em lembrança à sua bravura, e eu lhe darei a mão de minha filha em casamento."

O rei manteve sua palavra, e a princesa Thora concordou, com muita alegria, tornar-se a esposa de seu valente libertador. Ela nunca teve qualquer motivo para se arrepender de sua escolha, pois seu marido era tão devotado a ela que até desistiu de suas expedições saqueadoras para ficar ao seu lado. Sua felicidade só aumentou com o nascimento dos dois filhos, Eric e Agnar. Mas o destino não permite a felicidade perfeita de estar na terra e, em pouco tempo, Thora morreu nos braços do amado.

Então, a paz e a felicidade sumiram do palácio, e a tristeza e o luto reinaram em seu lugar, pois Ragnar ficou inconsolável com a perda da esposa.

Por fim, um dos mais nobres de seus guerreiros se adiantou e representou para ele o que ele foi, ainda jovem, mostrando que era um pecado ele desperdiçar seus melhores anos lamentando a morte da rainha. Suas palavras despertaram o entusiasmo adormecido do rei, e ele não demorou a jogar seu navio no oceano revolto, onde, em meio a perigos e diversas aventuras, ele se esforçou para deixar a tristeza de lado.

Um dia, aportando na costa da Noruega, mandou seus servos para o interior, para preparar a comida e fazer pão. Depois de andar sem destino, chegaram à cabana de um humilde camponês e, ao entrar, encontraram uma velha muito feia, encolhida e sentada perto do fogo. E pediram que ela os ajudasse a fazer o pão, mas ela pediu desculpas por não ajudar devido à sua idade avançada. Nesse momento, uma jovem camponesa entrou na casa e, ao vê-la, os homens ficaram boquiabertos e não conseguiram encontrar palavras para se dirigir a ela, pois nunca tinham visto uma mulher tão adorável.

"Sim, sim, é minha filha," resmungou a velha. "Kraka, esses homens queriam fazer pão e não sabem como."

Sem nada dizer, sozinha, a menina começou a preparar a massa e, depois de colocar os pães no forno, deu ordens para que os homens os vigiassem, pois ela tinha outro trabalho para fazer. Mas eles só tinham olhos para aquela bela menina que, com uma espantosa habilidade, andava pela casa, limpando e arrumando tudo.

Devido à negligência dos homens, alguns pães queimaram e, quando eles voltaram para o navio, foram repreendidos e punidos por seu descuido. No entanto, eles declararam que o próprio rei teria sido culpado pela mesma negligência se tivesse se esforçado para cuidar do pão na presença de uma donzela tão bela.

Suas palavras despertaram a curiosidade do rei, e ele ordenou que a tal bela donzela fosse trazida à sua presença na manhã seguinte. Ela deveria vir desacompanhada, mas não sozinha; nua, mas ainda assim vestida; em jejum, mas alimentada.

Essa estranha ordem foi dada a Kraka, que consequentemente apareceu diante do rei na manhã seguinte, com uma rede de pesca enrolada em seu corpo e acompanhada por um cão pastor. Ela tinha tomado apenas um pouco de suco de alho-poró e, por isso, não estava nem jejuando, nem saciada. E assim ela obedeceu às ordens do rei ao pé da letra.

Ragnar ficou impressionado com sua sabedoria, mas mais ainda com sua beleza, seus cabelos loiros e sedosos e seus olhos azuis, nos quais a luz do céu se refletia.

Imediatamente, ele se ofereceu para fazer dela sua rainha, mas ela, sem grande fé na constância do homem, desejou que ele concluísse sua viagem, e então, se ele continuasse com a mesma opinião, voltasse à Noruega e repetisse a oferta.

O rei se submeteu à vontade da camponesa e partiu. Sua devoção a ela, no entanto, era imutável, e assim que ele voltou de sua viagem, foi à casa da garota e a levou para seu palácio em Hledra como sua noiva, e lá celebrou seu casamento.

Kraka deu quatro filhos ao marido, o mais velho dos quais, chamado Iwar, era muito bonito, tinha ombros largos e fortes, mas suas pernas eram tão fracas que ele sempre precisou ser carregado. Os outros três eram jovens fortes e saudáveis, que aguardavam impacientes o dia em que eles, como seus meios-irmãos, Eric e Agnar, teriam permissão para fazer longas viagens e retornar de terras estrangeiras com ricos saques.

Enquanto isso, o povo começou a murmurar e a se queixar de que uma camponesa fora colocada no trono; e os cortesãos, tão insatisfeitos quanto o povo, repetiram suas lamentações ao rei.

Ragnar, descontente com as reclamações, partiu para Swithiod, para uma visita ao amigo, o rei Eistein. Ele foi cordialmente recebido na corte, e a filha do poderoso rei o serviu, ela mesma, enchendo sua taça com vinho espumante e sentando-se ao seu lado à mesa.

Ragnar ficou encantado tanto com a beleza quanto com a conversa da princesa, e quando os cortesãos lhe mostraram a vantagem de uma aliança com ela, Ragnar se deixou ser persuadido e pediu o consentimento do rei para se casar com sua filha. O rei concordou e ficou acertado que, assim que o noivado fosse oficializado, Ragnar voltaria para casa e, sob alguma desculpa, se divorciaria de sua camponesa.

Quando ele voltou para seu palácio em Hledra, Kraka o recebeu, como de costume, com muita alegria. Ela pareceu não notar sua saudação fria, mas fez o possível para lhe dar todo o conforto após sua jornada, e perguntou se tinha trazido alguma notícia. Diante de uma resposta carrancuda de que não tinha nada para contar, ela lhe disse que tinha ouvido um relato estranho sobre o melhor amigo dele, que queria se divorciar de sua legítima esposa para se casar com a filha de um rei, e que o noivado já tinha acontecido.

"Quem foi o patife que lhe disse isso?", gritou Ragnar.

"Minhas pegas tagarelas," ela respondeu baixinho. "Você as conhece, pois elas estavam na corte do rei Eistein durante sua estada lá. Cheia de ansiedade, eu as mandei atrás de você, e elas me trouxeram um fiel relatório de seus feitos. Se pretende levar seu plano adiante, vou voltar para o povo camponês, que acredita que eles são meus pais. Eles mataram meu pai adotivo, Heimir, e agora você vai destruir a felicidade da minha vida. Mas antes que você se precipite, ouça-me. Vou lhe revelar um segredo. Saiba que meu nome não é Kraka, mas Aslog. Eu sou filha do rei Sigurd, o Matador de Dragões, que tem tão forte ascendência sobre todos os reis do norte quanto o sol se posiciona acima das estrelas. Minha mãe era Brunilda. Quando meu pai foi secreta e cruelmente assassinado por seus cunhados, Gunnar e Hagen, o bom Heimir, com medo dos assassinos, levou-me embora daquela terra infeliz com uma harpa e, depois de vagar por um longo tempo, foi para a cabana dos camponeses, onde você me encontrou. Os dois moradores da cabana, achando que a harpa continha tesouros, mataram meu fiel protetor durante a noite, mas não ousaram roubar a criança que encontraram no lugar do ouro que eles esperavam encontrar. Por isso cresci com eles na choupana. Eles permitiram que eu mantivesse a aliança de casamento da minha mãe junto com um retrato e uma carta que ela escreveu antes de morrer. Aqui está a prova da minha história," continuou Kraka, exibindo a carta e o anel. "E ainda há um outro símbolo que Odin me revelou: ele se manifestará quando nosso bebê, que ainda não nasceu, contemplar a luz do mundo, pois em seus olhos ele terá uma marca parecida como uma minúscula serpente."

Quando parou de falar, ela deixou de lado suas joias reais e se virou para partir, mas Ragnar, envergonhado e confuso diante da nobre mulher, cuja linhagem real ele agora reconhecia, implorou para que ela ficasse. Ela o amava tanto que não conseguiu resistir aos pedidos, permaneceu ao seu lado e, no tempo devido, presenteou-o com um filhinho, que trazia sobre si a profetizada marca da distinção e, portanto, foi chamado de Sigurd, o Olho de Cobra.

Enquanto isso, Eric e Agnar, os filhos de Thora, primeira esposa de Ragnar, tornaram-se famosos por seus feitos guerreiros. Eles tiveram a oportunidade de mostrar seu valor na guerra travada com o rei Eistein, furioso com a rejeição de Ragnar a sua filha.

Eric e Agnar aportaram na costa sueca, mas ambos tombaram na batalha que se seguiu, pois o anfitrião de Eistein era muito forte para eles, e suas fileiras, na confusão, foram derrubadas pelo touro encantado que o rei ordenou que fosse colocado entre eles.

Quando a notícia de sua derrota e morte chegou à corte de Ragnar, seu terceiro filho, Iwar, partiu imediatamente para vingar o fim prematuro de seus irmãos. No entanto, assim que a batalha começou, o enorme touro encantado avançou entre os soldados, berrando como antes e provocando terror e confusão nas fileiras. Iwar não perdeu tempo, mirou seu poderoso arco e flecha no monstro atingindo-o no coração e ele caiu morto no campo. Depois disso, a batalha foi vencida facilmente, com o próprio Eistein sendo abatido enquanto tentava voar para salvar sua vida.

Os filhos de Ragnar se envolveram em muitas outras guerras e expedições. Com suas forças juntas, conquistaram a rica cidade de Wifelsburg, e, em seguida, marcharam para Luna, na Etrúria. Eles a encontraram fortemente guarnecida e, por isso, enviaram mensageiros à cidade para avisar que tinham vindo com intenções pacíficas, apenas para comprar provisões e que seu capitão, Hastings, que estava à morte, queria ser batizado e recebido na Igreja Cristã. Encantados com a notícia, os habitantes começaram a se comunicar com os estranhos, e a sagrada cerimônia do batismo foi realizada, tendo o governador como padrinho.

Dias depois, um emissário foi enviado para informar aos habitantes que Hastings tinha morrido, e que seu último desejo era ter um lugar de descanso na Igreja Cristã, para a qual ele havia deixado sua riqueza, desejando que o padre rezasse anualmente três missas por sua alma. O mensageiro ainda declarou que, se fosse permitido, ele acreditava que toda a tropa, desarmada, pretendia acompanhar o cortejo de seu líder até o túmulo e concordaria em ser batizada.

O pedido foi atendido. No dia do funeral, a igreja estava tão lotada, com membros do clero, nobres e moradores da cidade que quase não sobrou espaço para os nórdicos.

O réquiem foi cantado solenemente, a benção foi dada e o corpo estava prestes a ser colocado na sepultura quando, de repente, a tampa se abriu e o morto se levantou em sua mortalha, com uma espada desembainhada na mão e com a qual ele matou todos os que estavam ao seu alcance. Os outros soldados também estenderam os braços que tinham mantido escondidos sob suas vestes, e massacraram sem misericórdia o povo desarmado que lotava a igreja. Eles então correram para a rua, saqueando e assassinando o que ou quem estivesse em seu caminho e incendiaram a cidade.

Foi com essa estratégia que nórdicos de apossaram da cidade de Luna.

Enquanto seus filhos estavam engajados nessas expedições, o próprio rei Ragnar não estava parado. Ele decidiu invadir a Grã-Bretanha a fim de forçar o rei Ella a lhe pagar tributos. Para isso, mandou construir dois novos navios grandes o bastante para transportar o maior número possível de soldados e, com eles, desembarcou na costa britânica. Ele devastou o país de uma maneira terrível e enfrentou batalhas sangrentas, mas nunca foi ferido, pois Aslog havia tecido para ele uma vestimenta mágica que nem tiro, nem espada eram capazes de atravessar.

Um dia, seus navios foram levados por uma tempestade para uma baía da Nortúmbria, onde se chocaram com uma rocha e naufragaram. Ele e muitos de seus homens, com algumas armas, chegaram à costa. Não demorou para que se encontrassem com as forças de Ella, mas o bravo e destemido soldado não hesitou em iniciar um ataque com seus muitos seguidores. Ele lutou sem vacilar durante a parte mais quente da batalha. Mas, quando seus bravos soldados caíram à sua volta, ele finalmente foi cercado pelo inimigo e feito prisioneiro. Ninguém o reconheceu e, como recusou-se a responder a qualquer uma das perguntas a ele dirigidas, o rei Ella, com raiva, ordenou que o jogassem em uma masmorra cheia de serpentes.

No início, a vestimenta mágica de Aslog o protegeu de ferimentos, mas, quando os guardas perceberam, privaram-no dela, e ele sucumbiu às picadas venenosas.

E foi assim que morreu o bravo rei Ragnar, herói que era, sem gritar ou reclamar de sua lenta tortura, mas cantando um canto fúnebre das Terras do Norte.

A HISTÓRIA DE KORMAK
como contado por Edward Ernest Kellett

NOS dias em que Athelstan, o Poderoso, governava a Inglaterra, quando as bruxas ainda tinham poder e os elfos dançavam em seus anéis; quando a "dor" ainda era causada pelas deusas que atiravam flechas invisíveis no corpo de um homem; quando as "mulheres sábias" podiam prever o futuro, ou tornar um homem invulnerável, ou transformar-se em animais, naquela época, um certo homem, chamado Ogmund, zarpou da Noruega para ir para a Islândia. Ele carregava consigo os dois pilares gêmeos de seu trono, imagens de Thor e Odin, pois estes tinham dentro deles a sua sorte. Quando se aproximou da Islândia, ele lançou esses pilares ao mar. E eles foram parar em Midfirth, onde morava um chefe chamado Skeggi. Depois das boas-vindas a Ogmund, ele lhe deu um terreno para se estabelecer e erguer uma casa. Naquela época, acreditava-se que se, ao medir uma casa, um homem a achasse muito pequena, a fortuna da casa também seria reduzida; e três vezes Ogmund mediu, mas três vezes a medida ficou aquém. Os homens então acharam que a sorte daquela casa seria mínima; mesmo assim Ogmund construiu lá.

Ogmund se casou com uma mulher chamada Dalla e eles tiveram dois filhos. O mais velho, chamado Thorgils, era calmo, gentil e lento para se mover. Já o mais novo, chamado Kormak, era calado, apaixonado, tinha o temperamento agitado, os cabelos negros, era alto e forte; um bom *bardo* ou poeta, e seus versos eram facilmente lembrados. Quando os dois atingiram a idade adulta, Ogmund morreu e Thorgils assumiu o controle da casa. Ele era considerado um bom companheiro. Já Kormak ficou em casa por algum tempo, mas pouco fez.

Não muito longe dali, em um lugar chamado Tongue, vivia um chefe chamado Thorkell. Ele tinha um filho com o mesmo nome e, por isso, o chamavam de Rangedor de Dentes. Pai e filho eram homens orgulhosos. E sua filha, cujo nome era Steingerd tinha os olhos brilhantes, cabelos sedosos e era a mais bela das donzelas.

Ela estava longe de sua casa, em um lugar chamado Peaks, próximo à fazenda de Thorgils e Kormak. Um dia, Kormak e seu amigo Tosti saíram atrás de suas ovelhas. Eles passaram a noite em Peaks, pois estavam cansados. O salão era grande e fogueiras foram acesas para os convidados. Steingerd e sua criada estavam ansiosas para ver que convidados tinham chegado aquela noite e resolveram espiar pela porta do salão. Ao fazê-lo, Kormak viu os pés dela sob a porta. Ele então, sussurrou a Tosti:

"Veja os pés da donzela
Sob a porta.
Com amor, ela atingiu
O fundo do meu coração:
Má sorte ela vai me trazer,
E é isso que eu temo.
Essa donzela traz perigo
Quando está por perto."

Steingerd então percebeu que tinha sido vista e saiu pelos corredores, entrando em um deles na outra extremidade, atrás do trono. Ali achou que estaria escondida entre os pilares esculpidos, parou e olhou para o jovem. De repente, o fogo se acendeu e a luz brilhou em seus olhos. Só então Kormak a viu mais uma vez:

"Vejo os olhos brilhantes da donzela!
Acho que vão me prejudicar de uma forma maravilhosa."

Então ele falou com Tosti; enquanto Steingerd e sua criada conversavam sobre ele. Steingerd, como as outras mulheres, tinha prazer em desprezá-lo para que ela pudesse ouvir a serva elogiá-lo.

De manhã, Kormak a viu enquanto ela penteava os cabelos e a criada disse a ele: "O que você daria por uma esposa com cabelos e olhos como os Steingerd?" E ele respondeu dando mais uma olhada:

"Avalio um dos olhos dela em trezentas peças de prata,
E a cabeça que ela penteia, em quinhentas."

A criada lhe disse: "Pena que ela não ache o mesmo de você," mas ela sabia bem quais eram os verdadeiros pensamentos de Steingerd.

"Quanto a ela como um todo, eu avaliaria isso contra a Islândia, a Dinamarca e a Inglaterra, embora eu pudesse governar todos os três." Tosti se aproximou e lhe pediu para ir atrás das ovelhas, mas o que eram as ovelhas para Kormak? Ele preferia ficar em casa e jogar xadrez com Steingerd que cuidar das ovelhas nas montanhas. Já era tarde. E, quando ele chegou em casa, conversou com sua mãe sobre seu amor: "Mãe, faça-me roupas finas para que eu possa despertar mais graça nos olhos de Steingerd."

"Ai de mim!", disse Dalla. "Percebo o mal que está vindo sobre nossa casa. Já imaginou como isso parecerá aos olhos de Thorkell, seu pai, e seu filho?"

Thorkell era orgulhoso e arrogante e, quando lhe disseram que Kormak amava Steingerd, ele ficou furioso. "Quem é esse Kormak?", ele perguntou. "Ele é melhor que um escravo de Midfirth-Skeggi?" Lá morava Narfi, um homem baixinho e insolente, que Thorkell mantinha em sua casa e ele ouviu essas palavras. Por isso, um dia, quando Kormak estava em casa, pois Steingerd tinha vindo a Tongue, ele pegou algumas salsichas que estavam no fogo e as jogou no rosto de Kormak. "Você gosta dessas cobras de caldeirão?" ele perguntou. Não querendo brigar porque Steingerd estava por perto, Kormak disse que gostava. Mas, à noite, quando já estava indo embora, ele viu Narfi e se lembrou de suas palavras. Então, aproximou-se dele e ordenou que engolisse o que havia dito. "Não é assim," respondeu Narfi. "Se não gosta da comida, não precisa vir ao jantar." Ao ouvir isso, Kormak o golpeou com seu machado, mas o baixinho fugiu.

Havia uma bruxa, chamada Thorveig, que morava em Stanstead, em Midfirth. Ela tinha dois filhos, Odd e Gudmund, ambos violentos. Thorkell conversou com Odd e prometeu muitos presentes se ele e Gudmund ficassem à espera de Kormak. Os dois viram ali uma chance. Um dia, quando estavam no grande salão e Steingerd no trono, viram Kormak se aproximando. Quando ele entrou, os dois irmãos se levantaram para matá-lo. Odd agarrou uma espada e Gudmund, uma foice. Mas Kormak por acaso os viu e enfiou o escudo na sala à sua frente. A foice dobrou e a espada quebrou. Thorkell apareceu e disse que Kormak sempre foi encrenqueiro e louco em suas palavras. Ele ordenou que Steingerd saísse do salão e disse que Kormak não deveria mais vê-la. Kormak então declamou:

"Que meus inimigos, esses irmãos, afiem suas espadas,
Mas eles não me matarão.
Ainda que me ataquem em campo aberto,
Como se duas ovelhas atacassem um lobo."

Mais tarde, Kormak descobriu que Steingerd estava em uma certa casa. Ele foi até lá e, como a encontrou trancada, abriu e falou com ela. Mas ouviu sua resposta: "Você se preocupa pouco com a sua vida, pois os filhos de Thorveig estão à sua procura." "Na verdade, pouco me importo," disse Kormak, que lá ficou o dia todo. Ao partir, ele viu três homens à sua espera em um vale. Eram Odd, Gudmund e Narfi, que Thorkell tinha enviado para vigiá-lo e matá-lo. Mais uma vez ele declamou:

"Três homens estão à minha espera,

E se esforçam para manter minha donzela longe de mim:

Mas, quanto mais procuram nos atrapalhar,

Mais nos amamos."

Naquele momento, os três saltaram sobre ele. Os dois irmãos lutaram bravamente, mas Narfi ficou para trás, pois era covarde e medroso. Kormak lutou como um leão, e os dois irmãos não o mataram. A luta foi longa e Thorkell achou melhor ir ajudar os irmãos. Mas, quando ele vestiu sua armadura, Steingerd o agarrou para que ele não pudesse ir. No final, foi Kormak que matou Odd e feriu Gudmund, que morreu pouco depois.

Kormak foi então falar com Thorveig. "Você não pode mais viver por aqui," ele disse. "Neste momento, é melhor que vá para o exterior. Não vou dar uma moeda sequer nem a você, nem a qualquer um de seus filhos." Thorveig respondeu: "É provável que eu ceda e você parta daqui. Quanto à moeda, você tem o poder de negar. Mas, ainda assim, devo pagar a recompensa devida. Você nunca deve desejar tê-la salvado, se não puder ficar com ela." "Faça o seu pior, mulher má," disse Kormak. Pouco depois ele disse as palavras de Thorveig para Steingerd, o que a deixou muito triste, pois temia o poder da bruxa. Kormak respondeu:

"Todos os rios vão correr para trás,

Antes que eu a deixe, minha senhora!"

"Não se vanglorie!", ela disse. "Pequenas coisas podem anular suas jactâncias." "Não tema," respondeu ele. "Você não me escolheu para ser seu marido?" "Certamente!", respondeu ela. "Então peça a seu pai que me deixe casar com você." Depois disso, Kormak presenteou Thorkell por causa de Steingerd, e muitos homens assumiram a causa e imploraram por Kormak. Por fim, Thorkell cedeu e concordou em dar a mão de sua filha a Kormak.

Mas assim que isso foi feito, a mente de Kormak começou a mudar, pois Thorveig havia lançado feitiços poderosos. Quando Thorkell começou a falar sobre o dote, Kormak achou que não estava sendo tratado com justiça e as brigas começaram. Quando o casamento foi organizado, Kormak não compareceu. Os homens acharam que era uma vergonha mortal para Steingerd, seu pai e toda a sua casa.

Havia um homem chamado Bersi, que morava em Sowerby, não muito longe de Tongue. Ele havia enfrentado vários duelos e, portanto, era conhecido como *Holmgang* Bersi, ou Bersi, o Duelista. Thorveig o procurou quando ela foi expulsa de Midfirth. Bersi a acolheu e lhe deu uma porção de terra a oeste de Midfirth. Thorkell, após a vergonha imposta a ele por Kormak, lembrou-se de Bersi e achou que seria de grande ajuda se houvesse um duelo entre ele e Kormak. Assim, Narfi foi falar com Bersi e lhe disseram para oferecer Steingerd como esposa. "Bersi, os homens estão dizendo que você e Steingerd formam um belo par," ele falou. "Não há necessidade de pensar em Kormak, pois ele já demonstrou que não pensa mais na donzela." Na realidade, era Bersi quem estava prometido a Steingerd, mas o coração dela não era levado em conta. Ela então pediu que Narfi contasse tudo a Kormak. Narfi não gostou muito da missão, pois sabia que Kormak era precipitado, mas ele cavalgou com o escudo em punho e olhava tudo à sua volta como se fosse uma lebre assustada. Ao chegar à casa de Kormak, encontrou-o construindo um paredão gramado e batendo nele com uma marreta. "O que o traz aqui, Narfi?", ele perguntou. "Notícias triviais. Ontem à noite tivemos muitos convidados." "Quem eram esses convidados?" "*Holmgang* Bersi e mais dezessete, que vieram para ver a noiva dele." "Quem é a noiva?" "Steingerd, filha de Thorkell," respondeu Narfi. "Você sempre me traz más notícias," disse Kormak, avançando para cima de Narfi, ferindo-o com a marreta e derrubando-o do assustado cavalo. "Não devia ter feito isso," disse Thorgils, irmão de Kormak. "Ele mereceu." Narfi voltou a si, levantou-se e contou toda a história do casamento. "Steingerd sabia disso?" "Não, até à noite, quando eles chegaram lá," ele disse. "Mas você deve achar mais fácil me maltratar que lutar com Bersi, Kormak."

Quando Kormak soube que Steingerd estava casada com outro, todo seu amor por ela voltou de forma torrencial. No mesmo instante, pegou seu cavalo e suas armas e correu atrás de Bersi. "Aonde você vai?", quis saber Thorgils. "Atrás daquele que roubou a mulher que amo," ele respondeu. "Vai ser inútil," disse Thorgils, "Bersi já deve ter chegado à sua casa. Vou com você." "Nenhum homem vai me deter," disse Kormak. Ele então cavalgou na frente, mas não tinha ido muito longe, quando seu cavalo atolou. Thorgils e mais dezessete homens o encontraram perto da casa de Thorveig. Bersi havia chegado um pouco antes, e ela lhe emprestou um barco para cruzar o estuário. "Mas, antes de nos separarmos," ela disse, "queria lhe dar um pequeno presente, este escudo. Acho que você não pode ser ferido. O presente é pequeno em troca da casa que você me deu." Bersi agradeceu e eles se separaram. Thorveig sabia da vinda de Kormak e Thorgils. Por isso, mandou alguns homens para fazer furos em todos os outros barcos. Logo apareceram Kormak e os outros, e pediram um barco a Thorveig. "Não vou lhe prestar esse serviço por nada. Quero dois marcos pelo empréstimo." Mas Thorgils disse que duas onças seriam mais que suficientes. "Não perca tempo," disse Kormak; ele pulou no barco e Thorgils entrou logo depois. Mas não foram muito longe. O barco ficou cheio de água e eles precisaram voltar para a terra com muito esforço.

"Você merece uma punição em vez de pagamento, mulher má," disse Kormak. "Foi uma brincadeira," respondeu Thorveig. Thorgils então deu a ela o dinheiro. Enquanto isso, Bersi chegou em casa em segurança. Depois disso, nada agradaria a Kormak, a não ser que ele enviasse um desafio a Bersi, embora Bersi tivesse lhe oferecido a mão de sua irmã Helga. "É uma boa oferta," disse Thorgils. "Não é assim," disse Kormak. "O que são todas as mulheres do mundo para Steingerd?" Por isso o desafio foi enviado.

Quando Dalla, a mãe de Kormak, soube disso, ficou muito descontente com o filho. "Você agiu de forma tola," ela disse. "Helga é um bom par, mas não há em toda a Islândia lutador como Bersi. Além disso, ele tem uma espada chamada Whiting, à qual nada pode resistir, e uma pedra de cura, que cuidará de todas as suas feridas." Por isso, ele enfrentou uma série de lutas, e ainda outros feitiços de Thorveig para ajudá-lo: o que você tem contra tudo isso?" "Meu bom machado," respondeu Kormak.

"Grande coisa," disse Dalla. "Procure Midfirth-Skeggi e peça que ele empreste a você a grande espada Skofnung: só ela pode quebrar feitiços."

Skofnung era, de fato, poderosa, e um homem sábio que a segurasse não perderia luta. Nela estava amarrada uma pequena carteira que jamais deveria ser tocada; além disso, o sol nunca poderia brilhar no punho; e só deveria ser usada se o proprietário estivesse pronto para a batalha. Se puxada com pressa, ela emitiria um som forte, mas, se tirada com atenção, faria coisas estranhas; uma cobra sairia pelo cabo e, se a lâmina estivesse devidamente inclinada, ela rastejaria novamente em sinal de boa sorte.

E assim, quando Kormak procurou Skeggi e pediu sua espada, Skeggi negou. "Lenta é a mente da espada," ele disse, "e você é precipitado. Ela pouco fará por você." Mas Dalla foi até Skeggi e fez o mesmo pedido. "A você eu empresto, se fizer tudo o que eu mandar; caso contrário, será difícil para ele," disse. E ele explicou a Kormak todas as necessidades da espada. Kormak a pegou e imediatamente esqueceu tudo o que Skeggi havia dito. Em sua casa, tirou a espada da bainha e ela saiu gritando. E ele fez isso com tanta pressa que acabou arrancando a carteira. "Infelizmente," disse Dalla, "tudo acabou para você. Eu devia saber que isso aconteceria, acelerado que você é."

Entretanto, Kormak levou Skofnung com ele até a azinheira. E foi tão depressa que não protegeu o punho do sol. Mais uma vez a espada gritou ao ser puxada; e, quando a cobra rastejou, Kormak não inclinou a lâmina. Portanto, a sorte de Skofnung passou longe dele.

Naquela época, era costume no *holmgang* que cada homem golpeasse três vezes o escudo do outro, primeiro um e depois o outro; e, se nenhum sangue fosse derramado, eles deveriam lutar sem os escudos. Bersi tinha trazido três escudos, e o terceiro era aquele que Thorveig havia enfeitiçado: se Skofnung tivesse sido tratada corretamente, seus encantos teriam sido úteis. Eles então se golpearam e cada escudo foi dividido, até que coube a Kormak atacar o escudo mágico. E, quando ele aplicou seu golpe, **Skofnung** se quebrou, o fogo voou do escudo, e a ponta da lâmina foi empurrada de volta às mãos de Kormak, de modo que o sangue caiu no tapete sobre o qual tinham lutado. Então, os homens se colocaram entre eles e disseram que Kormak tinha sido dominado. Ele não gostou de seu destino, mas teve que pagar o resgate e contar a Skeggi como ele se saiu com a espada. Skeggi disse que tudo aconteceu da forma como se esperava de um homem como Kormak.

Demorou para que a ferida cicatrizasse e ainda mais antes de Kormak ter paz de espírito, pois amava Steingerd e era incapaz de suportar que outro a tivesse. Quanto a Skofnung, quanto mais os homens se esforçavam para quebrá-la, pior era.

Por muito tempo, Kormak ficou em casa, com o coração corroído pela tristeza. Mas aconteceu que Bersi ainda tinha outro *holmgang*; e foi gravemente mutilado: Steingerd então, menosprezando a ideia de ser esposa de um homem mutilado, e também amando Kormak, mandou-o embora e foi para a casa de seu pai. "Agora Kormak com certeza vai se casar comigo," ela pensou. Mas o feitiço de Thorveig continuava poderoso; e, como antes, ele não a amava.

Mais uma vez, Steingerd foi dada em casamento e, desta vez, a um homem chamado Tintein, que morava no norte da Islândia. Assim que Kormak ouviu isso, seu amor brotou mais uma vez. "Não posso suportar," disse ele a Steingerd em um de seus versos, "que você se case com um homem de lata; nunca mais sorrirei agora que seu pai a entregou a essa pessoa." Steingerd respondeu: "Você não me quis quando podia; não adianta lamentar agora que não pode." E ela contou a Tintein as palavras de Kormak. Tintein então contou ao irmão, Thorvard. E Thorvard percebeu que Kormak tentava frequentemente falar com Steingerd. Por isso, Thorvard convocou Kormak ao *holmgang*. Todos sabiam que Kormak era o melhor espadachim. Thorvard então procurou uma mulher sábia chamada Thordis, que, embora fosse amiga de Kormak, preparou Thorvard para uma batalha de muitos feitiços. Não muito tempo depois, Kormak foi falar com Thordis e implorou que ela o preparasse da mesma forma. "Ai de mim!", disse a mulher. "Você chegou tarde demais: não sabia que estava preparando um inimigo seu. No entanto, pela amizade que existe entre nós, vou desfazer os feitiços que lancei sobre ele. Mas temo sua pressa; preste atenção para não dizer nenhuma palavra, a não ser que eu fale alguma coisa, por mais que você me vir fazer." Para desfazer o feitiço, ela teve que matar três gansos na azinheira ou no local da batalha. E, por três noites, ela foi com Kormak até lá para matar o ganso. Mas sua pressa era tanta, que ele falava com ela, até que, por fim, ela disse: "É inútil tentar ajudar você, apressado do jeito que é: se tivesse me obedecido, eu daria a vitória a você amanhã, e também teria quebrado os feitiços de Thorveig, para que você pudesse se casar com Steingerd e amá-la até o dia de sua morte; mas agora é impossível." Kormak ficou zangado, de fato, mas não adiantou nada delirar. A batalha começou e Kormak não perdeu nela, mas não venceu Steingerd.

Steingerd e Tintein partiram para a Noruega. Quase ao mesmo tempo, zarparam Kormak e seu irmão Thorgils. Durante a viagem, o navio de Tintein foi atacado por vikings, mas Kormak estava próximo e o salvou, não por amor a Tintein, mas por amor a Steingerd. E assim eles foram juntos para a corte do rei Harald, na Noruega, onde Kormak frequentemente via Tintein na companhia de Steingerd. E gostava disso. Mas, um dia, ele os viu juntos no navio. Repentinamente, ele se irritou, agarrou o leme de seu próprio barco e o arremessou contra o de Tintein, que caiu atordoado. Foram muitas as brigas como essa, até que Tintein e Steingerd saíram da Noruega para a Dinamarca.

Um dia, quando viajava com seu navio, Kormak viu um outro navio vindo em sua direção. Quando ficaram próximos, ele percebeu que o capitão da outra embarcação era Tintein. Mas Tintein não disse a ele palavras de raiva, e sim pediu ajuda: "Alguns vikings nos atacaram e levaram Steingerd e eu queria a sua ajuda para pegá-la de volta. "É claro que vou ajudá-lo. Onde estão os piratas?", quis saber Kormak. "Não muito longe, respondeu Tintein. Kormak navegou ao lado de Tintein e, por sorte, os piratas apareceram em um determinado porto, quando a maioria da tripulação estava em terra. Ele entrou a bordo e matou o primeiro homem que viu. Esse homem era Thorstein, o homem que tinha levado Steingerd; o restante da tripulação morreu ou nadou até a praia. Steingerd foi resgatada e Tintein disse a Kormak: "Pela lei da conquista, ela é sua. Leve-a e vá em paz." Tintein mal tinha acabado de falar quando Kormak sentiu que jamais poderia se casar com ela. Então, eles se separaram e nunca mais se viram.

Mas é preciso falar um pouco mais sobre Kormak. Ao lado de Thorgils, navegou pelas ilhas britânicas e, dizem, eles fundaram Scarborough, que assim foi chamada em homenagem ao outro nome de Thorgils, Scard, mas tudo terminou na Escócia, onde ele caiu em combate com um gigante. E foi assim que morreu Kormak Ogmund-filho, cujo destino era nunca se casar com a mulher que amava e só amá-la quando ela estava casada com outro.

Quanto a Thorveig, dizem que, como Kormak, ela estava navegando para a Noruega e uma morsa surgiu do mar e fez como se fosse atacar o navio de Kormak. Mas Kormak a atingiu com uma longa lança, golpeando-a com força. Dizem os homens que, quando ela afundou, seus olhos eram os olhos da bruxa Thorveig, que havia se tornado uma morsa para matar Kormak e ela mesma foi morta. Seja como for, nessa mesma hora Thorveig ficou doente, na Islândia, e morreu em sua cama.

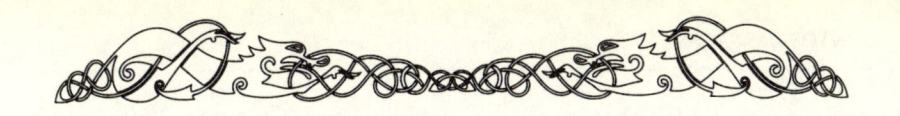

A HISTÓRIA DE GEIRMUND PELE INFERNAL

como contado por Edward Ernest Kellett

GEIRMUND e Hamund eram os filhos gêmeos do rei Hjor. E esta é a história que conta por que os dois eram chamados de Pele Infernal. Na época em que Hjor teve que ir a uma reunião de reis, sua rainha "não estava bem" e enquanto ele esteve fora, ela deu à luz dois filhos. Eram bons meninos, mas o que mais os marcou foi a pele. Os homens nunca tinham visto peles mais escuras que as daquelas crianças. A rainha não lhes dava muita importância porque considerava a cor de sua pele um mau agouro. Havia um escravo chamado Lodhott, que foi colocado no comando dos outros escravos. Ele era casado e sua esposa teve um filho no mesmo momento em que a rainha deu à luz seus gêmeos: esse menino, filho do escravo, era tão bonito que a rainha considerou seus próprios filhos desfavorecidos, quando comparados a ele. Por isso ela planejou fazer uma troca com a serva que não ousou negar-se a fazer o trato. Então, a rainha pegou o filho do escravo e fez o povo saber que ele era seu filho e lhe deu o nome de Leif. A serva, por sua vez, criou os gêmeos como escravos até que eles tivessem três invernos, enquanto Leif tinha a criação de um príncipe. No entanto, os gêmeos mostraram sinais de sua verdadeira origem.

Bragi, o *bardo*, veio ao encontro do rei Hjor e ficou ao seu lado por algum tempo. Um dia, o rei resolveu caçar e poucas pessoas ficaram no palácio. Bragi estava sentado próximo à janela, enquanto a rainha, deitada na alcova, estava tão escondida que ninguém podia vê-la. Leif se sentou no trono e ficou brincando com um anel de ouro. Os gêmeos, que achavam que não havia ninguém na sala além de Leif, aproximaram-se para vê-lo brincar. Geirmund disse ao irmão: "O que aconteceria se pegássemos o anel de Leif e brincássemos com ele por algum tempo?" "Estou pronto," respondeu Hamund. Eles correram para pegar o anel e Leif chorou amargamente. Eles então disseram: "Que estranho. Certamente o filho de um rei não ia chorar por perder um anel de ouro." E o tiraram do trono e zombaram dele.

Mas Bragi viu toda a cena. Ele então se levantou, foi até a rainha e, tocando-a com seu cajado, disse:

"Os dois estão no salão e eu sei bem,
Hamund e Geirmund são filhos do rei Hjor.
E Leif, o terceiro, é filho de Lodhott,
Não foi gerado por você."

Em seguida, a rainha se levantou e saiu com os meninos, devolvendo Leif à sua mãe. Ela considerou que era verdade que eles tinham, dentro de si, o alto espírito que desde o nascimento deviam ter. Ao entardecer, quando o rei voltou e se sentou em seu trono, a rainha foi ao seu encontro, levando os dois meninos com ela e contou ao marido tudo o que tinha feito, e contou também sobre a troca com a serva e a oferta do acordo que julgou conveniente. O rei então, olhando para os garotos, disse: "Na verdade, percebo que eles são da minha raça; mas nunca vi meninos de pele tão escura quanto eles." A partir daquele momento, ambos receberam o sobrenome Pele Infernal. E assim eles cresceram, deixaram a terra onde moravam e ganharam riqueza e glória, conduzindo com habilidade um grande navio, tanto que, em algumas sagas, especialmente na de Rolf, o Negro, diz-se que aqueles irmãos foram considerados os maiores vikings entre os reis do mar daquela época.

A SAGA DE HORD
como contado por Edward Ernest Kellett

ESTA é a história de alguém cuja má sorte o acompanhou desde a juventude, e que teve um triste fim por causa de uma maldição lançada impensadamente por sua própria mãe quando ele ainda era criança. Naquela época, os homens tinham que dar atenção às suas palavras, pois, se falassem qualquer coisa de forma descuidada, as Nornas ouviam e certamente não deixariam que as palavras caíssem no chão.

No sudoeste da Islândia, havia um homem chamado Grimkell. Era silencioso e sério, mas justo e honrado, e nunca havia falhado em fazer sacrifícios aos deuses. Ele pediu Signy, a filha de Valbrand, em casamento. Ela era viúva e rica: os homens a consideravam um grande casamento. Mas Valbrand achava que Grimkell não era marido para a filha e hesitou em consentir, embora Torfi, seu filho, achando que os dois não concordariam, colocou-se contra e disse que o azar surgiria daí. Ainda assim, a troca foi negociada e realizada.

Estando velho, Valbrand não seguiu os costumes e não foi à casa do noivo, mas mandou um amigo, cujo nome era Kol, em seu lugar. Grim, filho do casamento anterior de Signy, foi com ele e com outros trinta homens. O mal era o presságio dessa jornada: um cavalo se perdeu em um monte de neve e Grim desejou mesmo voltar. Mas Kol o obrigou a continuar. Grimkell ofereceu um grande banquete, imaginando, no entanto, que nem Valbrand, nem Torfi tivessem vindo com a noiva.

Signy era orgulhosa e adorava de se exibir. Grimkell, como se sabe, era silencioso e não gostava de companhia e diversão. Em pouco tempo, os dois começaram a não se entender e poderiam ter discutido, mas aquele Grim, que amava os dois, muitas vezes agia como pacificador. Ele era gentil e honesto, mas logo se casou e deixou o lugar. Sua esposa, Gudrid, era filha do rico Hogni. Grimkell abasteceu sua fazenda regiamente e, assim, Grim não demorou a ficar rico. Ele e Gudrid tiveram um filho, ao qual deram o nome de Geir.

Signy teve um sonho. Ela viu uma grande árvore crescendo. Os ramos eram tão poderosos que cobriam a casa, mas ela não floriu.

Deste sonho ela gostou bastante, pelo que contou sua mãe adotiva Thordis, uma mulher habilidosa com os presságios. Mas Thordis mudou de ideia e passou a não gostar mais. "Esse é o significado," ela disse. "Você terá um filho forte e belo, mas não haverá amor entre ele e a família." Pouco tempo depois, Signy deu à luz um filho, ao qual deu o nome de Hord: belo e forte, mas havia algo estranho com ele, que não andou até os três invernos de vida. O povo o considerava um azarado. Um dia, enquanto Grimkell oferecia sacrifícios no templo, Signy estava sentada em um banquinho, com um colar sobre os joelhos, uma relíquia da família e um grande tesouro. O menino, vendo o colar, levantou-se sem nunca ter andado antes e se aproximou da mãe. Agarrou o colar e o quebrou, fazendo com que os pedaços caíssem no chão. Signy, com muita raiva, gritou: "Veja esta criança! Azarados foram seus primeiros passos, o próximo será pior e o último, o pior de todos!" Ao ouvir essas palavras, Grimkell, sabendo que as Nornas deviam tê-las ouvido, não disse mais nada, mas pegou o menino e o carregou até Grim e Gudrid. "Criem-no para mim," ele pediu, "pois a mãe dele atrai azar para ele." Eles o pegaram e o trouxeram com Geir, mas Signy, com raiva de si mesma e de Grimkell, desde então viu cada vez menos o marido. Pouco depois, ela teve uma filha, chamada Thorbjorg, na casa de Torfi, mas morreu ao dar à luz. Torfi não gostou da criança que causou aquele mal e ordenou que a jogassem no rio. Mas o homem, em vez de obedecer, levou-a para Grim e Gudrid, que ficaram com ela e a criaram com Geir e Hord.

Ao ouvir isso, Grimkell ficou furioso com Torfi, e de bom grado o teria matado, mas Grim e o representante da lei, Thorkell, um homem justo, o convenceram a ficar com seiscentas onças de prata como indenização. Quando Torfi veio pagar, Grimkell disse: "Não peço para mim. Pague, e com juros, a Hord, quando ele atingir a idade adulta." Torfi respondeu: "Eu pagarei, se Hord for um homem melhor que seu pai." "Que assim seja," respondeu Grimkell. "De qualquer forma, isso não fará bem a ele, vendo de onde vem. Mas os meninos se parecem com os irmãos da mãe; portanto acho que Hord será pior do que eu." Diante disso, ouviu-se um grande grito, e as coisas chegaram perto de um derramamento de sangue; e embora os dois homens não brigassem naquela época, pouco amor entre eles houve desde então. Hord foi a causa da disputa entre seus parentes desde cedo.

Aos doze anos, Hord era páreo para a maior parte dos meninos de dezesseis; e, aos quinze, era uma cabeça mais alto que a maioria dos homens adultos. E ele ainda tinha um dom: nada o encantava mais que ver as coisas como elas realmente eram. Tinha também a visão mais aguçada entre todos os homens e, em todos os esportes, era o maior campeão. Geir também era alto e forte, embora menos que Hord; e os dois sempre estavam juntos, havia apenas uma mente entre os dois.

Certo dia, um navio, cujo proprietário era um homem chamado Brynjolf, veio da Noruega. No "Thing", Brynjolf encontrou Grimkell e disse: "Com prazer, queria conhecer seu filho Hord, de quem tenho ouvido muitos elogios." Hord e Geir passavam por ali e Grimkell chamou Hord e o apresentou a Brynjolf que, olhando para ele, viu que a fama não errou ao elogiá-lo. Então, ele disse: "Se quiser ir comigo para a Noruega, serei seu parceiro e lhe darei metade de todos os nossos ganhos." "É uma estranha proposta para alguém que você nunca viu antes," disse Hord. "Ainda assim, irei com você se pelo menos eu puder reunir bens suficientes para negociar." Geir também queria ir e persuadiu Hord a levar com eles um homem chamado Helgi Sigmundson. Hord não gostou da ideia pois, por ver as coisas como elas realmente eram, percebeu em Helgi um temperamento que traria má sorte. Mesmo assim, ele concordou. Grimkell lhes deu uma grande quantia em dinheiro e um estoque de mercadorias para que ele pudesse comerciar. Eles então zarparam e chegaram a Bergen com bons ventos.

Nessa época, Harald Greyfell era o rei da Noruega e Edgar, o Pacificador, reinava na Inglaterra. Harald deu as boas-vindas a Hord, deu-lhe permissão para negociar e fez dele seu homem. Logo se viu quão nobre era Hord: ele teve boa participação na guerra, fez fortuna e ganhou renome. E, por uma coisa, ganhou fama especial. Havia uma colina onde estava escondido um antigo viking. O povo dizia que esse homem tinha uma grande espada nas mãos e um precioso anel em seu dedo. No entanto, ninguém nunca ousou entrar ali para conseguir esses tesouros. Quando soube disso, Hord foi até lá, enfrentou o viking e, vencendo-o, pegou a espada e o anel. Sua fama se espalhou por toda parte, de modo que Jarl de Gautland lhe deu a mão de sua filha Helga em casamento e, embora ela fosse um modelo de mulher, dizia-se que um homem como Hord não estava à altura dela.

Enquanto isso, na Islândia, sua irmã Thorbjorg havia crescido e se casado com um homem chamado Eindridi. Logo após esse casamento, Grimkell morreu e, o que foi ainda pior, Grim e Gudrid também morreram. Eindridi e Illugi, que se casou com a filha mais velha de Grimkell, cuidaram da divisão das terras e dos bens. Logo depois, Hord, então com trinta anos, voltou acompanhado da esposa Helga, de Helgi Sigmundson e muitos seguidores. Até agora, ele tinha tido pouco azar, mas as Nornas não o esqueceram. Ele conheceu Eindridi e Illugi e eles se trataram de forma justa. Eindridi ficou apenas com a parte de Thorbjorg, e Illugi o acolheu tão regiamente durante todo o inverno que Hord disse estar feliz por ter encontrado um cunhado como ele. Mas, depois, pensou sobre o dinheiro que lhe era devido pela sentença do homem da lei, Thorkell Moon, por Torfi. E procurou Torfi para cobrá-lo. Torfi disse: "Lembro-me de minhas palavras a seu pai, de que só pagaria se você fosse um homem melhor que ele. Não vejo provas de que você tenha superado seu pai." Hord então respondeu: "Não me vanglorio tanto, mas o dinheiro é meu e eu o terei." Assim dizendo, ele se foi e contou a Illugi sobre a negociação injusta de Torfi. Imediatamente, os dois reuniram um bando de homens e foram para Broadbowstead, onde Torfi vivia. Ao vê-lo, Torfi adiantou-se e disse: "Agora vejo claramente que você é filho de seu pai: o que eu disse foi apenas para testá-lo. Pegue seu dinheiro, suas terras e tudo mais... e eu vou lhe dar sessenta cabeças de ovelhas para selar a amizade que deve haver entre homens tão próximos." Hord aceitou o presente, mas vendo Torfi como ele era, amou-o mais por sua submissão e por suas palavras.

Entre os homens de Torfi havia um pequeno fazendeiro chamado Aud, cujos cavalos costumavam se perder nas terras de Hord, causando grandes estragos. Um dia, Hord disse a Helgi Sigmundson: "Vá em frente e afaste esses cavalos. Helgi foi e encontrou Sigurd, filho de Aud, levando os cavalos para casa. "Por que você é tão negligente no cuidado com seus animais?", ele perguntou. "Você e seu pai são as pragas da terra." A essa afirmação, Sigurd respondeu também de forma rude e uma briga se seguiu. Por fim, Helgi matou Sigurd. Hord veio em seguida, ver o que tinha acontecido. "Você é um patife," ele disse a Helgi. "Matou um jovem inofensivo. Seria justo eu matar você, mas ainda vou poupar sua vida. Porém minha mente prediz que este é o começo de má sorte para você, e ela arrastará sobre mim o mal a que foi condenado." Assim dizendo, ele não foi de imediato contar a Aud, mas, jogando uma capa sobre o menino, foi para casa.

Um pouco mais tarde, ele procurou Aud e disse: "Para mim, é grande a dor pela morte de seu filho, que aconteceu contra a minha vontade. Autocondenação eu lhe dou: diga o seu preço e ninguém dirá que agi de forma injusta com você." "Tarde demais," respondeu Aud. "Estive com Torfi, que assumiu meu caso e prometeu fazer o melhor possível." Hord, sentindo uma repentina onda de ira, que o povo considerou ter vindo das Nornas, desembainhou a espada e gritou: "Isso é por invocar Torfi contra mim." E matou Aud. Não satisfeito, ateou fogo e queimou o corpo até o fim. Quando tudo terminou, a fúria o abandonou.

Ao saber o que tinha acontecido, Torfi convocou Hord para responder por isso no Althing ou Moot de toda a Islândia. Hord disse que estaria zombando de si mesmo ao responder a Torfi, que sempre fora seu inimigo, mas mandou Helgi a Eindridi, pedindo que assumisse o caso no Parlamento. Eindridi respondeu que, naquela época, tinha um caso em um "Thing" menor e prometeu ajudar Illugi nisso. Ele então disse: "Mas, se Hord vier em meu lugar, ele não terá falta da minha ajuda." Helgi voltou a Hord e, sem falar sobre essa última oferta, disse que Eindridi se recusou a ajudá-lo. Assim, quando o caso foi instaurado no Parlamento, não havia ninguém para advogar a favor de Hord, e ele e Helgi foram igualmente considerados fora da lei.

Quando ouviu as notícias, Hord riu delas, dizendo: "Torfi me baniu, mas o que importa? E, destruindo todas as propriedades que não podia levar, ele foi até a casa de Geir, em um lugar chamado The Flats. Lá, deixando poucas coisas para Torfi levar, ele fortificou The Flats, e daí em diante viveu como um pirata; Geir, voluntariamente, juntou-se a ele. E, descobrindo que o gado era pouco para alimentar um grupo tão grande, Geir e Helgi foram até uma fazenda chamada Waterhorn. Mataram o pastor e levaram o gado embora. Hord gostou da maldade. "Você podem roubar abertamente," ele disse, "mas esse tipo de roubo deve acabar." No entanto, ele não podia impedir seus homens de fazer uma coisa que ele não gostava.

A notícia desse feito em Waterhorn se espalhou por toda parte e causou um grande alvoroço. Logo chegaram mais notícias. Um homem chamado Kolgrim, que não morava muito longe, chamou o grupo para participar de um jogo no gelo no Yuletide. Nesses jogos, quem vinha de fora sempre levava a pior, mas não havia motivo para isso, até que acharam que Kolgrim tinha colocado um feitiço maligno em seus sapatos, que tinham sido feitos com o couro dos bois roubados. Quando Hord ficou sabendo disso, disse: "Não vai adiantar nada se não pudermos nos vingar." Ele foi aos jogos e lutou tão furiosamente que seis de seus inimigos caíram mortos no gelo. O sétimo, um homem chamado Onund, ficou gravemente ferido, mas se arrastou até lá. No entanto, ao se aproximar de sua casa, disse: "Preciso sentar e amarrar meus sapatos." E, sentando-se, morreu. Esse lugar sempre foi conhecido como Colinas de Onund. Essas coisas fizeram os homens acabar com The Flats e com os bandidos que lá moravam, e cujo número aumentava constantemente, à medida que mais bandidos se juntavam ao bando. No verão, os homens do "Thing" se encontraram e planejaram destruí-los. Hord, sabendo disso e sabendo que por mais que resistisse, a fome venceria no final, deu ordens para que os homens se mudassem para uma azinheira ou ilha no estuário de Dinner Ness. Essa ilha ia até o mar e poucos homens foram necessários para defendê-la. Duzentos foram com Hord, pegando os barcos de quem morasse por perto. Lá, ergueram um grande salão à beira do penhasco e cortaram passagens subterrâneas para que, se necessário, pudessem escapar. Eles tinham um único problema: não havia abastecimento seguro de água. Por isso, construíam um grande tanque e mandavam homens até a foz do rio para buscar água potável em um barco que era esvaziado nesse tanque. E eles fizeram as leis. Todos os homens deviam obedecer primeiro a Hord e depois a Geir. Se um deles ficasse doente e não se recuperasse em três dias, era jogado do penhasco. Todos eles tiveram que fazer um juramento para observar essas leis e ser fiéis até a morte. Destes, os chefes eram Thord Kott, Thorgeir Girdlebeard, de quem nunca se disse uma palavra boa, e Helgi Sigmundson, que dificilmente era melhor que Thorgeir. Na fortaleza, estava Helga, esposa de Herd, que não tinha interesse em qualquer um dos homens, e seus dois filhos, Grimkell e Bjorn.

Hord ficou naquela azinheira por três anos. Diariamente aconteciam batalhas, roubos e maldades, nas quais Thorgeir era o pior; nem Hord conseguia detê-los, embora soubesse que eles eram responsáveis por sua má fama. Às vezes, os homens da Ilhota de Geir, nome pelo qual a ilha era chamada, lutavam melhor; às vezes, pior. Mas todos eles os temiam e desejavam sua destruição. Destes três anos, a saga conta várias passagens.

Ninguém odiava as azinheiras mais que Ref, o sacerdote, um chefe e grande lutador. Ref tinha um irmão, Kjartan, muito forte também, mas dizia-se que não era de falar verdades, era mal-intencionado e não muito amado. A mãe deles, Thorbjorg Katla, era uma bruxa muito velha, cujos feitiços eram poderosos. Katla se vangloriava de que seus feitiços e encantos e se dizia a salvo dos homens da azinheira, independentemente de como eles se esforçassem para prejudicá-la. Todos esses detalhes chegaram aos ouvidos de Geir, e ele decidiu colocá-la à prova. Para isso, partiu com Thord Kott e outros onze homens para a casa de Katla. Aproximando-se, ele deixou dois homens cuidando do barco e colocou Thord de vigia em um rochedo. Ele e os outros foram em direção à casa. Mas Katla, sabendo por suas artes que um barco tinha partido, veio para a porta e levantou tamanha névoa que homem nenhum conseguia ver seu companheiro. Então, mandando uma mensagem a Ref, ela esperou; e Ref veio rapidamente com quinze homens. Eles encontraram Thord no rochedo e o mataram. Depois, voltaram para a costa onde estava Geir. Repentinamente a névoa se dissipou e eles viram começar uma luta violenta. Todos os homens de Geir morreram, e três de Ref. Geir, muito ferido, teve muita dificuldade de chegar à azinheira, onde Helga, que conhecia a arte da cura, cuidou de seus ferimentos.

Pouco depois Hord, achando que Eindridi tinha sido infiel a ele, pois confiava na história de Helgi, mandou seus homens colocar fogo na casa de Eindridi. Os homens tiveram um pouco sucesso, mas os chefes, sentindo que precisavam acabar com esses perigos, puseram-se a discutir a tomada da azinheira. Enquanto estavam conversando, uma mulher entrou na discussão junto com Thorbjorg, a esposa de Eindridi e irmã de Herd. Ela disse: "Ouçam! Eu conheço seus planos. O que pode acontecer com o resto não me importa. Quem quer que mate Hord, faça-o saber que eu serei sua perdição!" Um silêncio mortal caiu sobre a multidão. Por fim, alguém disse: "Mesmo assim, devemos acabar com as azinheiras ou a terra morrerá. Ref então respondeu: "A força contra a azinheira é vã; as falhas devem ser julgadas. Portanto, que um homem vá até lá e faça o juramento como um deles. Aí, quando ele ganhar a confiança de todos, diga que se eles se espalharem e voltarem para suas casas, suas vidas serão poupadas. Torfi considerou o conselho como bom. "Mas, primeiro," ele disse, "vamos nos mover para o Ness, fora do alcance de qualquer um dos homens de Hord." No dia seguinte, jantaram no Ness. Eles então olharam à sua volta para ver quem iria. "Quem for," disse Torfi, "receberá grande honraria. Além disso, acho que, agora, as azinheiras, por suas más ações, perderam a sorte e não verão as coisas como elas realmente são." Kjartan então disse: "Tenho minhas próprias contas para acertar com os homens da azinheira. Eu vou. Mas, se Hord for capturado, vocês terão que me dar o tesouro dele, o anel de ouro que ele tirou do túmulo." "Assim será," selou Torfi.

Havia um homem, Thorstein, que jurou nunca fazer mal aos homens da azinheira. Kjartan pegou seu barco e foi até lá. Ele foi bem recebido, pois a Norna havia lançado um feitiço em suas mentes. E eles acreditariam em qualquer história. Apenas Hord, que sempre viu as coisas como elas eram, não foi enganado. "Mas veja," disse Geir, "ele veio no barco de Thorstein, e Thorstein prometeu nunca nos trair." "Vocês estão cegos," disse Hord. "Kjartan é o homem errado para uma missão amigável." "Se quiser, eu faço o seu juramento," disse Kjartan. "Seu juramento é apenas uma palavra sem valor," disse Hord. Apesar de tudo, os homens que eram visionários e estavam cansados de sua vida, desobedeceram a Hord e partiram: ou melhor, ele ficou muito contente por entrar no barco primeiro. Kjartan os levou até um ponto que os ocultava das vistas dos homens das azinheiras e ali todos foram mortos. Kjartan então voltou e agora, quem queria ir era Geir, pois também estava louco e inflamado. "Você está enfeitiçado," disse Hord. "Não viu que Kjartan voltou sozinho? Se ele fosse verdadeiro, teria trazido testemunhas de sua verdade." Mas a desgraça estava em Geir, e ele foi, e muitos foram com ele. Ao contornar a ponta, Geir viu uma multidão de escravos. "A má sorte segue a decisão errada," ele gritou. "Hord sempre viu mais longe do que eu," e saltou na água. Mas um homem chamado Orm, amigo de Eindridi, que era o melhor lançador de dardos, o viu e imediatamente lançou um dardo, que atingiu Geir e o matou. O povo disse que foi o melhor arremesso de que já se ouviu falar. Todos os outros homens morreram.

Kjartan foi muito elogiado por seu ofício. Torfi então disse: "Poucos podem ficar para trás: quer tentar novamente?" Ele respondeu: "Vou colocar o punho no bastão," e partiu para sua última viagem. Na azinheira, ficaram só Hord, Helga e seus dois filhos; Helgi Sigmundson e alguns mais. Helga viu a morte de Geir do penhasco e pediu a Hord que olhasse. Ele olhou e não viu nada. "Você nunca deixou de ver as coisas como elas são," disse Helga. "Temo que a desgraça esteja em você." Então, Kjartan apareceu nas costas dela e nadou com ele até o continente. Depois, deixando Bjorn, ela nadou de volta e carregou Grimkell da mesma maneira. A noite que passaram em uma fenda no rochedo foi chamada de Fenda de Helga. Os três foram para a casa de Eindridi e chamaram Thorbjorg, Quando apareceu, comovida como estava, ela não disse uma palavra. Mas colocou os três em um espaço e esperou por Eindridi.

Quando Eindridi voltou, ela quis saber toda a história sobre a morte de Herd, e ele lhe contou. Ela então disse: "Sua esposa eu não vou ser, a menos que você mate Thorstein." Ele não gostou do trabalho, mas, como a amava, ele assim o fez e depois voltou para contar a ela. "Cumpri minha promessa," disse ela, "de que eu seria a ruína do assassino de Herd, embora ainda exista uma outra coisa. "No que está pensando?", ele perguntou. "Mesmo agora, nunca vou ser sua esposa, a não ser que você prometa abrigar Helga e seus dois filhos, se eles vierem em busca de ajuda." "Essa promessa é fácil," ele disse, "pois com certeza estão mortos. Procuramos por toda a azinheira, e não os encontramos. Acreditamos que tenham se lançado ao mar e lá tenham morrido." Em seguida, Thorbjorg foi ao depósito e trouxe Helga e os filhos. "Você tem estado muito astuta comigo," disse Eindridi. "Ainda assim, mantenho minha palavra." E ele os recebeu em sua casa e criou os filhos como se fossem seus.

Hord tinha trinta e nove anos quando morreu. Por trinta e seis deles, ele foi honrado e teve boa fama e, por três, foi um fora da lei. Mas o povo acha que poucos o superaram, primeiro por causa de sua sabedoria no aconselhamento e na habilidade na luta; em segundo lugar, por causa da nobre mulher que era sua esposa; e, por último, por causa da vingança ocorrida depois de sua morte.

E aqui termina a saga Holmverja ou a história dos homens da azinheira.

A HISTÓRIA DE GRETTI E GLAM

como contado por Edward Ernest Kellett

ENTÃO Gretti procurou Thorhall, e o companheiro o recebeu. Ele perguntou qual era o seu destino e Gretti disse que desejava passar a noite ali, se não fosse incomodá-lo. Thorhall disse que ficaria muito feliz com isso: "Mas poucos acham vantajoso ficar muito tempo aqui; você deve ter ouvido contar o que veio enfrentar, mas eu não gostaria que você vivesse qualquer perigo por minha causa. Embora você deva sair ileso, sei que vai perder seu cavalo, pois ninguém que vem aqui mantém seus bens intactos." Gretti disse que cavalos não seriam problema, independentemente do que acontecesse com aquele. Thorhall comemorou a presença de Gretti e lhe deu as boas-vindas com as duas mãos. O cavalo foi perfeitamente amarrado à baia e eles foram dormir. A noite foi calma e Glam nem procurou a casa. Thorhall então disse: "Foi muito bom ter me procurado, pois toda noite Glam costumava cavalgar pela casa e quebrar os painéis dos quais você pode ver as marcas." Gretti respondeu: "Duas medidas podem ser tomadas: ou ele não vai descansar por muito tempo, ou as cavalgadas podem cessar por mais de uma noite. Vou ficar aqui para ver o que acontece." Depois foram ver o cavalo, e nada tinha acontecido a ele. O companheiro considerou isso igual ao resto, tal foi a sorte de Gretti, que ficou outra noite e o demônio também não procurou a casa naquela noite, o que pareceu um bom sinal, mas, quando foram ver o cavalo, a baia estava quebrada e ele tinha sido arrastado e estava com todos os ossos partidos. Thorhall contou a Gretti e pediu que ele tivesse cuidado consigo mesmo: "porque sua morte é certa, se permanecer aqui." Mas Gretti disse: "Na verdade qualquer coisa é pouco para vingar meu cavalo, se eu aguentar o demônio." O companheiro disse: "Sim, mas fará um pequeno bem, pois ele não tem forma humana: ainda assim, eu reconheço que cada hora me parece boa quando você está aqui." E assim continuou o dia, Quando os homens iam dormir, Gretti disse que não ia tirar a roupa, e se deitou em frente ao quarto do companheiro, que estava trancado. Ele estava embaixo de um tapete e fez uma dobra sob seus pés e outra sob a cabeça, e olhou pelo buraco do pescoço. Diante do banco em que estava deitado ficava o pilar de sustentação da casa, forte e firme, e Gretti apoiou ali seus pés. A porta estava toda quebrada, mas eles haviam colocado obstáculos em seu lugar. As camas tinham sido tiradas, deixando o local inóspito. Um pequeno lampião queimou ali durante a noite.

Quando quase um terço da noite já havia passado, Gretti ouviu um grande barulho. Um som forte invadiu o local, levantando o teto tão violentamente que todas as vigas se partiram. De repente, alguém desceu do telhado e chegou à porta. Como os obstáculos estavam presos a ele, Gretti viu que o demônio o colocou em sua cabeça, parecendo terrivelmente grande, com traços incrivelmente desagradáveis.

Glam entrou devagar e se espreguiçou ao passar pela porta, esticando-se em direção ao telhado. Colocou então os braços na viga e olhou o corredor. Gretti permaneceu imóvel. Então Glam viu que havia uma pilha estranha sobre o banco, foi até ela e a agarrou. Mas Gretti estava com os pés apoiados na coluna e não cedeu. Glam puxou com mais força e mesmo assim não conseguiu arrastar o tapete. Novamente ele deu um puxão e, desta vez, tirou Gretti do banco, ou melhor, o tapete se partiu entre eles. Glam olhou para o rasgo e se perguntou quem poderia ser tão forte puxando contra ele. Com isso, Gretti pulou debaixo de seus braços, agarrou-o pela cintura e torceu para que Glam cedesse e caísse, mas o demônio pressionou o pulso de Gretti com tamanha força que ele acabou se curvando. Gretti ocupou todos os assentos e, para se segurar, colocou os pés contra tudo que podia, mas os pilares do salão começaram a se movimentar e tudo o que havia em seu caminho foi quebrado. Glam fez força para tirá-lo do salão, e Gretti se esforçou para ficar dentro. Por mais difícil que fosse aguentar dentro de casa ele sabia muito bem que seria ainda mais difícil fora; mas Glam aumentou sua força e, apesar da resistência de Gretti, Glam conseguiu arrastá-lo para fora, para uma varanda. Ali, ele o puxou até a porta. Na porta, repentinamente Gretti empurrou Glam com força, de modo que ele, de forma inesperada, caiu para trás, e Gretti caiu sobre ele. Havia lua naquela noite e, às vezes, ela brilhava; às vezes estava encoberta pelas nuvens; quando Gretti viu o rosto de Glam, sua força o abandonou de forma que ele não podia desembainhar sua espada, e estava entre este mundo e o próximo. Glam então mostrou seu amaldiçoado poder, maior que o dos outros caçadores, ao dizer: "Grande ousadia você demonstrou ao me enfrentar Gretti. Não estranhe se você tiver pouca sorte por isso. Você alcançou apenas metade de sua força total, mas jamais será mais forte que agora. Doravante, toda a sua sorte se converterá em mal: você será um pária, um errante. Sempre que estiver sozinho, verá meus olhos brilhantes até que a solidão seja um horror para você. E esse mesmo horror o arrastará para a sua condenação."

Quando o demônio acabou de falar, a fraqueza fugiu de Gretti, que estava sobre ele. Gretti sacou sua faca, cortou a cabeça de Glam e a colocou no colo. Thorhall, que tinha se vestido enquanto Glam falava, apareceu, mas não conseguiu se aproximar até ver que Glam estava morto. Ele agradeceu e elogiou Gretti por ter vencido o espírito impuro. Logo depois, queimaram o corpo de Glam e levaram as cinzas para longe, enterrando-as em um local onde nem homens, nem gado, costumavam pisar.

Thorhall enviou mensagens à aldeia mais próxima, contando o ocorrido; e todos os homens passaram a dizer que nunca houve na terra alguém tão forte e tão ousado quanto Gretti, filho de Asmund.

E desde então Gretti nunca mais foi o mesmo pois, enquanto antigamente não temia nada, agora tinha medo do escuro. Ele nunca mais ousou sair sozinho quando a noite caía pois parecia ver fantasmas de todo tipo.

A HISTÓRIA DE THIDRANDI

como contado por Edward Ernest Kellett

AGORA, perto do fim do tempo em que a Islândia ainda era pagã, surgiram rumores da existência de um deus maior que Odin ou Thor do outro lado do mar; e alguns homens se perguntavam se, quando aquele deus viesse, eles o adorariam ou permaneceriam apegados aos antigos deuses. Havia sussurros de que esse "Cristo Branco" era um deus que recompensaria os homens que o serviram. Entre esses Hall, de Sida, um homem justo verdadeiro e achava-se que Thorhall de Horgsland, um amigo de Hall, sabia mais sobre a mudança que se aproximava do que ele diria, pois ele era um homem previdente. Hall e Thorhall se gostavam muito; e, quando Hall ia ao "Thing", hospedava-se em Horgsland, e Thorhall costumava ficar muito tempo na casa de Hall. O filho mais velho de Hall se chamava Thidrandi: o jovem mais amado em toda a Islândia. Era bonito e tinha bom coração, era bondoso com os pobres e alegre com toda criança que encontrava, de modo que os corações dos homens se compadeceram dele. Em um verão, quando Thidrandi tinha dezoito anos, Thorhall estava hospedado na casa de Hall e os homens, como sempre, começaram a falar bem de Thidrandi e a elogiar seus caminhos. Mas Thorhall preferiu se calar. Hall então quis saber: "Por que não diz nada sobre meu filho Thidrandi, uma vez que, para mim, suas palavras valem mais que a de todos os outros homens? Thorhall respondeu: "Não é que eu não goste de alguma coisa nele, ou que eu seja mais lento que os outros homens para ver que ele é o melhor dos jovens: o que eu sei é que ele sempre será muito elogiado, mas sinto que ele não deverá ficar muito tempo conosco. Quanto mais homens o elogiarem, mais triste você ficará."

E à medida que a festa do Yule se aproximava, Thorhall ficava cada vez mais triste. "Por que você está triste?", perguntou Hall. "Não gosto dessa festa que se aproxima," ele respondeu. "Sinto que alguém será morto." "Isso não precisa entristecer você," disse Hall. "Tenho um boi e vou abatê-lo na festa. Nenhum mal acontecerá a você, embora seu presságio se confirme." "Meu medo não é por mim," disse o profeta, "mas pelas grandes e estranhas notícias que vejo, mas não vou contar como agora." "Devemos adiar a festa?" "Não! Pois o que deve ser, será. Que os homens façam o que quiserem." Quando o Yule chegou, havia poucos homens na festa pois fazia muito frio. Enquanto eles foram se sentando à mesa, Thorhall disse: "Este é o meu presságio. Não seria bom para nenhum homem sair esta noite, sejam quais forem os acontecimentos que ouça lá fora: que ele não preste atenção, seja quem for que bate ou chora." Hall então disse a seus homens: "Ouçam Thorhall, pois muitas coisas dependem de suas palavras: que nenhum homem faça o que ele proíbe." Thidrandi estava à espera dos convidados: como sempre, era cortês e querido por todos. Quando a noite caiu, Thidrandi colocou seus convidados na própria cama, trancando-os, e dormiu do lado fora, na sala. Enquanto dormiam, bateram à porta. Todos os homens fizeram como se não tivessem ouvido, pois o aviso de Thorhall tinha sido forte. Mas, à terceira batida, Thidrandi disse: "É uma grande vergonha fingir que estamos dormindo enquanto há homens lá fora, numa noite como esta: eles foram convidados por meu pai, mas se perderam e acabaram de chegar aqui." Ele então pegou sua espada e saiu, mas não viu ninguém. Então, foi um pouco mais longe e ouviu o som de cavalos vindos do norte: era uma companhia de nove mulheres, todas com as espadas desembainhadas, e vestidas de preto.

Na sequência, ele ouviu cavalos vindo do sul: era uma companhia de nove mulheres, todas em vestes brancas, e montadas em cavalos brancos. Então ele teria voltado e contado sua visão, mas... As mulheres roubadas, vestidas de preto, colocaram-se entre ele e a porta e avançaram com suas espadas, ele não teve preguiça para se defender.

Muito tempo depois, Thorhall acordou e chamou por Thidrandi; mas não houve resposta.

"Está demorando para responder," ele disse. Os homens então se levantaram e saíram. A lua estava brilhante, a neve clara, e eles encontraram Thidrandi ferido. Depois o carregaram para dentro e, ao conversarem, ele contou exatamente o que tinha acontecido. Ao amanhecer, ele morreu e foi colocado à moda dos antigos pagãos. Depois, fizeram uma inquisição para descobrir quem o havia matado, mas ninguém sabia de qualquer inimigo de Thidrandi, afinal, todos o amavam. Então Hall disse a Thorhall: "O que você acha desse ato estranho?" "Não sei," ele respondeu. "Mas, para mim, essas mulheres não são outra coisa senão as buscas de seus amigos e as deusas que você adora. Em breve, haverá uma mudança de fé nesta terra, e deuses melhores virão para expulsar os velhos; e você, Hall, deverá usar esses novos deuses; portanto, estes vieram para cobrar seu tributo, antecipadamente, em vingança pelo que você deve fazer para eles. E as de branco eram as melhores e se esforçavam para ajudar Thidrandi; mas não era para ser."

Hall sentiu tanto a morte de seu filho que não suportou ficar em sua antiga casa e se mudou para um lugar que mais tarde seria chamado de Rio do Batismo. Thorhall também o visitou lá e, certa manhã, enquanto olhava pela janela, Hall o viu sorrir. "Por que você sorri?", Hall perguntou. "Sorrio por isso," ele disse, "porque vi todos os montes de pedras e túmulos abertos, e todos os fantasmas e pegas, tanto pequenos quanto grandes, morrendo e voando." Logo depois, vieram as ótimas notícias que agora vamos contar.

Até mesmo o rei Olaf, da Noruega, enviou Thangbrand para ensinar a nova fé na Islândia. E Thangbrand veio a Sida, no Dia de São Miguel, e fez o serviço para São Miguel. "Para quem você está fazendo essas coisas estranhas?", perguntou Hall. "Para o Arcanjo Miguel," respondeu Thangbrand. "E qual é o poder dele?", perguntou Hall. "É encontrar as almas dos mortos e levá-las ao lugar determinado para elas." "Se o poder dele é tão grande," disse Hall, "então grande realmente deve ser o poder daquele que lhe deu poder." "Deus colocou esse pensamento em sua mente," disse Thangbrand. E ele contou a história do Cristo Branco, de seu nascimento, morte e ressurreição. Hall e toda a sua casa acreditaram na história e foram batizados por Thangbrand no Rio do Batismo, que mantém esse nome até hoje. E assim o presságio de Thorhall foi realizado, pois uma melhor raça de deuses tinha vindo para a Islândia.

A HISTÓRIA DE HALLBJORN HALL

como contado por Edward Ernest Kellett

HAVIA na Islândia, um *bardo*, ou poeta, chamado Thorleif, habilidoso em todos os *drapas* e *visas*, e conhecedor de todos os kennings e da métrica: era famoso em todo o país. Quando ele morreu, os homens o colocaram em um monte de pedras. Não muito longe dali vivia um companheiro chamado Thorkell que, apesar de ser rico e ter o temperamento gentil, não ocupava uma grande posição ou honra. Seu pastor era um rapaz chamado Hallbjorn, também conhecido como Hali, que tinha um forte desejo de fazer uma canção em louvor ao poeta morto. E tentou várias vezes. Mas, por não ser um *bardo*, e não conhecer os padrões e detalhes dessa arte, não conseguiu criar o poema. E não passou das palavras "Aqui jaz o homem."

Certa noite, estava deitado e tentando, como sempre, criar o louvor ao morador do monte de pedras, novamente em vão. Mas, por fim, ele dormiu e, em seu sono, ele pareceu ver que o monte tinha se aberto e dele saíra um homem, alto e bem constituído. Ele foi ao encontro de Hallbjorn e lhe disse: "Aqui está você, Hallbjorn Hali, ansioso para fazer aquilo que não sabe fazer, ou seja, uma canção para me louvar. E você tem duas opções: ou você alcança o dom em maior medida que os outros homens, e essa é a chance mais provável, ou você vai falhar, e então não precisará mais se esforçar para obter esse dom. Vou falar em seus ouvidos e, se ao acordar, você se lembrar e guardar minhas palavras, você será um *bardo*, conhecido por toda a terra, e cantará os louvores de muitos chefes e ganhará muito com isso." Ele se aproximou ainda mais. Puxou a língua do rapaz e falou:

"Aqui jaz o homem, desde o tempo em que surgiu
o melhor dos poetas;
Ele cantava sempre e as vigas ressoavam cheias
de alegria e contentamento."

"Agora você deve aprender a arte da poesia para criar uma canção de louvor a mim, quando acordar, e ela deve ser bem feita, com as palavras e a métrica corretas, principalmente com os kennings. Ele então voltou para o monte de pedras, entrou e se fechou atrás dele. Mas Hallbjorn acordou e pareceu ver seus ombros enquanto ele desaparecia.

Ele se lembrou das palavras e depois de um tempo foi para casa com suas ovelhas e contou aos homens o que tinha acontecido. Depois, escreveu a canção de louvor sobre o morador do monte de pedras, e saiu pela terra entoando canções sobre muitos chefes e colhendo as glórias e amealhando grande riqueza. Dele, muitas coisas são contadas, tanto na Islândia, como no exterior, embora não estejam escritas aqui.

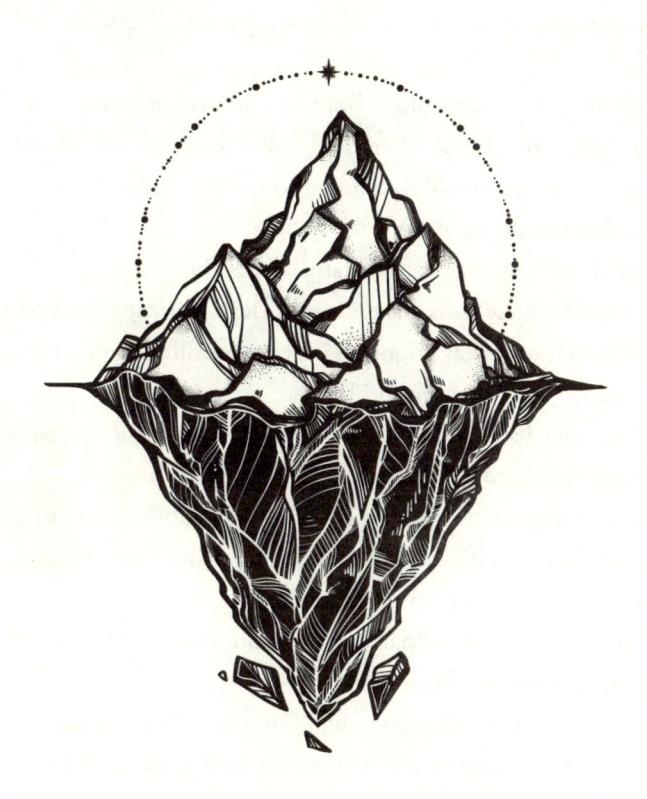

BRAND, O GENEROSO
como contado por Edward Ernest Kellett

CERTO verão, saiu da Islândia para a Noruega um homem chamado Brand, filho de Wermund. Ele sempre foi chamado de Brand, o Mão-Aberta, e merecia esse nome. Quando ele veio para a Noruega, o rei Harald Hardrada estava em Drontheim. Morava com o rei um homem chamado Thjodolf, amigo de Brand. Thjodolf falou muito a respeito da generosidade de Brand, tanto que o rei sorriu e mal acreditou em metade das palavras.

Por fim o rei disse: "Bem, agora Brand está na Noruega; vamos testar se ele é tão generoso quanto você diz. Procure-o e peça a ele que me dê a capa que está usando."

Thjodolf obedeceu e encontrou Brand em uma casinha medindo linho. Ele usava uma espécie de camisa escarlate e, sobre a camisa, um manto escarlate, que tinha jogado sobre os ombros enquanto media o linho. No pulso, ele tinha um machado com cabo de ouro.

"O rei deseja ter seu manto escarlate," disse Thjodolf.

Brand não lhe disse uma palavra, mas deixou a capa escorregar de seus ombros e voltou a trabalhar. Thjodolf o pegou e voltou para o palácio.

"Você conseguiu?", perguntou Harald.

"Brand não me disse uma palavra," respondeu Thjodolf. E ele ainda contou sobre o comportamento de Brand e sobre o machado com cabo de ouro.

Harald respondeu: "Realmente ele é um mão-aberta; no entanto, parece ter pouco orgulho de si mesmo, pois não disse nada. Volte e diga a ele que eu gostaria de ter o machado com cabo de ouro."

"Eu gostaria de não participar dessa missão. Pode ser que ele ache que, ao pedir sua arma, eu estou brincando."

"Mas você tem que ir," disse Harald. "Ou devo julgar que tudo é ostentação desse mão-aberta? Não vou considerá-lo generoso se ele retiver o machado."

Thjodolf então partiu e pediu o machado.

Mais uma vez, Brand não falou nada e, em silêncio, atendeu ao pedido.

Thjodolf partiu e contou ao rei o que tinha acontecido.

O rei respondeu: "Agora começo a acreditar que ele é mais generoso que os outros homens. Mas quero testá-lo mais uma vez. Vá e peça a ele a túnica escarlate."

"Eu gostaria de não participar dessa missão. Certamente ele irá achar que eu sou um bobo da corte inoportuno."

"Mas você deve ir," disse Harald.

Thjodolf se foi pela terceira vez.

"O rei deseja um outro presente seu: a túnica escarlate," ele disse.

E, de novo, Brand não disse uma única palavra, mas tirou a túnica, cortou uma das mangas, que guardou: o resto ele deu a Thjodolf, que a entregou ao rei.

"Agora," disse Harald, "vejo que, de fato, Brand não é apenas generoso, mas é nobre também. Eu entendi seu enigma: ele quer dizer que sou um homem com uma mão só. A mesma mão que sempre pega, e não a mão que dá. Vá até lá novamente e peça que ele o siga até aqui."

E assim foi feito. Brand seguiu Thjodolf até o rei, que sorriu para ele e disse: "Você verá que também tenho a outra mão. Eu lhe darei presentes preciosos e uma grande honra."

Brand passou a morar na corte do rei, e os homens viram que o rei o tinha em alta estima.

A HISTÓRIA DE VIGLUND

como contado por Edward Ernest Kellett

NOS tempos de Harald Fairhair, havia um grande chefe na Noruega chamado Thorir: ele era casado com uma nobre e tinha uma filha chamada Olof. Essa filha, mesmo quando muito jovem, era um modelo entre as donzelas, tinha muita habilidade em todas as artes femininas e, por isso, passou a ser chamada de Olof, a Estrela. Thorir a amava muito e não permitiria que nenhum homem falasse com ela. Então construiu uma casa para ela, com telhado de chumbo e cercada com grades de ferro. Quando ela cresceu, muitos homens ricos e nobres pediram sua mão a Thorir, mas ele não a concedeu nem ela quis ver ninguém. E o tempo passou.

Agora a história passa a ter outros nomes. Havia um homem chamado Ketill, que governava Raumarik: um grande homem, sábio e cheio de amigos; sua esposa, Ingibjorg, vinha de uma alta linhagem, e seus dois filhos, Gunnlaug e Sigurd, foram instruídos em tudo o que era necessário a um homem: eles cavalgavam com frequência em caçadas e se destacavam nos esportes. Ketill era um grande duelista, tinhas participado e vencido mais de vinte encontros. Além disso, era tão persuasivo que, quando o ouviam falar, os homens acreditavam que tudo era como ele dizia. O rei Harald gostava muito de Ketill.

Acontece que Harald preparou seus navios para ir para o sul e levou consigo os filhos de Ketill, mas Ketill ficou em casa já que estava um tanto envelhecido. O rei partiu e chegou a Rogaland, local governado por um conde conhecido como Eric, um chefe poderoso e bem-relacionado com seus amigos. Quando viu o rei, Eric lhe deu as boas-vindas e o trouxe para sua casa com canções e muita alegria. O rei ficou muito feliz com o tratamento recebido, pois o conde fez de tudo para agradá-lo. Boa bebida foi servida, e os homens logo se embriagaram.

Depois de tocarem harpa, o conde levou o rei para conhecer toda a sua propriedade. No pomar, havia três meninos brincando à mesa; todos muito bonitos, mas um se sobressaiu. Em seguida, começaram a lutar e o mesmo jogo foi feito com os outros dois. O rei quis saber seus nomes e Eric disse: "Sigmund, Helgi e o terceiro é Thorgrim, cuja mãe não era a mesma dos outros. O rei, vendo como Thorgrim era belo e forte, o levou com ele e transformou-o em seu homem de segurança. Com o passar do tempo, o rei deu grande honra a Thorgrim, que passou a ser conhecido como Thorgrim, o Orgulhoso. Tempos depois, Jarl Thorir foi à corte, levando Olof, a Estrela, com ele. Ao lançar os olhos sobre ela, Thorgrim se apaixonou, mas Olof desprezou o seu amor. Na mesma época, Ingibjorg, a esposa de Ketill, morreu. Ketill pediu a mão da filha de Thorir, Olof. Como Ketill era um grande chefe, o rei incentivou a união e Thorir concordou; mas o povo dizia que Olof teria preferido Thorgrim. Assim, o noivado foi marcado para o Yule seguinte, na casa de Jarl Thorir.

Naquele verão, Thorgrim estava saqueando; e, quando voltou, soube que Olof estava noiva de Ketill. Enfurecido, Thorgrim foi ao encontro do rei Harald e perguntou se ele o ajudaria contra Ketill. "As coisas não são assim," disse o rei, "pois Ketill é meu amigo." "Olof e eu nos comprometemos e não vou quebrar minha palavra com ela. Se você, ó rei, não me ajudar, deixarei de ser seu homem de confiança." "Faça como quiser," disse o rei. "Mas acredito que, em lugar nenhum, você vai encontrar maior honra que comigo." Thorgrim então despediu-se do rei e foi sozinho até a casa de Jarl Thorir. Ao chegar lá, encontrou a casa toda preparada para a festa: luzes brilhando no salão e muito divertimento. O noivo Ketill também estava lá. Thorgrim se adiantou e perguntou: "Você escolheu se casar com Olof?" Ketill respondeu que sim. "E ela concordou?", continuou Thorgrim. "Eu imaginei que Jarl Thorir poderia se livrar da própria filha e fiz uma barganha com ele.", disse Ketill. "Isso digo eu," respondeu Thorgrim, "que Olof e eu nos comprometemos, e ela prometeu não ter outro homem além de mim, não é mesmo, Olof?" Ela disse que sim. "Então devo ficar com ela," concluiu Thorgrim. "Ela nunca terá você," gritou Ketill. "Tive embates com homens maiores que você e não me saí pior que eles." Com isso, todas as luzes se apagaram de repente e houve grande confusão no salão. Quando as luzes foram acesas, Olof tinha desaparecido, e Thorgrim também. Os convidados pareciam saber que ele tinha feito isso, e assim foi, pois ele havia dado ordens para que seus homens apagassem as luzes enquanto ele carregava Olof para seu navio. O povo achou que Ketill tinha ficado muito envergonhado com o fato, e rei fez de Thorgrim um fora da lei por sua atitude.

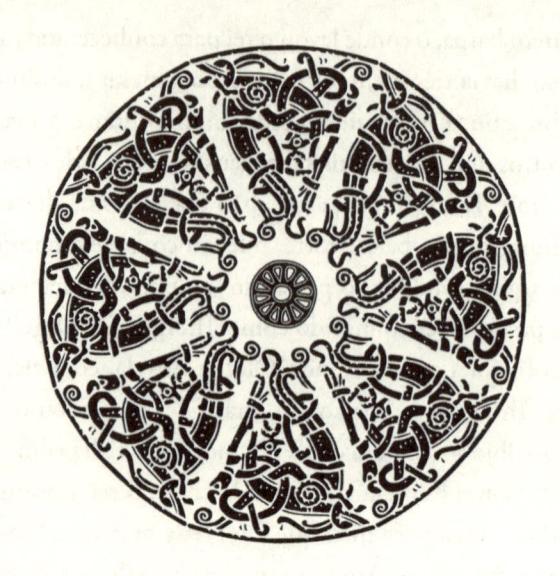

Nessa época, os homens estavam se apoderando de terras na Islândia e Thorgrim veio para Snowfellsness. Lá morava um homem gentil chamado Holmkell, cuja esposa era Thorbjorg, uma mulher severa. Seus filhos eram Jokull e Einar. Thorgrim comprou um terreno perto da propriedade de Holmkell e uma grande amizade nasceu entre eles. Na Islândia, Thorgrim fez a festa de casamento com Olof. Um ano depois, nasceu o filho primogênito, que recebeu o nome de Trausti. Um ano depois, nasceu o segundo, Viglund; e no mesmo ano nasceu Ketilrid, a filha da criada de Holmkell e Thorbjorg. Com isso, dizia-se que não havia casal mais justo que Viglund e Ketilrid. Thorgrim não poupava esforços para ensinar feitos viris a seus filhos, enquanto Thorbjorg, que não amava sua filha Ketilrid, não lhe ensinaria nenhuma das artes femininas. Por isso, Holmkell deu a filha para Thorgrim criar. Assim, ela e Viglund cresceram juntos. Olof teve um terceiro filho, uma menina, Helga. Quando havia qualquer disputa, Viglund e Ketilrid sempre ficavam de um lado, e Trausti e Helga, do outro. Diziam até que Viglund tinha se comprometido com Ketilrid por juramento; mas outros diziam que ela não faria nada disso por medo da mãe, ou que ela o escolheria de qualquer maneira.

É preciso ser dito que Jokull e Einar seguiram sua mãe e se comportaram de maneira imprudente naquele país: Holmkell gostou do caminho que haviam escolhido, mas eles não ouviram seus conselhos e, pelo contrário, quanto mais ele os advertia, mais pioravam. Eles tinham um cavalo marrom, selvagem e feroz, cujos dentes eram afiados e terríveis, como os de nenhum outro cavalo. Viglund também tinha um cavalo, que era fulvo e o melhor e mais belo de toda a vizinhança. Sobre esses cavalos, haverá uma história mais tarde.

Certo dia, Einar procurou sua mãe e disse a ela: "Parece-me que Thorgrim, o Orgulhoso, é renomado nesta região. Acho que, se eu pudesse insultar Olof, a Estrela, minaria o orgulho dele; ou, se ele buscasse vingança por isso, não se sairia melhor que eu. Ela considerou que o filho estava certo e disse que teria desejado o mesmo que ele. Um dia, quando Thorgrim não estava em casa, Einar e seu irmão Jokull cavalgaram até a propriedade de Thorgrim. Mas a criada de Olof os viu chegando e julgou, pela aparência deles, que não buscavam nada de bom. E foi contar a Olof, que lhe disse: "Pegue meu manto, envolva-se nele e sente-se no trono, para que pensem que sou eu; e eu vou cuidar para que nenhum mal aconteça a você." A criada obedeceu e, quando os rapazes chegaram à porta, um outro servo disse a eles que Olof estava no trono. Eles foram até lá, achando que realmente estavam falando com Olof. De repente, um homem entrou com a espada em punho. Ele não era alto, mas estava furioso. "Saia," ele disse, "e cumprimente Thorgrim, o Orgulhoso, que está chegando ao pátio!" Eles pularam em seus cavalos e correram para salvar suas vidas. Mas logo circulou a notícia de que o homem com a espada era a própria Olof. Por isso, os jovens passaram a maior vergonha e foram motivo de muitas risadas. Thorgrim disse a Olof: "Por mais que não tenham atingido seu objetivo, e pela estima que tenho por seu pai, Holmkell, neste momento não vou me vingar."

Um outro dia, Jokull e Einar foram novamente à propriedade de Thorgrim, e Jokull perguntou a Viglund se ele lhe daria seu cavalo fulvo. "Não é bem assim," disse Viglund. "Está querendo compará-lo ao meu marrom?", perguntou Jokull. "Talvez," respondeu Viglund. "Então considero o cavalo mais que dado," disse Jokull. "As coisas nem sempre são como você pensa," respondeu Viglund. E eles então marcaram um encontro para uma luta de cavalos. Quando chegou a hora, o cavalo marrom veio para fora. O animal se comportou tão mal que foi necessário que os dois irmãos o segurassem. Depois veio o cavalo de Viglund. Ele mal tinha visto o cavalo marrom quando correu e o golpeou tão forte com as patas dianteiras que quebrou todos os seus dentes; nem demorou muito para que o cavalo marrom caísse morto. Jokull e Einar ficaram tão furiosos que pegaram suas armas e atacaram Viglund; e só pararam quando Thorgrim e Holmkell apareceram e os separaram. Mesmo assim, caíram um homem do grupo de Viglund e dois do de Jokull. Holmkell e Thorgrim ainda mantinham a amizade e, quando ouviu falar do amor entre Viglund e Ketilrid, Holmkell se alegrou, mas, para sua esposa Thorbjorg e seus filhos, foi uma decepção. Logo se soube que não havia casal igual a Viglund e Ketilrid em tudo que pudesse acontecer entre um homem e uma criada.

Diz-se que, certa noite, Jokull e Einar voltaram a procurar Thorgrim e entraram no pasto onde estava o cavalo fulvo e tentaram levá-lo para casa junto com os outros cavalos. Mas não conseguiram, pois ele resistiu bravamente. Isso os deixou tão enfurecidos que eles procuraram suas armas para matá-lo. Mesmo assim, demorou muito para que eles atingissem seu objetivo, pois o cavalo lutou por muito tempo com os cascos e os dentes; entretanto, conseguiram segurá-lo e o mataram com golpes de lança. Eles ficaram com medo de levar os outros cavalos para casa, pois imaginaram que os homens saberiam que o haviam matado. Eles então o arrastaram por um penhasco, confiando que qualquer um pensaria que o cavalo tinha caído e morrido. Depois, foram para casa. A mãe sabia tudo o que eles haviam feito e, na verdade, ela os tinha incentivado a fazer isso.

Quando vieram para o estábulo, Viglund e Trausti sentiram a falta de seu cavalo e o encontram no penhasco. Estava muito ferido e só depois de algum tempo perceberam que tinha morrido. Eles pareciam saber quem tinha feito isso. Quando contaram a Thorgrim, ele disse: "Mantenham a calma. Se for como eu espero, eles farão alguma outra coisa que os enredará." E assim foi: não muito tempo depois, os bois de Thorgrim se perderam, e o povo disse que os filhos de Holmkell também tinham feito isso. Ao ouvir disso, Holmkell descobriu tudo. Pegou então seu cavalo e foi à casa de Thorgrim para lhe dizer que achava que a culpa era dos filhos dele. "Portanto, diga-me quanto é que você acha que perdeu e vou pagá-lo" Thorgrim calculou a soma que achava justa e ele e Holmkell separaram a grande amizade.

Havia uma mulher, chamada Kjolvor, que morava em Hraunskarth. Era uma grande bruxa, em todos os sentidos, cruel em suas negociações e muito amiga de Thorbjorg. Esta, juntos com os filhos, ofereceu uma boa quantia em prata para causar mal a Viglund e Trausti, quando tivesse a melhor chance de fazê-lo, pois tinham inveja daqueles irmãos. Além disso, já tinham ouvido falar do amor entre Viglund e Ketilrid. De fato, Viglund e Ketilrid se amavam perdidamente, pois é da natureza do amor arder de forma mais intensa quanto mais os homens tentam controlá-lo ou desejam prejudicá-lo; por isso continuaram se amando até a morte. Um dia, sabendo que Viglund e Trausti estavam pescando com um homem chamado Bjorn, Kjolvor entrou em casa e, com seus feitiços, fez com que o tempo virasse no mar. Quando Viglund previu que o pior aconteceria, disse: "Acho melhor voltarmos para casa." Mas Bjorn era um marinheiro tão experiente que achou que não corriam o risco de continuar navegando. "Só vamos para casa quando tivermos o barco cheio de peixes," ele disse. Viglund confiou no mestre. Depois vieram o vento, o frio, a tempestade e o granizo. Bjorn então achou melhor voltarem. "Teria sido melhor antes," disse Viglund. Trausti e Bjorn se puseram a remar, mas, mesmo assim, o barco começou a encher. Viglund então pegou os remos e ordenou que Bjorn e Trausti dirigissem. Ele remou com tal força que acabaram aportando em Dinner Ness. No dia seguinte, eles voltaram para casa e Ketilrid se alegrou muito ao vê-los, pois ela achava que tinham morrido.

Agora a história volta a Ketill, na Noruega: ele ficou doente com a perda de Olof, a Estrela, e quis se vingar, mas estava velho e não aguentava mais. Seus filhos Sigurd e Gunnlaug tornaram-se homens poderosos, e sua filha Ingibjorg era a mais bela das mulheres. Um certo homem de Vik procurou Ingibjorg para se casar com ela: seu nome era Hakon. Ele era rico e forte. Ketill disse a ele: "Eu lhe dou a mão de minha filha com uma condição, que você vá até a Islândia e mate Thorgrim. Hakon então zarpou e, ao chegar à Islândia, Jokull e Einar o encontraram e ele lhes contou qual era a sua missão. Com isso, eles ficaram muito felizes e lhe prometeram que, se ele matasse Thorgrim, teria Ketilrid por esposa. Em seguida, levaram-no para sua casa e Thorbjorg lhe deu as boas-vindas, mas Holmkell não gostou muito disso.

Depois de algum tempo, Hakon perguntou aos irmãos onde estava a tal bela mulher que fora prometida a ele, "pois eu gostaria muito de vê-la." Eles lhe disseram que ela estava com Olof, a Estrela. Hakon então pediu que ela fosse trazida para casa: "Com sua ajuda, não tenho dúvidas de que ela me aceitará como marido." Pouco depois, Thorbjorg disse a Holmkell: "Gostaria que Ketilrid voltasse para casa." "Parece-me que," disse, "ela está melhor onde está." "Não é bem assim," disse Thorbjorg. "Prefiro procurá-la eu mesmo a que ela se case com Viglund. Gostaria que ela se casasse com Hakon. Mas Holmkell achou melhor procurá-la pessoalmente, em vez de Thorbjorg. E assim foi. Quando Viglund o viu chegando, disse a Ketilrid: "Seu pai está aqui. Parece-me que ele deseja levá-la para casa, mas peço que se lembre de todas as nossas conversas e do que pedimos a você." Ketilrid respondeu e chorou muito: "Há muito tempo penso que não poderíamos estar juntos: acho que teria sido melhor não termos dito nada um ao outro; e não está claro que você me ama mais do que eu a você, embora eu fale menos que você. Agora vejo que tudo isso é obra da minha mãe. Tive pouco amor dela por muito tempo, e provavelmente nossos dias de alegria vão acabar, se ela conseguir o que quer. Agora, ou não vamos nos ver mais, ou o desejo de meu pai prevalecerá. E isso não é provável, pois, para ele, é difícil lutar contra minha mãe e meus irmãos, e todos eles são contra a minha vontade." Viglund então beijou Ketilrid, e foi fácil ver que a separação foi triste para os dois.

Quando Holmkell chegou, Ketilrid disse que ele deveria cuidar desse assunto. E, juntos, voltaram para casa. Mas, na casa de Thorgrim, todos estavam tristes por perdê-la, pois ela era atenciosa com cada homem. Em casa, apesar de sua mãe, ela não queria nada com Hakon; e seu pai a ajudou. Passaram-se muitos dias em que ela não disse uma única palavra a Hakon. Nessa época, havia jogos em um local chamado Esjutarn, e os filhos de Holmkell vieram com Ketilrid. Os filhos de Thorgrim também vieram. Ketilrid exultou ao vê-los e conversou longamente com Viglund. Então, ela disse: vou aumentar seu nome. Você vai passar a se chamar Viglund, o Justo; e eu lhe dou este anel como um presente pelo seu batizado. E Viglund lhe deu um anel em troca. Esse fato chegou aos ouvidos de Jokull e Einar, e eles gostaram muito. Thorbjorg então providenciou para que ela não saísse mais sozinha.

Nesses jogos, Viglund e Jokull se enfrentaram em jogos de bola, e Viglund jogou a bola mais longe que Jokull. Este ficou furioso e atirou a bola no rosto de Viglund, de modo que a pele de sua testa ficou toda rasgada. Trausti o amarrou com um pedaço de seu vestido. Quando terminou, Jokull e Einar tinham partido para casa. Trausti e Viglund foram então para casa e, quando os viu, Thorgrim disse: "Bem-vindos, filho e filha." "Não sou filha," respondeu Viglund, "embora esse curativo me faça parecer uma." E eles contaram a Thorgrim o que tinha acontecido. "Você não se vingou de Jokull?", perguntou Thorgrim. "Ele foi embora antes que eu terminasse de cuidar do ferimento," completou Trausti. Mas os dois irmãos não esperaram muito tempo por vingança pois, antes que os jogos terminassem, Viglund encontrou Jokull e o acertou com a bola na testa, assim como Jokull o golpeara antes. Jokull tentou a revidar, atacando Viglund, mas ele correu e o jogou com força no chão, deixando-o atordoado e obrigando-o a voltar para casa carregado por quatro homens que seguravam um lençol pelas pontas. Levou algum tempo para que ele se recuperasse.

Viglund visitou Ketilrid na casa de seu pai e conversou com ela. Seus irmãos não estavam em casa, mas, ao saberem do acontecido, ficaram à espreita, com dez homens, para matar Viglund e Trausti. Ketilrid viu a emboscada e avisou a Trausti e Viglund para fazerem um outro caminho para voltar para casa. "Não vamos alterar nossos propósitos por homem nenhum," eles disseram. Quando chegaram a uma espécie de pátio, Jokull e seus homens partiram para cima deles. Jokull então disse: "Que bom que nos conhecemos. Agora vamos nos vingar pela queda e pelo golpe."

"Que assim seja," disse Viglund. E lutou tão bem e bravamente que foi a ruína dos dois homens, enquanto Trausti matou um terceiro. Depois, os outros recuaram, foram embora e disseram a Holmkell que Viglund e Trausti haviam matado três de seus homens injustamente. Com isso, pela primeira vez, Holmkell ficou furioso e, quando Hakon pediu novamente a mão de Ketilrid, ele não recusou. Hakon desistiu de voltar para a Noruega ou de se casar com Ingibjorg; e julgou que nunca conseguiria matar Thorgrim. Mas Ketilrid gostou do casamento e, quando Viglund soube da notícia, ficou com o coração partido. Novamente ele foi à casa dela e ela lhe disse que tudo o que aconteceu tinha sido contra a sua vontade. "Agora devemos nos separar, mas não vá para casa, que é o que você deseja, pois Hakon, meus irmãos e outros homens estão esperando para matar você." "Não é bem assim," disse Viglund, "pois me ocorre que, agora, Hakon e eu temos que resolver as coisas entre nós para sempre." Assim, ele e Trausti saíram e ele voltou para a casa como antes.

Doze homens esperavam por eles, mas os dois irmãos lutaram muito e bem. Até que, no fim, sobraram Jokull, Einar e Hakon de um lado, e os dois filhos de Thorgrim do outro. Jokull então disse: Deixe Einar lutar contra Trausti e Hakon com Viglund. Vou ficar sentado." Trausti então enfrentou Einar, até os dois caírem. A luta entre Viglund e Hakon durou muito, pois Viglund estava exausto, e Hakon, forte e corajoso. Mas, no final da luta, Hakon caiu morto e Viglund ficou gravemente ferido. Nesse momento surgiu Jokull: estava inteiro e sem ferimentos. A luta entre ele e Viglund foi longa. Viglund foi se sentindo cada vez mais fraco com a perda de sangue e achou que talvez não conseguisse acabar com Jokull. Mas, repentinamente, ele passou o escudo para o braço direito e a espada para a mão esquerda, já que podia usar qualquer uma das mãos da mesma forma, e golpeou o cotovelo de Jokull. Isso fez Jokull retroceder e Viglund, muito fraco, não pôde segui-lo, mas agarrou uma lança que estava perto e a atirou contra Jokull. Ela saiu do outro lado do peito e Jokull caiu morto. Viglund desmaiou depois de perder tanto sangue e ficou deitado como se estivesse morto.

Então, os homens foram até a casa de Holmkell e lhe deram a notícia de que seus dois filhos estavam mortos, e que Hakon e os filhos de Thorgrim também tinham morrido. Ao ouvir isso, Ketilrid desmaiou. Quando voltou a si, sua mãe lhe disse: "Todo o seu amor por Viglund foi revelado. Você desmaiou ao saber que ele tinha morrido. O fato é que, agora, vocês se separaram para sempre." Holmkell disse que ela ficou pálida tanto pelos irmãos quanto por Viglund. "Seja assim ou não," disse Thorbjorg, "parece-me que devemos reunir os homens e matar Thorgrim, o Orgulhoso." "Não é isso," disse Holmkell. "A culpa de Thorgrim pela morte dos nossos filhos é mínima. Quanto a Viglund e Trausti, o que mais poderiam perder senão suas vidas, que já estavam perdidas?"

Viglund e Trausti ficaram algum tempo no campo, mas Viglund voltou a si, foi cambaleando até o irmão e viu que ainda estava vivo. Enquanto ele se perguntava o que fazer, pois estava fraco demais para carregar alguém, percebeu um leve movimento no chão e viu seu pai, Thorgrim, ali. Thorgrim os levou para uma habitação subterrânea, onde sua mãe Olof estava. Ela limpou seus ferimentos e cuidou deles em segredo por um bom tempo até que, meses depois, ficaram curados. Quase todo mundo achou que eles estavam mortos. Holmkell enterrou seus filhos em um monte chamado Kumli; ele e Thorgrim não compartilhavam a amizade, mas concordaram em não levar a questão nem para a lei, nem para a condenação. E as coisas continuaram assim por um tempo.

A história agora volta para a Noruega. O povo veio a Ketill e lhe contou o que tinha acontecido: que Hakon estava morto e que Thorgrim não tinha sido punido. Por mais que achasse uma vergonha que a vingança fosse tão lenta, Ketill ordenou que seus dois filhos, Sigurd e Gunnlaug, assumissem o caso e fossem à Islândia para matar Thorgrim. Os dois então fizeram promessas: Gunnlaug, que não recusaria ajuda de homem algum se fosse caso de vida ou morte; e Sigurd, que não faria nenhum homem trocar o mal pelo bem. Eles não gostaram de sua missão, mas, para o bem de seu pai, zarparam. Na costa da Islândia, foram atingidos por uma tempestade, e seu navio se quebrou perto da propriedade de Thorgrim. Ao tomar conhecimento, Thorgrim os levou para sua casa, dando a eles tudo o que precisavam. Lá, Sigurd viu Helga, filha de Thorgrim. Alguns disseram que surgiu amor entre eles, mas isso não foi divulgado. Viglund e Trausti ainda estavam escondidos e, dos filhos de Ketill, ninguém sabia nada. Um dia, Gunnlaug disse a Sigurd: "Não devemos nos vingar de Thorgrim? Acho que agora seria fácil." "Nunca mais toque nesse assunto," disse Sigurd. "Isso foi para retribuir o mal com o bem, pois ele nos acolheu quando naufragamos e nos ajudou em todos os aspectos." Gunnlaug nunca mais falou sobre isso.

Quando os filhos de Thorgrim se recuperaram, perguntaram ao pai o que achava que eles deveriam fazer. Ele respondeu: "Parece-me bom que vocês embarquem com os irmãos Sigurd e Gunnlaug e digam, como é verdade, que isso é uma questão de vida ou morte e peçam que eles os levem até a Islândia. Acredito que eles atenderão a esse pedido, pois ambos são homens bons." E assim foi feito. O povo disse que Ketilrid ficou muito triste naquele inverno: ela dormia pouco e se cansava muito. Mas, naquela mesma noite, quando os filhos de Ketill deveriam embarcar, Viglund foi até ela, e Trausti também. Grande foi sua alegria ao vê-los. "Eu me considero livre de todos os males," ele disse, "agora que está curado de suas feridas." Viglund então contou a ela sobre seu objetivo no exterior, e ela ficou feliz com isso. "Eu me regozijo que estejam seguros," ela disse, "seja lá o que aconteça comigo." "Não vai se casar com nenhum outro homem," disse Viglund, "enquanto eu estiver aqui." "Isso é meu pai quem vai decidir," ela disse. "Jamais irei contra a vontade dele. No entanto, pode ser que eu não encontre prazer com ninguém, como com você." Então, Viglund pediu que ela aparasse o cabelo dele, e ela o fez. "Ninguém mais cortará meu cabelo, a não ser você, enquanto estiver viva." Em seguida, eles se beijaram e se separaram. E foi fácil ver que isso os afligiu muito; ainda assim, tinha que ser. Um pouco mais tarde, Holmkell encontrou sua filha sendo cumprimentada. Ele quis saber por que estava sendo tão difícil para ela. "Você quer que eu vingue seus irmãos?", ele perguntou. "Saiba que foi por sua causa que eu poupei esses outros irmãos, mas, se for da sua vontade, posso facilmente mandar matá-los. "Meus pensamentos estão longe disso," disse ela "Eu não os teria banido nem teria optado por mandá-los para fora do país sem dinheiro algum, nem eu, se fosse minha escolha, escolheria outro, que não Viglund, para ser meu marido." Ao ouvir isso, Holmkell pegou seu cavalo e saiu atrás dos irmãos. Quando Trausti o viu, disse: "Holmkell está sozinho; seria uma maneira fácil, e não uma maneira nobre de obter Ketilrid, se você quisesse matá-lo." Viglund respondeu: "Se fosse assim, eu nunca mais veria Ketilrid, e ainda assim nunca faria mal a Holmkell: sou grato por todo o bem que ele me fez. Ketilrid já está sofrendo o suficiente, embora seu pai não tenha sido morto, ele que nada desejou à filha, a não ser felicidade." "Você está certo," disse Trausti. Assim, Holmkell passou por eles e voltou. E, quando foram até onde ele tinha ido, viram dinheiro, um anel de ouro e um bastão esculpido de runa, onde estavam todos os relatos de Ketilrid e Holmkell, além do dinheiro que ela deu a Viglund para sua jornada.

Em seguida, eles foram para o navio e lá estavam Sigurd e Gunnlaug prontos para zarpar; a brisa soprava. Viglund quis saber se Gunnlaug estava a bordo e se ele permitiria que ele fosse à Noruega. "Quem são vocês?", perguntou Gunnlaug. "Somos Vandred e Torred," eles disseram. "O que os leva para o exterior?", ele perguntou. "Nossa vida depende disso," responderam. "Venham para o navio," ele disse; e foi o que fizeram.

Quando já estavam em alto-mar, Gunnlaug perguntou ao homem forte por que disse que se chamava Vandred. "Eu me dei esse nome porque um grande pavor me cerca; mas meu nome verdadeiro é Viglund e o do meu irmão é Trausti; somos filhos de Thorgrim, o Orgulhoso." Gunnlaug permaneceu em silêncio por algum tempo e depois disse: "O que faço agora, Sigurd? Sei que nosso pai, Ketill, mandará matá-los quando chegarem à Noruega." "Com certeza," respondeu Sigurd. "Devemos fazer com eles o mesmo que seu pai,

Thorgrim, fez conosco, isto é, salvou nossas vidas." "É uma fala nobre," disse Gunnlaug. "Vamos fazer isso."

Eles enfrentaram tempo bom e chegaram facilmente à Noruega. Quando foram para Raumsdale, Ketill não estava em casa. Quando voltou, ele se sentou no trono com seus homens ao redor; e depois cumprimentou os filhos: "Quem são esses desconhecidos?" Sigurd respondeu: "Eles são Viglund e Trausti, os dois filhos de Thorgrim, o Orgulhoso. "Levantem-se e agarrem-nos," gritou Ketill. "Gostaria que Thorgrim estivesse com eles." Mas Sigurd disse: "Não foi isso que Thorgrim fez conosco, pois ele nos acolheu após o naufrágio, e foi ainda melhor que no dia anterior. Agora você quer matar seus filhos, sem que tenham culpa? Não, pois seremos camaradas com você e o destino unirá nós quatro." Ketill então respondeu: "Não posso enfrentar meus próprios filhos," e a raiva passou. Gunnlaug então disse: "Esse é o meu conselho, que Thorgrim mantenha sua esposa Olof, e que ela receba a herança de seu pai, Thorir; que Trausti se case com nossa irmã Ingibjorg e que Sigurd se case com Helga, filha de Thorgrim." Para todos, esse conselho pareceu bom, e ele foi seguido. Assim passaram o inverno, em grande harmonia. Trausti se casou com Ingibjorg. No verão, ficaram atormentados: todos eram homens de renome, mas Viglund tinha mais que qualquer outro. No entanto, aproveitou pouco, pois Ketilrid nunca tinha saído de seus pensamentos. Assim se passaram três anos.

Enquanto isso, coisas estranhas aconteceram na Islândia. Um homem chamado Thord veio à propriedade de Holmkell e pediu a mão de Ketilrid. Devido à insistência de Thorbjorg, e também porque Viglund demorou, Holmkell concordou, mas ela não gostou. Naquele mesmo verão, Viglund voltou para casa depois de tanto sofrimento e todos os outros homens tiveram seus cabelos aparados. Mas ele disse: "Ninguém vai aparar o meu, a não ser Ketilrid; prometi isso a ela quando nos separamos." No verão seguinte, todos vieram à Islândia e Thorgrim contou sobre a paz selada entre ele e Ketill. Thorgrim ficou muito satisfeito, mas triste ficou Viglund quando soube que Ketilrid tinha sido prometida a outro homem. Seus pensamentos continuavam nela, de modo que o nome dela vinha tanto no começo quanto no fim de seus versos.

Viglund e Trausti partiram então para encontrar a casa de Thord. Eles se chamavam por outros nomes – Viglund dizia se apresentava como Om, e

Trausti como Hrafn – e partiram. Viajaram por muito tempo, pois o vento era contrário. Mas, quando lá chegaram, Thord os recebeu gentilmente e ordenou que Ketilrid lhes desse atenção. Ketilrid conhecia Viglund, mas Viglund não sabia que ela o conhecia. Thord já estava velho e, como costuma acontecer com os idosos, dormia à tarde. Viglund entrou com a espada em punho e disse a si mesmo: "Eu poderia matá-lo facilmente!" Mas Trausti o seguira e disse: "Não seja mau, a ponto de matar um homem adormecido, e ele é velho. Suporte o destino com virilidade." Viglund então guardou a espada e, por todo aquele inverno, embora ele tenha visto Ketilrid muitas vezes, não disse a ela nenhuma palavra de amor. Quando o verão chegou, o velho Thord saiu de casa e voltou com muitos homens, entre eles, Thorgrim, o Orgulhoso, e Olof, sua esposa; Helga, Holmkell e outros. Viglund e Trausti os receberam na casa de Thord. Este então se levantou e falou: "Sei bem que vocês são, Om e Hrafn. Você são os filhos de Thorgrim. Sei bem o que houve entre você, Viglund, e Ketilrid. Agora vou lhe dizer quem sou: eu sou Helgi, irmão de seu pai, e peguei Ketilrid apenas para que ela não fosse dada a nenhum outro: eu a mantive aqui comigo, mas não me casei com ela. Portanto, pegue-a de minhas mãos: tenho certeza de que Holmkell não a recusará. Aceite um conselho, reconcilie-se com Holmkell e vivam em paz no futuro."

E assim foi feito: Viglund procurou Holmkell e eles selaram a paz entre si; ele e Ketilrid se casaram com grande pompa. E aqui se encerra nossa saga. Para nós, que o copiamos, parece haver muito prazer nisso.

REI HELGE
E ROLF KRAKI

como contado por Eirikr Magnusson e William Morris

HELGE, rei da Dinamarca, foi um herói corajoso e nada o satisfazia mais que expedições audaciosas.

Um dia, ele aportou em uma ilha solitária, numa época em que colinas e vales, prados e campos de milho estavam vestidos com as mais belas roupas de verão. Mas ele e seus guerreiros eram cegos aos encantos da natureza. Seu único objetivo era assegurar o máximo de pilhagem que conseguissem. Eles fizeram prisioneiros os habitantes da ilha e se apoderaram de seu gado e seus bens.

Entre os prisioneiros havia uma jovem donzela chamada Thora, que diferia de seus companheiros tanto quanto a lua difere das estrelas. O rei ficou profundamente encantado diante de tanta beleza e, quando ouviu o doce tom de sua voz aveludada, percebeu sua origem real e ofereceu a ela sua mão, seu coração e seu trono. Ela o aceitou e o casamento foi celebrado em meio a muita alegria. Feliz, o noivo ficou uma semana na ilha, vagando pelos bosques sombreados ao lado da esposa. Ele então a levou para seu palácio em Hledra, onde viveram contentes até a primavera seguinte.

Nessa época, Helge estava começando a se cansar da monotonia da vida tranquila que estava levando e sentia um desejo enorme de retomar suas expedições a terras estrangeiras. Seu amor pela esposa tinha morrido. Ele a via como um obstáculo para seus futuros planos. Por isso, quando embarcou em seu navio, ele a proibiu de ficar no palácio e deu ordens a alguns de seus cortesãos para que a levassem de volta à ilha onde ele a tinha encontrado.

Depois de alguns anos, uma repentina tempestade obrigou Helge a se refugiar no porto mais próximo. Ao descer, reconheceu as praias exóticas e os bosques sombreados por onde havia vagado tão feliz com sua bela noiva. Ele perguntou por Thora, mas ela havia desaparecido. Ninguém sabia nada sobre ela. Teria morrido? Ou teria sido levada por piratas? Helge ia pensando nisso enquanto andava pelos bosques que tão bem conhecia. De repente ele parou, pois, diante de seus olhos, mirando as águas límpidas de um riacho murmurante, estava ela, mais jovem e mais bonita que nunca.

Ele se apressou em sua direção com os braços estendidos, mas, assim que a apertou contra o peito, percebeu que não era sua Thora, mas uma estranha que se levantou para cumprimentá-lo. No entanto, ele tinha certeza de ter visto nela uma forte semelhança com sua querida esposa, não só na aparência, mas também no tom de sua voz. Convencido de que ela tinha sido enviada pelos deuses para recompensá-lo pela perda de sua antiga rainha, ele se aproximou e a donzela se apresentou como Yrsa e disse que vinha de uma parte da Saxônia. Sua beleza era tanta que Helge se apaixonou à primeira vista. Como acreditava que ela tinha sido enviada pelos deuses, o rei implorou para que ela se tornasse sua noiva. Sabendo que ele era um herói nobre e valente, a donzela consentiu e, pela segunda vez, Helge levou uma rainha para Hledra.

Já com idade avançada, Helge se aquietou e tornou-se mais atencioso que antes. Ele adorava passar horas na companhia de sua jovem esposa e do pequeno Rolf, seu filho. Como ele se alegrou quando o menino sorriu e tentou, com apenas seis anos, tirar da bainha sua espada de batalhas.

Um dia, o rei e sua amada Yrsa estavam sentados próximo a um bosque, observando com infinito prazer as inocentes brincadeiras do filho. Helge estava dizendo à esposa o quanto a amava e assegurando que nenhum poder na terra os separaria, quando, de repente, os arbustos começaram a farfalhar, os ramos foram sendo abertos por uma mão branca e surgiu então uma figura feminina, vestida de preto da cabeça aos pés e totalmente coberta por um véu. Enquanto avançava na direção do casal, ela jogou o véu para trás. E eis que surge Thora, envelhecida e pálida, e alterada, mas ainda Thora, a legítima esposa de Helge. "Traidor!", ela gritou. "Da mesma forma que uma tocha ardente poderia destruir esta floresta poderosa, uma palavra minha pode definir o selo da morte para sua felicidade!" Só então Yrsa soube que aquela era realmente a primeira esposa de Helge e que ela não teria mais o direito de ficar ao lado de seu amado.

Com um triste lamento de desespero, ela caiu desmaiada, enquanto o rei, curvando-se sobre ela, jurou que nada além da morte deveria privá-lo de sua linda esposa. Ele a teria tomado nos braços, mas Yrsa fez um gesto para que ele se afastasse, murmurando: "Nunca mais, Helge. Nós nos amamos de verdade, mas temos que nos separar para sempre, pois Thora é sua legítima esposa. Pode ser que os deuses se apiedem de nós e nos juntem em Valhala, mas, na terra, não podemos mais nos encontrar. Até a próxima!" Com essas palavras, ela desapareceu na floresta escura e o rei foi deixado sozinho, pois Thora também, temendo a ira do marido, fugiu dele pela floresta.

Helge agora estava determinado a usar todos os meios disponíveis para encontrar sua Yrsa. Mandou seus mensageiros até ela, mas foi em vão, porque ela não deu ouvidos às suas palavras. Juntou-se então aos guerreiros para encontrá-la pessoalmente e forçá-la a voltar com ele. Mas, quando percebeu que ele estava se aproximando, Yrsa fugiu para o interior da Saxônia, e mesmo assim ele a seguiu.

Enquanto isso, Adils, rei de Upsala, procurava por uma esposa e ouviu falar da beleza da princesa saxã. Sabendo que ela vivia aterrorizada com a perseguição de Helge, decidiu lhe oferecer proteção, tornando-a sua rainha. Assim, quando a primavera chegou, ele enviou seus embaixadores à Saxônia para pleitear sua união com Yrsa, que aceitou a proposta e voltou com os mensageiros para Swithiod, pois lá, imaginava estar a salvo da perseguição de Helge. Mas, embora estivesse cercada por todos os luxos possíveis na corte de Upsala, a jovem rainha estava longe de ser feliz, pois seu coração continuava cheio de amor pelo marido perdido.

Quando Helge soube da união entre o rei Adils e Yrsa, ficou muito triste. Sabendo que suas forças não eram suficientes para invadir Swithiod, ele dispensou seu exército e pensou em outros meios para recuperar Yrsa. Enquanto isso, ele caiu em um estado de profunda melancolia, da qual nada poderia levantá-lo, exceto a visão de seu pequeno Rolf, que estava crescendo rapidamente, e já era tão alto e magro que ganhou até o sobrenome Kraki, ou seja, poste.

Nem a excelência do filho era capaz de consolar Helge pela perda da esposa. Como ele sabia que Adils era avarento, decidiu lhe oferecer alguns de seus mais ricos tesouros se ele lhe desse sua amada Yrsa mais uma vez. Assim, ele escolheu as joias mais valiosas de seu tesouro e, com elas e alguns bravos guerreiros, partiu para Upsala.

Ao ver as joias cintilantes, o rei Adils, cheio de ganância, concordou imediatamente com a proposta de Helge. Imaginando, no entanto, que cairia em desgraça se soubessem que ele vendeu sua esposa em troca de ouro, ele ordenou a Helge que voasse com ela secretamente ou a levasse à força.

Assim que os dois reis chegaram a esse acordo, Helge pôde ser levado à presença da rainha. Quando seus olhos a viram, ele ficou fascinado. Mesmo parecendo mais velha, ela era para ele o que sempre fora, a pérola do norte, a mais bela e mais nobre das mulheres.

Ele falou do grande amor que sentia, contou sobre a indignidade de Adils e implorou para que ela o encontrasse mais uma vez. Ao se levantar majestosamente do trono, Yrsa disse a ele: "Não darei ouvidos às suas súplicas pois, mesmo que eu o acompanhasse, nunca poderíamos ser felizes enquanto Thora viver. Nossa união poderia desgraçar nossas vidas e nos levar à morte." Embora profundamente comovido com suas palavras, Helge não desistiu de seu objetivo. Tentou agarrá-la e carregá-la à força, mas, correndo pelo terraço, ela gritou que se jogaria dali se ele se aproximasse. Ele não ousou chegar mais perto e acabou cedendo às súplicas dela, para que ele a deixasse e não a atormentasse mais. Com o coração partido, ele se despediu e deixou o palácio.

Desapontado por ter que desistir dos tesouros, o rei Adils deu ordens aos servos para que ficassem à espreita de seu hóspede em uma floresta escura e ali roubassem as joias. Quando Helge voltava para casa com o coração pesado, ele e seus companheiros foram atacados por um grande bando de rufiões. Seguiu-se então uma luta desesperada, mas Helge e seus homens estavam em menor número e saíram derrotados. Muitos morreram. Os assassinos então tomaram posse dos tesouros que encontraram com os mortos e os levaram para o rei Adils, como havia sido ordenado.

Rolf tinha apenas quinze anos quando o pai morreu, mas era tão amado pelo povo dinamarquês que foi unanimemente escolhido rei no lugar do pai. Ele era um jovem corajoso e nobre, e logo se tornou conhecido como um herói poderoso. Todos os monarcas vizinhos ficaram sujeitos a ele e sua consagração ressoou por terras distantes.

Depois de alguns anos, Rolf desejou visitar a cena do assassinato. Então, partiu para Upsala e, ao chegar ao palácio, foi recebido com muita alegria por sua mãe, Yrsa, enquanto Adils provocou um grande incêndio na entrada do salão, como se fosse uma homenagem aos seus convidados. Quando Rolf e seus homens estavam sentados à mesa do banquete, o rei Adils ordenou aos servos que aumentassem o fogo. Quando o calor foi se tornando insuportável, ele e seus seguidores, em silêncio, deixaram o salão por uma porta secreta. Não demorou muito para que as roupas dos convidados que estavam mais próximos das chamas começassem a pegar fogo. Para salvar os companheiros e a si mesmo, Rolf ordenou que seu escudo fosse lançado contra as chamas e convocou os demais a seguir seu exemplo. No pátio, foram recebidos por Yrsa, que lhes contou sobre um lugar onde podiam se abrigar por algum tempo, mas os aconselhou a partirem na manhã seguinte, já que Adils estava disposto a destruí-los. Antes que partissem, Yrsa deu a Rolf uma taça de prata com todas as joias que Adils havia roubado de seu pai, Helge.

Rolf e seus companheiros foram imediatamente ao lugar indicado pela rainha e, depois de comerem e beberem, deitaram-se para descansar. Horas depois, Rolf acordou e percebeu que o telhado do abrigo estava em chamas, e as portas, bloqueadas com pedras enormes. Sem perda de tempo, eles conseguiram derrubar uma das paredes laterais e escaparam de uma morte prematura e horrível. Depois de derrotar e colocar em fuga os guerreiros armados que Adils tinha colocado ao redor do abrigo, Rolf e seus companheiros montaram em seus corcéis e começaram a jornada de volta para casa. Mas logo perceberam que estavam sendo seguidos pelo inimigo, pois o som distante dos cascos dos cavalos se tornava mais claro a cada momento. "São Adils e seus homens!", gritou Rolf. "Espalhem os tesouros de ouro pela estrada para impedir seu progresso." Os homens obedeceram, enquanto o próprio Rolf esvaziava o conteúdo da taça de prata que sua mãe lhe dera.

Seu plano deu certo. Quando viram os tesouros caídos pela estrada, os perseguidores desistiram da perseguição e se puseram a pegar o butim. Adils, no entanto, continuou atrás deles, e estava quase alcançando os fugitivos quando seus olhos pousaram em um anel caído ao lado da estrada. Sua avareza se mostrou mais forte que nunca para ele resistir e, controlando seu cavalo, abaixou-se para pegar a joia com a ponta da espada. No mesmo momento, Rolf, percebendo sua vantagem, voltou-se contra o perseguidor e o esfaqueou pelas costas antes que ele tivesse tempo de se levantar de sua postura curvada.

"Viva!", ele gritou, rindo. "Viva se puder com essa lembrança de seu amado filho!" Com essas palavras, ele pegou a joia, esporeou o cavalo e partiu com seus companheiros, deixando o inimigo bem para trás.

Rolf voltou para Hledra, onde foi calorosamente recebido por seus súditos fiéis. Lá, governou com sabedoria e gentileza. Mas infelizmente seu reinado estava destinado a ser curto, pois em pouco tempo ele morreu em batalha, enquanto lutava pela causa de seu país. Sua alma foi levada pelos deuses aos Salões de Valhala, mas a memória do jovem herói ainda vive nas canções de incontáveis menestréis e nos corações de um povo amoroso.

Rolf e seus homens espalham joias e ouro para distrair seus perseguidores

HALFDAN, O NEGRO

como traduzido por Samuel Laing

HALFDAN LUTA COM GANDALF E SIGTRYG

HALFDAN tinha apenas um ano de idade quando seu pai foi morto e sua mãe, Asa, partiu imediatamente com ele para Agder, no oeste, e lá se estabeleceu no reino de seu pai, Harald. Halfdan cresceu e logo se tornou um rapaz forte e corajoso. Por ter os cabelos pretos era chamado de Halfdan, o Negro. Quando fez dezoito anos, assumiu o reino em Agder e, em seguida, foi para Vestfold, onde dividiu aquele reino, como relatado antes, com seu irmão Olaf. No mesmo outono, foi com um exército para Vingulmark lutar contra o rei Gandalf. Eles se enfrentaram em várias batalhas e às vezes um, às vezes o outro, ganhava; até que finalmente concordaram que Halfdan deveria ficar com metade de Vingulmark, como seu pai, Gudrod, tinha antes. Depois, o rei Halfdan foi para Raumarike e subjugou o reino. Ao saber disso, o rei Sigtryg, filho do rei Eystein, que então morava em Hedemark, e tinha subjugado Raumarike, saiu com seu exército para enfrentar o rei Halfdan. A grande batalha que se travou foi vencida por Halfdan. No momento em que o rei Sigtryg e suas tropas estavam se retirando, uma flecha o atingiu sob o braço esquerdo e ele caiu morto. Halfdan então passou a ter todo o reino de Raumarike sob seu poder. O segundo filho do rei Eystein, irmão do rei Sigtryg, também se chamava Eystein e era então rei em Hedemark. Assim que voltou para Vestfold, o rei Eystein partiu com seu exército para Raumarike e colocou todo o país sob seu jugo.

A BATALHA ENTRE HALFDAN E EYSTEIN

QUANDO ouviu falar dos distúrbios em Raumarike, o rei Halfdan reuniu seu exército novamente e partiu para enfrentar o rei Eystein. Ocorreu uma batalha entre eles e Halfdan saiu vitorioso. Eystein então fugiu para Hedemark, perseguido por Halfdan. Outra batalha entre eles e outra vitória de Halfdan. Dessa vez, Eystein fugiu para o norte, para os vales até Gudbrand. Lá, fortaleceu seu exército com novos homens e, no inverno, rumou para Hedemark, onde encontrou Halfdan, o Negro, em uma grande ilha no lago Mjosen. Lá, uma grande batalha foi travada com muitos mortos em ambos os lados, mas a vitória foi de Halfdan. Lá caiu Guthorm, filho de Gudbrand, que era um dos melhores homens das Terras Altas. Eystein fugiu para o norte do vale e enviou um parente, Halvard Skalk, implorar por paz junto ao rei Halfdan. Considerando o parentesco entre eles, o rei Halfdan deu ao rei Eystein metade de Hedemark, que ele e sua família haviam mantido, mas ficou com Thoten e o distrito chamado Land. Ele ainda se apropriou de Hadeland, tornando-se um poderoso rei.

O CASAMENTO DE HALFDAN

HALFDAN, o Negro, se casou com Ragnhild, uma filha de Harald Gulskeg (Barba Dourada), que era rei em Sogn. Eles tiveram um filho, ao qual Harald deu seu próprio nome; e o menino foi criado em Sogn, pelo avô materno, o rei Harald. Quando esse Harald já estava velho e fraco, e não tinha filhos, deu seus domínios ao neto Harald e também o título de rei. Logo depois ele morreu. No mesmo inverno, sua filha Ragnhild também morreu e, na primavera seguinte, o jovem Harald ficou doente e morreu aos dez anos de idade. Quando soube da morte de seu filho, Halfdan, o Negro, pegou a estrada rumo a Sogn com uma grande força e foi muito bem recebido. Ele reivindicou a herança e o território de seu filho, e sem nenhuma oposição, tomou todo o reino. O conde Atle Mjove (o Esguio), que era amigo do rei Halfdan, veio de Gaular para falar com ele; e o rei o colocou no distrito de Sogn, como juiz para, de acordo com as leis do país, coletar os excrementos por conta do rei. Depois, o rei Halfdan prosseguiu até seu reino nas Terras Altas.

A DIFICULDADE DE HALFDAN COM OS FILHOS DE GANDALF

NO outono, o rei Halfdan foi a Vingulmark. Uma noite, por volta da meia-noite, quando estava nos aposentos dos hóspedes, veio até ele um homem que fazia a vigia a cavalo e lhe disse que uma força de guerra se aproximava. O rei se levantou imediatamente e ordenou que seus homens se armassem e eles partiram. No mesmo instante, os filhos de Gandalf, Hysing e Helsing, apareceram com um exército grandioso. Houve uma árdua e grande batalha, mas Halfdan, dominado pelo número de homens, fugiu para a floresta, deixando muitos de seus homens. Seu pai adotivo, Ólver Spake (o Sábio), caiu aqui. O povo veio em massa até o rei Halfdan, e ele avançou em busca dos filhos de Gandalf. Eles se encontraram em Eid, perto do lago Oieren, e se enfrentaram. Hysing e Helsing caíram, e seu irmão Hake se salvou, fugindo. O rei Halfdan tomou posse de toda Vingulmark, e Hake fugiu para Alfheimar.

O CASAMENTO DE HALFDAN COM A FILHA DE HJORT

SIGURD Hjort era o nome de um rei em Ringerike e era mais corajoso e mais forte que qualquer outro homem, e seu rival não tinha uma bela aparência. Seu pai era Helge Hvasse (o Forte) e a mãe, Aslaug, era filha de Sigurd, o Olho de Cobra, que, por sua vez, era filho de Ragnar Lodbrok. Diz-se que Sigurd, aos doze anos, em um embate, matou o furioso Hildebrand e onze de seus homens; e muitos são os feitos atribuídos à sua masculinidade em sua longa saga. Sigurd teve dois filhos, um dos quais era uma filha chamada Ragnhild, que, com vinte anos, era bastante enérgica. Seu irmão Guthorm era adolescente.

Em relação à morte de Sigurd, conta-se que ele tinha o costume de cavalgar sozinho na floresta para caçar os animais selvagens prejudiciais ao homem e que tinha apreço pelas caçadas. Um dia, ele cavalgou para a floresta, como sempre, e depois de um bom tempo, chegou a um terreno limpo perto de Hadeland. Lá, o furioso Hake investiu contra ele com trinta homens, e eles lutaram. Sigurd Hjort caiu lá, depois de matar doze dos homens de Hake; e o próprio Hake perdeu uma das mãos e teve outros três ferimentos. Então, Hake e seus homens foram para a casa de Sigurd, de onde levaram sua filha Ragnhild e seu irmão Guthorm, carregando seus bens e artigos valiosos para Hadeland, onde Hake tinha grandes fazendas. Ele ordenou que fosse preparado um banquete, com a intenção de celebrar seu casamento com Ragnhild; mas, por causa de seus ferimentos, o tempo passou e elas foram curadas lentamente; o furioso Hake de Hadeland ficou de cama por todo o outono e início do inverno.

O rei Halfdan estava em Hedemark, nas celebrações do Yule, quando soube do ocorrido. Certa manhã, logo cedo, o rei chamou Harek Gand e ordenou que ele fosse a Hadeland e trouxesse Ragnhild, a filha de Sigurd Hjort. Harek se preparou com uma centena de homens e fez sua jornada, chegando ao lago da propriedade de Hake antes do amanhecer. Ali, cercaram todas as portas e escadas dos locais onde os empregados dormiam. Em seguida, invadiram o quarto onde Hake dormia, levaram Ragnhild e seu irmão Guthorm, e todos os bens que lá estavam. E então, incendiaram a casa dos empregados, Em seguida, cobriram uma carroça, colocaram Ragnhild e Guthorm nela e se foram. Hake se levantou e foi atrás deles, mas, quando chegou ao gelo no lago, virou o punho da espada para o chão e se deixou cair sobre a ponta, de modo que a espada o atravessou. Ele foi colocado em um túmulo nas margens do lago. Quando o rei Halfdan, que tinha a visão aguçada, se deparou com o grupo retornando sobre o lago congelado, e com uma carroça coberta, soube que sua missão fora cumprida de acordo com seu desejo. Em seguida, ordenou que as mesas fossem arrumadas e mandou convidar toda a vizinhança. No mesmo dia houve uma festa enorme, que foi também a festa de casamento de Halfdan com Ragnhild, que se tornou uma grande rainha. A mãe de Ragnhild era Thorny, filha de Klakharald, rei de Jutland, e uma irmã de Thrye Dannebod, que era casada com o rei dinamarquês Gorm, o Velho, que dominava aquela região.

Guerreiros vikings atacando

DO SONHO DE RAGNHILD

RAGNHILD, que era sábia e inteligente, tinha grandes sonhos. Em um deles, ela sonhou que estava parada em seu jardim e arrancou um espinho de sua roupa; mas, enquanto segurava o espinho na mão, ele se transformou em uma grande árvore. Uma das extremidades se afundou na terra, ficando firmemente enraizada. A outra ficou tão alta que mal dava para ver o topo. E o tronco também se tornou extremamente grosso. A parte de baixo da árvore era vermelha e tinha sangue, mas, para cima, o caule era lindamente verde e os galhos, brancos como a neve. A árvore tinha muitos e grandes galhos: alguns no alto, outros embaixo; ela parecia cobrir toda a Noruega e muito mais.

DO SONHO DE HALFDAN

O REI Halfdan nunca sonhava, o que lhe parecia uma circunstância extraordinária. Ele contou esse fato a um homem chamado Thorleif Spake (o Sábio), e lhe pediu um conselho sobre o assunto. Thorleif disse que o que ele mesmo fazia, quando queria ter uma revelação por sonho, era dormir em um chiqueiro. E isso nunca falhou: ali ele sonhava. O rei assim o fez, e teve um sonho revelado. Sonhou que tinha um cabelo lindo, todo cacheado. Alguns tão compridos que chegavam a cair no chão; outros atingiam o meio de suas pernas e os joelhos; alguns iam até os quadris ou ficavam no centro da coluna lombar; tinha também os que ficavam na altura dos ombros e outros que brotavam na cabeça. Esses cachos eram coloridos, mas um anelzinho superou todos os outros em beleza, brilho e tamanho. Depois de ouvir a narrativa, Thorleif o interpretou assim: ele deveria ter uma grande família e seus descendentes governariam países com grande – mas nem todos igualmente grandes – honra; mas uma pessoa de sua raça deveria ser mais famosa que todas as outras. Na opinião das pessoas, o anel indicava que um deveria ser mais famoso que todos os outros. Para as pessoas, o anel indicava o rei Olaf, o Santo.

O rei Halfdan era um homem sábio, um homem da verdade e da retidão – que fazia as leis, as observava ele mesmo e obrigava todos a observá-las também. Para ele, a violência não deveria vir no lugar das leis, ele mesmo fixou o número de atos criminosos na lei, e as indenizações, multas ou penas para cada caso, de acordo com a origem e a dignidade de cada um[1].

A rainha Ragnhild teve um filho e água foi derramada sobre ele e lhe deram o nome de Harald. Ao crescer, tornou-se um rapaz forte e extraordinariamente bonito. E um especialista em todas as façanhas e muita inteligência. Era muito mais amado pela mãe que pelo pai.

---

1 A pena, indenização ou punição por cada lesão, devida ao ferido, ou à sua família e parentes próximos, se a lesão fosse a morte ou o assassinato premeditado do partidário, parece ter sido fixada para cada classe e condição, desde o assassinato do rei até a mutilação ou espancamento do gado do acusado ou um escravo seu. Um homem para o qual nenhuma compensação era devida era uma pessoa desonrada ou um fora da lei. Parece ter sido opcional levar a multa ou a compensação, ou recusá-la, se ele tivesse sido morto, e esperar por uma oportunidade de se vingar pelo dano à parte que infligiu a ele ou a sua família. Uma parte de cada multa ou compensação era devida ao rei; e essas multas ou penalidades parecem ter constituído um grande percentual na receita real, e terem sido resolvidas em cada distrito para administrar a lei com o *retardatário*.

A CARNE DE HALFDAN DESAPARECE EM UMA FESTA

O REI Halfdan estava nas celebrações do Yule, em Hadeland, onde aconteceu uma coisa maravilhosa em uma das noites. Quando o grande número de convidados iria se sentar à mesa, toda a carne e a cerveja desapareceram. O rei estava sentado sozinho e muito confuso, e todos os outros partiram, consternados. Para que pudesse ter alguma certeza do que tinha acontecido, o rei ordenou que se capturasse um finlandês que fosse particularmente inteligente, tentando fazer com que ele revelasse a verdade. Mas, por mais que torturassem o homem, não conseguiram nada dele. Esse finlandês procurou a ajuda do filho do rei, Harald, que implorou por clemência com o homem. Mas foi em vão. Harald então o deixou escapar, contra a vontade do rei, e o acompanhou. Em sua jornada, eles chegaram a um local onde o chefe do homem servia um grande banquete e ele parecem ter sido bem recebidos. Ali ficaram até a primavera e o chefe lhes disse: "Seu pai não gostou muito que, no inverno, tirei dele algumas provisões – mas vou retribuir a você com uma boa notícia: seu pai está morto. Agora você deve voltar para casa e tomar posse de todo o reino que ele possuía, o reino da Noruega.

A MORTE DE HALFDAN

HALFDAN, o Negro, estava a caminho de um banquete em Hadeland, e a estrada passava sobre um lago chamado Rand. Era primavera e havia um grande degelo. Eles passaram pelo cabo de Rykinsvik, onde, no inverno, o gelo do lago foi quebrado para o gado beber, e onde o estrume havia caído sobre o gelo, o degelo formou buracos. Quando passou sobre o gelo quebrado, o rei Halfdan e muitos de seus homens morreram. Ele estava com quarenta anos. E foi um dos reis com mais sorte em relação às boas estações. O povo pensou tanto nele que, quando sua morte foi anunciada e seu corpo flutuou até Ringerike para ser enterrado, pessoas importantes de Raumarike, como Vestfold e Hedemark, foram até lá. Todos desejavam levar o corpo para enterrá-lo em sua própria região, pois achavam que aqueles que o fizessem teriam boas colheitas. Por fim, foi feito um acordo para dividir o corpo em quatro partes. A cabeça foi colocada em um monte em Stein, em Ringerike, e cada um dos outros levou sua parte para casa, colocando-a em um monte. Desde então são chamados de Montes de Halfdan.

FRITHIOF, O CORAJOSO, E A LEAL INGEBORG

como contado por Eirikr Magnusson e William Morris

DURANTE o reinado do rei Bele, sua terra foi uma das mais prósperas e férteis da Noruega. Ele foi celebrado por seus nobres feitos e por suas muitas campanhas famosas em terras distantes. Seu fiel amigo e companheiro em todas as expedições foi Torsten Wikingson. Naturalmente o país floresceu sob a proteção dos dois nobres homens e nenhum inimigo jamais ousou invadir seu território. No momento em que nossa história começa, ambos estavam velhos, mas ainda se sentavam na Assembleia dos Nobres e tinham sempre bons conselhos a dar. Quando falavam das maravilhas das terras estrangeiras e de suas aventuras em anos anteriores, os convidados os ouviam com tal silêncio que esqueciam de esvaziar suas taças.

O palácio real, que tinha um salão espaçoso o suficiente para acomodar duas mil pessoas, ficava em uma colina. No vale abaixo, corria um riacho, ao lado do qual os dois homens costumavam passear, às vezes até subindo uma pequena elevação, que se projetava no mar, de onde tinham uma bela visão do entorno.

Um dia, depois de subir uma pequena colina, jogaram-se na relva verde para descansar, e o assunto de suas conversas mudou para dias passados e para a aproximação do dia de sua partida deste mundo. Logo mandaram chamar seus três filhos, que se juntaram a eles. Primeiro veio Helge, o filho mais velho de Bele, cuja expressão era sombria e sinistra, pois ele tinha o hábito de passar a maior parte de seu tempo no templo, onde os padres o iniciaram nos mistérios do oráculo. Depois veio Halfdan, um menino alegre e sorridente, e, entre esses dois, uma cabeça mais alto que qualquer um deles, estava Frithiof, filho de Torsten, que tinha uma fisionomia viril e parecia consciente de sua força superior.

"Meus filhos," disse o rei, quando eles se aproximavam, "vocês estão em solo sagrado, pois seus pais, já velhos, estão cansados de seus longos trabalhos e pretendem deixar este mundo. Ele então passou a lhes dar conselhos de despedida e a lhes explicar seus últimos desejos, estimulando-os a viver juntos no amor e na unidade e a se dedicarem ao bom governo do país que ele estava deixando aos seus cuidados." "Para você, Helge," disse voltando-se para o filho mais velho, "deixo o cuidado especial de sua irmã Ingeborg. Seja um pai para ela, mas, em hipótese alguma, force-a a fazer qualquer coisa contra a sua vontade e, acima de tudo, na escolha do marido ela deve ser absolutamente livre."

Depois de dizerem tudo o que desejavam, Bele e Torsten dispensaram os filhos com suas bençãos, ordenando, como pedido de despedida, que levantassem um monumento naquele local em que estavam sentados, colocando uma inscrição que deveria ser dada a conhecer a todos os que visitassem o local ao qual eles foram fiéis um ao outro, até a morte, e que eles sempre protegeram os direitos de seu povo.

Assim que o funeral terminou e o monumento foi erguido sobre as cinzas dos heróis que partiram, Frithiof voltou para Framnas, a propriedade de seu pai. Ali ele encontrou muitas relíquias de família, entre elas uma pulseira lindíssima, cujo fecho era feito com um rubi cintilante, e que era tão espetacular que caberia exatamente em qualquer braço. Além disso, ele achou uma espada chamada Angurwadel, que tinha o punho dourado e a lâmina com um brilho especial, e também um belo navio, *Ellide*, que tinha sido presente do Aesir, o poderoso deus do mar, quando ele foi entretido por Wiking, um ancestral de Torsten.

Doze guerreiros estavam equipados, prontos para lutar e defender Frithiof em caso de guerra e, de fato, na mansão não faltava nada que o coração humano pudesse desejar. Mesmo assim, Frithiof se sentia solitário e infeliz, pois lhe faltava aquele ser que era mais querido por ele do que todo o resto no mundo. Mas ele sabia onde encontrar sua amada, pois ela não era outra senão a bela Ingeborg, filha do rei Bele e irmã de Helge. Como tinham sido criados juntos, Frithiof sabia bem como valorizar seu coração puro e amoroso, que ele sempre soube, desde a infância, que lhe pertencia. Então, ele decidiu procurá-la para perguntar se ela compartilharia com ele sua vida e sua fortuna.

Na manhã seguinte, Frithiof foi ao palácio de Helge. Ao chegar, entrou em um grande salão, cujas paredes eram adornadas com tapeçarias e armas e, no centro, crescia um grande carvalho, tão alto que a parte superior saía por uma abertura no teto. À primeira vista, ele imaginou que o salão estava vazio, mas depois notou que a bela Ingeborg estava sentada ao pé do carvalho, bordando um manto azul-celeste com a beirada dourada. Ela não ouviu quando ele se aproximou suavemente e ficou olhando por cima do ombro que a figura bordada no manto era a de Baldur. Qual não foi sua alegria quando reconheceu no jovem e belo deus uma semelhança com ele mesmo! Um grito de alegria escapou de seus lábios. Ingeborg deu um pulo, virou-se rapidamente e afundou nos braços do amado. Por algum tempo, ficaram sentados conversando sobre a infância, até que Frithiof falou sobre o objetivo de sua visita e de suas esperanças para o futuro. "Mas," disse ela hesitante enquanto trêmula apertava as mãos dele, "você acha que meu irmão Helge, que agora está no lugar de meu pai, vai dar seu consentimento?" "Crianças," interrompeu Hilding, um professor de Torsten e Ingeborg na infância, que tinha entrado no aposento sem ser notado, "não construam suas esperanças em Helge. Ele se orgulha de ser descendente de Odin e, voluntariamente, não vai permitir que sua irmã se case com o filho de um camponês." "Então vou pedir sua mão à comunidade," gritou Frithiof, "que certamente está acima do filho de Odin."

Consequentemente, o jovem herói correu para Framnas e, embarcando em seu navio *Ellide*, foi à colina onde estavam as cinzas de Torsten e Bele. Ali, encontrou os reis aplicando a justiça e imediatamente apresentou seu pedido a eles, acrescentando que Ingeborg concordaria, e que o rei Bele provavelmente aprovaria, já que tinha permitido que eles fossem criados juntos. Ao terminar seu discurso, prometeu ser o amigo fiel e o protetor da terra. "Você tem a cabeça erguida," respondeu Helge, "mas a filha de Odin não é para o filho de um camponês. Ela está destinada a se casar com um igual; e, quanto ao meu país, eu mesmo posso protegê-lo." "Uma camponesa," disse Halfdan, "é mais preparada para varrer seu palácio do que a filha de Odin." "Ou, se você não tiver emprego," continuou Helge, sarcasticamente, "torne-se meu servo. Você pode ter um lugar entre meus criados." "Sou um homem livre!", exclamou Frithiof cheio de orgulho. "Vou pedir a mão da bela Ingeborg à comunidade. Entretanto, não se aproxime muito da minha espada." Com essas palavras, ele puxou Angurwadel da bainha e, com um golpe certeiro, rachou o escudo de ouro do rei, que estava pendurado em uma árvore.

O TRIBUNAL DO REI SIGURD

NO palácio real em Upsala, instalado sob um dossel de ouro e cercado por quinhentos guerreiros, estava sentado o velho monarca, Sigurd Ring. Lindas donzelas serviam a ele e aos cortesãos e enchiam suas taças com vinho. Mas não se ouvia nenhum som de alegria no palácio; tudo era abafado e triste, e o próprio rei estava silencioso no trono. Ele estava pensando em sua falecida rainha, que havia morrido muitos anos antes, deixando solitários e abandonados ele e seus filhos. O grande palácio agora parecia deserto e não era mais agraciado com a presença da família real. Enquanto o rei pensava com tristeza nos dias felizes do passado, um dos jovens cortesãos, agarrando uma harpa, cantou, em tons claros e viris, uma canção em memória da falecida rainha, a quem o anjo da morte tão cedo tirou do lado do dedicado esposo. Dessa canção ele passou para outra, em que cantou os louvores de uma bela e pura donzela que morava na mansão de Hilding, que poderia ser tentada a respeitar o poderoso rei do norte e trazer alegria ao palácio mais uma vez, vindo agraciá-lo com sua bela presença. Quando a música terminou, foi fortemente aplaudido, pois muitos dos cortesãos presentes tinham sido companheiros de armas de Hilding e, tendo visto a bela Ingeborg em sua casa, aprenderam a apreciar seu caráter e alto intelecto, e a consideravam digna de compartilhar o trono de seu amado governante e ser uma segunda mãe para seus filhos órfãos. O rei ouviu seus conselhos e achou que seria bom aceitá-los. "Pois," ele disse, "embora ainda seja jovem, se me escolher por sua própria vontade e for uma boa mãe para os meus filhos, jurarei amá-la e honrá-la como fiz com a rainha que partiu."

Ele então despachou mensageiros carregados de presentes caros para a corte de Helge, para persuadi-lo a lhe dar a mão de sua irmã Ingeborg em casamento. Helge, depois de ter entretido os mensageiros, ofereceu sacrifícios no templo de Baldur, para ver se o deus era favorável ou não à proposta de Sigurd Ring. Ele declarou que os sinais não eram favoráveis e que, portanto, não poderia dar a mão de sua irmã ao rei. Halfdan, zombando da idade avançada de Sigurd Ring, declarou que era uma pena que ele não tivesse vindo pessoalmente cortejar sua noiva, pois, nesse caso, ele o teria ajudado a montar seu corcel. Os mensageiros, furiosos com a recusa de Helge e o ridículo de Halfdan, voltaram para seu país e contaram o acontecido ao rei. Irritado, o velho monarca declarou guerra contra Helge imediatamente, exclamando que poderia provar que ainda tinha força suficiente para castigar dois meninos impertinentes.

Já bem tarde, Ingeborg se sentou no templo de Baldur, onde fora colocada por seu irmão, Helge, para protegê-la de algum perigo durante a guerra que se seguiu com Sigurd Ring. Frithiof havia prometido visitá-la e, embora esperasse ansiosamente por sua chegada, ela ainda temia a raiva de Baldur, pois em seu templo, àquela hora, era um sacrilégio entrar. Cansada, ela resolveu sair pela noite estrelada e avançou até a corrente dourada que marcava o limite do bosque sagrado. Pouco tempo depois, ouviu passos. Era seu amado, que tinha saltado a barreira que os separava, e ficou ao lado dela.

"Oh! Pense em Baldur," disse apavorada, "o deus sagrado, cujo templo você profana."

"Baldur é um deus gentil e amoroso," respondeu Frithiof, "e não vai nos repreender por nosso amor. Amanhã, minha querida Ingeborg, pedirei sua mão à comunidade reunida da Colina de Bele. Em troca, prometerei os serviços de minha espada na guerra contra Sigurd Ring. Lutarei por nossa causa, pois nosso amor é casto e puro como as estrelas que nos rodeiam e como o deus da virtude e da inocência, em cuja base nos firmamos."

No dia seguinte, a assembleia se reuniu na Colina de Bele para os preparativos para a guerra que se aproximava. "Onde está Frithiof?", todos perguntaram. "Se ele lutar por nós, o Pai de Todos certamente nos dará a vitória." Enquanto falavam, Frithiof, a imagem da juventude, beleza e força, aproximou-se e, entrando no meio deles, fez com que ouvissem seu pedido.

"O herói Frithiof, protetor e amigo de nosso país, é digno da filha de Odin," foi a decisão unânime da assembleia.

"Eu aceito o veredito," disse Helge, "mas Ingeborg nunca será dada a alguém que rompeu a fronteira sagrada do território de Baldur para enganar uma tola donzela com promessas de amor. Frithiof, ontem à noite, você conversou com Ingeborg no bosque de Baldur – ousa negar?"

"Negue!", gritaram mil vozes ao mesmo tempo. "Negue, e a filha de Odin será sua!" Mas, se sua vida dependesse dessa resposta, Frithiof não poderia mentir. Ele então respondeu com a voz firme e clara: "Conversei com ela no bosque do Templo. Certamente isso não é um ultraje para o deus do amor." Ele não pôde dizer mais nada, sua voz foi abafada pelo choque de escudos e espadas.

"Ai do profanador do Templo sagrado!", foi o grito que se ouviu. Os guerreiros então se afastaram dele, como de uma peste.

"Banimento ou morte ao profanador do Templo.", disse o rei. "Essa é a lei em nosso país. Mesmo assim, serei misericordioso com o homem que se autointitula protetor da terra. Que ele vá falar com Angantyr, o rei das ilhas, e exija dele o tributo que não foi pago desde a morte de meu pai. Se ele retornar sem sucesso, que seja privado da honra e banido da terra. O que me dizem? Aprovam minha decisão?" Suas palavras foram imediatamente seguidas por um choque de armas, o que significou a concordância da comunidade. Ao ouvi-lo, Frithiof saiu altivo da assembleia, com o semblante ofuscado pela paixão que brilhava em seu peito.

Mais uma vez a bela Ingeborg se sentou no templo de Baldur à noite, e esperou a chegada de seu amado. Assim que ouviu o som de seus passos, foi até o bosque para encontrá-lo. Ele saltou a corrente dourada como antes e se juntou a ela. Ele então contou tudo o que tinha acontecido e, ao fim, garantiu que logo obteria o dinheiro para pagar o tributo, fosse pela persuasão ou pela espada.

"Quando tiver feito isso, enviarei o dinheiro a Helge," ele disse. "Só assim as pessoas que agora me renegam reconhecerão que redimi minha honra. Mas você, minha querida Ingeborg, deverá me seguir até a ilha de Angantyr."

"Meu navio *Ellide* está pronto na costa e nos levará até lá primeiro. Em seguida, irá mais para o sul, a uma linda terra onde perpetuam as árvores que dão frutos dourados. Nesse país, outrora, vivia um povo livre e nobre, mas, aos poucos, caíram na escravidão. Esse deverá ser nosso esforço para lhes devolver a liberdade. Assim eles florescerão mais uma vez. E nós viveremos juntos e em paz nesta terra feliz."

"Doce esperança," respondeu Ingeborg em lágrimas. "Não poderei ir com você."

"Não pode? Quem a impede?", gritou Frithiof.

"A minha honra me impede," disse Ingeborg, "a sua honra e a minha. Se eu o acompanhasse, o mundo me culparia e me desprezaria, e você então também deixaria de me amar e honrar."

Por muito tempo Frithiof tentou conquistá-la, mas não conseguiu. A virtuosa donzela não se abalava em sua resolução.

Por fim, Frithiof foi dominado pela dor e pela paixão e disse: "Se essa é a sua decisão, parto para minhas andanças solitárias e logo espero encontrar, em um túmulo, a paz que busquei em vão na terra." Ele então virou-se para ir embora sem mesmo lhe dar adeus, mas ela colocou sua mão macia em seu braço e o conteve.

"Frithiof," ela disse, "você roubará de mim o conhecimento do seu amor, o único conforto que me resta em minhas horas solitárias. Às vezes, à noite, choro e lamento sua ausência, então olho para as estrelas e sinto que vejo sua imagem amada; seguro sua mão na minha e sonho que vou segurá-la para sempre."

"Ingeborg!", gritou Frithiof. "Isso não é sonho! Os deuses lhe deram uma visão do futuro. Ouça! Vou para a ilha de Angantyr imediatamente e voltarei com o dinheiro do tributo, antes que Sigurd Ring tenha tempo de invadir a terra. Ele não resistirá à minha espada. Vou dominá-lo, e então o povo não mais se recusará a dar sua mão em casamento ao libertador de seu país." Em seguida, Frithiof colocou em seu braço, em sinal à fé empenhada, a pulseira de ouro com o precioso rubi, herança deixada por seu pai. Depois a apertou mais uma vez contra seu coração e a deixou, dirigindo-se à costa, onde estava *Ellide*, seu navio, nas mãos de seus fiéis amigos, que estavam prontos para ir com ele até a ilha de Angantyr.

VIAGEM

O SOL nascente viu o navio de Frithiof singrar alegremente as ondas e avançar rapidamente em direção à ilha de Angantyr. A viagem durou algumas semanas, durante as quais enfrentaram uma forte tempestade. Graças à coragem e a experiência de Frithiof no mar, eles finalmente chegaram em segurança ao seu destino.

Angantyr deu as boas-vindas aos estranhos e os recebeu com toda a hospitalidade possível em sua corte. Mas, quando Frithiof o informou sobre seus objetivos, ele respondeu: "Nunca paguei tributo por terra nenhuma, nem o farei agora, e quem quer que o exija de mim deve obtê-lo pela espada. Mas, por gratidão pela ajuda que Torsten e Bele me deram quando precisei, tenho por hábito enviar a eles, anualmente, um presente de meu tesouro. Como é herdeiro dele, você tem o direito a um presente semelhante." Depois de dizer essas palavras a Frithiof, deu a ele uma bolsa cheia de ouro.

Frithiof, satisfeito por ter cumprido o objetivo de sua viagem a Angantyr, estava agora impaciente para zarpar de volta ao próprio país. Mas foi obrigado a atrasar sua partida, já que seu navio precisou de reparos após as tempestades que enfrentou. E então, os ventos de outono empurraram grandes icebergs do norte para a vizinhança das ilhas, tornando impossível a sua partida. O inverno chegou e eles foram forçados a ficar como hóspedes de Angantyr. Só Frithiof não gostou do acordo: seu coração estava sempre no bosque de Baldur, que tinha tudo o que lhe era mais querido no mundo. Além disso, ele não conseguia afastar os pressentimentos sombrios que nublavam sua alma quando pensava no tempo em que estava separado de sua amada.

A primavera finalmente chegou, trazendo de volta o céu azul, as árvores e flores brotando. Não havia mais nenhum obstáculo que impedisse a partida de Frithiof e seus amigos, que zarparam imediatamente, voltando ao seu país. Depois de algumas semanas de uma viagem agradável, eles avistaram a terra e logo puderam distinguir o templo de Baldur.

Frithiof, que estava no leme, forçou os olhos para o primeiro vislumbre de sua amada casa. À medida que se aproximavam da terra, era possível ver as colinas e vales, as florestas e até mesmo os riachos prateados de sua terra natal. Mas, de repente, uma visão o deixou consternado, pois no local onde antes ficava o nobre castelo de seus ancestrais, nada podia ser visto além de um monte de ruínas negras e fumegantes! A costa estava deserta; nenhum de seus fiéis súditos estava lá, como antes, para recebê-lo.

Logo o navio alcançou a praia e Frithiof desembarcou. No mesmo momento, um pássaro solitário apareceu voando ao seu redor. E ele imediatamente reconheceu seu falcão favorito. A ave bateu as asas, impaciente, como se quisesse revelar algum segredo, mas Frithiof não conseguia entender os sinais. Ele ficou parado, pensando, com o pássaro na mão. De repente, viu o velho Hilding, amigo de sua infância, se aproximando. Ele o saudou com alegria, e implorou para que o amigo contasse tudo o que havia acontecido durante sua ausência.

"É uma história triste de contar...", disse Hilding. "Logo após sua partida, o rei Sigurd Ring invadiu a terra. Seguiu-se uma batalha sangrenta em que Helge foi derrotado. Quando ele percebeu que a batalha estava perdida, fugiu. Mas, ao fazer isso, jogou uma tocha acesa no corredor do seu castelo, amaldiçoando seu dono, que não estava lá para protegê-lo do inimigo. O conquistador então se ofereceu para fazer as pazes, com uma condição, isto é, que a bela Ingeborg lhe fosse dada em casamento. Mas ela, fiel ao amado ausente, não concordou. Então, os nobres da terra fizeram o possível para persuadi-la a ceder às exigências do rei, explicando a ela que o bem ou a desgraça da terra dependia dela, até que, finalmente após uma enorme luta consigo mesma, ela concordou em se tornar mártir pelo bem de seu país."

Ao ouvir essas palavras fatais, Frithiof ficou pálido e, depois, vermelho de raiva.

"Aaai! Infeliz do homem que ainda acredita nas promessas de uma mulher!", exclamou ele.

"Acalme-se, Frithiof.", disse Hilding. Suporte o que os deuses, e não o homem, ordenaram."

"Não aguento mais ter calma," ele gritou. "Hoje é o dia do solstício de verão e o sacerdote estará no templo de Baldur oferecendo sacrifícios. Vamos até lá e vou mostrar a todos como posso ajudá-los em seus deveres sagrados!"

O LOBO NO TEMPLO

ERA noite, e os sacerdotes estavam reunidos no templo de Baldur para oferecer sacrifícios ao deus. No meio deles, e ajudando-os na matança das vítimas, estava Helge. De repente, um choque de armas foi ouvido no pátio externo, seguido pelo som da voz de Frithiof. No minuto seguinte, o próprio Frithiof entrou no templo e, andando até onde o rei estava, jogou uma bolsa cheia de ouro em seu rosto, gritando: "Aqui está o resgate pelo qual eu recupero minha honra. Mas ainda tenho que vingar a destruição de Framnas e, acima de tudo, recuperar a pulseira que você roubou da bela Ingeborg para enfeitar a imagem de Baldur."

Mal acabara de dizer essas palavras, quando viu a pulseira no braço do deus e, apressando-se, tentou em vão soltá-la do braço, no qual parecia ter crescido. Por fim, usando todas as suas forças, conseguiu arrancá-la. Mas, ao usar tanta violência, desfez a imagem, que caiu sobre a pilha onde os sacerdotes ofereciam seus sacrifícios. Instantes depois, houve um enorme incêndio. As chamas subiram tanto que o fogo atingiu as vigas e as tapeçarias das paredes; em pouco tempo o templo todo queimava. Houve então um tumulto. O povo correndo de um lado para o outro, trazendo água e derrubando as tapeçarias e madeiras em chamas. Mas todos os esforços foram em vão. As chamas se espalharam, deixando o céu vermelho por quilômetros aos seu redor. Frithiof, que nunca em sua vida tinha se sujeitado a nenhum homem, viu-se obrigado a se submeter aos deuses. Angustiado, ele se afastou da triste cena, onde a ajuda humana já não tinha utilidade e, quando passou pelo povo, todos fugiram dele, gritando: "Lá se vai o profanador do templo! O lobo no lugar santo."

A CORTE DO REI SIGURD RING

FRITHIOF era agora um exilado, temido, odiado e evitado por todos. Tinha apenas seu navio *Ellide* e os amigos fiéis que o acompanharam na viagem à ilha de Angantyr. No navio, ele atravessou os mares, travou muitas batalhas e reuniu ao seu redor bravos guerreiros que o acompanharam em seus próprios navios. A vitória o acompanhou por toda parte; príncipes e reis pagaram tributos a ele, pois o terror de seu nome havia se espalhado.

Nem assim ele encontrou descanso ou paz para sua alma, pois a maldição da divindade afrontada, cujo templo ele havia destruído, parecia estar sempre sobre sua cabeça; e ele não podia também arrancar de seu coração a memória daquela que tinha sido cruelmente roubada dele. Pois, nas nuvens, ele parecia ver constantemente a bela imagem da amada, e no barulho das águas, ouvia sua voz gentil! Ele acreditava que, se pudesse apenas vê-la mais uma vez e segurar suas mãos, encontraria a paz novamente.

Impressionado com a ideia, ele partiu para a corte do rei Sigurd Ring, sabendo que era o único lugar onde teria a chance de vê-la. No entanto, não desejando ser reconhecido como o amado de Ingeborg, envolveu-se em uma pele de urso e arranjou um cajado para se apoiar, a fim de que pudesse passar por um homem velho. Com esse disfarce, entrou no palácio do rei. Ali, encontrou vários convidados reunidos, bebendo e comemorando com alegria. Inicialmente, sua entrada passou despercebida. Mas, assim que os cortesãos viram o estranho parado na porta, começaram a apontar para ele e ridicularizá-lo. Um deles se aventurou a arrancar sua pele de urso, mas ele agarrou o agressor com seus braços fortes, virando-o de cabeça para baixo. Ao mostrar sua força, ninguém mais ousou molestá-lo. Ao ouvir toda aquela perturbação, o rei quis saber do que se tratava e, ao ser informado, chamou o estranho à sua presença para explicar o que queria. Diante do trono, Frithiof imediatamente disse ao rei como, depois de resistir a muitas tempestades, seu navio tinha naufragado na costa de Sigurd Ring, e que, sendo informado que o rei era celebrado por sua hospitalidade com estranhos, ele se aventurou a procurar abrigo em sua corte. "Entretanto, em vez de hospitalidade, não recebi nada de sua corte, apenas desprezo e ridicularização, pelo que não hesitei em castigar o ofensor."

"Muito bem," respondeu o rei, "peço que abandone seu disfarce, pois sei que você é diferente do que aparenta."

Com essas palavras, Frithiof deixou cair de seus ombros a pele de urso. Grande foi o espanto de todos os presentes ao ver, em vez de um velho manco, um homem alto e forte, no ápice de sua vida, com um belo traje azul e dourado, com um cinto à volta da cintura. O rei implorou para que se sentasse e pediu que a rainha lhe servisse de vinho. Corada, Ingeborg aproximou-se do convidado e, ao lhe entregar a taça, tremia tanto que deixou cair um pouco na própria mão.

"Bebo à rainha!", brindou Frithiof, enquanto levava a taça aos lábios, pois percebeu que Ingeborg não apenas o reconheceu, mas ainda o amava. Durante o inverno, Frithiof permaneceu no palácio de Sigurd Ring, que logo se afeiçoou ao estranho e encontrou nele um fiel amigo e companheiro.

Um dia, estavam em um trenó, quando o gelo cedeu de repente. Graças à sua grande força e presença de espírito, Frithiof conseguiu arrastar o trenó para fora da água, salvando assim a vida do rei, enquanto os outros cortesãos se mantiveram o mais longe possível da cena de perigo. Quando a primavera voltou, ele costumava acompanhar o rei em suas caçadas, mas o monarca, idoso, muitas vezes se sentia cansado e parava então para descansar. Em uma dessas ocasiões, ele desejou ficar para trás, sozinho com Frithiof que, em vão, tentou mostrar a ele o perigo de ficar sozinho na floresta. O rei não se deixou convencer e logo adormeceu com a cabeça apoiada no colo de Frithiof. Pouco depois, dois pássaros, um preto e outro branco, desceram das árvores. O pássaro preto rodeou Frithiof e sussurrou em seu ouvido: "Se está esperando um dia chamar a rainha de sua, chegou a sua hora. O rei está em suas mãos. Você só precisa enfiar sua espada no coração dele. Nesta floresta solitária ninguém será mais sábio"

Mas o canto da ave branca tinha um tom diferente: "Os olhos dos deuses penetram até nas matas mais escuras. Eles logo ficariam sabendo da má ação e encontrariam meios de punir o criminoso." "Pense!" continuou o pássaro preto. "Pense na beleza da rainha. Coragem! Não seja covarde. Um golpe de sua espada e ela será sua para sempre." E Frithiof puxou sua espada. Por um instante ele a segurou no alto e então, com toda sua força, ele a arremessou para longe, indo cair em um precipício próximo. Assim que ele fez isso, o pássaro preto gritou e desapareceu, mas o branco abriu as asas e voou direto para o céu.

Acordado pelo barulho da espada ao cair, o rei ergueu a cabeça e, virando-se para Frithiof, exclamou:

"Este sono foi certamente uma bênção para mim, pois me ensinou a apreciar o verdadeiro valor do homem que recebi em meu palácio como um estranho, e desde então tem sido meu hóspede. Confesso agora que o reconheci, Frithiof, desde o início. Eu já tinha ouvido falar muito sobre o herói que, exilado de sua terra natal por atear fogo no templo de Baldur, era temido por todos na terra e no mar. Eu imaginava que você viria com um exército para roubar meu reino e minha esposa. Em vez disso, você veio vestido de mendigo, talvez, eu pensei, com o objetivo de matar alguém. Eu queria pôr você à prova, por isso descansei no seu colo, Frithiof. Você resistiu ao teste com muita nobreza e é, de fato, um herói, pois não apenas conquistou bravos guerreiros no campo de batalha, mas, acima de tudo, conquistou aquele inimigo misterioso, que sussurra palavras envenenadas nos ouvidos dos homens e os induz a más ações. Por tudo isso, estou preparado para legar a você o meu reino e minha esposa, pois você é digno deles. Fique amigo de meu filho e faça dele um herói como você. Quanto a mim, é hora de deixar o mundo, mas minha morte será digna de um guerreiro. Vou para o meu navio e lá aguardarei meu destino."

"Agradeço, meu rei," respondeu Frithiof. Mas é seu filho, e não eu, que deve sucedê-lo no trono. Sou um exilado infeliz, perseguido pela vingança dos deuses e uma vida tranquila me é negada. Minha vida deve ser guerreira. Meu destino é lutar contra o vento e as ondas, e lutar contra a ira do deus a quem ofendi. Adeus, meu rei! Cumprimente a bela Ingeborg por mim e diga a ela para não andar mais na praia, com medo de que as ondas levem meu corpo morto até seus pés." Assim falando, o homem infeliz entrou na floresta e ninguém soube aonde ele foi.

Pouco depois, o rei Sigurd Ring reuniu os nobres livres de sua terra e, dizendo a eles que sentia que era hora de partir desse mundo, pediu que escolhessem um novo rei. Ao seu lado estava o filho, Ragnar Lodbrok, o filho de sua primeira esposa que, embora tivesse apenas quinze anos, era um jovem forte e corajoso, e muito semelhante ao pai. Os nobres foram unânimes em escolhê-lo como rei e, erguendo-o sobre o escudo real, carregaram-no em triunfo.

O velho monarca agora se despedia afetuosamente de seu povo e de seu filho, exortando-o a manter a paz e a devotar suas vidas ao bem de sua terra. Ele então embarcou em seu navio, que fora enchido com estopa embebida em óleo e, quando a brisa o levou mar adentro, ele pegou uma tocha acesa e a jogou no porão do navio. Em poucos minutos, o navio todo ardeu em chamas. Os que estavam na costa puderam vê-las subirem cada vez mais e se refletir no céu, até que, à medida que o navio se afastou, o clarão das chamas foi ficando mais fraco e, finalmente, desapareceu no horizonte.

À tardinha, Frithiof estava sozinho na colina de Torsten olhando o sol, que afundou para descansar no céu ocidental. Enquanto permanecia assim, os dias felizes de sua infância surgiram em sua memória assim como os dias que ele havia passado na companhia da bela Ingeborg, quando vagavam juntos pelos campos e vales, colhendo flores silvestres e gravando seus nomes nas cascas das árvores. De repente, essa bela imagem foi ofuscada pela memória dos dois irmãos que tinham sido destruidores de sua paz e sua felicidade, e autores dos crimes que ele cometeu.

"Vingança!", sussurrou uma vozinha dentro dele.

"Sim! Vingança!", gritou ele em voz alta. "Vingança contra os que arruinaram minha bela perspectiva de vida! Quando isso acontecer, eu também morrerei e meu sangue deverá expiar meus crimes diante dos deuses. Ouça-me, pai Torsten." ele gritou. "Dê a seu filho algum sinal para que ele possa saber que é ouvido."

As ondas continuaram a quebrar na costa, e o vento, a suspirar no vale. As estrelas foram surgindo, uma a uma. Mas nenhum som ou sinal foi enviado para confortá-lo. Em seguida, ele voltou seus olhos para a colina onde ficava o templo de Baldur e, admirando o céu, percebeu uma luz fraca que foi ficando mais brilhante à medida que ele olhava. No meio dela apareceu uma visão, que ele imediatamente reconheceu como a imagem do templo de Baldur.

Dominado pela surpresa e alegria, ele caiu de joelhos, cobrindo o rosto com as mãos. Só então entendeu a visão que seu pai lhe enviara. Nem morte, nem sangue foram exigidos dele como expiação de seu crime, mas um novo templo no lugar do antigo foi a expiação que o deus exigiu.

Frithiof então não perdeu tempo em ver começar o grande trabalho. Mil mãos foram empregadas na edificação, arquitetos famosos foram enviados do sul e, em um espaço maravilhosamente curto, um novo e belo templo foi erguido no local do antigo, com vista para o verde vale e o imenso oceano.

O dia da consagração chegou. Dentro do templo estava Frithiof que olhava muito feliz para a imagem de Baldur, que estava sentado em seu trono em um espaço azul e dourado.

Em seguida, sacerdotes entraram queimando incensos e foram seguidos por doze homens, que carregavam harpas e andavam em torno do altar, cantando louvores ao deus. Logo depois entraram doze virgens, que também entoaram louvores, enchendo o templo com suas vozes melodiosas.

Uma paz imensa tomou conta da alma de Frithiof, pois ele sabia que, agora, finalmente estava se reconciliando com o deus. Mas, de repente, uma sombra se interpôs entre ele e a luz. Ao olhar para cima, Frithiof viu o rei vestindo seu manto púrpuro.

No mesmo instante, toda a paz de seu espírito despareceu; um ódio enorme encheu seu coração e sua mão procurou involuntariamente o punho de sua espada. Mas ele devolveu a lâmina à bainha, murmurando: "Aqui no templo sagrado, não. Em um local mais adequado, vou me vingar."

"Aqui não," repetiu uma voz em seu ouvido. Ao se virar, viu o sumo sacerdote em pé ao seu lado, que continuou: "Você acha que o deus permanecerá ignorante do seu ato de vingança, embora ela não seja praticada dentro das paredes de seu templo? Você pensa em se reconciliar com Baldur por esta edificação de pedra? Ele está exigindo de você um templo diferente, um templo de paz e benevolência em seu coração. Se não a tem, ainda está longe de se reconciliar com ele. Fique sabendo que Helge não existe mais; ele caiu na batalha contra os finlandeses, mas Halfdan se aproxima, oferecendo a você sua amizade."

"Tarde demais!", respondeu Frithiof. "A maldição do deus ainda está sobre mim. Sei disso pelo ódio selvagem que enche meu coração sempre que o inimigo está perto de mim."

"Não diga isso, meu filho," respondeu o padre. "Você não sabe que Baldur, o deus da paz e do amor, lhe dará, com prazer, a força necessária para perdoar seu inimigo, se você apenas pedir a ele? "Veja," ele continuou apontando para o trono de Haider, "ele está acenando para que se aproxime dele para que vocês se reconciliem."

Enquanto o velho homem falava, Frithiof ergueu os olhos na direção do trono e, enquanto contemplava a imagem do deus, o espírito de amor

FRITHIOF, O CORAJOSO, E A LEAL INGEBORG

Frithiof em batalha na França

e paz pareceu entrar em seu coração. Nesse momento, ele viu Halfdan, que se aproximou silenciosamente e ficou ao seu lado, esperando ansiosamente para saber se ele concordava com a reconciliação. Frithiof não hesitou mais e, atirando longe sua espada, estendeu francamente sua mão para o inimigo.

Imediatamente, uma música melodiosa foi ouvida, a porta no final do corredor se abriu e Ingeborg, radiante e adorável como sempre, vestida de noiva, entrou no templo e avançou para o lado de seu irmão. Nas mãos, ela segurava uma coroa de rosas que, ainda molhadas pelas gotas peroladas do orvalho da manhã, parecia ter sido regada por lágrimas de alegria.

Frithiof ficou muito feliz ao ver sua amada Ingeborg e, quando se aproximou, ela deu um passo à frente para encontrá-lo e, envolvendo-o com seus braços, apoiou a cabeça em seu peito.

Assim, finalmente, os dias de tristeza e batalhas acabaram para Frithiof. Agora, ele podia esperar paz e contentamento no futuro, pois a bela Ingeborg e ele se tornaram finalmente um, e nunca mais se separaram.

A BATALHA DE BRAVALLA

como contado por Eirikr Magnusson e William Morris

NA terra de Swithiod (Suécia), houve um rei chamado Ingiald. Ele não foi um bom rei, pois era astuto e cruel por natureza. E tudo por causa do rei Swipdager, encarregado de cuidar de Ingiald quando criança. Com o intuito de despertar a coragem no garoto, Swipdager deu a ele um coração de lobo para comer, o que acabou transformando-o em um ser bruto.

No dia do funeral de seu pai, quando muitos dos príncipes e governantes vizinhos se reuniram em um banquete oferecido em memória do falecido rei, Ingiald jurou que, em pouco tempo, conquistaria as províncias vizinhas.

O cálice circulou livremente entre os convidados reunidos, que logo sucumbiram à poderosa influência do vinho e adormeceram nos sofás. Ingiald então deu ordens para que o palácio fosse cercado por homens armados, enquanto ele mesmo ateou fogo ao salão onde seus convidados dormiam. Os soldados postados do lado de fora impossibilitaram a fuga, de modo que todos morreram nas chamas. Assim o traiçoeiro rei se apossou de suas províncias.

Ingiald teve dois filhos, um menino chamado Olaf e uma menina chamada Asa. Sua filha era muito bonita, mas, infelizmente, herdou a crueldade do pai e a natureza astuta. Ela se casou com Gudrod, rei de Skaney, que a amava tanto que nada podia recusar e, por isso, deixou-se ser persuadido por ela a ir para a guerra com seu irmão Halfdan.

Repentinamente, Halfdan foi atacado e derrotado, caindo no campo de batalha, mas Gudrod não viveu muito tempo para desfrutar de sua conquista, pois, logo em seguida, foi secretamente assassinado por um amigo de Halfdan.

O filho de Halfdan, Iwar, se rebelou, determinado a vingar a morte do pai. Recolhendo os restos espalhados de seu exército, marchou contra as forças de

Asa. À medida que as duas facções hostis se aproximavam, Asa cavalgava entre as fileiras de seus soldados, encorajando-os e exortando-os a lutar bravamente contra o inimigo. Mas o entusiasmo dela não despertou resposta: seus homens ficaram em silêncio com as cabeças inclinadas.

Pouco tempo depois, o sinal de ataque; o inimigo avançou. De comum acordo, os soldados de Asa baixaram os braços e saudaram Iwar, filho de Halfdan, como seu rei. Vendo-se isolada, Asa fugiu do campo e pediu asilo na corte de seu pai. Ele também, no entanto, prenunciava a deserção, mas esperava durante o inverno reunir um grande exército.

Em uma das ilhas pertencentes ao rei Ingiald, ele e seus cortesãos festejaram, enquanto a bela Asa enchia as taças com vinho espumante. Mas, no terceiro dia de festa, mensageiros chegaram à ilha espalhando terror entre os convivas, pois relataram que Iwar fizera uma passagem pela neve e pelo gelo até Swithiod e que, tanto camponeses quanto soldados haviam passado para o lado dele, tornando comum sua causa contra o tirano. A ilha já estava cercada; não sobrou uma embarcação pela qual Ingiald pudesse escapar. A morte ou a prisão o encaravam de frente, mas ele preferiu morrer por suas próprias mãos a ser vítima de seu inimigo cruel. Ele então viu sua oportunidade: quando seus cortesãos dormiam no salão de banquetes, ele e sua filha Asa, depois de trancarem todas as portas para evitar que escapassem, incendiaram o palácio. Eles subiram as ameias, onde ficaram cercados pelas chamas, à medida que o exército de Iwar se aproximava, até que o palácio todo foi consumido pelo fogo, e eles e seus cortesãos morreram nas ruínas em chamas.

Vitorioso, Iwar marchou para Upsala, onde agradeceu e recebeu homenagens do povo de Swithiod. Suas conquistas se estenderam, pois ele não demorou a submeter todas as províncias vizinhas. Só a Dinamarca era potente demais para ele, pois seus reis, Hrodrik e Helge, eram famosos por seus nobres feitos.

Iwar, portanto, vendo que não poderia vencê-los na batalha, decidiu vencê-los pela astúcia.

Só que Hrodrik amava a bela filha de Iwar, Auda, e a cortejou. O pai, com prazer, consentiu com o casamento, que foi solenemente realizado. Não muito tempo depois, enquanto navegava, Iwar aportou na costa da Dinamarca. Chegara a hora de executar seu plano básico: ele convenceu Hrodrik de que seu irmão Helge estava apaixonado por Auda e o incentivou a não perder tempo vingando sua honra manchada. Em vão, a virtuosa Auda se esforçou para persuadir o marido da traição de seu pai. Hrodrik, surdo às súplicas da mulher e totalmente convencido da culpa de seu irmão, apunhalou-o com sua espada durante um torneio.

Aterrorizada, Auda fugiu da corte do marido, levando com ela o filho Harald, indo se refugiar em um castelo totalmente protegido.

Nesse meio tempo, Iwar, mais uma vez aportando na costa da Dinamarca, acusou Hrodrik do assassinato de seu irmão. Atacando-o com seu poderoso exército, ele conquistou facilmente as forças dinamarquesas, fazendo Hrodrik cair por sua espada.

Iwar convocou então os homens da Dinamarca, pedindo que eles escolhessem um novo rei. Entretanto, para sua surpresa, a própria filha Auda avançou entre eles. Ao vê-la, os dinamarqueses imediatamente se reuniram em torno de sua amada rainha, declarando-se prontos para proteger o país da invasão do estrangeiro. Despreparado para uma resistência tão determinada, Iwar não teve escolha a não ser embarcar de volta ao próprio país.

Durante o inverno, no entanto, ele se preparou intensamente para uma nova invasão à Dinamarca. Ao saber disso, Auda sentiu que, sem ajuda, não seria capaz de resistir ao ataque de seu pai. Por isso, embarcou com o filho e o tesouro real, e, acompanhada por numerosa comitiva, navegou para a Rússia, onde esperava encontrar asilo na corte do rei Radbard.

O rei a recebeu, cercando-a de todos os luxos dignos de sua corte, mas estava fora de seu alcance poder dar a ela qualquer ajuda para reconquistar seu reino, do qual seu pai Iwar já havia tomado posse. Embora tivesse um grande exército de bravos soldados, ele não arriscou enviar sua pequena frota contra os navegantes nórdicos.

Mas ele logo aprendeu a amar a bela e virtuosa rainha, e suplicou para que ela se tornasse sua esposa. Após uma certa hesitação, ela concordou.

Iwar ficou com muito medo quando a notícia desse casamento chegou aos seus ouvidos, pois ele conhecia o espírito determinado da filha. Resolveu então se antepor ao rei Radbard e navegou para a Rússia com um grande exército e uma esquadra numerosa. Uma noite, durante a viagem, ele teve um sonho estranho, em que viu um terrível dragão vindo sobre o mar, cujas asas enormes perturbavam as águas, levantando grandes ondas enquanto nadava. Então, do norte, surgiu uma pesada nuvem de tempestade, que avançou sobre o dragão. Logo que o monstro entrou em contato com ele, um terrível estrondo de trovão ecoou pela terra, um raio cortou o céu, o vento da tempestade uivou e a terra tremeu. Não se viu mais nada, apenas estrondos e mais estrondos de trovões foram ouvidos, enquanto eles rolavam sobre os países do norte, ecoando a distância.

Iwar acordou. Estava deitado sob uma tenda roxa, que tinha sido colocada para ele no convés de seu belo navio. O sol nasceu, cobrindo a terra e o mar com seus raios dourados, mas a beleza da natureza não tinha poder para enviar a paz ao atribulado coração do rei. Ele ordenou que Hord, seu pai adotivo, viesse interpretar seu sonho. Hord obedeceu ao chamado, mas permaneceu em uma rocha na costa, recusando-se a subir a bordo do navio real. Ele era um homem alto e imponente, mas quase não se via o rosto dele, pois usava um grande chapéu enterrado na cabeça, enquanto seus ombros estavam envolvidos por um manto esvoaçante.

Depois de lhe contar seu sonho, Iwar exigiu que ele o interpretasse. O velho respondeu que achava que o sonho significava que o rei Iwar logo vagaria pelos pálidos salões de Hel. "Diga-me," gritou Iwar, "sou estimado pelos deuses?" "Eles o consideram seu pior inimigo," respondeu Hord. "Para eles, você é o dragão do sul." Quando ouviu essas palavras, o rei ficou fora de si. "Você está profetizando a minha morte?", ele perguntou. "Você deverá me preceder a Hel." Assim dizendo, ele avançou em direção ao velho com a espada em punho. Mas, ao fazer isso, caiu de cabeça no mar. Saltando atrás dele, Hord desapareceu da mesma forma sob as ondas, e nenhum dos dois estava destinado a ver a luz do dia outra vez.

Assim que a notícia da morte do rei chegou aos ouvidos de seus guerreiros, eles decidiram abandonar a guerra contra o rei Radbard e voltar em paz para o seu próprio país.

HARALD E SIGURD RING

UM dos navios do rei Iwar, com a bandeira da trégua içada à cabeça do mastro, foi enviado para a costa, para desembarcar o chefe do exército, anteriormente convidado do rei Radbard, que deveria informá-lo do ocorrido. O rei recebeu o mensageiro e sua comitiva com muita hospitalidade. A própria Auda encheu suas taças no banquete oferecido em sua homenagem, e no qual seu filho Harald estava presente. Quando viram o jovem príncipe, os guerreiros ficaram muito satisfeitos com seu nobre porte e, quando ele pediu permissão para acompanhá-los à terra de seus pais, todos se levantaram e o saudaram como seu rei.

Harald se despediu com muita ternura de sua amada mãe, que o abençoou, rezando para que Odin logo o colocasse no trono de seus antepassados. Ela tirou de um baú duas espadas com punhos dourados e as deu ao filho, ordenando que ele as usasse apenas em guerras honrosas, pois elas não deixariam de assegurar-lhe a vitória.

Pouco tempo depois, Harald estava no convés de seu navio, que, com a pequena frota que o acompanhava, singrou pelas ondas em direção a Hledra, o palácio dos reis dinamarqueses. Mas não demorou para que fossem surpreendidos por uma terrível tempestade. As ondas chegavam às montanhas; os mastros se dividiram; a coragem e a esperança abandonaram os corações dos marinheiros, enquanto o medo da morte surgiu em todos os rostos. Mas Harald era destemido. Ele agarrou o leme, gritando: "Coragem, amigos! Odin sempre protege os bravos!" Quando acabou de falar, percebeu, de pé ao seu lado, um velho guerreiro bem alto, com um grande chapéu enfiado sobre a testa. O estranho, em alto e bom som, repreendeu a tempestade e instantaneamente as ondas e o vento se acalmaram. Ele então assumiu o leme e, sob sua orientação, o navio cortou as águas com muita rapidez, enquanto o restante da frota seguiu o líder.

Os marinheiros sabiam muito bem quem estava entre eles para salvá-los da destruição, mas não se atreviam a dizer seu nome. Além disso, assim que os navios tocaram a costa, o estranho desapareceu de repente, embora ninguém soubesse para onde ele tinha ido.

Harald encontrou seu país um tanto conturbado, pois enquanto alguns de seus súditos eram leais a ele, muitos ainda preferiam Iwar. Ele convocou o povo e, em seu discurso, fez com que se lembrassem de como o país floresceu sob o domínio de seus antepassados, dizendo também que Odin o protegera e à sua frota durante a viagem. Enquanto ele falava, um par de águias desceu e voou ao redor da cabeça do nobre jovem, que parecia brilhante e belo ao se dirigir, orgulhoso, à multidão, que gritava: "Harald será nosso rei! Salve o nosso rei!" Então, erguendo-o sobre o escudo real, o povo o carregou em triunfo até o palácio e o colocaram no trono de seus antepassados.

Em pouco tempo, um grande número de bravos guerreiros se reuniu em torno da bandeira do jovem rei, com cuja ajuda ele não demorou a conquistar toda a Gothland, ainda ligada a Iwar.

Certa ocasião, quando estava prestes a travar uma batalha contra os godos, ele ofereceu sacrifícios a Odin, suplicando a ele que lhe concedesse a vitória. Ao fazer isso, viu se aproximar o mesmo velho, com o chapéu enterrado na cabeça e o manto fluido, que o ajudara em sua viagem à Dinamarca, salvando sua frota da destruição durante a tempestade. O estranho carregava uma capa vermelho-sangue, que jogou sobre os ombros do rei Harald, enquanto em sua cabeça colocou um capacete novo, ordenando a ele que não carregasse o escudo na batalha, pois o capacete e a capa o protegeriam dos ferimentos. Em seguida, desapareceu.

Ao ouvir o som do ataque, Harald avançou contra seus adversários, derrotando-os, enquanto ele próprio estava a salvo dos ferimentos, pois nem a espada, nem a lança podiam perfurar seu maravilhoso manto.

Assim, a vitória foi facilmente obtida e, desde então, o manto vermelho-sangue o protegeu em todas as suas campanhas.

A corte de Harald em Hledra era mais suntuosa que a de qualquer rei de seu tempo; era famosa também por ser o lar de homens grandes e nobres.

Um dia, um estranho chegou ao palácio. Era o meio-irmão do rei, Randwer, filho de Radbard e Auda. Harald o recebeu de braços abertos, mas Randwer trazia notícias tristes: seu pai e sua mãe tinham morrido, e seu irmão mais velho, agora rei, o baniu do país por ciúme.

Randwer então permaneceu na corte de Harald, lutando ao seu lado e se mostrando um homem bom e corajoso. Por isso, Harald o fez rei de Upsala e West Gothland, países em que ele o teria como um vassalo.

Randwer, entretanto, não viveu muito tempo para aproveitar a grande sorte. Ele morreu nos braços de seu valente filho, Sigurd Ring, que o acompanhou em uma expedição contra a Grã-Bretanha.

Sigurd Ring foi então unanimemente escolhido como rei no lugar de seu pai. Por exatos cinquenta anos, o país viveu uma paz ininterrupta, até que a costa dos domínios de Harald foi invadida e devastada por um bando de piratas. Apesar da idade e da enfermidade, Harald marchou contra eles, cavalgando à frente de seus soldados, envolto no manto vermelho-sangue, e segurando com ambas as mãos uma espada de punho dourado, o presente de despedida de sua mãe, a bela Auda.

A batalha foi longa e feroz, mas, por fim, os piratas foram forçados a cruzar a fronteira em direção aos domínios do rei Sigurd Ring.

Enquanto Harald estava em sua carruagem, observando a saída dos invasores, surgiu uma suspeita – que esses piratas tinham invadido seu território com a aprovação de seu irmão rei. Enquanto ponderava, Bruni, um dos mais bravos de seus guerreiros, aproximou-se dele quando voltava da perseguição ao inimigo. Ele disse ao rei que tinha sido parado por um destacamento de soldados sob a bandeira de Upsala, e que, portanto, não havia dúvida de que os piratas tinham invadido o país sob a proteção, ou talvez instigação, do rei Sigurd Ring. Essas palavras despertaram a ira do velho monarca.

"Digam ao meu parente traiçoeiro que eu ordeno que ele se apresente imediatamente perante o tribunal deste país para responder por sua conduta.".

"Suas ordens serão obedecidas," respondeu Bruni, que partiu imediatamente para cumprir os comandos de seu soberano."

Ele partiu para Upsala, acompanhado por uma grande comitiva. Quando chegou ao palácio, encontrou uma festança, enquanto entre os cortesãos estava o próprio rei Sigurd Ring. Bruni então entregou a ele sua mensagem, à qual o rei respondeu surpreso.

"Nego o direito do rei Harald de me chamar de seu vassalo; é verdade que tenho o hábito de enviar presentes anualmente a Hledra, mas nunca impostos ou tributos. Vá e diga ao seu mestre que somente a espada será o juiz entre ele e eu."

"Muito bem, ó rei!", gritou Bruni. "Odin vai se alegrar ao ouvir sua nobre resposta!" Sigurd Ring olhou para o mensageiro realmente admirado. Mas, ao fazê-lo, reconheceu no estranho um dos bravos guerreiros que muitas vezes lutara na batalha ao lado de seu pai. Depois, pedindo que ele se sentasse ao seu lado festejou-o à mesa e carregou-o com muitos presentes em sua partida.

Bruni entregou a mensagem de Sigurd Ring a Harald, que jurou que logo encontraria meios de punir a presunção do rei sueco.

Depois de muita conversa, formalizaram um acerto de que dentro de sete anos os dois soberanos deveriam se juntar à batalha para, assim, decidir a qual deles pertencia a supremacia.

A BATALHA DE BRAVALLA

SETE anos logo se passaram e, nesse tempo, Harald e Sigurd Ring, reunindo suas forças, prepararam-se para a grande batalha que finalmente decidiria a soberania de um país sobre o outro.

No momento marcado, as duas poderosas frotas navegaram para a Baía de Brawik, pois a batalha seria travada ali perto, em Bravalla, um local que separava o reino da Dinamarca de Harald do da Suécia, território do rei Sigurd Ring.

No início da manhã, quando o sol enviava seus primeiros raios dourados sobre a terra e o mar, os dois grandes exércitos se prepararam para o enfrentamento. Então, o nobre e idoso Harald, em sua carruagem de guerra, deu o sinal para o ataque. Imediatamente, soaram buzinas, o grito de guerra das multidões se ergueu com o vento, ecoando sobre colinas e vales, flechas e lanças se chocaram contra escudos armaduras.

À frente dos soldados suecos lutou o bravo Ragwald, que forçou seu caminho até as fileiras do inimigo, derrubando os soldados dinamarqueses com sua poderosa espada. Então, Ubbi, o dinamarquês, vendo as dificuldades de seus conterrâneos, correu para ajudá-los, avançando sobre o herói sueco e os dois cruzaram as espadas. Foi uma luta desesperadora, mas, por fim, Ragwald caiu com o coração perfurado pela mão de Ubbi. O vencedor seguiu em frente, incitando seus soldados a segui-lo. Eles romperam as fileiras do inimigo, carregando tudo à sua frente enquanto avançavam, pois os soldados suecos não ousaram esperar o ataque do poderoso herói.

Quando o rei Sigurd Ring percebeu o triunfo dos dinamarqueses, gritou: "Há alguém entre meus guerreiros que lutará contra este destruidor?"

"Eu vou!", respondeu um dos soldados mais corajosos enquanto avançava no meio da multidão. Ele se aproximou de Ubbi, que vinha em sentido contrário com a espada em punho. Foi um grande tumulto, mas eles logo foram separados. Ubbi, cujo escudo fora destruído, agarrou sua espada poderosa com as duas mãos e abriu uma passagem entre as fileiras do inimigo, derrubando todos os que estavam em seu caminho, enquanto seus soldados o protegiam do ataque na retaguarda.

Os suecos, sentindo que este homem poderoso não seria vencido pela espada, dispararam flechas contra ele, a distância. Foram muitos os guerreiros que caíram lutando ferozmente ao seu lado, até que, finalmente, uma flecha acertou o alvo, penetrando o coração do herói, que espada nenhuma poderia conquistar. Com Ubbi afundou a glória e o poder da Dinamarca.

A batalha continuou feroz, mas, a partir do momento em que o corajoso Ubbi caiu, a sorte parecia ter se voltado contra os dinamarqueses. Starkad, um dos homens de Sigurd Ring, seguido por muitos de seus melhores soldados, rompeu as fileiras dinamarquesas, espalhando terror e confusão à medida que avançavam.

Um grito de pesar ecoou ao longo das linhas quando os soldados dinamarqueses viram que sua causa estava perdida. Harald, no entanto, reunindo suas energias para um último esforço de salvar a honra de seu país, dirigiu sua carruagem no meio do exército sueco, enquanto derrubou seus inimigos com uma espada em cada mão, avançando com seus seguidores. No entanto, os corpos dos mortos que cobriam o campo de batalha o impediram de seguir em frente. Os soldados de ambos os lados lutaram ainda mais desesperados em volta da carruagem real, até que o golpe de uma clava apontada para o rei o jogou ao chão. A luta continuou sobre o cadáver do monarca morto, até que Sigurd Ring, desejando pôr fim à sangrenta batalha, ordenou que uma trégua fosse feita. Soaram buzinas de todos os lados para interromper a luta e os que restaram, despedaçados, retiraram-se para seus respectivos acampamentos.

A derrota dos dinamarqueses foi inquestionável, pois o número de mortos e feridos foi apenas o dobro dos suecos.

Nessa mesma noite, o rei vitorioso, acompanhado por seus soldados, apareceu no acampamento dinamarquês. Convocando os líderes de seu exército, explicou a eles seus direitos à soberania da Dinamarca e Gothland. Os dinamarqueses, sabendo que não tinham escolha a não ser se submeter à vontade do conquistador, consentiram, embora não tenham gostado da ideia de reconhecê-lo como rei.

No dia seguinte, Sigurd Ring ordenou que o corpo do monarca morto fosse colocado em sua carruagem de guerra e puxado por seu próprio cavalo ricamente adornado até sua pira funerária, sobre a qual havia sido colocado o imponente navio de Harald, que deveria receber o cadáver.

As chamas se ergueram e envolveram o navio. Então, Sigurd Ring, montado em seu corcel, ordenou: "Deixe que o grande monarca, que teve a morte de um nobre herói, parta deste mundo para os salões de Valhala carregado de ricos presentes e coberto com a honra real."

Com essas palavras, ele rodeou a pira funerária, acompanhado por príncipes e guerreiros, enquanto cada um deles, seguindo o exemplo do rei, lançou joias e ouro na massa em chamas.

Por ordem do rei, as cinzas do falecido herói foram colocadas em uma urna dourada, que foi levada e enterrada em Hledra, em um monumento foi erguido sobre o local.

Sigurd Ring então ordenou que um grande banquete fosse preparado em memória de Harald e que fossem convidados príncipes e nobres da Dinamarca e de Gothland. Enquanto seus convidados festejavam, ele se sentou à mesa, elogiando os nobres feitos do falecido.

Com essa política, ele conquistou o coração do povo dinamarquês que agora, de boa vontade, o reconheceu como seu governante.

Assim, a batalha de Bravalla pôs fim à luta pela supremacia entre o rei Sigurd Ring, da Suécia, e o rei Harald, da Dinamarca. O governo de Sigurd Ring era sábio e moderado. Por um tempo longo e feliz como rei da Dinamarca e da Suécia, ele foi amado pelos súditos de ambos os países, mas morreu de forma violenta, quando dormia a bordo de seu navio, o *Dragão*.

A HISTÓRIA DE GUNNLAUG LÍNGUA DE SERPENTE, E RAVEN, O BARDO

como contado por Eirikr Magnusson e William Morris

CAPÍTULO I. DE THORSTEIN EGILSON E SUA FAMÍLIA

HAVIA um homem chamado Thorstein, filho de Egil, o filho de Skallagrim, que era filho de Kveldulf, o comandante da Noruega. Asgerd, a mãe de Thorstein, era filha de Biorn Hold. Thorstein viveu em Burg. Tinha muitas propriedades e era um grande chefe, um homem sábio, pacífico e moderado. Ele não tinha a cultura nem a força que seu pai, Egil, teve. Ainda assim, era um homem poderoso e muito amado pelo povo.

Thorstein era um homem bonito de se ver, cabelos claros e o melhor dos homens. Dizem que alguns dos parentes dos homens da fronteira, que vieram de Egil, foram pessoas muito boas; e por tudo isso essa família era muito diferente, pois, pelo que se sabe, eles eram os mais desfavorecidos dos homens, mas havia alguns com grande destreza em vários aspectos, como Kiartan, o filho de Olaf Peacock e Slaying-Bardi, e Skuli, o filho de Thorstein. Nessa família, alguns foram ótimos bardos também, como Biorn, o campeão de Hit-dale, o sacerdote Einar Skulison, Snorri Sturluson e muitos outros.

Thorstein era casado com Jofrid, a filha de Gunnar, o filho de Hlifar. Esse Gunnar era muito habilidoso nas armas e o membro mais ágil de

Gunnar, um lutador habilidoso e mestre com as espadas, em batalha

todos os povos que estiveram na Islândia. O segundo foi Gunnar, de Lithend; e o terceiro, Steinthor, de Ere. Jofrid já tinha dezoito invernos quando se casou com Thorstein. Ela era viúva de Thorodd, filho de Odd de Tongue. A filha deles era Hungerd, que foi criada por Thorstein em Burg. Jofrid era uma mulher ativa e teve muitos filhos com Thorstein, mas poucos entram nesta história, Skuli era o mais velho deles, Kollsvein, o segundo, e Egil o terceiro.

CAPÍTULO II. DO SONHO DE THORSTEIN

DIZ-SE que, durante um verão, um navio veio de lá para Gufaros. Bergfinn, o capitão, tinha parentesco nórdico, era rico, já tinha uma certa idade, e era um homem sábio.

O bom Thorstein foi até o navio, já que era habituado a comandar. Os homens do leste foram alojados, mas Thorstein levou o mestre consigo. Bergfinn foi de poucas palavras durante o inverno, mas Thorstein o tratou bem. O homem tinha grandes sonhos.

Um dia, durante a primavera, Thorstein perguntou a Bergfinn se ele o acompanharia até Hawkfell onde, naquela época, ficava o lugar do "Thing", já que ele fora informado de que as paredes de sua cabine tinham caído. O homem disse que estava disposto a ir. Então, naquele dia, eles cavalgaram, protegidos por Hawkfell, até uma fazenda chamada Foxholes.

Ali vivia um homem chamado Atli, que era inquilino de Thorstein. Este o chamou para trabalhar e pediu que o homem trouxesse enxada e pá. Então, quando chegaram a um pequeno sítio, eles começaram a trabalhar e removeram as paredes.

Naquele dia, o sol estava brilhando e fazia calor. Thorstein e o homem do leste trabalharam pesado e, quando tiraram as paredes, os dois se sentaram. Thorstein dormiu e passou mal durante o sono. Bergfinn sentou-se ao lado dele e deixou-o sonhar. Quando acordou, ele estava muito cansado. Então, o homem do leste perguntou o que ele tinha sonhado, já que passara muito mal durante o sono.

Thorstein disse: "Os sonhos não revelam nada."

Mas, enquanto cavalgavam de volta à noite, o homem do leste perguntou novamente o que ele havia sonhado.

Thorstein disse: "Se eu lhe contar o sonho, você precisará decifrá-lo para mim, como ele é verdadeiramente."

Bergfinn respondeu que iria arriscar.

Thorstein então começou sua narrativa: "No meu sonho, achei que estava em casa, em Burg, parado do lado de fora da porta. Olhei para o telhado da casa e, no topo, vi um cisne formoso e belo, e pensei que fosse meu. Julguei ser uma coisa boa. De repente, vi uma águia sair das montanhas, voar naquela direção e descer ao lado do cisne, rindo dele carinhosamente. Achei que o cisne parecia feliz com aquilo, mas notei que a águia tinha os olhos negros e suas garras eram de ferro: ela me pareceu valente."

"Depois disso, pensei ter visto outra ave voando do quadrante sul, e ela também veio para Burg e se sentou no telhado, ao lado do cisne, sendo atencioso com ele. Era também uma águia poderosa."

"Fui logo achando que a águia que chegou primeiro ficou irritada com a chegada da outra. Elas lutaram ferozmente e por um bom tempo. Vi então que ambas sangravam e que o embate tinha chegado ao fim: as duas caíram mortas."

"O cisne ficou lá sozinho, muito abatido e com a aparência triste."

"Então vi uma ave voar do oeste. Era um falcão, que pousou ao lado do cisne e foi afetuoso. Depois, os dois voaram juntos para o mesmo quadrante, e com isso eu acordei."

"Mas esse é um sonho sem marca," ele disse. "É provável que seja sinal de um vendaval que eles vão encontrar no ar, num daqueles lugares para onde eu achei que a ave voou."

Bergfinn falou: "Não acho que seja isso."

Thorstein respondeu: "Então, interprete o sonho do jeito que lhe parecer melhor, e deixe-me ouvir."

O homem do leste o interrompeu: "Essas aves parecem bandos de homens: mas sua mulher está doente e dará à luz uma bela e adorável criança; e você a amará demais; mas os nobres cortejarão sua filha, vindos dos lugares para onde as águias parecem ter fugido e a amarão de forma presunçosa. Eles vão lutar por ela, mas ambos perderão suas vidas com isso. E depois disso, um terceiro homem, vindo do quadrante de onde veio o falcão, deverá cortejá-la e eles vão se casar. Agora, desvendei seu sonho. E acho que as coisas vão acontecer como eu disse."

Thorstein respondeu: "O sonho está sendo interpretado de forma maligna e hostil. Eu nem o considero apto para decifrar sonhos."

O homem do leste disse: "Você descobrirá como isso vai acontecer."

Mas desde então Thorstein se afastou do companheiro, que partiu naquele verão. E, a partir de agora, ele está fora do conto.

CAPÍTULO III. DO NASCIMENTO E NUTRIÇÃO DE HELGA, A BELA

NESTE verão, Thorstein se preparou para cavalgar até o "Thing" e foi falar com sua esposa, Jofrid, antes de sair de casa. "E é isso," ele disse, "você está grávida. Seu filho será abandonado se você tiver uma menina; mas, se for homem, será nutrido."

Nessa época, a terra toda era pagã; de certa forma, era costume que os homens de pouca riqueza tivessem muitos filhos em suas mãos, para que fossem abandonados, mas uma má ação era sempre considerada.

Quando Thorstein disse isso, Jofrid respondeu: "Essas palavras são totalmente diferentes de você, de um homem como você, e certamente, para um homem rico como você, não me parece bom que isso deva ser feito."

Thorstein respondeu: "Você conhece a minha mente e sabe que nada de bom acontecerá se minha vontade for frustrada."

Ele então cavalgou para o "Thing". Enquanto ele estava fora, Jofrid deu à luz uma menina linda. As mulheres iriam mostrá-la à mãe, mas ela disse que não havia necessidade disso. Seu pastor Thorvard a chamou e disse: "Você deve pegar meu cavalo, selá-lo e levar essa criança para o oeste de Herdholt, para Thorgerd, filha de Egil, e rezar para que ela a nutra secretamente, para que Thorstein não fique sabendo disso. Com tal olhar de amor, vejo que não vou suportar a ideia de que essa criança seja abandonada. Aqui estão três moedas de prata. Receba-as como recompensa pelo seu trabalho, mas, no oeste, Thorgerd vai conseguir comida para você no mar."

Thorvard obedeceu, levou a criança para Herdholt e a entregou nas mãos de Thorgerd, que a alimentou na casa de um inquilino dela que morava em Freedmans, em Hvamfirth; mas ela conseguiu que Thorvard fosse para o estuário de Steingrims, no norte, e lhe deu uma roupa apropriada para sua viagem marítima. Dali ele foi para o exterior, e agora está fora da história.

Quando Thorstein voltou para casa, Jofrid disse a ele que a criança tinha sido abandonada, de acordo com a sua palavra, mas que o pastor havia fugido e roubado seu cavalo. Thorstein então a elogiou e arranjou outro pastor. E assim seis invernos se passaram e, de certa forma, o assunto foi esquecido.

Naqueles dias, Thorstein foi para Herdholt, como convidado de seu cunhado, Olaf Peacock, filho de Hoskuld, e foi considerado o chefe de maior valor entre todos os homens de lá. Foi uma grande alegria e, na festa, diz-se que Thorgerd se sentou no trono e conversou com o irmão Thorstein, enquanto Olaf falava com outros homens. Mas, em um banco em frente a eles, estavam sentadas três pequenas donzelas. Thorgerd então perguntou: "O que você acha dessas três pequenas donzelas que estão à nossa frente?"

"Bem, uma delas é, de longe, a mais bela; ela tem a bondade de Olaf, mas a coragem e o semblante são nossos."

Thorgerd respondeu: "Quando fala da coragem e do semblante, você tem toda razão. Mas a bondade de Olaf Peacock ela não tem, pois não é filha dele."

"Como?", perguntou Thorstein.

Ela respondeu: "Para dizer a verdade, meu caro, essa bela donzela não é minha filha, mas sua."

Assim, ela contou tudo o que havia acontecido, e rezou para que ele a perdoasse e também a própria esposa.

Thorstein disse: "Não posso culpar vocês por terem feito isso. A maioria das coisas vai cair de qualquer maneira e você acobertará minha loucura: quero que me veja nessa donzela. Eu acredito ser uma grande sorte ter uma filha tão bonita. Qual é o nome dela?"

"Helga," respondeu Thorgerd.

"Helga, a Bela," disse Thorstein. "Mas agora você deve deixá-la pronta para voltar para casa comigo."

E foi o que aconteceu. Thorstein foi embora com bons presentes, e Helga cavalgou ao seu lado, voltando para casa com ele. Lá, foi criada com muita honra e grande amor do pai, da mãe e de toda a família.

CAPÍTULO IV. DE GUNNLAUG LÍNGUA DE SERPENTE E SEUS PARENTES

NESSA época, morava em Gilsbank, às margens das águas brancas, Illugi, o Negro, filho de Hallkel, o filho de Hrosskel. A mãe de Illugi era Thurid Dandle, filha de Gunnlaug Língua de Serpente.

Illugi foi o segundo maior chefe em Burg, depois de Thorstein Egilson. Ele tinha grandes extensões de terra, o temperamento resistente e costumava fazer bem aos amigos. Ele teve que se casar com Ingibiorg, filha de Asbiorn Hordson, de Ornolfsdale. A mãe de Ingibiorg era Thorgerd, filha de Midfirth-Skeggi. Illugi e Ingibiorg tiveram muitos filhos, mas só alguns têm a ver com esta história. Hermund foi um desses e Gunnlaug, outro. Ambos eram homens promissores.

Dizem que Gunnlaug cresceu rapidamente durante a juventude e era grande e forte. Tinha os cabelos ruivos e era muito elegante; seus olhos eram escuros e o nariz um tanto feio, mas seu semblante era adorável. Era magro e tinha de ombros largos: era o mais bem feito dos homens. Sua mente era magistral. Desde pequeno ansiava pela juventude e, em todos os sentidos, implacável e resistente; e foi um grande *bardo*, mas um pouco amargo em suas rimas e, por isso, foi chamado de Gunnlaug Língua de Serpente.

Hermund era o mais amado dos dois irmãos e tinha o semblante de um grande homem.

Quando Gunnlaug completou quinze invernos, disse ao pai que tinha vontade de viajar e pediu mercadorias. Ele queria conhecer outras pessoas. O mestre Illugi demorou a falar sobre o assunto e disse que dificilmente seria considerado bom em terras distantes, "quando, em casa, eu mal posso moldá-lo à minha maneira."

Certa manhã, Illugi saiu cedo e viu que seu armazém estava aberto: alguns sacos de mercadorias, seis deles, tinham sido trazidos para a estrada, junto com alguns equipamentos de carga. Enquanto procurou saber o que tinha acontecido, apareceu um homem com quatro cavalos, e quem poderia ser senão seu filho Gunnlaug. E ele então disse:

"Fui eu quem trouxe os sacos."

Illugi quis saber por que ele havia feito aquilo, ao que o filho respondeu que os sacos seriam a mercadoria de sua viagem.

Illugi disse: "De forma alguma você vai contrariar a minha vontade e não sairá mais cedo do que eu gostaria." E novamente ele balançou os sacos.

À noite, Gunnlaug cavalgou até Burg e o bom Thorstein pediu a ele que permanecesse ali. Gunnlaug gostou do que lhe foi oferecido. E contou a Thorstein o que tinha acontecido entre ele e seu pai. Thorstein então permitiu que ele ficasse por lá por quanto tempo quisesse e Gunnlaug ficou por algumas temporadas, aprendendo a arte da lei de Thorstein, e sendo muito considerado pelo povo.

Agora Gunnlaug e Helga estariam sempre juntos, jogando xadrez e logo contariam com o apoio do outro, como foi provado bem depois: eles tinham quase a mesma idade.

Helga era tão bonita que os homens a consideravam a mulher mais bela da Islândia, então ou desde então. Seu cabelo era tão abundante e longo que poderia cobri-la por inteiro, além de ser tão lindo quanto uma faixa de ouro. Em Burg, e em toda parte, não havia ninguém tão bom para ser escolhido quanto Helga, a Bela.

Um dia, enquanto os homens estavam sentados no salão em Burg, Gunnlaug disse a Thorstein: "Há uma coisa que você não me ensinou: como pedir minha esposa em casamento."

"Isso é apenas um pequeno detalhe," respondeu Thorstein, ensinando a ele o que fazer.

Gunnlaug então disse: "Agora você deve tentar ver se eu entendi tudo: eu o pegarei pela mão e farei como se estivesse cortejando sua filha Helga."

A HISTÓRIA DE GUNNLAUG LÍNGUA DE SERPENTE, E RAVEN, O BARDO

Gunnlaug é levado perante o conde Eric

"Não vejo necessidade," disse Thorstein. Gunnlaug, no entanto, tentou ali mesmo, agarrando sua mão: Conceda-me isto."

"Faça como quiser, então," disse Thorstein, "mas que seja do conhecimento de todos os que aqui estão, que isso será como se nada tivesse sido dito, e que não é artimanha."

Em seguida, Gunnlaug escolheu testemunhas para si mesmo e pediu Helga em casamento. Depois perguntou se assim estava bem. Todos os presentes ficaram extremamente satisfeitos.

CAPÍTULO V. DE RAVEN E SEUS PARENTES

HAVIA um homem chamado Onund, que morava no sul, em Mossfell: era o mais rico dos homens e casado com Geirny, filha de Gnup, filho de Mold-Gnup, que se estabeleceu em Grindwick, no sul do país. Seus filhos eram Raven, Thorarin e Eindridi, homens promissores. Mas Raven foi, em todos os sentidos, o primeiro deles. Ele era grande e forte, o mais vistoso dos homens e um bom *bardo*. Quando adulto, ele viajou por toda parte e era bem recebido aonde quer que fosse.

Thorod, o Sábio, filho de Eyvind, morava então em Hjalli, ao sul de Olfus, com seu filho Skapti, o porta-voz na Islândia. A mãe de Skapti era Ranveig, filha de Gnup, o filho de Mold-Gnup. Skapti e os filhos de Onund eram filhos de irmãs. Entre eles havia muita amizade e parentesco também.

Nessa época, Thorfin, filho de Selthorir, morava em Red-Mel e tinha sete filhos, entre os quais Thorgils, Eyjolf e Thorir, que foram os maiores homens fora de lá. Mas todos eles viveram ao mesmo tempo.

Além disso, surgiram notícias, as melhores que aconteceram na Islândia, de que toda a terra se tornou cristã e que todas as pessoas tinham abandonado a velha fé.

CAPÍTULO VI. COMO HELGA FOI PROMETIDA A GUNNLAUG E DA VIAGEM DE GUNNLAUG AO EXTERIOR

GUNNLAUG Língua de Serpente passou três invernos com Thorstein, em Burg, enquanto seu pai Illugi vivia em Gilsbank, e agora tinha dezoito invernos. Tanto ele quanto o pai eram, nesse momento, bem mais racionais.

Havia um homem chamado Thorkel, o Negro. Era um soldado de Illugi e até parecido com ele e foi criado em sua casa. A ele coube uma herança ao norte, em As, em Water-dale, e ele pediu a Gunnlaug para acompanhá-lo. Eles partiram e, lá, receberam o que lhes era devido e foi entregue por causa, principalmente, da ajuda de Gunnlaug.

Quando voltavam para o norte, hospedaram-se em Grimstongue. Mas, pela manhã, um pastor pegou o cavalo de Gunnlaug, que suava muito, e ele o recuperou. Gunnlaug feriu o pastor e o deixou desorientado, mas o dono do local não concordou com a atitude e reclamou com ele. Gunnlaug então lhe ofereceu uma moeda e cantou:

"Ofereci a esse medíocre
Uma moeda com o fulgor das ondas.
Doador de mares cinzentos? O brilho,
Esse presente com o qual você fará a troca
Se o elfo das águas
Fora da bolsa você deixou,
Espere por uma tristeza mais tarde."

Assim, a paz foi selada quando Gunnlaug ordenou e os dois foram para o sul.

Pouco depois, Gunnlaug pediu, pela segunda vez, que o pai lhe desse as mercadorias que iriam para o exterior.

Illugi disse: "Agora eu concordo, pois você se transformou em algo melhor do que era. Illugi cavalgou apressadamente para casa e comprou de Audun Festargram meio navio para Gunnlaug – esse Audun é aquele que não fugiu para o exterior com os filhos de Oswif, o Sábio, após o assassinato de Kiartan Olafson, como é contado na história dos Laxdalemen, embora isso tenha acontecido depois. Quando Illugi voltou para casa, Gunnlaug agradeceu.

Thorkel, o Negro, começou a navegar com Gunnlaug, e suas mercadorias foram levadas para o navio, mas Gunnlaug estava em Burg enquanto as preparavam e preferiu conversar com Helga a trabalhar com seus camaradas.

Um dia, Thorstein perguntou a Gunnlaug se ele cavalgaria ao seu lado até Long-water-dale. Gunnlaug disse que sim e os dois partiram juntos em direção às fazendas de Thorstein, chamadas de Lugar de Thorgils. Lá estavam os garanhões de Thorstein, quatro deles juntos, todos vermelhos. Um dos cavalos era muito bom, mas não tinha sido muito usado. E foi esse cavalo que Thorstein ofereceu a Gunnlaug. Ele disse que não precisava de cavalos, pois estava saindo do país; eles então cavalgaram até outros garanhões. Havia um cavalo cinza com quatro éguas, e ele era o melhor cavalo em Burg. Esse também Thorstein ofereceu a Gunnlaug, mas ele disse: "Não desejo esses mais que os outros. Por que você não me oferece o que eu vou levar?"

"Do que está falando?", perguntou Thorstein.

"De Helga, a Bela, sua filha," respondeu Gunnlaug.

"Essa decisão não deve ser tomada de forma precipitada," disse Thorstein; e, com isso, começou outra conversa. Eles então voltaram para Long-water.

Gunnlaug então disse: "Preciso saber qual é a sua resposta sobre o meu pedido de casamento."

"Não vou dar ouvidos às suas palavras vãs", respondeu Thorstein.

"Essa é a minha vontade. Não são palavras vãs", disse Gunnlaug.

Thorstein disse: "Primeiro você tem que conhecer sua própria vontade. Você não está sendo obrigado a ir para o exterior? E ainda assim você age como se fosse se casar. Você nem é o par ideal para Helga. Sua situação é instável e, portanto, nem pode ser analisado."

"Onde vai achar um par para sua filha, se não a der ao filho de Illugi, o Negro? Quem em Burg é mais notável que ele?

Thorstein respondeu: "Não estou à procura de maridos para ela. Mas, se você fosse um homem como Illugi, não seria rejeitado."

Gunnlaug insistiu: "A quem você dará sua filha?"

"Por aqui há muitos homens bons para escolher. Thorfin de Red-Mel tem sete filhos. E são todos homens de boas maneiras."

Gunnlaug respondeu: "Nem Onund, nem Thorfin são homens tão bons quanto meu pai. Você mesmo está aquém dele – ou você precisa definir sua contenda contra Thorgrim, o Sacerdote, o filho de Kiallak, e seus filhos, em Thorsness Thing, para onde ele carregou tudo o que estava em debate?"

Thorstein respondeu: "Eu afastei Steinar, o filho de Onund Sioni, o que foi considerado um feito."

"Nisso você foi ajudado por seu pai, Egil. E, para encerrar, são poucos os que rejeitam minha aliança", disse Gunnlaug.

Thorstein retrucou: "Intimide seus companheiros lá nas montanhas, porque aqui em Meres isso não adianta."

À noite, eles voltaram para casa. Mas, na manhã seguinte, Gunnlaug foi até Gilsbank e implorou ao pai que cavalgasse com ele para fazer o pedido de casamento em Burg.

Illugi respondeu: "Você é um homem inseguro, e está indo para o exterior, mas age agora como se estivesse à procura de uma esposa; e eu sei que isso não passa pela cabeça de Thorstein."

"Vou para o exterior mesmo assim, mas só ficarei satisfeito se você me ajudar."

Depois disso, Illugi deixou sua casa com onze homens indo até Burg e Thorstein o saudou. De manhã, Illugi disse a Thorstein: "Gostaria de falar com você."

"Vamos para o ponto mais alto de Burg e conversaremos lá," disse Thorstein. Assim o fizeram e Gunnlaug foi com eles.

Illugi então disse: "Gunnlaug me disse que começou a conversar com você, pedindo para cortejar sua filha Helga; e agora eu gostaria de saber sua opinião a respeito. Você conhece a família dele e sabe de nossas posses; de minhas mãos nem terras serão poupadas, nem o domínio sobre os homens, se, por acaso, tais coisas entrarem no assunto."

"Gunnlaug não me agrada; eu o considero um homem inquieto. Mas, se ele tivesse uma cabeça como a sua, eu não hesitaria", explicou Thorstein.

Illugi então respondeu: "Se você negar isso a mim ou a meu filho, nossa amizade ficará abalada."

"Por suas palavras e por nossa amizade, então, Helga será prometida, mas não ficará noiva, e deverá esperar por ele por três invernos: mas

Gunnlaug terá que ir para o exterior e se espelhar nos homens de bem. Se ele não voltar ou se seus caminhos não forem do meu agrado, estarei livre de todas essas questões."

Com isso, eles se separaram. Illugi foi para casa e Gunnlaug para o navio. Quando o vento se tornou favorável, navegou para o continente, chegando ao norte da Noruega e depois foi na direção da terra, de Thrandheim a Nidaros. Lá foi ao porto e despachou suas mercadorias.

CAPÍTULO VII. DE GUNNLAUG NO LESTE E NO OESTE

NAQUELES dias, o conde Eric, filho de Hakon, e seu irmão Svein governavam a Noruega. O conde Eric morava em Hladir, local deixado por seu pai, que foi um poderoso senhor. Skuli, o filho de Thorstein, estava com o conde naquela época e era um membro da corte muito estimado.

Dizem que Gunnlaug e Audun Festargram, e sete deles, foram a Hladir encontrar o conde. Gunnlaug usava uma túnica cinza e meias brancas. Ele estava com um furúnculo no peito do pé e dali escorriam sangue e pus enquanto andava. Dessa forma, ele procurou o conde com Audun e todos os outros e o cumprimentou. O conde conhecia Audun e pediu notícias da Islândia. Audun o deixou a par do que estava acontecendo. Então, o conde perguntou a Gunnlaug quem ele era, e Gunnlaug lhe disse seu nome e os de seus parentes. O conde logo perguntou: "Filho de Skuli Thorstein, que tipo de homem é ele na Islândia?"

"Senhor," ele respondeu, "dê as boas-vindas a ele, pois é filho do melhor homem da Islândia, Illugi, o Negro, de Gilsbank, e também meu irmão adotivo."

O conde perguntou: "O que há com o seu pé, islandês?"

"Um abcesso, senhor," ele respondeu.

"E mesmo assim você não parou?"

Gunnlaug respondeu: "Por que parar enquanto as duas pernas são iguais?"

Então, um dos homens do conde, chamado Thorir, disse: "É muito presunçoso esse islandês! Não seria errado experimentá-lo um pouco."

Gunnlaug olhou para ele e declamou:
"Entre os homens aqui
Há um cortesão malvado.
Tenha cuidado,
Pois a crença ele deixou de lado."

Thorir então pegou um machado. O conde disse: "Deixe estar. Nós, homens, não devemos dar atenção a essas coisas. Quantos anos você tem, islandês?"

"Agora tenho dezoito invernos," ele respondeu.

O conde Eric prosseguiu: "Pois minha magia diz que você não viverá outros dezoito invernos."

Gunnlaug então respondeu baixinho: "Não reze contra mim, mas por você mesmo."

"O que você disse, islandês?", quis saber o conde.

"Que acho mais adequado não rezar por mim, e sim por você mesmo," disse Gunnlaug.

"Que orações?", perguntou o conde.

"Para que não encontre sua morte como o conde Hakon, seu pai."

O conde ficou vermelho como sangue e ordenou que levassem o patife imediatamente, mas Skuli se aproximou do conde e disse: "Dê a paz a esse homem para que ele vá embora o mais rápido possível."

O conde respondeu: "O mais rápido que puder, deixe-o ir embora, se ele quiser ter paz, mas nunca mais o deixe voltar ao meu reino."

Skuli então foi com Gunnlaug até o porto, onde havia um navio de partida para a Inglaterra. Nele, Skuli conseguiu uma vaga para Gunnlaug, bem como para Thorkel, um seu parente; mas Gunnlaug entregou seu navio ao grupo de Audun, e muitos de seus bens que ele não levou consigo.

Gunnlaug e seus companheiros navegaram para a Inglaterra, e voltaram para o sul na maré de outono, para a Ponte de Londres, onde atracaram seu navio.

Nesse período, o rei Ethelred, filho de Edgar, governava a Inglaterra e era um bom senhor. No inverno, ele estava em Londres. Naquela época, falava-se a mesma língua na Inglaterra, na Noruega e na Dinamarca; mas as línguas mudaram quando Guilherme, o Bastardo, conquistou a Inglaterra, pois daí em diante o francês passou a valer por lá, pois ele vinha de uma família francesa.

Gunnlaug imediatamente procurou o rei e o saudou dignamente. O rei quis saber de onde ele vinha, e ele contou tudo. "Mas vim encontrá-lo, porque fiz uma canção sobre o senhor e gostaria que a ouvisse." O rei concordou e Gunnlaug, cheio de orgulho cantou. O refrão era assim:

"Como a um Deus, todo o povo é temente
Ao livre senhor rei da Inglaterra.
Parentes de todos os reis e de todos os povos
Reverenciam Ethelred."

O rei agradeceu a música e deu a ele como recompensa uma capa escarlate forrada com a mais cara das peles e bordada de ouro até a bainha; e o fez um de seus homens. Gunnlaug esteve com ele durante todo o inverno, e foi bem avaliado.

Um dia, bem cedo, Gunnlaug encontrou três homens em sua rota, e Thororm era o nome de seu líder. Ele era grande e forte, e de difícil trato. Ele disse: "Homem do norte, empreste-me algum dinheiro."

Gunnlaug respondeu: "Não me parece prudente emprestar dinheiro a um desconhecido."

"Eu pago no dia combinado", o homem respondeu.

"Isso é arriscado," disse Gunnlaug, que emprestou o dinheiro cobrando uma taxa.

Algum tempo depois, Gunnlaug conheceu o rei e lhe contou sobre o empréstimo de dinheiro. O rei disse a ele: "Isso lhe trará má sorte, porque esse homem é um bandido. Não negocie com ele de maneira alguma. Mas eu lhe dou a mesma quantia que você emprestou."

Gunnlaug disse: "Então, nós, seus homens, agimos de modo lamentável se deixamos sujeitos como esse decidirem o nosso destino. Isso nunca acontecerá."

Logo depois, conheceu Thororm e cobrou o que ele devia. Mas ele disse que não ia pagar.

Gunnlaug então cantou:

"Você foi mal aconselhado.
Reter o meu dinheiro foi um erro,
Você enganou aquele que
Avermelha a ponta da espada.

Me chamam de Língua de Serpente,
Nome dado na minha juventude.
Chegou a hora de provar isso."

"Agora farei uma boa oferta dentro da lei," disse Gunnlaug. "Quero que devolva meu dinheiro, ou você vai passear comigo em três dias."

Então, o viking riu e disse: "Antes de você, ninguém fez isso, chamar-me para um duelo, apesar de toda a ruína que muitos homens tiveram que pegar nas minhas mãos. Estou pronto para ir."

Nisso, eles se separaram.

Gunnlaug contou ao rei o que tinha acontecido e ele disse: "Agora, de fato, as coisas tomaram o rumo certo e sem esperança; pois os olhos deste homem podem embotar qualquer arma. Mas você deve seguir meu conselho: com esta espada que vou lhe dar é que você deve lutar. Mas, antes da batalha, mostre a ele uma outra."

Gunnlaug agradeceu ao rei.

Quando eles estavam prontos para ir a campo, Thororm perguntou que tipo de espada era aquela que ele tinha. Gunnlaug a tirou da bainha e mostrou a ele, mas em volta do cabo da espada do rei havia um gancho e ele a deslizou sobre sua mão. O guerreiro olhou para a espada e disse: "Não tenho medo dessa espada."

Mas ele desferiu um golpe em Gunnlaug com sua espada e cortou quase todo o seu escudo. Gunnlaug, por sua vez, o golpeou com o presente do rei. O guerreiro ficou sem o escudo à sua frente, achando que estava com a mesma arma que ele tinha mostrado, mas o golpe de Gunnlaug foi mortal.

O rei agradeceu a ele pelo trabalho, e por isso ele ganhou fama tanto na Inglaterra quanto em outros lugares.

Na primavera, quando os navios iam de uma terra a outra, Gunnlaug pediu ao rei Ethelred licença para navegar. O rei quis saber por que ele queria viajar. Gunnlaug disse: "Gostaria de cumprir a palavra que eu dei" e cantou:

"Devo seguir meus caminhos.
Preciso visitar os países de três reis,
E os domínios de dois condes, como prometi
A quem me deu o barco.
Voltarei antes que o herdeiro

Me dê o Brasão do Dragão.
Por um trabalho realizado, um presente bem dado."

"Que assim seja, então, *bardo*," disse o rei. E, além disso, deu a ele um anel que pesava seis onças. "Mas," disse o rei, "você me deu sua palavra de voltar no próximo outono. Por sua habilidade e por sua coragem não quero me separar de você."

CAPÍTULO VIII. DE GUNNLAUG NA IRLANDA

DEPOIS disso, Gunnlaug partiu da Inglaterra para o norte, para Dublin, acompanhando de mascates. Naquela época, o rei Sigtrygg Barba de Seda, filho do rei Olaf Kvaran e da rainha Kormlada, governava a Irlanda. Mas ele a dominou por pouco tempo. Gunnlaug foi até o rei e o saudou dignamente. O rei o recebeu como era esperado. E Gunnlaug então disse: "Fiz uma canção sobre o senhor e gostaria de silêncio a respeito."

O rei respondeu: "Homem nenhum apareceu aqui com canções para mim. Certamente darei ouvidos à sua." Gunnlaug então apresentou a música, com este refrão:

"O corcel de Swaru
Doth Sigtrygg alimentou."

E continuou:

"Eu sei que descende da família real
Quero glorificar – o filho de Kvaran!
O rei me presenteará com anéis de ouro.
Ele pratica a generosidade.
Eu, cantor, conheço
Seu costume de doar.
Deixe o supremo rei dizer
Se já ouviu poema escrito
Em sua homenagem."

O rei agradeceu a canção, chamou seu tesoureiro e perguntou: "Como a canção será recompensada?"

"O que deseja dar, senhor?", ele disse.

"O que acha de recompensá-lo com dois navios por isso?", disse o rei.

O tesoureiro então respondeu: "É muito, senhor. Em relação a boas canções, outros reis costumam dar lembranças, belas espadas ou anéis de ouro."

Então o rei deu a ele seu próprio traje escarlate, uma saia bordada de ouro e um manto forrado com peles escolhidas, e um anel de ouro de um marco. Gunnlaug ficou muito grato.

Ele ficou lá por um curto período e depois foi para as Órcades.

Quem governava o arquipélago era o conde Sigurd, filho de Hlodver, muito amigo dos islandeses. Gunnlaug o cumprimentou e disse que tinha trazido uma canção para ele. O conde disse que ia ouvi-lo, já que ele era de uma grande família na Islândia.

Gunnlaug apresentou a música. Era mais curta, mas bem feita. O conde o recompensou com um machado largo, ornado de prata e deu ordens para que permanecesse ali.

Gunnlaug agradeceu o presente e a oferta, mas disse que estava indo para o leste, para a Suécia. Pouco depois, zarpou em um navio com os mascates e navegou para a Noruega.

No outono, vieram do leste para King's Cliff, com Thorkel, seu parente, sempre ao seu lado. Em King's Cliff, conseguiram um guia para Gothland Ocidental, e encontraram um local barato, chamado Skarir, cujo governante era um conde chamado Sigurd, de idade avançada. Gunnlaug se apresentou a ele e disse que tinha feito uma canção em sua homenagem, que o conde ouviu atentamente. Gunnlaug apresentou uma versão curta da canção.

O conde agradeceu e o recompensou, e ordenou que ele passasse o inverno por lá.

O conde Sigurd sempre oferecia uma grande festa de Yule no inverno. Na véspera vieram homens, doze no total, enviados do conde Eric, da Noruega, trazendo presentes para o conde Sigurd. O conde deu vivas a eles e pediu que se sentassem ao lado de Gunnlaug durante a festa, muito animada e regada a bebidas.

Os habitantes de Gothland diziam que conde nenhum era maior ou mais famoso que o conde Sigurd. Mas os noruegueses achavam que o conde Eric era, de longe, o melhor dos dois. Dali em diante, trocariam palavras, até que ambos considerassem Gunnlaug como juiz da questão.

Ele então cantou:
> "Digo a vocês, lançadores de estrondos,
> Como em um elegante cavalo-marinho
> Este conde provou
> Sobre ondas caindo;
> Mas Eric, o freixo da vitória,
> Viu nos mares do leste
> Ondas azuis mais altas
> Antes de se quebrarem retumbantes."

Os dois lados ficaram contentes com sua conclusão, mas os noruegueses foram os melhores. Depois da festa do Yule, os mensageiros partiram, cheios de presentes que o conde Sigurd mandou para o conde Eric.

Eles então contaram ao conde Eric sobre a conclusão de Gunnlaug: o conde achou que ele havia demonstrado uma atitude correta e de amizade com ele, e deixou escapar algumas palavras, dizendo que Gunnlaug traria paz a toda a sua terra. As palavras do conde chegaram aos ouvidos de Gunnlaug.

Mas o conde Sigurd deu a Gunnlaug um guia para o leste de Tenthland, na Suécia, como ele havia pedido.

CAPÍTULO IX. DA DISCUSSÃO ENTRE GUNNLAUG E RAVEN, DIANTE DO REI SUECO

NAQUELA época, o rei Olaf, da Suécia, filho do rei Eric, o Vitorioso, e Sigrid, a Orgulhosa, filha de Skogul Tosti, governava a Suécia. Ele era um rei poderoso e renomado, e cheio de fama.

Gunnlaug chegou a Upsala, na época do "Thing" dos suecos, durante a primavera. Quando conseguiu ver o rei, ele o cumprimentou. O rei o recebeu muito bem e quis saber quem ele era. Gunnlaug disse que era um islandês.

O rei perguntou: "Raven, que tipo de homem é ele na Islândia?"

De uma banqueta, levantou-se um homem grande e valente, que se aproximou do rei e disse: "Senhor, ele é de boa família e ele mesmo o mais forte dos homens."

"Deixe-o ir e sente-se ao seu lado," disse o rei.

Gunnlaug então disse: "Tenho uma canção para lhe apresentar e gostaria de ter paz enquanto o senhor a ouve."

"Vão primeiro e sentem-se," ordenou o rei, "pois já não há tempo para se sentar e ouvir canções."

E eles obedeceram.

Gunnlaug e Raven então começaram a conversar, e contaram um ao outro sobre suas viagens. Raven disse que no verão anterior tinha ido da Islândia para a Noruega e vindo para o leste da Suécia, no começo do inverno. Eles logo se tornaram amigos.

Mas, um dia, quando o Thing acabou, Gunnlaug e Raven ficaram diante do rei.

E Gunnlaug disse: "Gostaria que ouvisse a música."

"Isso eu posso fazer agora," respondeu o rei.

"Vou apresentar minha música agora também," disse Raven.

"Pode fazer isso," respondeu o rei.

Gunnlaug o interrompeu: "Apresentarei a minha primeiro, se assim o desejar, senhor."

"Não," disse Raven. "Cabe a mim ser o primeiro, senhor, pois eu o procurei primeiro."

"Para onde vieram nossos pais, para que meu pai fosse o barquinho rebocado? Para onde, mas em lugar nenhum?", disse Gunnlaug. "O mesmo acontecerá conosco."

Raven respondeu: "Sejamos corteses o bastante para não fazer disso uma mera troca de palavras. Aqui, quem governa é o rei."

O rei disse: "Deixe Gunnlaug apresentar sua música primeiro, pois ele não ficará em paz até satisfazer sua vontade."

Então, Gunnlaug apresentou a canção que havia feito para o rei Olaf e, quando terminou, o rei disse: "Raven, o que me diz sobre a música?"

"Muito bem," ele começou. "É uma música cheia de palavras grandes e pouca beleza; uma música um tanto grosseira, como é o humor de Gunnlaug."

"Vamos à sua canção, Raven," disse o rei.

Raven se apresentou e, quando terminou, o rei perguntou: "O que achou dessa canção, Gunnlaug?"

"Pois é, senhor," ele disse... "é uma bela canção, como o próprio Raven deve achar, e de aspecto delicado. Mas por que você fez uma canção tão curta sobre o rei, Raven? Por acaso o considerou indigno de uma longa?"

Raven respondeu: "Não falemos mais sobre isso. Podemos retomar esse assunto mais tarde."

E então eles se separaram.

Logo depois, Raven se tornou um homem do rei Olaf e pediu para ir embora. O rei lhe deu permissão, E, quando estava de partida, ele conversou com Gunnlaug e disse: "Nossa amizade acabou agora já que quis me rebaixar na frente dos grandes homens. Mas, no futuro, não lançarei sobre você menos vergonha que a que você quis lançar sobre mim, aqui."

Gunnlaug respondeu: "Sua ameaças não me afligem. Provavelmente não iremos a lugar nenhum onde eu seja considerado menos digno que você."

O rei Olaf deu alguns presentes a Raven na partida, e depois disso também.

CAPÍTULO X. COMO RAVEN VOLTOU PARA CASA, NA ISLÂNDIA, E PEDIU HELGA EM CASAMENTO

NA primavera, Raven veio do leste para Thrandheim, equipou seu navio e navegou durante o verão para a Islândia. Ele trouxe o navio para Leiruvag, abaixo de Heath, onde seus amigos e parentes o esperavam. Naquele inverno, ele estava em casa ao lado de seu pai, mas, no verão seguinte, em Althing, ele conheceu um compatriota, Skapti, um homem da lei.

Raven então disse a ele: "Terei que recorrer à sua ajuda para me aproximar de Thorstein Egilson para conquistar sua filha Helga."

Skapti respondeu: "Mas ela já não está prometida a Gunnlaug Língua de Serpente?

"Não terminou o tempo de espera determinado por eles? Além disso, Gunnlaug é um devasso, pois deveria ter prestado atenção a isso."

"Vamos fazer o que você quer," disse Skapti.

Em seguida, eles foram com muitos homens até a tenda de Thorstein Egilson, que os acolheu.

Skapti então disse: "Raven está decidido a cortejar sua filha Helga. Você conhece bem o sangue dele, sua riqueza e suas boas maneiras, e seus muitos parentes e amigos poderosos."

Thorstein respondeu: "Ela já está prometida a Gunnlaug e, com ele, empenhei minha palavra."

Skapti perguntou: "O combinado entre vocês não foram os três invernos?"

"Sim," respondeu Thorstein. "Mas o verão ainda não acabou e ele ainda tem tempo."

"E se ele não vier neste verão, o que podemos pensar a respeito?", quis saber Skapti.

"Gostaríamos de vir aqui no próximo verão para então ver o que pode ser feito, com sabedoria. Não adianta falarmos sobre isso agora."

Depois disso, eles se separaram. Os homens voltaram de Althing. Mas essa conversa sobre as intenções de Raven para com Helga não foi secreta.

Naquele verão, Gunnlaug não apareceu.

No verão seguinte, em Althing, Skapti e seu povo estavam ansiosos pelo encontro com Thorstein e disseram a ele que estava livre do acordo feito com Gunnlaug.

Thorstein respondeu: "Tenho poucas filhas para cuidar e espero que elas não sejam motivo de contendas com ninguém. Primeiro vou me encontrar com Illugi, o Negro." E foi o que ele fez.

Ao se encontrarem, ele disse a Illugi: "Acha que estou livre da palavra dada a seu filho Gunnlaug?"

"Certamente, se for a sua vontade. Pouco posso dizer a respeito de Gunnlaug", respondeu Illugi.

Thorstein então procurou Skapti e fez um acordo para que o casamento fosse realizado em Burg, numa noite de inverno, se Gunnlaug não aparecesse naquele verão. Mas Thorstein queria estar livre do que havia combinado com Raven, se Gunnlaug viesse buscar a noiva.

Depois disso, os homens se foram e a vinda de Gunnlaug demorou muito. E Helga achou que infelizmente esse era o seu destino.

CAPÍTULO XI. DE COMO GUNNLAUG TEVE QUE PERMANECER LONGE DA ISLÂNDIA

DEVE-SE dizer que Gunnlaug foi para a Suécia no mesmo verão que Raven esteve na Islândia, e que recebeu do rei Olaf bons presentes na despedida.

O rei Ethelred deu as boas-vindas a Gunnlaug que, naquele inverno, esteve com o rei e foi recebido com grande honra.

Knut, o Grande, filho de Svein, era então governador da Dinamarca e recebeu a herança de seu pai. E jurou travar uma batalha contra a Inglaterra, pois seu pai havia conquistado um grande reino por lá antes de morrer.

Nessa época, havia ali um grande exército de homens dinamarqueses. Eles eram chefiados por Heming, filho do conde Strut-Harald e irmão do conde Sigvaldi, que mantinha para o rei Knut as terras que Svein tinha conquistado.

Na primavera, Gunnlaug pediu permissão ao rei para partir, mas ele disse: "Meu caro, é recomendável que você vá embora agora, quando tudo indica que haverá uma poderosa guerra na terra."

Gunnlaug disse: "O senhor deve governar, mas me dê licença para partir, no próximo verão, se os dinamarqueses não vierem."

"É o que deveremos ver," respondeu o rei.

Este verão passou, assim como o inverno seguinte, e nenhum dinamarquês apareceu. Gunnlaug então teve permissão do rei para partir e, do leste, ele foi para a Noruega onde encontrou o conde Eric em Thrandheim, em Hladir, e o conde o recebeu e ordenou que ele ficasse por lá. Gunnlaug agradeceu a oferta, mas disse que, primeiro, precisava ir para a Islândia, para ver sua prometida donzela.

O conde disse: "Todos os navios com destino à Islândia partiram."

Um dos membros da corte o interrompeu: "Ontem o *bardo* Hallfred Troublous aqui estava, no comando do Agdaness."

O conde respondeu: "Pode ser. Ele partiu daqui há cinco noites."

O conde Eric então mandou Gunnlaug remar para se encontrar com Hallfred, que o cumprimentou com alegria. Imediatamente, um bom vento os levou da terra e eles ficaram muito felizes.

Isso foi no final do verão. Mas Hallfred então disse a Gunnlaug: "Você ouvir falar que Raven, o filho de Onund, está cortejando Helga, a Bela?"

Gunnlaug disse ter ouvido falar vagamente. Hallfred contou a ele tudo o que sabia a respeito e, com isso, também, que muitos homens falavam que Raven não era um homem menos corajoso que Gunnlaug. Este então declamou:

"O tempo está calmo agora.
Mas, se este vento leste soprar
Por uma semana violentamente sobre nós,
Eu não me importo.
O que mais temo é que ninguém
Me julgue corajoso como Raven.
Ele não vai esperar que você veja
Seu cabelo ficar grisalho."

Hallfred então disse: "Bem, meu caro, você pode se sair melhor em sua luta do que eu na minha. Eu trouxe meu navio para Leiruvag alguns invernos atrás, e tive que pagar meio marco de prata para um servo de Raven. Mas eu o peguei de volta. Raven cavalgou até nós com sessenta homens e cortou as amarras do navio, que foi direto para um banco de areia, e nós naufragamos. Tive então que me entregar a Raven e pagar um marco. Essa é a história das minhas relações com ele."

Então os dois conversaram sobre Helga, a Bela, e Gunnlaug a elogiou por sua bondade e cantou:

"Aquele que tem marca de batalha
Se mantém muito cauteloso.
O amor nunca o deixará.
Nós, quando mais jovens,
De várias maneiras nos divertíamos
Nos promontórios
Da excelente terra dourada."

"Bela canção!", disse Hallfred.

CAPÍTULO XII. DO DESEMBARQUE DE GUNNLAUG, E DE COMO ELE ENCONTROU HELGA SE CASANDO COM RAVEN

ELES aportaram no norte, por Foz-Plain, em Hraunhaven, onde desembarcaram suas mercadorias, meio mês antes do inverno. Lá havia um homem chamado Thord, filho de um companheiro da cidade. Ele começou a lutar com os mascates e a maior parte deles foi derrotada em suas mãos.

Em seguida, uma luta foi resolvida entre ele e Gunnlaug. Na noite anterior, fez promessas a Thor pela vitória. Mas, no dia seguinte, ao se encontrarem, começaram a lutar. Gunnlaug passou uma rasteira em Thord, provocando um grande tombo, mas o pé em que Gunnlaug se apoiou foi deslocado e ele caiu ao lado de Thord.

Thord então disse: "Talvez outras coisas não sejam melhores para você."

"O quê?", perguntou Gunnlaug.

"Seus negócios com Raven, se ele se casasse com Helga, a Bela, em uma noite de inverno. Eu estava perto do "Thing" quando isso foi resolvido no verão passado."

Gunnlaug não respondeu.

O pé inchou bastante e foi enfaixado; mas ele e Hallfred cavalgaram na companhia de doze homens até chegar a Gilsbank, em Burg, no mesmo sábado em que as pessoas estavam indo a um casamento na cidade. Illugi estava orgulhoso do filho Gunnlaug e seus companheiros; mas Gunnlaug disse que cavalgaria até Burg. Illugi disse que não seria sábio fazer isso, e para todos, exceto Gunnlaug, isso parecia bom. Mas Gunnlaug não estava conseguindo andar, por causa do pé, embora não deixasse ninguém ver. Portanto, não houve viagem para Burg.

No outro dia, Hallfred foi para Hreda, no vale das águas do norte, onde Galti, seu irmão e um homem muito ativo, cuidou do assunto.

CAPÍTULO XIII. DO CASAMENTO DE INVERNO EM SKANEY, E COMO GUNNLAUG DEU O MANTO DO REI PARA HELGA

DIZ a história de Raven que ele se sentou em sua festa de casamento em Burg, enquanto a maioria dos homens dizia que a noiva estava triste, pois, como diz o ditado: "Há muito tempo nos lembramos do que a juventude nos tirou," e mesmo assim estava com ela agora.

Mas uma coisa nova aconteceu na festa: Hungerd, a filha de Thorod e Jofrid, estava noiva de um homem chamado Sverting, filho de Hafr-Biorn, o filho de Mold Gnup. O casamento estava prestes a acontecer naquele inverno, depois do Yule, em Skaney, onde morava Thorkel, um parente de Hungerd e filho de Torn Valbrandsson. A mãe de Torn era Thorodda, irmã de Tungu-Odd.

Raven voltou para Mossfell com Helga, sua mulher. E já estavam lá há algum tempo quando, certa manhã, Helga estava acordada, mas Raven dormia e passou mal durante o sono. Quando ele acordou, Helga quis saber com o que ele havia sonhado. Raven então cantou:

"Em seus braços sonhei
Ferido por uma espada
Sua cama ficou vermelha
Com o sangue que derramei.
Você nunca mais poderia
Embora quisesse
Curar minhas feridas."

Helga disse: "Nunca o perdoarei por isso. Você me enganou de forma perversa e Gunnlaug certamente foi embora." Por isso, ela chorou muito.

Mas, pouco depois, a chegada de Gunnlaug foi notada. Helga tornou-se tão dura com Raven que ele não conseguiu mantê-la na casa de Mossfell e acabaram voltando para Burg. Raven desfrutou pouco tempo da companhia da mulher.

O povo estava se preparando para o casamento de inverno. Thorkel de Skaney convidou Illugi, o Negro, e seus filhos. Quando o mestre Illugi estava pronto, Gunnlaug se sentou no salão e não fez menção de sair. Illugi se aproximou dele e disse: "Por que não vai se arrumar?"

Gunnlaug respondeu: "Não pretendo ir."

"Pois eu lhe asseguro que você precisa ir," disse Illugi. "Você não vai continuar desejando uma mulher só. Faça como se nada soubesse, pois mulheres nunca lhe faltarão."

Gunnlaug aceitou o conselho do pai, e eles foram ao casamento. Illugi e seus filhos foram acomodados no trono, mas Thorstein Egilson e Raven, seu genro, e os seguidores do noivo foram colocados em outro trono, de frente para o de Illugi.

As mulheres se sentaram em um outro trono e Helga, a Bela, ficou ao lado da noiva. Frequentemente, ela voltava os olhos para Gunnlaug para provar que o vira. "Os olhos vão traí-la se ela amar o homem."

Gunnlaug estava bem-vestido, usando o belo traje que o rei Sigtrygg lhe dera. E parecia muito superior aos outros homens, por vários motivos, tanto força, quanto bondade e crescimento.

Havia pouca alegria entre os convidados do casamento. Quando todos os homens estavam prestes a ir embora, as mulheres se levantaram e se prepararam para ir para casa. Gunnlaug se aproximou de Helga e eles conversaram longamente. Depois, ele cantou:

"Língua de Serpente tinha o coração leve

Mas agora não mais,

Desde que na casa da montanha Helga

Passou a ser chamada de esposa de Raven.

O pai da jovem pouco se importou

Com a palavra do herói.

A donzela foi vendida por ouro."

E ele continuou:

"A pior recompensa

Devo a seus pais.

Eles fizeram a mais formosa donzela

Que toda a alegria matou dentro de mim."

E, com isso, Gunnlaug deu a Helga a capa, presente de Ethelred, que era a mais bela das coisas, e ela agradeceu o presente.

Então, Gunnlaug partiu e, nessa hora, os cavalos foram trazidos e selados e, entre eles, havia alguns muito bons. Já na estrada, Gunnlaug montou um deles e cavalgou até um local onde ficou frente a frente com Raven, que teve que sair de seu caminho. E Gunnlaug disse: "Não há necessidade disso, Raven, pois neste momento eu não o ameaço. Mas você sabe, com certeza, o que ganhou."

Raven respondeu cantando:
"Deus da brilhante ferida resplandecente,
Gloriosa deusa da luta,
Devemos cair lutando
Pela túnica mais bela?
Cajados da morte muito semelhantes
Por mais bela que ela seja,
Nas terras do sul após as enchentes do mar
Verdade diz aquele que sabe."

"Talvez existam muitas, mas não me parece," disse Gunnlaug. Com isso, Illugi e Thorstein correram até eles e não os deixaram lutar. Gunnlaug cantou:
"A deusa dourada de tons claros,
Por ouro a Raven foi vendida.
Dizem que ele é igual a mim,
Não inferior.
Enquanto o poderoso rei da ilha,
Ethelred, na Inglaterra atrasou minha jornada
Ouro foi desperdiçado
E por isso me calo."

Depois disso, os dois voltaram para casa e tudo se acalmou naquele inverno. Mas Raven não mais contou com o companheirismo de Helga depois de seu encontro com Gunnlaug.

CAPÍTULO XIV. DO *HOLMGANG* EM ALTHING

NO verão, os homens costumavam cavalgar bastante para ir a Althing: Illugi, o Negro, e seus filhos, Gunnlaug e Hermund; Thorstein Egilson e Kolsvein, seu filho; Onund, de Mossfell, e todos os seus filhos, e Sverting, filho de Hafr-Biorn. Skapti ainda era o porta-voz da lei.

Um dia, no "Thing", enquanto os homens se aglomeravam na Colina das Leis, e quando lá eram resolvidas as questões legais, Gunnlaug precisava de silêncio e perguntou:

"Raven, o filho de Onund, está aqui?"

Ele disse que estava.

Gunnlaug então disse: "Você sabe que se casou com uma mulher a mim prometida, e por isso se fez meu inimigo. Agora ordeno que vá ao outeiro no "Thing", na várzea de Axe-water, quando três noites tiverem se passado."

Raven respondeu: "É uma boa ordem, como se esperava de você, e por isso estou pronto, quando você quiser."

Os parentes de cada um não gostaram muito do que foi combinado. Mas, naquela época, era legítimo àquele que se julgava injustiçado por outro chamá-lo para lutar na várzea.

Quando três noites se passaram, eles estavam prontos para o *holmgang*, e Illugi, o Negro, foi com seu filho e muitos seguidores. Mas Skapti, homem da lei, seguiu Raven, seu pai e outros parentes.

Antes de seguir para a várzea, Gunnlaug cantou:

"Pronto para o duelo estou
Que Deus me dê a vitória.
Com uma espada larga,
Devo cortar a cabeça
Do ladrão do amor de Helga.
Por fim, que minha espada brilhante
Divida a cabeça e o corpo."

Raven respondeu dizendo:

"Você, cantor, não sabe
Qual de nós dois vencerá.
Aqui estão as espadas nuas

>   Prontas para ferir.
>   A jovem donzela já viúva
>   Conhecerá o valor de seu homem
>   Mesmo que ele caia morto."

Hermund segurou o escudo para o irmão, Gunnlaug; mas Sverting, filho de Hafr-Biorn, era o escudeiro de Raven. Quem fosse ferido deveria ser resgatado da várzea com três marcos de prata.

Cabia a Raven desferir o primeiro golpe, já que ele era o desafiado. Ele cortou a parte superior do escudo de Gunnlaug, e a espada se partiu logo abaixo do punho, tal a força que ele usou; mas a ponta da espada voou do escudo, atingindo a bochecha de Gunnlaug de raspão. Com isso, seus pais correram entre eles e muitos outros homens.

"Agora," disse Gunnlaug, "Raven é um homem derrotado, pois está desarmado."

"Para mim, você foi derrotado, visto que está ferido," disse Raven.

Gunnlaug ficou furioso e disse que ainda não havia sido testado.

Illugi, seu pai, achou que eles deveriam parar.

Gunnlaug disse: "Além de todas as coisas, eu queria poder, dessa maneira, encontrar Raven novamente, para que você, meu pai, não estivesse perto de nos separar."

Eles então se separaram e todos os homens voltaram para suas tendas.

No segundo dia após esse fato, tornou-se lei no tribunal que, dali em diante, todos os *holmgangs* estavam proibidos a partir da decisão do conselho dos mais sábios que estavam no "Thing"; e lá, de fato, estavam os maiores conselheiros de toda a terra. E este foi o último embate de um *holmgang* disputado na Islândia, onde Gunnlaug e Raven se enfrentaram.

Mas este "Thing" foi o terceiro mais concorrido na Islândia; o primeiro foi a queima de Njal; o segundo, após a matança de Heath.

Uma certa manhã, enquanto os irmãos Hermund e Gunnlaug iam para Axe-water para se lavar, do outro lado muitas mulheres seguiam na direção do rio, entre as quais Helga, a Bela. Hermund então disse:

"Está vendo sua amiga Helga do outro lado do rio?"

"Claro que a vi," respondeu Gunnlaug, que cantou:

>   "Ela nasceu para a discórdia entre os homens.
>   Culpado é o guerreiro

Que tanto ansiou por ela.
Meus olhos negros agora
Já não me servem para ver a donzela
Que tem a beleza de um cisne."

Com isso, eles cruzaram o rio e Helga e Gunnlaug conversaram um pouco. Quando os dois irmãos cruzaram o rio de volta, Helga parou e olhou por muito tempo para Gunnlaug.

Gunnlaug olhou de volta e cantou:
"A bela donzela
Seus olhos a mim dirigiu
Como um falcão.
O brilho de seus olhos a machuca.
Ela é linda como o ouro,
Mas destruiu tudo
E eu nada fiz."

CAPÍTULO XV. COMO GUNNLAUG E RAVEN CONCORDARAM EM IR DO LESTE PARA A NORUEGA, PARA TENTAR OUTRA VEZ

DEPOIS do ocorrido, os homens voltaram do "Thing" e Gunnlaug foi morar em Gilsbank.

Certa manhã, todos já estavam de pé, mas ele ainda estava deitado. De repente, do salão, surgiram doze homens, todos armados, e quem estava lá, senão Raven, filho de Onund. Gunnlaug saltou imediatamente e pegou suas armas.

Mas Raven disse: "Você não corre risco de sofrer dano algum desta vez, mas minha missão aqui é o que você ouvirá agora: você me chamou para um *holmgang* no verão passado em Althing, e não considerou que as coisas fossem julgadas de forma justa. Agora eu lhe ofereço isto, que nós dois nos afastemos da Islândia e, no próximo verão, nos encontremos na azinheira, na Noruega, pois lá nossos compatriotas não costumam ficar no nosso caminho."

Gunnlaug respondeu: "Guarde as suas palavras, homem forte. Aceito, com prazer, a sua oferta; e espero, Raven, que você tenha o ânimo tão bom quanto possa desejar."

"É uma boa oferta," disse Raven, mas agora temos que partir." E assim, eles se separaram.

Os seguidores de ambas as partes não gostaram disso, mas não podiam, de forma alguma, desfazer o acerto, por causa da ira de Gunnlaug e Raven. Afinal, é o que deveria acontecer.

Deve-se dizer que Raven equipou seu navio em Leiruvag, e que nomeou dois homens para irem com ele, os filhos das irmãs de seu pai, Onund, um chamado Grim, e outro, Olaf, ambos muito valentes. Todos os parentes de Raven acharam sua partida muito confusa, mas ele disse que tinha desafiado Gunnlaug para um *holmgang* porque nada para ele era mais importante que Helga. Além disso, ele achava que um deveria cair antes do outro.

Então, com o vento favorável, Raven se lançou ao mar e trouxe seu navio para Thrandheim, ficando por lá naquele inverno sem ouvir nada a respeito de Gunnlaug. Continuou morando na região no verão seguinte e no outro inverno esteve em Thrandheim, em um lugar chamado Lifangr.

Gunnlaug Língua de Serpente embarcou com Hallfred Troublous, o *Bardo*, no norte de Plain. Eles estavam muito atrasados.

Navegaram então quando o vento ficou bom e chegaram às Órcades pouco antes do inverno. O conde Sigurd Lodverson ainda era o senhor das ilhas e Gunnlaug foi ao seu encontro, morando na região naquele inverno. O conde o considerava muito importante.

Na primavera, o conde iria para a guerra e Gunnlaug se preparou para acompanhá-lo. No verão, eles correram pelas ilhas do sul e pelos estuários escoceses e enfrentaram várias lutas. Gunnlaug mostrou-se o mais forte e o mais resistente dos homens por onde passaram.

O conde Sigurd voltou para casa no início do verão, mas Gunnlaug embarcou com os mascates e seguiu para a Noruega. Ele e o conde Sigurd, muito amigos, se separaram.

Gunnlaug foi para o norte, para Thrandheim, para Hladir, para se encontrar com o conde Eric. E ficou por lá até o início do inverno. O conde o recebeu com muito entusiasmo e fez um convite para que Gunnlaug ficasse com ele. Gunnlaug aceitou.

O conde tinha ouvido falar de tudo o que havia acontecido entre Gunnlaug e Raven, e disse a Gunnlaug que proibira a luta deles em seu reino. Gunnlaug disse que o conde era livre para fazer o que achasse melhor.

Gunnlaug permaneceu por lá durante o inverno, com os ânimos exaltados.

CAPÍTULO XVI. COMO OS DOIS INIMIGOS SE ENCONTRARAM E LUTARAM EM DINGNESS

UM dia, na primavera, Gunnlaug estava caminhando ao lado de Thorkel. Eles se afastaram da cidade indo até a pradaria. À sua frente, viram um grupo de homens em círculo e, nesse círculo, dois homens portavam armas de esgrima. Um deles se chamava Raven, o outro, Gunnlaug, enquanto os que estavam à volta diziam que os islandeses batiam fraco e demoravam a lembrar suas palavras.

Gunnlaug viu a grande zombaria que havia por trás e que atrapalhavam a luta. Ele então foi embora em silêncio.

Pouco depois, ele disse ao conde que não suportava mais a zombaria de seus cortesãos sobre seus negócios com Raven, e então implorou ao conde que lhe desse um guia para Lifangr: antes disso, o conde fora informado de que Raven deixara Lifangr em direção ao leste, para a Suécia. Por isso, ele deu a Gunnlaug permissão para ir e ainda dois guias para a viagem.

Gunnlaug saiu de Hladir para Lifangr com seis homens. Na manhã do mesmo dia em que Gunnlaug chegou à noite, Raven saiu de Lifangr com quatro homens. De lá, Gunnlaug ia para Vera-dale, e ele sempre ia à noite para o local em que Raven tinha estado na noite anterior.

Gunnlaug então continuou até chegar à fazenda mais alta do vale, chamada Sula, de onde Raven tinha saído pela manhã. Em vez de passar a noite lá, ele resolveu seguir em frente e fez seu caminho à noite.

Pela manhã, quando o sol raiou, os dois se viram. Raven tinha chegado a um lugar onde havia dois lagos e, entre eles, dois prados, chamados de prados de Gleipni. Mas, de um dos lagos, estendia-se um pequeno promontório chamado Dingness. Ali, tomaram posição Raven e seus companheiros, entre eles, Grim e Olaf.

Quando ficaram frente a frente, Gunnlaug disse: "É bom que tenhamos nos encontrado."

Raven disse que não tinha nada para discutir.

"Mas agora," disse ele, "você pode escolher: vamos lutar sozinhos ou todos nós, homem contra homem?"

Gunnlaug respondeu que qualquer opção parecia boa para ele.

Então ele falou com os seguidores de Raven, Grim e Olaf, que disseram que não gostariam de ficar parados, assistindo à luta; Thorkel, o Negro, que estava com Gunnlaug, disse a mesma coisa.

Gunnlaug conversou com os guias do conde: "Vocês devem se sentar e não ajudar nenhum dos dois lados. Fiquem aqui para contar sobre nosso encontro." E assim eles fizeram.

Eles partiram para a luta destemidamente. Grim e Olaf enfrentaram Gunnlaug sozinho, mas foram mortos por ele, que não ficou ferido. Isso foi provado por Thord Kolbeinson em uma música que ele fez com Gunnlaug Língua de Serpente:

"Grim e Olaf, grandes corações,
No barulho de Gondul, com espada fina
Primeiro Gunnlaug caiu.
Antes de Raven ele saiu;
Corajoso, com sangue escorrendo
Destruidor de três foi o barão,
Senhor da guerra
Forjado para o massacre dos homens."

Enquanto isso, Raven e Thorkel, o Negro, parente de Gunnlaug, lutaram até Thorkel cair diante de Raven e perder a vida. E assim, finalmente, todos os seus foram caindo. Até que ficaram só os dois, que lutaram ferozmente, desferindo golpes poderosos, sem parar.

Gunnlaug tinha a espada, presente de Ethelred, e essa era a melhor das armas. Com um golpe poderoso, ele cortou a perna de Raven, que não caiu, mas girou em torno de um tronco de árvore onde firmou o coto.

Gunnlaug disse: "Agora você não está mais pronto para a batalha, nem vou lutar por mais tempo contra um homem mutilado."

"Assim é," disse Raven. "Minha sorte agora é pior, mas foi boa comigo. Ainda posso beber mais um pouco."

"Não me amedronte se eu lhe trouxer água no meu elmo," disse Gunnlaug.

"Não vou trair você," disse Raven. Gunnlaug foi então até um riacho e buscou água em seu elmo e trouxe para Raven. Ele estendeu a mão esquerda para pegá-la e, com a direita, cravou a espada na cabeça de Gunnlaug, provocando um grande ferimento.

"Maldosamente você me enganou e agiu de forma traiçoeira quando confiei na sua palavra," disse Gunnlaug.

Raven respondeu: "Você diz a verdade, mas me levou a isso, que o invejei por se deitar no seio de Helga, a Bela."

Depois disso eles lutaram e, no final, Gunnlaug venceu Raven, que perdeu a vida.

Os guias do conde avançaram e cobriram o ferimento na cabeça de Gunnlaug, que ficou sentado, e cantou:

"Ó agitador da tempestade de espadas,
Raven, esteio da batalha,
Famoso, lutou contra mim
Ferozmente no estrondo da lança.
Um grande número de voos de metal
Foi carregado sobre mim esta manhã,
Pelo construtor das paredes de lanças,
No difícil Dingness."

Logo depois eles enterraram os mortos e colocaram Gunnlaug em seu cavalo e o levaram direto para Lifangr. Lá ele ficou três noites e obteve todos os seus direitos de um sacerdote, morrendo em seguida. Depois, foi enterrado na igreja.

Todos os homens consideraram isso uma grande infelicidade de ambos, Gunnlaug e Raven, pela forma como morreram.

CAPÍTULO XVII. NOTÍCIAS DA LUTA TRAZIDA PARA A ISLÂNDIA

NESTE verão, antes que essas notícias chegassem à Islândia, Illugi, o Negro, estando em casa em Gilsbank, teve um sonho: ele achou que Gunnlaug tinha vindo até ele durante o sono, todo ensanguentado, e cantado à sua frente. Illugi se lembrou da música ao acordar e cantou para os outros:

"Eu sabia do talho
Com a lâmina da espada
Afiada na perna de Raven.
Em feridas quentes bebeu a águia,
Quando o poder do fino bastão de guerra,
Cutelo de cadáveres
Abriu a cabeça de Gunnlaug."

Esse presságio aconteceu no sul, em Mossfell, na mesma noite em que Onund sonhou como Raven veio até ele, totalmente coberto de sangue, e cantou:

"Vermelha é a espada, mas eu, agora,
Fui arruinado pela Espada de Odin.
Contra escudos além do transbordamento do mar
A ruína dos escudos foi empunhada.
Acho que a ave foi manchada no sangue
Das cabeças dos homens
A ave ansiosa para ferir
Pisou em corpos feridos?"

No segundo verão depois deste, Illugi, o Negro, falou no Althing da Colina das Leis, e disse:

"Como vai fazer a reparação por meu filho, a quem Raven, seu filho, enganou em sua fé?"

Onund respondeu: "Está longe de mim reparar por ele, tão dolorosamente como o encontro deles me feriu. No entanto, não vou pedir a sua expiação por meu filho."

"Então minha ira se voltará contra alguns dos seus," disse Illugi. Além disso, depois do "Thing", Illugi, na maioria das vezes, ficava muito triste.

Diz a história que, neste outono, Illugi cavalgou de Gilsbank, acompanhado de trinta homens, e chegou a Mossfell no início da manhã. Então, Onund entrou na igreja com os filhos e se refugiou, mas Illugi pegou dois deles, um chamado Biorn e o outro, Thorgrim, e matou Biorn, mas os pés foram feridos por Thorgrim. Depois disso, Illugi cavalgou para casa, e isso não fez justiça para Onund.

Hermund, filho de Illugi, teve poucas alegrias após a morte de seu irmão Gunnlaug, e achou que não fora vingado, mesmo depois de tudo o que acabara de acontecer.

Havia um homem chamado Raven, filho do irmão de Onund, de Mossfell. Ele era um grande navegante e tinha um navio que parava em Ramfirth; e, na primavera, Hermund, filho de Illugi, cavalgou sozinho de sua casa para o norte, passando por Holt-beacon Heath, até Ramfirth, e depois, de Board-ere para o navio dos mascates. Estes estavam quase prontos para zarpar. Raven, o comandante do navio estava em terra com muitos homens. Hermund cavalgou até ele e o empurrou com sua lança e partiu imediatamente: mas todos os homens de Raven ficaram perplexos ao ver Hermund.

Essa morte nunca foi reparada e, com ela, os negócios de Illugi, o Negro, e Onund, de Mossfell, chegaram ao fim.

CAPÍTULO XVIII. A MORTE DE HELGA, A BELA

À MEDIDA que o tempo passou, Thorstein Egilson casou sua filha Helga com um homem chamado Thorkel, filho de Hallkel, que vivia no oeste de Hraundale. Helga foi para sua casa com ele, mas não o amava, pois não conseguia parar de pensar em Gunnlaug, embora ele já tivesse morrido. Thorkel era também um homem valente, rico e um bom *bardo*.

Eles tiveram filhos, não poucos: um se chamava Thorarin; outro, Thorstein; e havia outros.

Mas a maior alegria de Helga era arrancar os fios daquela capa, presente de Gunnlaug, imaginando estar olhando para ele.

Certa vez, uma grande doença atingiu a casa de Thorkel e Helga. Muitos dos moradores ficaram de cama por um longo tempo. Helga também ficou doente, mas não conseguiu se manter na cama.

Assim, em um sábado à noite, ela se sentou perto do fogo, apoiou a cabeça nos joelhos do marido e mandou buscar a capa que Gunnlaug dera a ela. Quando lhe entregaram a capa, ela se sentou, puxou-a e a observou longamente. Depois, deitou-se outra vez no colo do marido e morreu. Thorkel então cantou:

"Morta em meus braços se inclina,
Minha amada, dona de anéis de ouro,
Pois Deus mudou os dias de vida
Desta senhora pálida;
Uma dor de fadiga a atormentou,
Mas, para mim, que busca
O tesouro dos peixes,
Morar aqui é mais cansativo."

Helga foi enterrada na igreja local, mas Thorkel ainda morava em Hraundale. E, como era de se esperar, o grande problema pareceu a todos ter sido a morte de Helga.

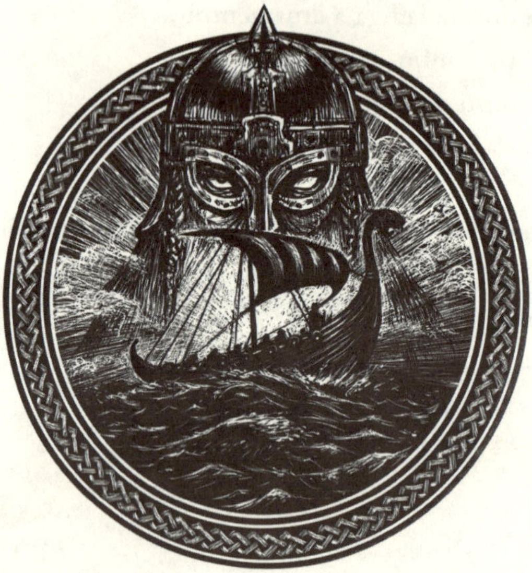